Die Hexen von Nethy Bridge

Für Maximilian

Burkhard Schröder

DIE HEXEN VON NETHY BRIDGE

THRILLER

PROLOG

Maximilian Malinowski warf einen letzten Blick aus dem Fenster seines Zimmers. Strahlender Sonnenschein lag über den farbenfrohen Hügeln der Highlands – perfekte Bedingungen für ihre erste Wanderung mit anschließendem Angeln. Voller Vorfreude auf das Abenteuer unter freiem Himmel ging der Aachener Finanzbeamte beschwingt zum Frühstück nach unten. Doch trotz seiner guten Laune kreisten seine Gedanken um seine schwangere Frau Karin. Sie war es gewesen, die ihn zu dieser Männertour überredet hatte. Max liebte die 39-jährige Belgierin aus Eupen, die er vor vier Jahren auf dem Aachener Weihnachtsmarkt kennengelernt hatte. Ihn nun für einige Tage von ihr zu trennen, fiel ihm nicht leicht. Doch Karin hatte gelächelt und gemeint, es würde ihm guttun, seine Wanderlust noch einmal auszuleben – besonders, da er bereits seinen Erziehungsurlaub beantragt hatte. Als sie sich begegneten, war es Liebe auf den ersten Blick – wenn man denn an so etwas glaubte. Und Max tat das. Karin war genau das, was man nahe dem Dreiländereck ein »lecker Mädche« nannte. Schon ihr erster Blickwechsel vor dem Dom hatte ihn verzaubert, sein Herz schneller schlagen lassen. Aber auch er war ihr sofort aufgefallen: Sein kantiges, symmetrisches Gesicht mit den feinen Grübchen um die braunen Augen und das volle, schwarze Haar – all das hatte sie an dem großen Mann bemerkt. Max war kein Muskelpaket, aber das regelmäßige Joggen hielt ihn in Form. Nur ein kleiner Bierbauch erinnerte daran, dass er nicht vollkommen auf Genuss verzichtete.

»Coffee?« Die Stimme der korpulenten Kellnerin riss ihn aus seinen Gedanken. Gerade wollte er den Frühstücksraum betreten, die gelbe Fleecejacke über die Schultern geworfen.

»Gerne«, erwiderte er lächelnd. Die Frau mit der Kanne folgte ihm und füllte seine Tasse.

Am Tisch saßen bereits Frank und Goran – als hätten sie sich abgesprochen, trugen beide rot-karierte Holzfällerhemden über ihren Jeans.

Die erste Nacht im Nethy Cottage war erholsam gewesen. Doch als Maximilian das Frühstück auf den Tellern sah, verzog er das Gesicht. Trockener Fisch, eine Schüssel Bohnen, ein angebranntes Spiegelei, drei Champignons, zwei halbe Scheiben Toast und zwei vor Fett triefende Würstchen – nicht gerade das, was sie sich erhofft hatten.

»Ich bin wirklich nicht verwöhnt«, sagte Goran, der Maximilians Blick bemerkt hatte, »aber davon esse ich keinen Bissen!«

»Den Kaffee probierst du besser gar nicht erst«, warnte Frank und verzog das Gesicht. »Der erinnert mich an die dünne Brühe meiner sparsamen Großmutter!«

Maximilian grinste und richtete seine Aufmerksamkeit auf das Equipment für den Tag am Fluss. Klappschemel, Klapptisch, Kescher und ausziehbare Angeln – ein Sammelsurium für eine echte Männertour, bereitgestellt neben ihren prall gefüllten Rucksäcken.

»Sollen wir lieber Tee bestellen?«, fragte Maximilian und rümpfte die Nase, als er einen vorsichtigen Schluck des hellbraunen Gebräus nahm.

»Nee! Ich habe gestern am Ortseingang ein Coffeeshop gesehen. Sah ganz vielversprechend aus«, sagte Goran.

»Dann los.« Frank schob seine schmale Brille mit der Metallfassung nach oben und stand auf. »Wenn wir heute wirklich wandern, brauche ich vorher ein anständiges Frühstück.«

»Ich versuche später, das Frühstück umzubestellen«, meinte Maximilian und dachte an sein Budget. Zehn Tage lang auswärts zu essen, würde teuer werden – und vor der Geburt ihres Kindes gab es noch genug Anschaffungen.

Sie verließen die Pension und traten auf die wenig befahrene Straße. Maximilian drehte sich noch einmal um. Auf den ersten Blick wirkte das Nethy Cottage einladend. Die kleine Neonreklame über der Natursteinfassade flackerte sanft. Drinnen empfing die Gäste ein behagliches, wenn auch etwas altmodisches Ambiente. Ein dunkelbraunes Ledersofa mit Messingknöpfen stand gegenüber der Rezeption, daneben eine Vitrine aus Weichholz. Eine große Turmuhr mit kunstvollen Schnitzereien verlieh dem Raum eine fast ehrwürdige Atmosphäre.

Gemütlich war es hier, keine Frage. Fast zu gemütlich für eine Herrentour. Aber ein gutes Frühstück hätte diesen Ort perfekt gemacht.

Doch in der Küche musste ein wahrer Schlendrian am Werk sein – da war sich Maximilian sicher. Großbritannien hatte unter Feinschmeckern zwar keinen besonderen Ruf, aber dieses Frühstück war eine Frechheit – mit Ausnahme der Rhabarbermarmelade, wie Goran auf dem Weg zum Auto betonte. Maximilian musste ihm zustimmen.

»Ich will mich nicht weiter darüber ärgern«, sagte Frank, schloss den Vito auf und wartete, bis alles verstaut war, bevor er den Wagen startete. »Ich freue mich auf den schönen Tag mit euch!«

Mit seinen 1,68 Metern war Frank der Kleinste von ihnen – und normalerweise auch derjenige, der sich am schnellsten aufregte. Umso mehr wunderte sich Max über seine Gelassenheit. Der Krefelder war mit seiner Event-Gastronomie über die Stadtgrenzen hinaus bekannt. Maximilian hatte ihn vor vielen Jahren in seinem Club kennengelernt und mochte ihn auf Anhieb. Frank war gutherzig und hatte die Fähigkeit, selbst den trägsten Stubenhocker mit seiner ansteckend guten Laune mitzureißen.

Damals hatte Maximilian noch in Krefeld gearbeitet, bevor er vorübergehend zum Finanzamt nach Aachen versetzt wurde. Doch vor einigen Jahren hatte er selbst um eine dauerhafte Versetzung gebeten – wegen Karin. Er hatte sich in die hübsche Belgierin verliebt und sie schließlich geheiratet.

Die drei Männer bildeten ein Trio, das ungleicher kaum sein konnte – und doch verstanden sie sich bestens. Goran etwa hatte einen kroatischen Vater und eine österreichische Mutter aus Wien, wo er in greifbarer Nähe des Praters aufgewachsen war. Maximilian kannte ihn seit über sieben Jahren. Als Koch eines Wiener Hotels hatte Goran sich Hals über Kopf in eine deutlich ältere Krefelderin verliebt und war ihretwegen nach Deutschland gezogen.

Maximilians Frau Karin wusste, dass Frank in Bezug auf Frauen anders gestrickt war. Beziehungen, die länger als ein paar Monate dauerten, waren bei ihm eine Seltenheit. Und trotzdem hatte sie ihn ermutigt, an der Männertour durch die schottischen Highlands teilzunehmen.

Nach einem kurzen, aber ausgewogenen Frühstück brachen die Freunde auf. Maximilian hatte mit einer dreistündigen Wanderung bis zu einem der Bäche oder Flüsse bei Glenmore gerechnet. Doch schon nach zwei Stunden fanden sie einen idyllischen Flecken Natur an einem sanft plätschernden Bach.

»Seht euch mal um!«, forderte Frank die anderen auf und ließ seinen Blick lächelnd über das beeindruckende Schattenspiel der Landschaft schweifen. »Einen schöneren Ort finden wir nicht so schnell!«

Maximilian ließ seinen Blick über die Landschaft schweifen und nickte zufrieden. »Wunderschön!«, murmelte er, während er den Klapptisch und einen Schemel auspackte. »Wer sammelt Holz?«

»Ich übernehme das!«, rief Goran gut gelaunt und machte sich auf den Weg zum Wald.

»Dann kümmere ich mich um die Feuerstelle«, sagte Frank und ging ans Werk. Maximilian klappte die übrigen Stühle auf, fixierte seine Angel am Ufer und sog tief die kühle, saubere Luft der spätsommerlichen Highlands ein. Als er sich umsah, entdeckte er eine Bewegung im flachen Wasser.

»Hey, da sind Krebse im Fluss!«, rief er und deutete auf eine Stelle im Bachbett.

Frank trat leise an seine Seite und folgte seinem Blick. »Tatsächlich!«, sagte er und griff nach dem Kescher. »Mal sehen, ob sie sich fangen lassen.«

Während Frank sein Glück versuchte, kehrte Goran aus dem friedvollen Wald zurück – allerdings nicht ganz so geräuschlos. Mit einem lauten Rascheln zog er ein wild zusammengewürfeltes Bündel Äste hinter sich her. Maximilian trat ihm ein paar Schritte entgegen und legte den Finger an die Lippen.

»Pssst. Krebse! Frank hat schon ein paar erwischt«, erklärte er.

Goran grinste, während Frank triumphierend den Kescher aus dem Wasser hob. »Stellt schnell den Eimer bereit! Und passt auf eure Finger auf!«, warnte er lachend, als er einen weiteren Krebs herauszog.

Nach einer Stunde lagen acht prächtige Exemplare im Eimer.

»Wer hätte das nach unserem mageren Frühstück gedacht?« Maximilian betrachtete die Beute zufrieden. »Für einen kleinen Snack reicht das allemal!«

Sie saßen bis zum Nachmittag um ihr Lagerfeuer, redeten über Gott und die Welt und ließen sich von der atemberaubenden

Kulisse treiben. Irgendwann drehten sich ihre Gespräche um Franks Frauengeschichten, die für allgemeine Belustigung sorgten. Nebenbei angelten sie noch zwei Bachforellen, die sie mit einem kühlen Bier über dem Feuer grillten.

Es war ein unbeschwerter Tag an diesem kleinen Fluss. Doch so vertieft waren sie in ihre Gespräche, dass sie nicht bemerkten, wie sie aus einiger Entfernung aufmerksam beobachtet wurden – von vier Frauen. Bevor die Dämmerung hereinbrach, machten sie sich auf den Rückweg zur Pension in Nethy Bridge.

Erschöpft, aber zufrieden, schleppten sie sich die Treppe hinauf.

»Habt ihr noch Lust auf einen Schlummertrunk? Gegenüber gibt's einen Pub«, fragte Maximilian.

»Jederzeit – nur nicht heute. Ich falle gleich wie ein Stein ins Bett«, stöhnte Goran und streckte sich. »Ich spüre jeden einzelnen Knochen.«

Frank nickte zustimmend.

»Wahrscheinlich habt ihr recht«, gab Max zu. »Aber ich gehe trotzdem noch mal zur Rezeption. Vielleicht bringt eine Beschwerde über das Frühstück ja was.«

Er verabschiedete sich mit einem Grinsen und verschwand die Treppe hinunter.

Entspannt kam Frank an den eingedeckten Frühstückstisch. Goran hatte sich bereits Kaffee eingeschenkt und verzog das Gesicht.

»Die Brühe ist so schlecht wie gestern«, stellte er fest.

Die rothaarige Bedienung lief durch den Frühstücksraum und zog unwillkürlich die Aufmerksamkeit von Frank und Goran auf sich. Sie war erschreckend dünn, fast ausgemergelt, ihr Gesicht blass und völlig ungeschminkt. Das lange braune Kleid unter ihrer weißen Schürze verstärkte den Eindruck, als wäre sie einer anderen Zeit entsprungen.

Schweigend stellte sie Frank einen Teller hin: zwei Brötchen, Würstchen, Bohnen, ein kleines Stück Butter und eine winzige Packung Rhabarbermarmelade.

»Die Marmelade ist gut, aber diese fetten Würstchen und schrecklichen Bohnen bekomme ich nicht herunter. Gourmets würden hier verhungern«, sagte er. »Das ist nicht anders als gestern. Max wollte das doch noch ändern.«

»Hast du die große Warze auf ihrer Stirn gesehen?«, fragte Goran und rührte Zucker in seinen Kräutertee.

»Klar. Sie ist bestimmt noch Jungfrau und wird es Zeit ihres Lebens auch bleiben«, meinte Frank. »Lass uns später mal in dieses größere Hotel im Ort fahren. Vielleicht ist es nicht so teuer, wie es aussieht.«

»Ich glaube, es sprengt unseren Rahmen. Aber fragen können wir mal. Wo bleibt Max? Ich denke, er ist Frühaufsteher«, sagte Goran.

»Keine Ahnung. Ich rufe ihn mal an«, schlug Frank vor und schob den Rest des Frühstücks zur Seite. Er wählte die Nummer, lauschte einen Moment und verzog das Gesicht. »Nichts. Das Handy ist ausgeschaltet. Ich gehe rauf und wecke ihn.«

»Das wäre nicht schlecht, wenn wir heute noch in den Abernethy Nationalpark wollen«, sagte Goran mit seinem charmanten Wiener Dialekt.

Während er wartete, beobachtete er die hässliche Angestellte beim Abräumen des kaum angerührten Frühstücks und konnte sich ein Grinsen nicht verkneifen.

Kurz darauf kam Frank zurück und schüttelte den Kopf. »Ich habe mehrfach an seine Tür geklopft und laut gerufen. Aber er reagiert nicht.«

»Lass uns mal an der Rezeption fragen, ob sie seine Tür öffnen können«, schlug Goran vor.

Wie erwartet war die Rothaarige das Mädchen für alles und kam gleich nach dem ersten Klingeln der Hotelglocke.

»Was kann ich für Sie tun«, fragte sie mit piepsiger Stimme.

»Unser Freund Maximilian Malinowski scheint einen tiefen Schlaf zu haben. Er reagiert weder auf Klopfen, noch ist sein Handy eingeschaltet. Können Sie bitte nachsehen, ob bei ihm alles okay ist?«, fragte Goran und fixierte ihre große Warze.

»Ich sehe mal nach. Welche Zimmernummer hat er?«

»Fünf«, sagte Frank.

»Ich finde aber niemanden mit diesem Namen als Gast«, sagte sie. »Sind Sie sicher, dass er hier wohnt?«

»Selbstverständlich. Wir haben alle drei vorgestern eingecheckt und gestern Abend hat er vor meinen Augen sein Zimmer, Nummer 5, aufgeschlossen und betreten!«, antwortete Frank jetzt etwas lauter.

»Das verstehe ich nicht«, sagte sie und drehte sich um. »Sehen Sie. Der Schlüssel hängt hier. Aber wir können gerne mal nachsehen. Ich bin erst seit heute Morgen hier. Vielleicht hat eine Kollegin vergessen, ihn als Gast einzutragen.«

»Unglaublich«, sagte Goran und sie folgten der dürren Rothaarigen die Treppe hinauf. Sie öffnete die Tür. Das Zimmer war leer und das Bett schien unbenutzt. Frank öffnete den Schrank. Auch von seinem Gepäck fehlte jede Spur.

»Ich sagte doch, dass das Zimmer frei ist«, sagte sie schnippisch.

»Haben Sie das Zimmer heute gemacht?«, fragte Goran.

»Nein. Die Zimmer werden erst nach elf gemacht, wenn das Frühstück beendet ist.«

»Hören Sie! Ich bin nicht blöd! Er war mit uns gemeinsam hier! Und jetzt sagen Sie mir, das Zimmer wäre frei?«, schnauzte Frank sie ungehalten an.

»Ich kann doch nichts dafür«, antwortete sie weinerlich. »Sie können sich gerne in dem Gästebuch davon überzeugen, dass er nicht eingetragen ist.«

Frank ließ sich die Eintragungen von ihr zeigen, während Goran nach draußen ging, um nach dem Wagen zu sehen.

»Er ist nicht eingetragen«, sagte er verständnislos, als Goran zurückkam.

»Und unser Vito steht dort hinten. Er muss mitten in der Nacht abgehauen sein«, sagte Goran.

»Wohin? Und ohne uns etwas zu sagen? Das glaube ich nicht.«

»Hier ist etwas faul. Ober faul!«, sagte Goran und sah die Rothaarige böse an.

Hier bekommt man auch keine Taxen. Schon gar nicht so spät.«

»Lass uns zur Polizei fahren und ihn als vermisst melden. Und dann rufen wir seine Frau an. Vielleicht hat er sich bei ihr gemeldet«, sagte Frank.

Die kleine Wache befand sich im Verwaltungszentrum des Ortes. Als sie den Raum betraten, wurde sofort klar, dass er mehr zur Information der Touristen diente als zur Polizeiarbeit. Neben Regalen mit Andenken standen drehbare Prospektständer mit farbenfrohen Flyern und kitschigen Postkarten, die idyllische Landschaften und Schotten in Kilts zeigten.

Am hinteren Ende des Verkaufsraumes entdeckte Frank schließlich eine Tür, auf der *Police Office Nethy Bridge* stand.

»Guten Morgen. Sie sind in Nethy Bridge der zuständige Polizist?«, fragte Frank.

»Nethy Bridge wird liebevoll nur Nethy genannt«, informierte sie der ältere Beamte, als sie die Dienststube betraten.

Unter seiner schwarzen Polizeimütze quollen widerspenstige rotblonde Locken hervor. Der schmächtige Mann mit rundem Bierbauch hatte nichts gemein mit James Bond alias Sean Connery oder dem muskulösen Highlander. Seine blauen Augen wirkten müde, und überhaupt machte er einen recht lustlosen Eindruck, wie er so hinter seinem unaufgeräumten Schreibtisch saß. Frank schätzte ihn auf über sechzig Jahre und vermutete, dass der Mann bald in den Ruhestand gehen würde.

»Ich hoffe, Sie haben sich nicht nur verirrt, und ich kann wirklich etwas für Sie tun«, sagte der Polizist lächelnd.

Frank Bäumer legte seinen Ausweis vor und erzählte ihm die merkwürdige Geschichte um den verschwundenen Freund. Goran bestätigte seine Aussage.

»Hm. Gestern Abend haben Sie ihn zuletzt gesehen?«, fragte der Polizist.

»Ja, als er auf sein Zimmer ging, das angeblich nicht besetzt sei, wie man uns in der Pension sagte.«

»Und jetzt wollen Sie ihn als vermisst melden?«

»Deshalb sind wir hier«, sagte Goran.

Der Polizist lehnte sich zurück und verschränkte die Arme. »Ich würde Ihnen empfehlen, noch einen Tag zu warten. Vielleicht hat er ja eine nette Frau kennengelernt, oder er will Ihnen nur einen Schrecken einjagen«, riet er und grinste dabei überschwänglich.

»Hören Sie«, sagte Frank ungeduldig. »Ich bin mit Max Malinowski seit über 25 Jahren befreundet. Er wird gerade Vater und hat gewiss keine anderen Frauen im Kopf.«

»Kann ja sein. Aber warten Sie trotzdem noch einen Tag. Wenn er bis morgen nicht wieder auftaucht, nehme ich das gerne auf. Ich gebe Ihnen mein Kärtchen, und bitte, legen Sie mir ein aktuelles Foto von ihm vor, falls Sie wiederkommen.«

»Ich habe mehrere Fotos«, sagte Goran und hielt ihm sein Handy hin.

»Nicht jetzt. Kommen Sie morgen wieder. Vielleicht taucht er ja wieder auf.«

Unverrichteter Dinge verließen sie die Wachstube und betraten wieder das Informationszentrum.

»Der Kerl macht nur Dienst nach Vorschrift. Ich habe den Eindruck, dass ihn unser Anliegen nicht besonders interessiert. Er hat sich nicht einmal die Fotos von Max ansehen wollen«, vermutete Goran.

»Das sehe ich auch so. Mit dieser Pension stimmt etwas nicht! Da bleibe ich keinen Tag länger«, sagte Frank.

»Lass unsere Sachen packen und hier abhauen«, schlug Goran vor.

»Erst, wenn Max nicht auftaucht. Ich frage Karin, ob sie von ihm gehört hat. Falls nicht, werde ich ihr vorsichtig erklären, dass wir Max vermissen«, meinte Frank.

»Keine leichte Aufgabe. Sie wird ausflippen«, meinte Goran.

Während Frank mit Karin telefonierte und ihr das Verschwinden von Maximilian schilderte, gesellte sich ein älterer Herr vom Infoschalter zu ihnen.

»Bitte entschuldigen Sie«, sagte er in gutem Deutsch. »Ich habe Ihr Gespräch mitbekommen und bin neugierig«, sagte er freundlich. »Mein Name ist Ken Robertson. Ich habe lange in Kiel gelebt und spreche recht gut Ihre Sprache.«

»Was macht Sie denn neugierig?«, fragte Goran.

»Offensichtlich ist Ihr Freund verschwunden«, sagte er leise und sah sich um.

»Das stimmt. Und die Sache ist mehr als seltsam!«

»Ich lebe hier und führe Touristen in den Nationalpark«, erklärte Ken. »Können wir irgendwo ungestört reden?«, fragte Robertson leise.

»Können wir, wenn mein Freund aufgelegt hat. Ich bin gespannt, was Sie zu sagen haben, Mister Robertson«, sagte Goran.

Leicht geduckt liefen sie über den Parkplatz vor dem Verwaltungszentrum durch den Nieselregen. Der Himmel war grau und wolkenverhangen. *Typisch britisches Schmuddelwetter,* dachte Frank, als er den Vito aufschloss. Einige Touristen mit Kameras um den Hals gingen zielstrebig zum Eingang des Informationszentrums.

»Wir setzen uns besser in unseren Wagen«, schlug Frank vor.

Kaum waren die Türen des Vans geschlossen, erzählten sie dem Mann, was geschehen war. Robertson hörte ihnen aufmerksam zu und überlegte einen Moment.

»In den letzten Jahren sind in der Umgebung immer wieder Leute verschwunden, doch in Nethy werden Sie nicht viel darüber erfahren. Die Menschen der Highlands sind Fremden gegenüber misstrauisch. Aber vielleicht kann ich Ihnen einen Tipp geben, bevor ich wieder an meinen Schalter gehe«, sagte Ken Robertson.

»Was heißt das?«, fragte Frank den alten, aber rüstigen Mann.

»Haben Sie von den Wicca Coven in den Highlands gehört?« Beide schüttelten den Kopf.

»Es sind Hexenvereinigungen, von denen es hier einige gibt. Die Menschen der Highlands haben Angst vor ihnen«, erklärte Robertson.

»Hexen?«, fragte Frank und lachte.

»Im 17. Jahrhundert gab es in Schottland hunderte Hexenprozesse und Verbrennungen. Hier im Besucherzentrum können Sie sogar nachgestellte Hexenprozesse auf einer Hexentour buchen«, erklärte Robertson.

1

Das Geräusch flatternder Flügel und monotones Gurren rissen ihn aus dem Schlaf. Sein Kopf dröhnte, als er zuckend die Augen öffnete und blinzelnd die einzige Lichtquelle entdeckte: ein weit über ihm liegendes, von Spinnweben überzogenes Fenster. Stöhnend versuchte er sich zu bewegen, doch die mit Kabelbindern eingeschnürten Füße und stramm gefesselten Handgelenke hielten ihn fest. Wie eine Schweinehälfte in einem Schlachthof hing er von einem Deckenbalken herab, und geschlachtet fühlte er sich auch. Maximilian sah sich forschend um. Der hohe Raum hatte eine kleine Zwischendecke, auf der sich mehrere Tauben tummelten. Alles schien aus Holz zu bestehen. Muffiger Geruch und staubbedecktes Gerümpel deuteten auf eine Scheune hin. Ein verrostetes, räderloses Auto stand auf Ziegelsteinen aufgebockt vor einem großen Tor. Daneben ein verstaubter Schrank, dessen Türen halb aus den Angeln hingen. Max versuchte sich zu erinnern. Wer hatte ihn hierhergebracht?

Der gestrige Tag hatte so gut begonnen. Nach dem Frühstück wanderte er mit Frank und Goran durch die spätsommerlichen Highlands. Sie fingen Krebse und Forellen, warfen ihre Angeln aus. Er erinnerte sich an das nach Keksen schmeckende schottische Bier und die friedliche, farbenprächtige Landschaft. Das hochprozentige Stout hatte ihre Gespräche gelöst, und sie verbrachten lachend den Nachmittag, bevor sie am frühen Abend nach Nethy Bridge zurückkehrten.

Dann war da noch der Whisky im Pub gegenüber der Pension. Er kam mit Einheimischen ins Gespräch, und seine deutsche

Herkunft stieß auf Sympathie. Besonders ein Pärchen blieb ihm im Gedächtnis. Der Mann stellte sich als Keith vor und hatte riesige Segelohren, die Max an Dumbo erinnerten. Eigentlich wollte er nur einen Absacker trinken und dann schlafen gehen. Doch das Pärchen war aufdringlich, wollte ihn immer wieder in Gespräche verwickeln. Was danach geschah, lag im Dunkeln.

Ein quietschendes Geräusch riss ihn aus seinen Gedanken. Die Tür öffnete sich, und morgendliches Licht fiel in den Raum. Seine Zehenspitzen berührten kaum den mit Stroh bedeckten, lehmigen Boden. Jeder Muskel schmerzte, sein Mund war spröde. Trotz der Qualen musterte Max die schlanke Frau, die ihm keinerlei Beachtung schenkte.

»Wasser, bitte«, krächzte er auf Englisch.

Keine Reaktion. Sie drehte sich nicht einmal um, sondern öffnete einen der mitgebrachten Jutesäcke.

»Bitte! Ich habe Durst. Nur etwas Wasser!«, flehte er erneut.

Jetzt schob sie die Kapuze ihres grauen Filzkleides zur Seite und lächelte ihn milde an. Ihr tiefschwarzes Haar hob sich von ihrer blassen Haut ab.

»Habe Geduld. Gleich kommen sie. Sie werden dir geben, was du brauchst«, sagte sie mit rauer Stimme. Ihr Blick war eiskalt, und Maximilian glaubte Wahnsinn in ihren Augen zu erkennen.

»Wer kommt?«, fragte er. Doch die Frau antwortete nicht. Sie entleerte mit bemerkenswerter Ruhe den Jutesack. Steine rollten heraus, die sie sorgfältig zu einem Kreis anordnete. Dann holte sie aus dem zweiten Sack ein Bündel dünner Reisigzweige hervor und legte sie fächerartig in die Mitte des Kreises. Maximilian beobachtete ihr Tun und konnte sich keinen Reim darauf machen.

»Wenn sie kommt, vollendet sie den Ritualcircle«, sagte die Frau und drehte sich abrupt zu ihm um. Sie befeuchtete einen Finger mit ihrer Zunge, hob ihr Filzkleid an und massierte sich, während sie langsam auf ihn zutrat. Vor ihm stehend musterte sie ihn abschätzend, öffnete seine Jeans und strich mit ihrer freien Hand über sein Glied.

»Nimm die Hände da weg!«, forderte er, doch sie ignorierte ihn. Maximilian spürte zu seinem Ärger, wie sein Körper auf ihre Berührung reagierte. Erst als sich die Tür erneut öffnete und vier weitere Frauen eintraten, ließ sie von ihm ab.

Zwei blonde und eine rothaarige Frau trugen dieselben grauen Filzkleider. Die vierte, eine ältere Frau mit filzigen grauen Haaren, folgte ihnen. Statt Filz trug sie einen langen, seidig schimmernden Umhang, der bis zum Boden reichte. Ohne Max eines Blickes zu würdigen, trat sie zum Steinkreis und begann in einer fremden Sprache zu sprechen. Die Worte reimten sich, wurden wiederholt.

Auf dem Rücken ihres schwarzen Umhangs erkannte Maximilian ein nach oben gerichtetes Schwert, flankiert von heulenden Wölfen. Darüber erstreckten sich bis zu ihrem Kragen stark verzweigte Äste. Bedeutungsvoll legte sie einen größeren Stein in die Mitte des Kreises. Dann traten die drei jüngeren Frauen hinzu und sangen gemeinsam eine melodische Beschwörung.

»Wasser«, krächzte Max nochmals. Seine Lippen waren aufgesprungen.

»Gebt ihm jetzt zu trinken«, befahl die Alte.

Die dürre Rothaarige trat mit einem antik anmutenden Trinkschlauch vor, flößte ihm Wasser ein. Gierig versuchte er mehr zu trinken, doch sie zog den Schlauch fort, als die Alte erstmals zu ihm aufsah und eine Hand hob.

»Weißt du, was das ist?«, fragte sie und hielt ihm ein langes, beidseitig geschliffenes Messer entgegen. Der schwarze Griff zeigte einen gehörnten Bullen oder Satan. Auf der matten Klinge erkannte Maximilian ein Phallussymbol. Ängstlich schüttelte er den Kopf.

»Der Unwissende erkennt nicht die Athame«, kicherte sie.

2

Mit zwei futuristisch aussehenden Elektro-Shuttles hatte ein blau uniformierter Fahrer sie direkt von der Gepäckausgabe zu einem Großraumwagen des Air-France-Fahrservices vor dem Flughafen Charles de Gaulle gebracht. Der wartende Chauffeur begrüßte sie höflich und öffnete die hinteren Türen des französischen Vans. Während Jules van Dyck und seine Tochter Leonie einstiegen, verstaute er ihr Gepäck im Kofferraum des Citroën C4 Grand Picasso.

»First Class über den Atlantik! Ich kann es kaum glauben, Paps«, sagte Leonie beschwingt, als sich der Wagen in Bewegung setzte und auf die Pariser Autobahn fuhr.

»Du bist erst 13, Leonie, und ich musste 56 werden, um meine ersten Flüge in der ersten Klasse zu genießen«, stellte Jules fest.

»Das war sensationell! Meine Freundinnen werden staunen, wenn ich ihnen davon erzähle. Mein Gott! Tischdecken, Porzellan, hochglanzpoliertes Besteck – und dann erst das Essen und der Service! Ich will nie wieder anders fliegen, Paps.«

Jules lachte. Sie waren auf dem Rückweg nach Antwerpen nach einer vierzehntägigen Reise nach Florida. Karsten hatte sich seine zweite Hochzeitsfeier mit Lena in Miami einiges kosten lassen. Die First-Class-Flüge samt Limousinen Service fielen dabei kaum ins Gewicht – ein Teil seines Dankes für Jules' couragierten Einsatz.

Mehrere Caterer, zwei kubanische Bands, eine schier endlose Auswahl an Getränken und Speisen auf stilvollen Stehtischen, dazu der türkisfarbene Sonnenschutz am Sandstrand der Biscayne Bay – all das machte das Erlebnis für alle Beteiligten unvergesslich. Allein Lenas Kleid musste ein Vermögen gekostet haben. Der zartrosafarbene Samt glitzerte in der Sonne, fast wie der Schmuck, den sie trug. Leonies Freundin war eine karibische Schönheit und der Blickfang der Feier. Über zweihundert Gäste hatten mit dem Paar auf Miami Beach bis in die frühen Morgenstunden gefeiert.

Jules seufzte. »Das glaube ich dir gerne. Leider verdiene ich nicht genug dafür. Also wirst du weiterhin in der Holzklasse fliegen müssen«, sagte er und strich sich über seinen frisch geschnittenen Anchor-Bart.

»Dann frage ich halt Karsten!«, sagte sie schnippisch.

»Nein, Leonie! Das wirst du nicht! Wir gehören nicht zu denen, die ohne Not andere anbetteln, nur weil sie Glück im Leben hatten«, sagte Jules energisch.

»Ist schon gut, Paps. Das war nicht so gemeint.«

Leonie beugte sich nach vorne und klopfte an die Trennscheibe zum Fahrer. Ihr Chauffeur blickte lächelnd in den Rückspiegel und ließ die Scheibe herunter. »Oui?«, fragte er.

»Können Sie kubanische Musik spielen? Salsa?«, fragte sie.

Auch Jules hatte noch die Klänge dieser temperamentvollen Musik im Ohr, gespielt von den kubanischen Bands auf der Feier.

»Ich sehe mal nach, junge Frau«, antwortete der Fahrer auf Deutsch – und kurz darauf erklangen die ersten Takte von Rubén González.

Jules beobachtete während der Fahrt seine heranwachsende Tochter. Leonie war ein ausgeglichenes Mädchen, und eigentlich machte er sich nicht mehr so große Sorgen um ihre Erziehung wie noch vor vier Jahren, als seine Frau an Leukämie verstarb. Mit dem ersten Au-pair-Mädchen, Lena, hatte es gut funktioniert, und auch die Auflösung seines Büros in der Antwerpener

Innenstadt war die richtige Entscheidung gewesen. Das kleinere Büro im Haus reichte vollkommen aus, und so hatte er mehr Zeit für seine Tochter.

Nach siebzehn Stunden erreichten sie gegen Mittag endlich ihr Zuhause. Zwar hatte Leonie während des Fluges bequem liegen und etwas schlafen können, doch Jules hatte nur zwei Stunden gedöst, und der Jetlag machte ihm zu schaffen. Schon beim Auspacken seines Koffers konnte er ein Gähnen nicht unterdrücken.

»Ist das für dich okay, wenn ich meinen Koffer später auspacke, Paps? Ich habe mich mit Anna verabredet.« Charmant lächelnd stand sie im Türrahmen.

»Na klar. Mach das, Schatz. Wir sehen uns dann später«, sagte Jules und wuchtete seinen leeren Koffer auf den Schlafzimmerschrank.

»Danke, Paps«, sagte sie, und Jules hörte das Zuschlagen der Tür, bevor er in die Küche ging. Soll sie ruhig ihr Gepäck unberührt lassen und sich mit ihren Freundinnen treffen, dachte er. Das war auch in seinem Interesse, damit er sich wieder dem Alltag in Antwerpen widmen konnte. Sonnenlicht fiel durch das Fenster, und kleine Staubwolken tanzten in der Luft. Nach nur zwei Wochen Abwesenheit lag bereits eine dünne Staubschicht auf allen Möbeln. Jules trank einen Kaffee und rief seine Putzfrau an. Da Leonie noch fünf Tage Schulferien hatte, gönnte er ihr die unbeschwerte Freiheit, die er selbst nicht hatte.

Mit der Tasse in der Hand ging er ins Büro, gespannt auf die Nachrichten. Er öffnete das E-Mail-Programm. Während der Spam-Filter die meiste Werbung herausfischte, war der Anrufbeantworter voll davon. Er löschte den Müll sofort. Die Buchhalterin der Notare Maassen & Partner informierte ihn, dass seine Abrechnung akzeptiert wurde. In einer weiteren Nachricht lud ihn Jan auf einen Kaffee ein und erwähnte, er habe Jules einer Freundin von Mareike empfohlen. Doch für ein Treffen mit Jan fühlte er sich heute nicht in Form. Aus Erfahrung wusste Jules, dass es ein langer Abend mit seinem Freund werden würde. Ein Hauseigentümer teilte ihm mit, dass er ihn mit der Suche nach einem säumigen Mieter beauftragen wolle. Nach einer kurzen Pause hörte er die brüchige Stimme eines älteren Mannes, der seine Jugendliebe wiederfinden wollte. Wie nett, dachte er lächelnd. Die letzte Nachricht stammte von einer Karin Malinowski aus Eupen, erst vom Vortag. Sie bat um einen schnellen Rückruf. Ihre Stimme klang bereits auf dem Band aufgeregt – es schien dringend zu sein. Er wählte die belgische Nummer.

»Jules van Dyck, guten Tag«, meldete er sich.

»*Malinowski. Gut, dass Sie zurückrufen. Jan Bishop hat Sie mir empfohlen. Er war quasi ein Kollege meines Mannes*«, erklärte sie.

»Der gute Jan. Was kann ich für Sie tun, Frau Malinowski?«

»*Mein Mann ist verschwunden*«, sagte sie. Jules hörte das Zittern in ihrer Stimme. »*Er war mit zwei Freunden auf einer Männertour in Schottland.*«

»Und dort ist er verschwunden?«

»*Sie waren in einem Dorf in den Highlands, und er ist wie vom Erdboden verschluckt*«, sagte sie.

»Wissen Sie, ob seine Freunde bei der Polizei waren und eine Vermisstenanzeige erstattet haben?«

»*Ja, aber die Polizei war nicht besonders kooperativ. Deshalb brauche ich Ihre Hilfe, Herr van Dyck.*«

Besondere Lust, sich nach der Rückreise sofort in ein neues Mandat zu stürzen, hatte er nicht. Aber es war eine Empfehlung von Jan, und die Sache schien der Frau unter den Nägeln zu brennen.

»Hm. Können wir uns treffen?«, fragte Jules spontan.

»*Ich wohne in Eupen und bin Belgierin. Mein Mann ist Deutscher, und seine Freunde sind auf dem Weg zu mir. Sie haben den Urlaub abgebrochen.*« Sie konnte ihre Aufregung nicht unterdrücken und schluchzte. »*Wir bekommen ein Baby, auf das wir uns so gefreut haben. Ich Idiotin habe ihn dazu überreden müssen, vor der Geburt an der Tour teilzunehmen. Hätte ich nur die Klappe gehalten!*«

»Machen Sie sich keine Vorwürfe. Ich komme zu Ihnen. Passt es Ihnen noch heute?«, fragte Jules.

»*Gerne. Je eher, desto besser. Ich gebe Ihnen meine Adresse.*«

Jules notierte ihre Anschrift und machte sich ein paar Notizen. Sein Routenplaner zeigte gute zwei Stunden Fahrt an. Stöhnend schickte er Leonie eine Nachricht, dass er erst später am Abend kommen würde, dann machte er sich auf den Weg.

Für die Mittagszeit war wenig Verkehr, und so erreichte er Karin Malinowski bereits nach einer Stunde und zwanzig Minuten. Ihr Zuhause – ein hübsches belgisches Einfamilienhaus – lag inmitten eines liebevoll gepflegten Gartens. Üppig blühende Pflanzen bildeten einen lebhaften Kontrast zu dem apfelfarbenen Klinker, in den ein großes Fenster eingelassen war.

Jules sah in seinem leichten Sommeranzug blendend aus. Der Undercut und der Anchor-Bart, frisch gestutzt von einem kubanischen Barbier in der Calle Ocho, verliehen ihm einen lässigen Touch. Während er das Dach seines Peugeot schloss, warf er einen letzten prüfenden Blick in den Spiegel – zufrieden mit dem, was er sah.

Die Tür öffnete eine hochgewachsene, brünette Frau mit deutlichem Schwangerschaftsbauch und geröteten Augen. Nach einer kurzen Begrüßung trat Jules ein. Das Haus war gemütlich eingerichtet, der Duft von Apfelkuchen lag in der Luft.

»Darf ich vorstellen. Meine Freundin Mila Janssen. Sie versucht, mich zu beruhigen«, sagte Karin.

»Was auch nicht verkehrt ist«, erwiderte Jules. »Es kann sich alles schnell aufklären.«

»Nehmen Sie doch Platz. Mögen Sie ein Stück Kuchen, Herr van Dyck?«

»Sehr gerne. Sie sagten, Jan Bishop und Ihr Mann seien quasi Kollegen. Was bedeutet das?«, fragte Jules.

»Mein Mann arbeitet beim Finanzamt in Aachen. Sie hatten dadurch ein paarmal miteinander zu tun. In Aachen hatten wir uns auch kennengelernt«, sagte sie und wandte sich zur Küche. »Kaffee zu dem Kuchen?«

»Gerne«, antwortete Jules lächelnd.

»Ihre Kuchen sind allseits beliebt«, bemerkte Mila.

Jules musterte sie unauffällig aus den Augenwinkeln. Sie war etwa so groß wie er, mit pechschwarzen, schulterlangen Haaren und warmen braunen Augen. Zehn Jahre jünger, vielleicht mehr. Und äußerst attraktiv.

»Apfelkuchen, nehme ich an. Der Duft schlug mir gleich entgegen, als ich das Haus betrat«, sagte Jules. »Sagen Sie, hatte Karins Mann vielleicht einen Grund zu verschwinden?«

»Ich kann mir denken, worauf Sie hinauswollen. Nein! Sie waren eines der glücklichsten Paare, die ich kenne«, erwiderte Mila leise, kurz bevor Karin mit einem Tablett aus der Küche kam.

Sie verteilte den Kuchen auf Tellern und stellte eine Schüssel mit Sahne dazu.

»Der sieht gut aus«, sagte Jules und nahm einen Schluck Kaffee. »Was können Sie mir über das Verschwinden Ihres Mannes erzählen, Frau Malinowski?«

»Ich hatte ihn überredet, an der Herrentour durch Schottland teilzunehmen. Zusammen mit seinem ältesten Freund aus Krefeld, Frank Bäumer, und Goran Scharmann. Sie waren erst zwei Tage in einem Dorf in den Highlands. Am zweiten Morgen erschien er aber nicht mehr zum Frühstück.«

»Haben seine Freunde die Polizei informiert?«, fragte Jules nach.

»Sie sind zur Wache gegangen. Aber der Polizist meinte, es sei noch zu früh, und sie sollten abwarten. Er hat sie einfach vertröstet.«

»Vermisstenanzeigen nimmt die Polizei oft erst nach ein paar Tagen auf. Das ist nicht ungewöhnlich. Gibt es Hinweise, wohin er gegangen sein könnte? Gab es Streit zwischen den Männern?«, fragte Jules und nahm eine Gabel voll Kuchen.

»Frank sagte mir, dass sie viel Spaß hatten. Am Tag zuvor waren sie auf einer Wanderung und hatten geangelt. Es gab keinen Streit. Merkwürdig war nur, dass Max abends zuerst auf sein Zimmer ging und später das Frühstück ändern wollte. Danach war er weg. Am nächsten Morgen hieß es in der Pension, sein Zimmer sei unbesetzt gewesen – und er war nicht einmal als Gast eingetragen.«

»Das ist tatsächlich seltsam«, sagte Jules.

»Und dabei waren sie schon zwei Tage dort! Max hatte einen Schlüssel – doch der hing an jenem Morgen an der Rezeption. Das ergibt doch keinen Sinn!«, sagte sie aufgebracht.

»Sie sagten, dass Maximilians Freunde hierherkommen?«

»Frank und Goran müssten längst da sein. Sie haben nach seinem Verschwinden ihren Urlaub abgebrochen«, sagte sie, als es an der Tür läutete. »Endlich. Das sind sie bestimmt.«

Karin stand auf und ging zur Tür.

»Merkwürdige Geschichte«, sagte Mila. »Ich kann ihre Sorgen gut verstehen.«

Jules nickte zustimmend.

In diesem Moment kam Karin mit Maximilians Freunden herein und stellte sie einander vor.

»Unser Flug hatte Verspätung«, entschuldigte Frank ihr spätes Eintreffen.

»Kein Problem«, sagte Jules, nachdem er sich vorgestellt hatte. »Frau Malinowski hat mich bereits kurz über die Umstände des

Verschwindens ihres Mannes informiert. Sie möchte, dass ich Max finde. Was könnte für die Suche noch wichtig sein?«

Frank und Goran berichteten von ihrer Überraschung, als Maximilian am Morgen nicht zum Frühstück erschien. Sie erzählten von dem Polizisten und dem Fremdenführer im Besucherzentrum. Frank äußerte sein Unbehagen darüber, dass Max' Gepäck offenbar entfernt worden war und sein Zimmer unbenutzt gewirkt hatte.

»Sein Schlüssel hing morgens an der Wand hinter der Rezeption, und Max war als Gast nicht eingetragen«, schloss er.

»Das deutet darauf hin, dass jemand aus der Pension damit zu tun hat«, sagte Jules. »Ich brauche Ihre Kontaktdaten, die des Polizisten, der Pension und den Namen des Fremdenführers.«

Er notierte alles und machte sich zum Aufbruch bereit.

»Ich melde mich, wenn ich weitere Fragen habe. Danke für den Kuchen.«

»Ich bringe Sie noch zur Tür«, sagte Mila und stand mit ihm auf.

In ihrer hautengen Jeans und dem gelben Top sah sie hinreißend aus. Doch was Jules besonders gefiel, war ihr dezent aufgetragenes Parfüm – und die Grübchen in ihren Mundwinkeln.

»Wie gehen Sie jetzt vor?«, fragte sie vor der Haustür.

»Ich werde in den nächsten Tagen Nachforschungen anstellen. Aber ich werde nicht darum herumkommen, selbst nach Schottland zu reisen.«

»Man sagt, Sie seien gut darin, vermisste Personen zu finden, Herr van Dyck«, sagte Mila.

»Das ist mein Job. Wissen Sie, jeder hinterlässt Spuren, wenn er verschwindet. Man muss nur wissen, wo man sie findet«, erwiderte Jules.

»Ich würde mich freuen, wieder von Ihnen zu hören«, sagte sie mit einem vielversprechenden Augenaufschlag zum Abschied.

»Aber geben Sie mir doch bitte Ihre Karte. Falls mir noch etwas einfällt.«

Jules spürte sein Herz schneller schlagen. So war es ihm seit dem Tod seiner Frau nicht mehr ergangen. Er hatte Chancen bei den Frauen, doch bislang berührte ihn das wenig. Zu tief hatte er unter ihrem Verlust gelitten. Auch Leonie sprach gelegentlich davon, dass er wieder eine Frau an seiner Seite haben sollte. Brauchte sie eine Art Mutter, obwohl er sich alle Mühe gab, diese Rolle auszufüllen?, fragte er sich, während er losfuhr und auf sein Handy blickte.

Leonie hatte ihm geschrieben und gefragt, ob sie bei ihrer Freundin Anna übernachten dürfe. Das Mädchen wuchs in einem guten Elternhaus auf, und sie hatten noch Ferien. Jules tippte eine kurze Antwort und wählte dann Jans Nummer. Doch Mareike informierte ihn, dass Jan mit seinen Hühnern noch in Kopenhagen auf einer Ausstellung sei. Also kehrte Jules nach Antwerpen zurück. Sein neuer Auftrag war anspruchsvoll und würde seine gesamte Kreativität und Konzentration fordern.

Die Sonne stand tief am Horizont und tauchte die Stadt in ein leuchtend rotes Dämmerlicht, als er seinen Peugeot in eine Parklücke auf der Boolenstraat lenkte. Laut Wetterbericht sollte auch der morgige Tag, Ende September, sommerlich warm werden. Mit dem Aufzug fuhr er hinauf in sein Büro und klappte seinen Laptop auf.

Die ersten Google-Einträge über Nethy Bridge stammten von Reiseveranstaltern und zwei größeren Hotels der Umgebung. Die Fotos und Beschreibungen des kleinen Ortes in den Highlands, südlich von Inverness, waren vielversprechend für einen Aufenthalt. Jules konnte verstehen, warum seine Freunde diese zauberhafte Landschaft am Rande eines Nationalparks gewählt hatten. Doch abgesehen von einer alten Kirche, einem Friedhof, einer steinernen Brücke und wenigen weiteren Sehenswürdigkeiten hatte der Ort wenig zu bieten. Auf der Website der Gemeinde fand er schließlich eine Liste mit Hotels und Pensionen. Darunter war auch das Nethy Cottage – die Unterkunft, aus der Max Malinowski verschwunden war.

Weiter unten wurden die Highland Games im August beworben sowie das Besucherzentrum mit Touristeninformation. Dort musste der Fremdenführer Ken Robertson zu finden sein, der laut Frank gesprächig war. Doch es gab keine Einträge zu Robertson. Weder im Besucherzentrum noch sonst irgendwo fand Jules Informationen zu ihm, keine Telefonnummer, keine Adresse.

Er konnte es drehen und wenden, wie er wollte – er musste für unbestimmte Zeit nach Schottland reisen. Das machte ihm einmal mehr bewusst, dass er für Leonie dringend ein neues Au-pair brauchte. Doch für den Moment musste eine andere Lösung her. Er wählte die Nummer von Annas Eltern.

»Hallo Finje, hier ist Jules. Ich wollte euch danken, dass Leonie heute bei euch übernachten darf«, sagte er mit charmanter Stimme.

»Hallo Jules. Ach, das ist doch kein Problem. Die Mädchen sind in Annas Zimmer und kichern so laut, dass ich es unten noch hören kann«, erwiderte Finje heiter.

Finje Leeuwen war ein absoluter Familienmensch. Doch im Gegensatz zu Jules hatte er als Verwaltungsangestellter geregelte Arbeitszeiten, war stets ausgeglichen und konnte seine Freizeit ganz im Sinne seiner Familie gestalten.

»Du, ich habe ein Problem. Mein neuer Auftrag zwingt mich, für eine oder zwei Wochen nach Schottland zu reisen«, begann Jules. »Daher wollte ich euch fragen, ob …«

»Ob Leonie so lange bei uns bleiben kann?«, vollendete Finje seinen Satz. »Ich denke, das wird kein Problem sein. Silvia mag deine Tochter, und für Anna wäre es eine Freude. Aber ich frage sie. Silvia hört eh schon neugierig mit einem Ohr zu«, sagte er lachend. »Sie verdreht zwar die Augen, aber sie nickt.«

»Da bin ich erleichtert. Ich danke euch! Das ist wirklich ein Lichtblick.«

»Dir ist aber klar, dass du auch mal Anna bei dir übernachten lassen musst – und dass du uns einen Abend mit französischem Wein schuldig bist, Jules!«

»Darauf freue ich mich!«

»Wie war es denn in Florida bei der Hochzeit?«, fragte Finje.

Jules erzählte von der Feier mit ihrem ehemaligen Au-pair-Mädchen und Karsten Fischler in Miami und wie sehr er die Ruhe am Strand genießen konnte.

Sie beendeten ihr Gespräch, und Jules suchte im Internet nach einem neuen Au-pair-Mädchen. Eine 18-Jährige aus Bulgarien mit auffälligem Schmollmund schien zunächst interessant, doch sie war ihm zu jung und gab an, nur über geringe Englischkenntnisse zu verfügen. Jules war klar, dass es mit ihr erhebliche Verständigungsprobleme geben würde.

Das nächste Mädchen kam aus Bologna, Italien. Sie war zweiundzwanzig Jahre alt, ausgebildete Bürokraft und lächelte auf ihrem Profilfoto voller Anmut und verschmitzt in die Kamera. Vanessa war ihr Name, und sie sprach neben Englisch auch etwas Deutsch und Französisch. Das klang deutlich besser. Jules schrieb ihr eine Nachricht und sah auf die Uhr. Es war spät geworden, also machte er für heute im Büro Schluss. Wenn er aus Schottland zurück war, wollte er Leonie mitentscheiden lassen, ob Vanessa das passende Au-pair-Mädchen sei. Ein Cognac musste noch sein, bevor er zu Bett ging.

Im Halbschlaf träumte Jules von Miami Beach – vom feinen weißen Sand, der sanften Brandung des Atlantiks. Doch als er die Augen öffnete, lag er in seinem Bett in Antwerpen. Enttäuscht seufzte er. Es war nicht Florida, doch die Sonne des Spätsommers wärmte sein Gesicht. Trotzdem wusste er: Sein nächster Auftrag würde ihn bald in nördliche, weit kühlere Regionen führen.

Die wenigen Informationen, die er am Vorabend über die Highlands und Nethy Bridge erhalten hatte, halfen ihm nicht weiter. Doch es gab andere Wege für seine Nachforschungen. Im digitalen Archiv der größten Tageszeitung Antwerpens wollte er nach Schlagzeilen aus der Region suchen – Ereignisse der letzten zehn Jahre durchforsten. Falls das nicht genügte, konnte er auf seine Kontakte bei anderen Magazinen zurückgreifen. Und dann gab es noch die internationalen Nachrichtenagenturen.

Gähnend schälte er sich aus dem Bett und schlurfte unter die Dusche. Erst mit dem ersten Kaffee fühlte er sich wirklich wach. Er zückte sein Handy und tippte eine SMS an Leonie. Zwei Wochen Urlaub hatten ihnen gutgetan, doch jetzt fühlte er sich wieder wie ein Fremder in seiner eigenen Rolle als Vater. Er fürchtete, dass das Leben seiner Tochter an ihm vorbeizog, ohne dass er es aufhalten konnte. Ein neues Au-pair-Mädchen oder Übernachtungen bei Freundinnen – das waren keine Lösungen. Und er ärgerte sich, diesen Auftrag angenommen zu haben, der ihn ins ferne Schottland führte.

Jules schob die Gedanken beiseite und fuhr ins Zentrum zum Antwerpen Dagblatt. Kaum saß er am PC des Archivs, vibrierte sein Handy. Eine Nachricht von Leonie. Sie schrieb, dass es ihr gut ging und sie Spaß mit Anna hatte.

Erneut erfasste ihn Traurigkeit. Seine Tochter würde sich nie beschweren. Eine Eigenschaft, die sie von ihrer Mutter geerbt hatte. Und genau das hatte ihr zum Verhängnis werden lassen. Sie hatte alle Warnsignale ihres Körpers ignoriert – selbst die ersten Schmerzen ihres Krebses. Bis es zu spät war.

Jules gab Nethy Bridge, Schottland, in die Suchmaske ein. Die ersten Artikel der Presse behandelten die jährlichen Highland

Games, die in Schottland offenbar einen höheren Stellenwert als die Olympischen Spiele einnahmen. Es folgten kleine Beiträge zu den Kommunalwahlen, dem neuen Bürgermeister, Autounfällen, Handarbeitskursen, Geburten, Jubiläen, Schlaglöchern und dem üblichen Blabla von Kleinstadtzeitungen. Jahr für Jahr das gleiche Bild – bis Jules auf eine kleine Meldung stieß.

Ein Tourist aus Ungarn war in den Highlands verschwunden. Er hatte Wanderungen unternehmen wollen, doch eine Vermisstenanzeige der Verwandten im Jahr 2018 blieb erfolglos. Das war ziemlich genau vor fünf Jahren gewesen, in Lettoch, einer Nachbargemeinde von Nethy Bridge. Jules betätigte den Drucker und suchte nach weiteren Artikeln.

Im September 2013, also erneut fünf Jahre zuvor, gab es den nächsten Fall: Ein 38-jähriger Italiener verschwand in Dulnain Bridge. Auch diesen Vorfall druckte er aus und vergrößerte gleichzeitig den Suchradius auf 50 Kilometer um Nethy Bridge. Dann ein Fall aus dem Jahr 2010: Zwei über 80 Jahre alte Männer aus der Umgebung verschwanden spurlos. Für sie wurden sogar Suchtrupps organisiert. Eine Woche später fand man sie in der Hütte eines Schäfers, wo sie sich mit ein paar Flaschen Single Malt über ihre streitsüchtigen Frauen trösteten. Jules musste lachen, als er das las, und suchte weiter.

Im Oktober 2008 wurde eine Vermisstenanzeige in Kinveachy erstattet. Diesmal verschwand ein 32-jähriger aus Liverpool spurlos. Ein Muster begann sich abzuzeichnen: Alle fünf Jahre, immer in den Monaten September und Oktober, verschwanden Touristen. Bis 1968 hatte Jules zurückrecherchiert und immer weitere Fälle gefunden, als sein knurrender Magen ihn unterbrach. Er hatte noch nicht gefrühstückt. Zeit für eine Pause.

Mit den Ausdrucken in der Tasche ging er zum Italiener am Rande des Parks. Er studierte die Karte nur kurz und bestellte Carpaccio als Vorspeise und eine Lasagne. Während er auf sein

Essen wartete, blätterte er durch die Ausdrücke. Fünfundfünfzig Jahre waren selbst für einen Serienmörder zu viel. Keiner der Verschwundenen wurde je gefunden. Dahinter steckte ein System. Und wenn Jules herausfand, was dahinter steckte, könnte er vielleicht auch den vermissten Mann aufspüren.

Am Nachmittag arbeitete er weiter im Archiv der Zeitung und kam bis ins Jahr 1948 zurück. Immer in fünfjährigen Intervallen gab es neue Fälle. In den Kriegsjahren zuvor jedoch nicht mehr. Möglicherweise lag das daran, dass in dieser Zeit überall Menschen vermisst wurden und andere Dinge von größerem Interesse für die Medien waren.

Zurück in seinem Büro verglich Jules die fünfzehn Fälle. Alle Verschwundenen waren Männer unter vierzig und keiner kam aus der Region. Auffällig war auch, dass die Behörden kaum Ermittlungen durchführten. Meistens wurden die Suchaktionen kurz nach dem Verschwinden eingestellt.

Er scannte alle Artikel ein und schickte sie per Email an seinen Freund Benno Mickerts vom LKA Sachsen. Bevor er ihn anrief, buchte er für den übernächsten Tag einen Flug nach Edinburgh, einen Leihwagen sowie ein Zimmer in der Pension Nethy Cottage. Gerade als er fertig war, kam ihm der Hauptkommissar aus Dresden zuvor.

»Hallo Jules. Was hast du mir denn da geschickt?«, fragte Benno Mickerts.

Jules erklärte ihm seinen neuesten, bizarren Fall. »In den letzten 75 Jahren wurden immer zur gleichen Jahreszeit und in der gleichen Region der Highlands Männer als vermisst gemeldet. Das kann doch kein Zufall sein. Vielleicht findest du mehr heraus«, sagte er.

»Das ist in der Tat seltsam. Ich will sehen, was sich machen lässt. Hast du dich in Antwerpen wieder eingelebt?«, fragte Benno. Er

und Beate waren ebenfalls bei Karstens Hochzeit in Florida gewesen, mussten aber früher abreisen.

»Du weißt doch, wie das ist. Die Erholung ist schnell dahin, sobald dich der Alltag wieder im Griff hat. Das wird bei dir nicht anders sein«, sagte Jules.

»*Geht mir genauso. Mein Schreibtisch ist voll. Deshalb würge ich dich jetzt auch ab. Ich melde mich, wenn ich etwas herausgefunden habe.*«

»Kein Problem. Danke und bis bald«, sagte Jules und warf einen beiläufigen Blick auf die Uhr. 19:48. Das war genug für heute, entschied er und klappte den Laptop zu. Im Grunde hatte er alles erledigt, was er sich vorgenommen hatte.

Jules ging in die Küche und stellte ein Baguette in die Mikrowelle. Er freute sich auf einen kleinen Snack und ein kühles Bier. Doch auf dem Weg zum Kühlschrank klingelte sein Handy. Eine ihm unbekannte Nummer erschien auf dem Display. Er nahm das Gespräch an, öffnete mit der anderen Hand den halbleeren Kühlschrank und griff nach einer der letzten Bierdosen. Er musste einkaufen, wenn er aus Schottland zurückkam, dachte er.

»Van Dyck, guten Abend«, meldete er sich.

»Hallo«, sagte eine weibliche Stimme. »*Mila Janssen. Sie wissen, wer ich bin?*«, hauchte sie.

Jules spürte augenblicklich ein Kribbeln im Bauch. Er ignorierte das Klingeln der Mikrowelle und stellte die beschlagene Bierdose auf den Tisch.

»Natürlich. Sie sind die Freundin von Karin Malinowski«, sagte Jules.

»*Ich freue mich, dass Sie sich erinnern*«, erwiderte sie. »*Herr van Dyck, ich habe lange nachgedacht und möchte Ihnen etwas über Max erzählen, wovon Karin nichts weiß.*«

»Dann schießen Sie mal los.«

»*Nicht am Telefon. Können wir uns treffen?*«, fragte sie.

Das war die perfekte Gelegenheit für ein Treffen mit dieser faszinierenden Frau.

»Ich schaffe es nicht mehr nach Eupen. Sind Sie mobil, Frau Janssen?«, fragte Jules.

»*Ja, sicher.*«

»Ich habe nur noch morgen Zeit. Danach fliege ich nach Schottland. Kommen Sie doch nach Antwerpen. Dann können wir uns bei einem Abendessen unterhalten«, schlug er vor.

»*Eine gute Idee. Wo und wann treffen wir uns?*«, fragte Mila.

Jules nannte ihr die Adresse eines guten argentinischen Steakrestaurants. »Um 19 Uhr? Würde das passen, Frau Janssen?«

»*Eine gute Zeit. Ich freue mich auf morgen!*«, sagte sie.

Einerseits war er neugierig, was Mila über Maximilian wusste. Aber noch mehr interessierte ihn, ob das ein Date war. Schmunzelnd öffnete er sein Bier und vergaß für einen Moment sein Essen in der Mikrowelle.

Das lautlose Vibrieren seines Handys riss Jules aus den Träumen. Er war mit Gedanken an Mila eingeschlafen – und hatte von ihr geträumt.

Auf dem Display blinkte ein verpasster Anruf auf. Benno Mickerts.

Kaltes Wasser spülte die letzte Müdigkeit aus seinem Gesicht. Während die Kaffeemaschine anlief, rief er zurück.

»Guten Morgen, Benno. So früh?«, fragte er.

»*Sechs Uhr ist normal für mich. Beate macht gerade Frühstück. Du kennst doch die Geschichte mit dem Vogel!*«

»... und dem Wurm. Grüß Beate von mir. Ich nehme an, du hast etwas über die Vermissten in Nethy Bridge herausgefunden.«

»*Keine guten Nachrichten, Jules*«, sagte Benno. »*Beate und ich haben gestern Abend recherchiert. Du hattest Recht – während des Zweiten Weltkriegs gab es keine Berichte über verschwundene*

Männer. Aber davor tauchen sie wieder auf. Wir konnten Fälle bis ins späte 19. Jahrhundert zurückverfolgen – immer im Abstand von fünf Jahren.«

»So lange? Und davor?«, fragte Jules.

»*Zeitungen waren damals nicht weit verbreitet, und man kümmerte sich nicht um solche Dinge. Erst 1888 rückte Jack the Ripper ähnliche Fälle ins öffentliche Interesse.«*

»Gab es denn keine Suchaktionen oder Ermittlungen? Ich kann mir nicht vorstellen, dass die schottische Polizei tatenlos blieb.«

»*Ich habe gestern mit New Scotland Yard gesprochen. In den späten 60ern und 70ern gab es einige Sonderabteilungen, aber ohne Erfolg. Niemand tauchte je wieder auf, und irgendwann wurden die Ermittlungen aus Kostengründen eingestellt.«*

»Das kann doch nicht wahr sein!«, echauffierte sich Jules.

»*Du weißt nicht, wie Polizeiarbeit funktioniert. Auch bei uns ist es nicht anders. Man konzentriert sich auf Fälle mit besseren Erfolgsaussichten. So einfach ist das, Jules«,* erklärte Mickerts.

»Umso reizvoller für mich, mehr herauszufinden. Morgen fliege ich nach Edinburgh und fahre weiter nach Nethy Bridge. Irgendwelche Spuren muss es doch geben«, sagte Jules.

»*Ehrlich gesagt, wäre es Beate und mir lieber gewesen, wenn du den Auftrag nicht angenommen hättest. Die einzige Erklärung könnte in der Mythologie der Schotten liegen. Sie sind traditionsbewusst, und gerade in den Dörfern pflegt man alte keltische Bräuche. Selbst Straßenschilder und Speisekarten gibt es oft in keltischer und englischer Sprache.«*

»Interessant. Aber das schreckt mich kaum ab.«

»*Hast du schon mal von den Wicca Coven gehört?«*

»Was ist das?«

»*Hexenzirkel«,* sagte der Kommissar.

»Hexen? Jetzt muss ich lachen, Benno. Soll ich mich vor dem Aberglauben einiger Hinterwäldler fürchten?«, Jules lachte.

»*Unterschätze das nicht. Die Wicca Coven sind in den Highlands weitverbreitet. Kaum jemand traut sich, offen darüber zu reden. Deshalb wirst du von den Leuten nicht viel erfahren. Und nicht zuletzt aus diesem Grund musste Scotland Yard die Abteilungen immer wieder auflösen*«, erklärte Benno.

»Trotzdem machen mir diese heidnischen Bewegungen keine Angst. Sie scheinen mir eher harmlos zu sein.«

»*Bei den meisten mag das so sein. Aber angeblich gibt es auch Zirkel, die sich der Schwarzen Magie verschrieben haben.*«

»Das klingt nach Hokuspokus. Aber damit du beruhigt bist, werde ich meinen Koffer und den Leihwagen mit GPS-Sendern ausstatten. Und ich verspreche dir, vorsichtig zu sein.«

»*Nähe bitte noch einen weiteren Sender in deine Wäsche ein und gib mir den Zugang zur App!*«

»Okay. Versprochen, Herr Kommissar«, sagte er.

Jules musste grinsen, aber seine Neugier war geweckt. Er wollte mehr über diese ominösen Hexenzirkel herausfinden und ging ins Büro.

Die Standardeinträge lieferten nichts Brauchbares. Allgemeines Blabla über Hexerei und Okkultismus – Kartenlegen, Handlesen, Horoskope, das Besprechen von Warzen, Liebes- und Abwehrzauber – waren die üblichen Ergebnisse. Jules verfeinerte die Suche und gab »Wicca Coven« und »Nethy Bridge« in die Maske ein.

Jetzt fand er erste Hinweise darauf, dass die schottische Öffentlichkeit sogar Opfergaben von Hühnern und Katzen tolerierte. Es gab Berichte über Zusammenkünfte in Steinkreisen, bei denen das Blut eines Tieres oder sogar eines Menschen herumgereicht wurde – und die Hexen davon tranken. Jules grinste nicht mehr. Stattdessen bekam er eine Gänsehaut bei dem

Gedanken daran. Dann stieß er aber auch auf die Behauptung, dass die Hexenkunst eigentlich eine lebensbejahende Philosophie sein sollte. Die schottischen Wicca-Hexen seien akzeptiert, weil sie sich meist auf den Gebrauch von Kräutern zu Heilzwecken beschränkten. Menschenopfer habe es angeblich nur noch wenige Jahre nach der großen schottischen Hexenjagd von 1661 und 1662 gegeben. Nicht verurteilte Hexen hätten, so die Kirchenmänner, in ihren geheimen Coven aus Rache Menschen geopfert. Jules fand Hinweise darauf, dass die Schotten alles fürchteten, was mit Hexen in Verbindung gebracht wurde. Selbst bloße Legenden und Geschichten jagten ihnen Angst ein. Mit dem Glauben an Hexen sei untrennbar die Magie verbunden – eine Macht, die sich auf wenige Auserwählte konzentriere. Durch die Hexenverfolgung sei ihre Zahl jedoch stark dezimiert worden. Eine gruselige Erklärung. Bei der Vorstellung, Max könnte Opfer eines solchen Zirkels geworden sein, lief es Jules eiskalt den Rücken herunter. Benno und Beate hatten also nicht ganz Unrecht.

Er musste sich ablenken und verbrachte den Rest des Tages in seiner Wohnung. Zuerst lud er drei GPS-Sender auf und schickte Benno die Zugangsdaten. Danach nahm er ein Bad und packte schon mal seinen Koffer – am frühen Morgen musste er zum Flughafen.

Jules verließ die Tiefgarage unter der Meir, der bekannten, riesigen Fußgängerzone, in der das Cordero al Palo Argentina eine gute Adresse für Fleischliebhaber war. 23 Grad um 19 Uhr – für Ende September war es ungewöhnlich mild. Das Laub der herbstlich anmutenden Bäume in der Einkaufsstraße begann bereits zu fallen, während um ihn herum geschäftiges Treiben herrschte. Farbenfrohe Geschäfte säumten seinen Weg zum argentinischen Restaurant zwischen den Bäumen. Neben dem reservierten Tisch mit den gemütlichen Stühlen zwischen quadratischen

Sonnenschirmen standen Heizstrahler. Für alle Fälle, dachte Jules. Sein dunkelgraues, sportlich geschnittenes Sakko ergänzte perfekt das weiße Polo und die Jeans. Da Mila noch nicht da war, studierte er die Speisekarte. Trotz des Namens des Restaurants gab es nicht nur Lammgerichte aus Patagonien – Rind, Schwein und Hühnchen standen ebenso auf der Karte wie vegane Optionen. Mit Vorfreude wartete er mit seiner Bestellung auf seine Verabredung.

Sein Herzschlag beschleunigte sich augenblicklich, als er sie kommen sah. Ihre langen, schwarzen Haare glänzten mit einem blauen Schimmer im Licht der untergehenden Sonne. Sie entdeckte ihn, lächelte und kam mit elegantem Hüftschwung auf ihn zu. In den eng anliegenden Jeans war sie ein Anblick, der Jules den Atem raubte. Über ihrer hellblauen Bluse trug Mila eine figurbetonte, hüftlange Lederjacke in dunklem Blau. Als sie am Tisch ankam, stand er auf und begrüßte sie mit einem Händedruck. Kaum hatte sie Platz genommen, erschien der aufmerksame Kellner und nahm ihre Getränkewünsche auf. Beide bestellten ein kleines Bier, dann verschwand der Mann wieder.

»Das ist wirklich ein hübsches Restaurant«, sagte sie und sah sich um. »Es freut mich, dass Sie noch Zeit für mich haben, Herr van Dyck.«

Jules spürte sein Herz klopfen, als er in ihre Augen sah. Verliebte er sich gerade – zum ersten Mal seit vielen Jahren? Mila hatte nicht nur eine schlanke Figur mit Taille und femininen Hüften. Sie strahlte eine umwerfende Präsenz aus. Ihre Augen waren wunderschön, ihr Gesicht perfekt symmetrisch.

»Das mache ich gerne. Außerdem habe ich um diese Zeit immer Hunger«, sagte er.

»Wie ich hörte, haben Sie eine Tochter«, stellte sie fest.

»Ja. Leonie ist jetzt dreizehn. Leider habe ich ständig ein schlechtes Gewissen, weil ich zu wenig Zeit für sie habe.«

»Aber Ihre Frau kümmert sich doch sicher um sie?«

Jules schüttelte den Kopf. »Meine Frau ist vor gut vier Jahren an Krebs verstorben.«

»Das tut mir leid. Das wusste ich nicht. Aber auch ich bin Witwe. Mein Mann starb vor sieben Jahren bei einem Autounfall«, sagte sie leise.

»Haben Sie Kinder?«, fragte Jules.

»Ich wollte immer welche. Aber leider kam es nicht mehr dazu.«

»Frau Janssen, Sie wollten mir etwas über Max Malinowski erzählen«, lenkte Jules das Gespräch zurück auf das Wesentliche.

Mila senkte den Blick. »Ja, richtig. Also, die Ehe mit meinem Mann war nicht die beste. Etwa ein halbes Jahr nachdem er umkam, lernte ich Max kennen. Er gab mir kurzfristig den Trost, den ich damals glaubte, haben zu müssen. Wir hatten eine kurze Affäre.«

»Das ist doch in Ordnung«, meinte Jules.

»Nein. Ist es nicht. Karin war schon damals meine Freundin, und sie hat Max erst durch mich kennengelernt. Sie weiß bis heute nichts davon«, sagte Mila leise.

»Warum haben Sie ihr nicht gleich davon erzählt? Das wäre doch bestimmt kein Problem gewesen.«

Mila seufzte und nickte nachdenklich. »Das denke ich heute auch. Aber wenn sie jetzt davon erfährt, wäre Karin schwer enttäuscht. Es würde nicht nur ihre Ehe, sondern auch unsere Freundschaft belasten. Das Problem ist, dass ich damals naiv dachte, Max würde es ihr sagen. Zumindest hatten wir das so vereinbart«, sagte sie und trank ihr Bier in einem Zug leer.

»Dann ist es aber nicht Ihre Schuld.«

»Ich mache mir Vorwürfe, weil ich all die Jahre geschwiegen habe. Aber ich wollte ihre Ehe nicht belasten. Die beiden lieben sich, und Karin bekommt jetzt sogar ein Kind von Max.«

Jules strich nachdenklich über seinen Bart. »Hm, ich verstehe. Und warum erzählen Sie mir das jetzt ausgerechnet mir?«

»Weil es durchaus möglich wäre, dass Sie bei Ihren Nachforschungen darauf stoßen. Deshalb wollte ich Sie um Diskretion gegenüber Karin bitten.«

»Kein Problem. Gut, dass Sie es mir erzählt haben. Früher oder später hätte ich ohnehin Fragen in diese Richtung gestellt.«

Mila zögerte kurz, dann lächelte sie. »Wenn ich ehrlich bin, gibt es noch einen weiteren Grund, warum ich Ihnen das erzählen wollte.«

»Und der wäre?«

»Ich wollte bei unserem ersten Date ehrlich zu Ihnen sein!«, sagte sie und berührte mit ihren roten Fingernägeln zaghaft seine Hand.

Bevor Jules etwas erwidern konnte, kam der Kellner und nahm ihre Bestellung auf. Die Unterbrechung lenkte ihn von seiner Nervosität ab – was ihm nicht ganz unrecht war. Sie bestellten eine Flasche Wasser, argentinischen Rotwein und Steak. Als der Kellner verschwand, griff Jules nach Milas weicher Hand.

»Soso. Unser erstes Date. Ehrlich gesagt, hatte ich mich mehr auf dich gefreut als auf irgendwelche Neuigkeiten in dem Fall«, gab er flirtend zu.

Mila zuckte mit den Schultern und spielte mit einer Haarsträhne, ohne ihn aus den Augen zu lassen. »Schauen wir mal, wie sich der Abend entwickelt«, sagte sie, als der Kellner das Essen brachte. Ihre Steaks hatten die perfekte Farbe. Beim ersten Aufschneiden zeigte sich saftiges, rosafarbenes Fleisch. Rare. Genauso, wie Jules es mochte. Doch das Schneiden gestaltete sich schwierig – sie konnten einfach nicht voneinander lassen.

»Wann geht morgen dein Flieger?«, fragte Mila.

»Um acht Uhr dreißig. Ich sollte zwei Stunden vorher am

Airport sein«, antwortete Jules und wischte sich mit der Serviette den Mund ab.

Er bezahlte die Rechnung und begleitete sie zu ihrem Auto.

»Du musst zwar früh raus, aber darf ich trotzdem bei dir übernachten? Ich glaube, der Rotwein haut mich ein wenig um«, fragte sie und kannte die Antwort bereits. Mila schlang ihre Arme um ihn und küsste ihn wild und zärtlich zugleich.

3

Seit zwei Tagen hing er an diesem Strick. Er spürte weder seine Beine, noch seine Füße. Mehr als ab und an einen Schluck Wasser aus diesem Schlauch hatte er nicht bekommen. Maximilian fühlte sich schlapp und ausgemergelt. Es war merkwürdig, aber er verspürte kein Hungergefühl mehr. Er ließ die Frauen nicht aus den Augen. Die Ältere war offenbar die Chefin des verrückten Vereins. Dieses Messer, mit der zweischneidigen Klinge, hielt sie über sich und begann wieder leise ihrem monotonen Singsang. *Athame* nannte die Alte dieses Ding und sie vollführte vor seinen Augen einen wilden Tanz um den kleinen Steinkreis und sprach dabei immer wieder die gleichen unverständlichen Worte. An Schlaf war in seiner Situation nicht zu denken. Dazu quälten ihn zu sehr die Schmerzen. Maximilian hoffte, dass er gesucht wurde, aber er machte sich mehr Sorgen um seine schwangere Frau. Karin hatte es nur wenige Monate vor der Geburt ihres Kindes nicht leicht, und er wünschte sich, bei ihr zu sein. Er musste hier raus. Er dachte nicht im Traum daran, sich einfach mit seinem Schicksal abzufinden. Irgendetwas hatten diese Frauen mit ihm vor. Er beobachtete sie bei ihrem Tanz um die ausgelegten Steine. Es musste sich um irgendein wichtiges Ritual für sie handeln, denn sie wiederholten diesen Tanz täglich vor seinen Augen. Plötzlich hielt die Alte inne und hielt die Athame weit über sich in die Luft.

»Lasst ihn jetzt herunter«, sagte sie zu den jüngeren Frauen im Befehlston. »Gebt ihm zu essen, zu trinken und dann das Elixier.«

Die Frauen trugen diese grauen, vorne geschnürten Filzkleider mit großen Kapuzen und kamen näher. Zwei umklammerten Maximilian an seinem Oberkörper, während die kräftigere Schwarzhaarige seine Armfesseln löste. Obwohl sie ihn zu halten versuchten, sackte er zu Boden. Die magere Rothaarige und die fülligere Schwarzhaarige zerrten ihn hinter sich her in eine dunkele Nische und wuchteten Maximilian auf eine Matratze. Er fühlte sich unendlich leicht, obgleich er kaum seine Glieder spürte, da er lange bewegungslos an dem Strick unter dem Deckenbalken hing. Trotzdem fesselten sie ihn an eisernen Ösen an der Wand, bevor ihm die Rothaarige einen Plastikbecher an die Lippen hielt.

»Trink das!«, herrschte sie ihn unfreundlich mit ihrer schrillen Stimme an.

»Sofort!«, sagte sie nachdrücklich, als er nicht gleich reagierte und riss seinen Kopf an den Haaren zurück. Maximilian stöhnte, doch als das streng nach Kräutern riechende Gebräu rann seinen Hals hinunterlief, schmeckte es nicht unangenehm. Gleich darauf kam die Schwarzhaarige mit einer Schale und hielt ihm einen Löffel an den Mund. Porridge! Er hasste dieses Müsli der Schotten eigentlich, aber nach Tagen ohne Nahrung tat es ihm gut. Der Brei würde ihm zu neuen Kräften verhelfen, und die brauchte er dringend, wenn er sich aus dieser Zwangslage befreien wollte. Er war noch nicht fertig, als die Alte näher kam und sich grinsend vor ihn hinstellte. während die anderen seine Beine erneut fesselten. »Du hast Glück«, sagte sie krächzend.

»Glück? Das nennt Ihr Glück?«, flüsterte Max.

»Natürlich hast du Glück. Du bist nach langer Zeit der Auserwählte. Also sei dankbar!«

»Auserwählt? Wofür?«

»Komm mal erst wieder zu Kräften, dann wirst du schon sehen«, sagte sie und alle Frauen lachten über seine Unkenntnis, bevor sie die Scheune verließen. Max hörte, wie sie von außen die Tür mehrfach verriegelten. Er fragte sich, warum sie in Rätseln zu ihm sprach. Aber offensichtlich bereitete es ihnen Freude ihn in Unkenntnis darüber zu lassen, was sie mit ihm vorhatten.

Drei weitere Tage verstrichen, und das Matratzenlager, auf dem er lag, verströmte einen muffigen Geruch, der an einen nassen Spüllappen erinnerte, den die Putzfrau vor Wochen vergessen hatte. Doch die Zeit der Gefangenschaft schien ihm endloser als je zuvor. Erst als er sich aus Verzweiflung wiederholt eingenässt hatte, gestatteten sie ihm unter strenger Aufsicht, sein Geschäft in einer alten Tiertränke zu verrichten. Auch wenn die Matratze fast bequem wirkte, hatte er das Gefühl, hier dringend fliehen zu müssen.

Die irren Weiber kamen meist nur einmal am Tag, brachten ihm Essen und Wasser. Danach verschwanden sie wieder, und er blieb allein zurück. Es musste einen Weg hinausgeben. Er ließ den Blick erneut durch die Scheune wandern. Das Holz der Wände war von innen verwittert, vom eindringenden Regen ergraut und an einigen Stellen mit schwarz-braunen Flecken übersät – ein sicheres Zeichen für Fäulnis. Die Tür war massiv, gesichert durch mehrere Verriegelungen. Jedes Mal, wenn die Hexen sie abschlossen, hörte er eine Abfolge seltsamer Geräusche – lange, unterschiedlich klingende Aktivitäten, als wären mehrere Mechanismen im Spiel.

Der Raum selbst war eine verstaubte, trostlose Lagerstätte für ausgediente Möbel und Gerümpel. Vielleicht, dachte er, befand sich darunter etwas Nützliches – ein Werkzeug, das ihm helfen konnte. Das Scheunentor war offenbar seit Jahren nicht mehr benutzt worden. Es stand einen Spalt offen, gerade breit genug, um einen Hauch von Außenwelt hindurchzulassen. Doch direkt davor versperrten Hindernisse den Weg: ein rostiges Schrottauto, aufgebockt auf Ziegelsteinen, und daneben ein massiver, wuchtiger Schrank.

Maximilian riss an den Fesseln, die seine Handgelenke an die Eisenringe in der Wand ketteten. Die Kabelbinder um seine Knöchel schnitten in die Haut – jede Bewegung war zwecklos. Erst zwei Tage war es her, dass die grauhaarige Alte ihn angesehen und mit ihrer krächzenden Stimme verkündet hatte, er sei *auserwählt*. Maximilian wollte nicht wissen, was sie damit meinte. Es konnte nichts Gutes bedeuten.

Seit dem Morgen wälzte sich eine gewaltige Sturmfront heran. Durch das kleine Fenster sah er die pechschwarzen Wolken über den Himmel jagen. Der Regen trommelte auf die Bretter, der Wind pfiff durch die Ritzen der Scheune und ließ sie unheilvoll knarren. Sie würden bald kommen – wie immer. Ihre seltsamen Rituale abhalten, ihm Wasser einflößen, ihn füttern.

Nur wenn er zur alten Viehtränke durfte, um sich zu erleichtern, lösten sie für einen Moment seine Fesseln. Doch selbst dann wich die Bewachung nicht von seiner Seite: die Alte mit dem riesigen Messer und die anderen Frauen, die Mistgabeln umklammerten wie Waffen. Bald würden sie wieder auftauchen – doch bei diesem Wetter würden sie nicht lange bleiben. Am Vortag hatte er in seiner verdreckten Hose einen kleinen Gegenstand ertastet – etwas, von dem er sicher war, es längst weggeworfen zu haben, weil es nutzlos schien. In der seit Ewigkeiten nicht mehr getragenen grauen Jeans fand Max das winzige Werbegeschenk: ein ovales Plastikgehäuse mit dem Logo einer Tankstelle, befestigt an einem dünnen Schlüsselring. Darin verborgen lag ein Maniküre-Set – offenbar von den Frauen übersehen. Heute wollte er sich beim Urinieren mehr Zeit lassen, um den Gegenstand unauffällig an sich zu nehmen und in seiner Hand zu verbergen. Endlich hatte er eine Chance, sich zu befreien.

Ein gleißender Blitz zuckte durch das kleine Fenster, nur eine

Sekunde später folgte der Donner. Das Gewitter tobte direkt über ihm. Mit einem krachenden Einschlag in der Nähe erzitterte der Boden, und erschrocken flatterten Tauben unter dem Scheunendach auf. In diesem Moment öffnete sich die Tür. Vier Frauen traten ein, durchnässt vom Regen, ihre Kleider schwer, ihre Haare klatschnass.

4

Der kleine Antwerpener Flughafen lag südlich der Stadt und war vor Einsetzen des Berufsverkehrs in etwa dreißig Minuten mit dem Taxi zu erreichen. Jules hatte gerade seinen großen Rollkoffer aufgegeben, als Mila sich bei ihm unterhakte. Sie wollten die verbleibende Zeit mit einem gemeinsamen Frühstück in dem überschaubaren Terminal verbringen, das Ankünfte und Abflüge unter einem Dach vereinte. Sein Flug würde mit dem Zwischenstopp in Amsterdam mehr als fünf Stunden dauern. Mit etwas Glück konnte er also erst gegen 14 Uhr in einem Leihwagen sitzen und sich auf den Weg in die Highlands machen. Mila war elf Jahre jünger als er – eine attraktive Frau mit schwarzem Haar. Jules nahm an, dass sie ebenso ausgehungert gewesen war wie er. Oder spielte der Altersunterschied doch eine Rolle? Die Nacht mit ihr hatte ihn kaum schlafen lassen, und jetzt kämpfte er gegen die Müdigkeit an, während er versuchte, wach zu bleiben, bis er endlich im Flugzeug saß. Verliebt lächelnd nahmen sie in dem kleinen Restaurant im oberen Stockwerk Platz – direkt vor einer der großen Panoramascheiben. Das Morgenlicht tauchte den Raum in ein sanftes Leuchten, während sie ihre Tabletts vor sich abstellten.

»Wie sieht dein Plan für heute aus?«, fragte Jules interessiert.

Mila grinste. » Zuerst muss ich mein Auto aus der Tiefgarage auslösen.«

»Auslösen?«, wiederholte Jules mit hochgezogenen Brauen. »Das steht da seit gestern Abend! Das wird teuer.« Er lehnte sich zurück und musterte sie amüsiert. »Sag mir später, was du bezahlen musst. Ich übernehme das.«

Mila schüttelte den Kopf. »Das ist nicht nötig. Du hast mich zum Essen eingeladen, und ich wollte die Nacht mit dir verbringen.« Sie lächelte charmant.

Jules erwiderte ihr Lächeln. »Ich bereue keine einzige Minute der letzten Nacht – und freue mich schon auf die nächste. Mit einer Gabel stocherte er in seinem Rührei.

Nach einem kurzen Schweigen fragte Mila: »Ist der Auftrag Max zu finden eigentlich gefährlich?«

Jules überlegte kurz. »Das weiß ich noch nicht genau. Aber vieles deutet auf keltische Rituale hin. Seit über hundert Jahren verschwinden dort immer wieder Männer – spurlos.«

Mila verzog das Gesicht. »Das hört sich gefährlich an! Pass auf dich auf, ja?«

»Ich habe mich darauf spezialisiert, vermisste Personen zu finden«, sagte Jules mit einem nachdenklichen Lächeln. »Ganz ohne Risiken geht mein Job fast nie über die Bühne. Und nicht immer ist es nur der Ehemann, der vom Zigarettenholen nicht zurückkommt.« Er lachte leise und ließ den Blick über das Rollfeld schweifen, wo gerade eine weiße Ryanair-Maschine landete. Dann wandte er sich wieder ihr zu. »Und was machst du eigentlich beruflich?«

»Ich bin eine Hilfsschulpädagogin«, erklärte sie.

»Also eine Lehrerin«, sagte Jules.

»Auch. Aber meine Arbeit unterscheidet sich von der an einer Regelschule.«

»Inwiefern?«, fragte er interessiert.

»Ich unterrichte an einer Förderschule – früher sagte man einfach ‚Hilfsschule‘. Heute nennt man es Förderschule, um die Schüler nicht als ‚ausgesondert‘ zu stigmatisieren. Ich selbst bleibe trotzdem eine Hilfsschulpädagogin. Seltsam, oder?««

»Allerdings. Verrückt, würde ich sagen. Aber wir leben in einer Zeit, in der alles umbenannt wird. Welche Behinderungen haben die Kinder an deiner Schule?«

»Es gibt Schüler mit geistigen oder körperlichen Beeinträchtigungen, etwa Seh-, Hör- und Sprachstörungen. Auch Kinder mit Lernbehinderungen. Ich arbeite vor allem mit den schwierigen Fällen – Kindern, die schon vor der Einschulung auffällig aggressiv oder verhaltensgestört waren. Oft liegt das an ihrem sozialen Umfeld.«, erklärte Mila.

»Also an den Eltern?«

»Nicht nur. Ich sehe Eltern oft kritisch, aber es geht nicht immer um Schuld, sondern um den Umgang mit den Kindern. Warum werden Menschen später zu Straftätern? Genau da setze ich an – ich versuche, die Ursachen für Gewalt und Verhaltensstörungen frühzeitig anzugehen.«

»Das klingt anspruchsvoll. Nimmst du das nicht auch privat mit?«

»Nein. Sobald ich das Schulgelände verlasse, schalte ich ab. Anders könnte ich den Beruf nicht machen«, sagte sie und strich sich eine Haarsträhne hinters Ohr.

»So wie Ärzte oder Krankenschwestern.«

»Alle, die in sozialen Berufen arbeiten. Aber ich glaube, du solltest jetzt wirklich los«, sagte sie und warf einen Blick auf die Anzeigetafel.

»Oh Gott, mein Flug wird schon aufgerufen!«, rief Jules. Sie lachten, während sie gemeinsam zu seinem Gate eilten. Ein letzter, kurzer Kuss – dann musste er sich von der Frau verabschieden, die sein Herz im Sturm erobert hatte.

Was würde Leonie dazu sagen? Er hoffte, sie würde seine neue Liebe akzeptieren. Vielleicht würden sie sich sogar verstehen. Gähnend durchquerte er den Gang zum Flugzeug und schnallte sich schließlich auf seinem Platz an – einer der Letzten an Bord.

5

Seit dem Vorabend hielt er das Werbegeschenk der Tankstellenkette krampfhaft in seiner Hand verborgen. In der Nacht des Unwetters wollte er jedoch keinen Fluchtversuch wagen. Zu wenig hätte Maximilian bei dem wolkenverhangenen Himmel und dem fahlen Halbmond in der Scheune erkennen können.

Schon am Vortag waren die verrückten Weiber gegen Mittag eingetroffen, um ihr kleines Stein-Dingsda aufzubauen und ihren monotonen Sprechgesang abzuspulen – wie eine leiernde Kassette aus den 70ern. Seine Hand begann zu verkrampfen. Er hatte Angst, das Teil zu verlieren.

Jetzt endlich schloss sich die Tür. Sie waren weg. Erst als die Motorengeräusche ihrer knatternden Zweitakter verklangen, entspannte er sich. Vor dem nächsten Mittag war nicht damit zu rechnen, dass sie zurückkamen. Maximilian tastete mit Daumen und Zeigefinger nach dem Knopf, der das winzige Set freigab. Es dauerte Minuten, bis sich der Nagelknipser aus dem Gehäuse löste. Mit seinem Daumennagel zog er ihn vorsichtig heraus. Er drehte den Kopf soweit es ging und erkannte im schwachen Licht die spitze Nagelfeile. Behutsam klappte er sie um 180 Grad und versuchte, sein Handgelenk so weit zu biegen, dass er die Armfessel erreichte. Schweißperlen standen auf seiner Stirn. Fast rutschte ihm der Knipser aus der Hand. Max stöhnte auf. Im letzten Moment fing er ihn wieder auf und zog ihn langsam zurück in die Faust. Beim zweiten Versuch erreichte er die linke Fessel. Er ignorierte den Schmerz in seinem überdehnten Handgelenk und begann, mit der geschärften Kante des chinesischen Billigprodukts an den Fesseln zu säbeln. Immer wieder stach er sich schmerzhaft in den Unterarm. Unendlich lange zwanzig Minuten verstrichen, in denen er nur einmal einen kurzen Schmerzenslaut ausstieß. Endlich lösten sich die ersten Fasern. Mit jedem kleinen Erfolg ging es schneller. Nach einer harten Stunde war sein linker Arm frei. Er ließ den Knipser in seinen Schoß fallen und stöhnte erleichtert auf.

Nach einer kurzen Pause befreite er auch die andere Hand und durchschnitt schließlich den Kabelbinder an seinen Beinen.

»Ja!«, stieß er aus und riss die Fäuste in die Luft.

Das Wichtigste war geschafft. Er versuchte aufzustehen. An einem verstaubten Balken richtete er sich mühsam auf. Zu lange hatte er sich nicht bewegt. Seine Knie zitterten. Dann sackte Maximilian wieder zu Boden.

»Mist!!«, fluchte er.

Er trieb doch regelmäßig Sport. Mehrmals in der Woche lief er sechs oder mehr Kilometer. Er atmete tief durch und richtete sich erneut auf. Diesmal hielt er sich eine Weile an dem Balken fest, bevor er die ersten Schritte wagte. Einhändig machte er Entspannungsübungen, die er sonst vor und nach dem Joggen in Eupen gemacht hatte. Das pumpte wieder mehr Blut in seinen Körper. Bald fühlte er sich sicher genug, die ersten Schritte zu riskieren. Maximilians Knie zitterten nicht mehr, als er sich im Dämmerlicht an dem Schrottauto vorbeischob und das Scheunentor erreichte. Durch einen offenen Spalt hatte er früh erkennen können, dass es nicht richtig verschlossen war. Es ließ sich jedoch nicht aufdrücken. Irgendetwas stand von außen davor. Maximilian versuchte es mehrmals, gab aber schließlich auf und ging zu der Tür, durch die die Frauen immer kamen. Doch sie war massiv und fest verschlossen. Das einzige Fenster befand sich in vier Metern Höhe und war ohnehin zu klein.

Er musste einen anderen Weg finden, um zu fliehen. Er blickte sich um und suchte nach etwas Nützlichem zwischen dem Gerümpel. In einer hinteren Ecke, die er zuvor nicht sehen konnte, entdeckte er zwei hölzerne Regale. Langsam bahnte er sich einen Weg dorthin – vorbei an alten Reifen, leeren Kisten und sonstigem unbrauchbaren Kram. Die Regale waren kaum erkennbar, und er hatte nichts, womit er Licht hätte machen können. Wie ein Blinder tastete er ein Regalbrett nach dem anderen ab. Was er immer spürte, war eine dicke Staubschicht, die trocken über allem lag. Der aufgewirbelte Dreck verursachte einen Juckreiz in seiner Nase, und Maximilian musste mehrmals laut niesen. Zwischen zwei Farbdosen fand er schließlich einen Schraubenzieher mit langer Klinge und brüchigem Holzheft. Das war es, was er brauchte. Mit diesem Werkzeug konnte er einige der verschimmelten Bretter in der Wand lösen – sie hatten über die Jahre durch das Regenwasser, das von außen eindrang, ihre Stabilität verloren.

Zuvor hatte Max seine alten Handfesseln um das brüchige Heft gewickelt, um sich vor Verletzungen zu schützen. Mit Hilfe eines verrosteten Metallrohres trieb er die Klinge in einen Spalt zwischen den Brettern. Es brauchte nur wenig Kraft, um mit der Hebelwirkung das Holz aus der verrosteten Vernagelung zu brechen. Es zersplitterte sofort. Maximilian riss größere Stücke heraus. Die angrenzenden Bretter waren fester vernagelt. Es dauerte eine Weile, bis er schließlich ein zwei mal ein Meter großes Loch in die Scheunenwand gebrochen hatte. Er schob sich hindurch.

»Freiheit!«, rief er erleichtert in die kalte Nacht.

Er sah sich um. Ein Tal. Die Scheune seiner Gefangenschaft schien als Lager für Winterfutter gedient zu haben. Weitere Gebäude konnte er nicht erkennen. Also fixierte er einen größeren Hügel oder Berg als sein erstes Ziel und machte sich auf den Weg. Vielleicht war es der Ben Macdui, den er dort sah. Aber das war unsicher. Der Himmel war zwar sternenklar, doch das Licht des abnehmenden Mondes reichte kaum aus. Trotzdem hatten sich seine Augen an die Dunkelheit gewöhnt. Bei Anbruch des kommenden Tages wollte er ein gutes Stück gelaufen sein, um sich weit genug von dem Ort seiner Gefangenschaft zu entfernen. Er befürchtete, dass sie ihn sofort suchen würden, sobald sie seine Flucht bemerkten. Die irren Weiber konnten nicht zulassen, dass Maximilian sein Wissen wem auch immer mitteilte. Bis zum Morgen musste er Hilfe gefunden haben. Auch ohne Geld und Geldkarten. Die waren ebenso verschwunden wie sein Pass. Vielleicht lag sein Gepäck noch in der Pension. Aber ohne sich ausweisen zu können, konnte seine Flucht schnell zum nächsten Problem werden.

Maximilian lief durch das Tal über eine der typischen Wiesen der Highlands. Feuchtes, langes Gras strich an seinen Beinen entlang. Hier hatte längere Zeit kein Vieh geweidet. Also würden weder Viehtreiber noch Schafhirten auftauchen. Vielleicht befand er sich tatsächlich irgendwo im Cairngorms-Nationalpark. Egal. Er war auf sich allein gestellt. Also marschierte er weiter.

Bis zum Sonnenaufgang wollte er den Gipfel des fernen Hügels erreichen. Von dort würde er mehr von der Umgebung sehen und vielleicht erkennen, wo er sich befand. Irgendwann musste er auf einen Weg oder eine Straße treffen. Dann wollte er als Anhalter zur nächsten Polizei gelangen. Doch das konnte dauern.

Als die Sonne aufging, war er noch einige Meilen vom Gipfel entfernt. Unter zwei einsam stehenden Mooreichen legte er eine Rast ein. Er war die ganze Nacht gelaufen. Schwer atmend ließ er sich an einem Stamm nieder, lehnte sich zurück, streckte die Beine aus und schloss die Augen.

6

Er saß auf der rechten Seite hinter dem Lenkrad des Rover – eine völlig ungewohnte Position für ihn. Über die Umstellung auf den Linksverkehr hatte er sich bislang kaum Gedanken gemacht. Nun zögerte er, den Leihwagen zu starten. Erst machte er sich mit den spiegelverkehrten Details des Wagens vertraut, dann gab er die Adresse der Pension Nethy Cottage in der Station Road ins Navi ein. 154 Meilen bis zum Ziel, drei Stunden Fahrtzeit. Also würde er gegen halb sechs ankommen. Er verließ das Parkhaus und ordnete sich links ein. Gleich hinter Edinburgh stockte der Verkehr vor der schmalen Forth Bridge – ein Nadelöhr, das ihn zwanzig Minuten kostete. Im Berufsverkehr muss es schrecklich sein, hier zu pendeln, dachte er. Doch gleich nach der Brücke floss der Verkehr wieder, und je weiter er die Stadt hinter sich ließ, desto ruhiger wurden die Straßen. Jules hielt nur einmal an einer Tankstelle, um zwei Flaschen Coke, ein Käse- und ein Thunfisch-Sandwich sowie ein paar Müsliriegel zu kaufen. Danach wollte er nicht mehr stoppen und bis Nethy Bridge durchfahren. Doch je tiefer er in die Highlands vordrang, desto atemberaubender wurde die Landschaft. Immer wieder entfuhr ihm ein Ah und ein Oh, und schließlich konnte er nicht widerstehen: Er fuhr an den Straßenrand, um die sanften Berge und Hügel in ihren spät-sommerlichen Farben zu bewundern und zu fotografieren. Farb-intensiver kann der Indian Summer in Neuengland im Norden der USA auch nicht sein, dachte er, während er das leuchtende Farbenmeer bestaunte. Von saftigem Grün bis Dunkelgrün, von strahlendem Gelb und leuchtendem Rot bis hin zu fast schwarzen Schattierungen – die Natur präsentierte sich in ihrer vollen Pracht. Das Zusammenspiel von Licht und Schatten verstärkte das Farbenspiel der Gräser, Moose und Büsche noch zusätzlich. Jules konnte kaum die Finger von seinem Handy lassen – immer wieder hielt er inne, um Fotos zu machen. Voller Ehrfurcht genoss er die Weite und konnte sich gut vorstellen, dass die Schotten stolz auf ihr Land waren. In dieser Landschaft mussten Mythen und Sagen auf fruchtbaren Boden stoßen. »Bin in den Highlands«, schrieb er in WhatsApp-Nachrichten an Jan, Leonie und Mila – jeweils mit fünf Fotos.

Zwei Stunden fuhr er ohne Halt weiter, bis er den Ort erreichte. Die Station Street in Nethy Bridge war nicht nur die Adresse der Pension, sondern auch eine der beiden Durchgangsstraßen des hübschen Highland-Dorfes. Vor beinahe jedem Haus standen Pflanzkübel mit blühenden Stauden – als wollten sich die Nachbarn gegenseitig übertrumpfen. Jules lenkte den Rover kurz vor der Pension an den Straßenrand und wählte Bennos Nummer.

»Ich bin angekommen«, meldete er sich.

»Hattest du eine gute Reise?«

»Gut, aber lang. Du kannst jetzt die App auf deinem Handy aktivieren. Ich gehe gleich in die Pension und melde mich später«, sagte Jules knapp.

Er aktivierte einen GPS-Sender im Bund seiner Unterhose, stieg aus und öffnete den Kofferraum. Dort deponierte er einen weiteren Sender auf der Rückseite des Reserverads, dann nahm er seinen Koffer. Der dritte Sender, den er bereits in Antwerpen unauffällig am Ende des Reißverschlusses seines Rollkoffers angebracht hatte, war für Fremde unsichtbar.

Mit Holzfällerhemd, Flanelljacke und Wanderschuhen wirkte Jules wie ein gewöhnlicher Tourist. Er betrat die Pension, legte seinen Ausweis vor und achtete darauf, dass die ältere Dame ihn tatsächlich registrierte. Während er scheinbar eine Nachricht las, machte er unauffällig ein Foto vom Gästebuch.

»Zwischen sechs Uhr dreißig und elf Uhr können Sie dort hinten frühstücken, Herr van Dyck«, sagte sie lächelnd. »Wenn wir sonst etwas für Sie tun können, lassen Sie es uns wissen. Ansonsten wünsche ich Ihnen eine angenehme Zeit in Nethy.«

»Sehr freundlich, danke«, antwortete er. »Doch zunächst – können Sie mir einen Tipp geben, wo ich gut speisen kann? Am liebsten typisch schottisch.«

Die Frau strahlte. »Gleich gegenüber ist ein Pub, dort können Sie auch essen«, sagte sie.

Er brachte den Koffer in sein Zimmer. Es war schlicht, aber sauber – der übliche Standard einer einfachen Pension wurde erfüllt.

Ein dezentes Pling kündigte eine WhatsApp-Nachricht an. *»Verbindung steht! Benno.«* Gut. Ab sofort wurde der LKA-Hauptkommissar in Dresden über jeden seiner Schritte informiert. Noch immer hallten die Erzählungen von Maximilians Freunden in seinem Kopf nach – wie spurlos erst sein Gepäck und dann er selbst verschwunden waren. Jules machte ein Foto vom Gästebuch und eines von der Frau an der Rezeption und schickte sie an Benno. Aber auch ihn musste er über jeden seiner Schritte informieren. Falls er sich nicht beim zweiten Versuch meldete, würde sein Freund aktiv werden. Damit waren die wichtigsten Vorsichtsmaßnahmen getroffen. Jetzt konnte die Suche beginnen.

Unten im Flur blieb er kurz stehen und studierte scheinbar beiläufig die Flyer im Plexiglasständer. Dabei entging ihm nicht, dass die Angestellte ihn aufmerksam musterte.

»Ach, ich werde die Zeit schon angenehm nutzen«, sagte er zu sich selbst, aber laut genug, dass sie es hören konnte. Dann legte er einen Flyer zurück.

»Es gibt hier in der Umgebung viel zu sehen, und selbst Loch Ness ist nicht weit entfernt. Aber gehen Sie doch mal ins Verwaltungszentrum. Dort informiert man Sie gerne, und Sie können direkt verschiedene Aktivitäten buchen«, sagte sie.

»Das werde ich morgen machen. Aber jetzt habe ich Hunger«, erwiderte Jules und verließ die Pension.

Das Nethy Garden Pub lag tatsächlich nur ein paar Schritte entfernt auf der anderen Straßenseite. Das Gebäude bestand aus grob behauenen Natursteinblöcken, die zugleich als Sichtfassade dienten. Bevor er eintrat, schickte er Benno eine erste Nachricht. Kaum hatte er den Schankraum betreten, drehten sich die Köpfe der Gäste – und auch der des Wirtes – zu ihm um. Doch niemand kam, um ihn zu bedienen. Fünf Minuten verstrichen. Dann ist das hier halt so, dachte Jules und suchte sich selbst einen freien Tisch.

Der Wirt brachte ihm wortlos die Speisekarte. Jules bestellte ein großes Bier. Sein Blick wanderte über die Speisen: Cullen Skink, Krabben, Fischplatte, Fish 'n' Chips, Porridge mit Erdbeeren, Haggis, Lamm-Topf. Fish 'n' Chips würde er auf jeden Fall noch probieren – aber an der Küste. Er bestellte den Lammtopf. Mit dieser Wahl konnte er nichts falsch machen. Der Eintopf war köstlich, rustikal und wurde mit frischem Brot serviert. Er trank den letzten Schluck seines Bieres und suchte sich einen Platz am Tresen zwischen den Einheimischen. Jules bestellte ein neues Bier und nahm sich vor, an diesem Abend keine Fragen zu stellen. Dafür war später noch Zeit. Erst wenn er ihr Vertrauen gewonnen und die Männer richtig eingeschätzt hatte, würde er mehr erfahren. Unauffällig lauschte er den Gesprächen der Highlander.

7

Der Wind, den sie erzeugten, wirbelte sein Haar hin und her. Sie umkreisten ihn auf ihren Besen, bösartig lachend, und zogen enge Kreise um den Baum, vor dem er ruhte. Die Hexen hatten ihn gefunden. So schnell rasten sie um ihn herum, dass seine Augen ihnen kaum folgen konnten. Die Haare der alten Oberhexe standen noch grauer von ihrem Kopf ab als zuvor. Alle trugen spitz zulaufende, schwarze Hüte. Ihre Nasen waren stark gekrümmt, ihre gelb leuchtenden Augen loderten vor unbeschreiblicher Boshaftigkeit. Maximilian bemerkte, dass ihre Gesichtsfarbe sich ins Grünliche verfärbt hatte – und dann, als die dürre Rothaarige ihm mit ihrer rauen Zunge über das Gesicht fuhr, schrie er auf. Er zuckte zusammen, schüttelte sich – und wachte angewidert auf.

Als er die Augen aufschlug, war er trotz der niedrigen Temperatur verschwitzt. Sein Herz raste so stark, dass er es spüren konnte. Er musste eingeschlafen sein, erschöpft vom Tag, und währenddessen war Wind aufgekommen. Ein kleines Lamm hatte sich ihm neugierig genähert und leckte ihn ab. Lächelnd streichelte er das Tier, bevor er sich aufrichtete. Als er sich umsah, entdeckte er eine kleine Gruppe von acht Schafen, die friedlich weideten. Da weit und breit kein Schäfer zu sehen war, nahm er an, dass die Tiere irgendwo ausgebüxt waren. Trotz des Albtraums hatte ihm der kurze Schlaf gutgetan. Doch er musste weiter, solange es noch hell war. Nach fünfzehn Minuten erreichte er den Bergrücken und hatte endlich die Weitsicht, auf die er gehofft hatte. Suchend ließ er den Blick über die Landschaft schweifen, bis zum

Horizont. Autos? Straßen? Häuser? Nichts. Nichts, was ihm hätte Mut machen können. Das Einzige, was sich abzeichnete, war ein einsam stehender Hochsitz, wie ihn Jäger zur Wildbeobachtung nutzten. Ein kleiner Bach in der Nähe glitzerte gelegentlich im Sonnenlicht. Das war sein nächstes Ziel.

Eine Woche ohne Waschmöglichkeit hatte gereicht – er wäre am liebsten vor sich selbst davongelaufen. Besonders in den ersten beiden Tagen seiner Gefangenschaft hatten ihn die Frauen nicht von dem Strick gelassen, und er hatte keine Wahl gehabt, als seine Notdurft in die Jeans zu verrichten.

Am Bach konnte er sich endlich waschen. Seine Kleidung, seinen Körper – alles, was ihn daran erinnerte, wie erbärmlich er gewesen war. Der Hochsitz diente ihm als provisorische Bleibe, bis seine Sachen getrocknet waren. Er stieg den Berg hinab und hielt zur Orientierung den Hochsitz zwischen zwei kleinen Hügeln im Blick. Unten angekommen würde er ihn womöglich nicht mehr sehen, aber die Hügel – die würde er wiederfinden. Die verlockende Aussicht, seinen Durst zu stillen und den Dreck loszuwerden, ließ ihn schneller gehen.

Noch vor Einbruch der Dunkelheit erreichte Max den Fuß des Berges. Wie er befürchtet hatte, war der Hochsitz von hier aus nicht mehr sichtbar. Er orientierte sich an den Hügeln, lief weiter durch die Heidelandschaft, die ihn in seiner Lage nicht interessierte. Er wollte nur weg. Nach Hause. In die Arme seiner schwangeren Frau. Der Gedanke gab ihm genug Kraft, trotz Hunger und Durst ohne Pause weiterzugehen, bis er das Plätschern des Baches hörte. Eiskalt rann das Wasser seine Kehle hinab. Er schöpfte es mit den Händen, spritzte es sich ins Gesicht, ließ es über den Kopf laufen. Erst jetzt blickte Max sich um und entdeckte im Mondlicht den Hochsitz. Dort würde er die Nacht verbringen. Er zog Hemd, Hose und Unterwäsche aus, tauchte sie ins Wasser und schrubbte, bis seine Finger vor Kälte taub wurden. Dann zögerte er kurz – doch es half nichts. Er setzte sich in den Bach, wusch sich hastig und stand nach nicht einmal einer Minute wieder zitternd am Ufer. Während seines langen Marsches hatte er nicht bemerkt, dass die Wärme des Sommers gewichen war. Jetzt, in der frühen Nacht, konnte es nicht wärmer als fünf bis zehn Grad sein – und mit nasser Haut fühlte es sich noch kälter an. Er schleppte sich zur Leiter des Hochsitzes, legte die feuchte Kleidung ab und hauchte seine tauben Hände warm. Dann nahm er die durchnässten Sachen auf die Schultern und kletterte nackt die Sprossen hinauf. Vier Meter über dem Boden zog er sich mit klappernden Zähnen auf die Plattform. Keuchend legte Max die durchnässte Kleidung auf dem Boden aus. Er wusste genau, dass sie bis zum nächsten Morgen nicht trocknen würde. Seufzend kauerte er sich in eine der hinteren Ecken und ließ eine Erinnerung aus seiner Jugend aufleben. Damals hatte er eine Freundin in Monschau-Mützenich. Eines Abends kamen sie auf die verrückte Idee, nackt eine Schneeballschlacht im tiefen Schnee im Garten ihrer Eltern zu machen. Doch nach nicht einmal zehn Minuten gaben sie zitternd auf. Die Füße waren am schlimmsten dran – eiskalt und taub. Sie wärmten sich vor dem offenen Kamin. Mit Sex. Maximilian lächelte bei dem Gedanken – und merkte erst jetzt, dass er auf etwas saß. Irritiert stand er auf und zog drei Decken unter sich hervor. Der Jäger hatte sie hier deponiert. Er hätte vor Freude jubeln können. Mit einer Decke über den Schultern durchsuchte er den Hochstand und fand einen Rucksack. Neugierig öffnete er ihn und zog eine Dose Bohnen mit Speck, eine mit Nudeleintopf und ein Glas Grützwurst hervor. Dann eine Campinglampe und einen kleinen Campingherd. Beides mit blauen Gaskartuschen. Glücklich lachend kramte er weiter – und entdeckte ein Einwegfeuerzeug sowie ein Fernglas. Der Mann hatte vorgesorgt. Und Max hatte

Glück. Es dauerte eine Weile, bis er mit seinen steifen, gefühllosen Fingern die Lampe entzünden konnte. Doch dann flackerte das Licht auf, und er sah endlich mehr. An einem langen Nagel hing ein dunkelgrüner Mantel mit einem Jäger-Button. Er griff danach, zog ihn über und schlang den dicken Stoff fest um seinen frierenden Körper. Die Dosen mussten auf. Der Nudeleintopf hatte zum Glück einen Ring zum Öffnen – die Bohnen nicht. Schließlich wurde ihm wärmer, aber als das Gefühl in seine Glieder zurückkehrte, brannten die Schmerzen. Ungeschickt kippte er den Rucksack aus. Zum Vorschein kamen sauberes Besteck, ein einfacher Dosenöffner, eine halbe Flasche Whisky und zwei Schokoriegel.

Sein kleines Fest konnte beginnen.

8

Der Auserwählte sollte den ersten Teil seiner Aufgaben erfüllen – und innerhalb einer Woche vier jungfräuliche Hexen schwängern. So war es Brauch im schottischen Wicca Coven, schon lange vor den großen Hexenverbrennungen von 1662. Seit Jahrhunderten gehörte dieses Ritual zu den bedeutendsten des Coven, da es seinen Mitgliedern nicht erlaubt war zu heiraten. Die Magie ihrer Macht konzentrierte sich seit ihrer starken Dezimierung nur noch auf wenige Frauen. Seit der Hexenverfolgung waren es nur noch Wenige, die Mädchen zur Welt brachten, an die sie ihre Fähigkeiten und Magie weitergeben konnten.

An diesem kühlen Mittwochabend hantierte Sana an den Riegeln der Scheunentür. Vier weitere Hexen des Coven folgten ihr schweigend, ihre grauen Gewänder wie ein Schattenmeer um sie.

»Heute werdet ihr der Großen Göttin huldigen, die als Leben erschaffende Kraft dem Gehörnten Gott weit überlegen ist«, sagte die Oberhexe voller Inbrunst, als sie die Tür öffnete. »Ihr habt noch keine Erfahrungen mit Männern. Aber ich verspreche euch, dass ihr eine große Empfindung der Lust verspüren werdet, wenn ihr ihn in euch fühlt. Ihr habt alles selbst in der Hand. Doch lasst euch nicht von Gefühlen verwirren – euer Ziel ist es, schwanger zu werden und Töchter zu gebären!«

»Und falls wir nicht schwanger werden?«, fragte die blonde Sigrun.

»Ihr werdet schwanger«, entgegnete Sana bestimmt. »Nutzt

diese eine Woche und nehmt ihn mehrmals täglich. Holt seine Fruchtbarkeit aus ihm heraus!«

Dann trat sie in die Scheune.

Ein sprachloses Entsetzen huschte über ihre ungeschminkten Gesichter. Ohne ein Wort zu verlieren, durchsuchten ihre Blicke den Raum.

»Er ist entkommen!«, flüsterte die magersüchtige Finnegan.

»Das hat es noch nie gegeben! Wie konnte das passieren?«, fragte die alte Sana und betrachtete die durchtrennten Fesseln. Sie hob einen Nagelknipser auf, hielt ihn einen Moment lang in der Hand, dann warf sie ihn wütend zu Boden. »Damit hat er sich befreit! Wer hat vorher seine Taschen kontrolliert?«

»Ich«, sagte Emma. »Aber da war nur der Plastikanhänger.«

»In dem der Knipser steckte. Verdammt! Wenn ihr die Männer kontrolliert, dann gründlich! Sie dürfen keinen Brotkrümel mehr in ihren Taschen haben!«, fauchte Sana.

»Er kann noch nicht lange weg sein. Wir waren erst gestern Nachmittag hier«, sagte Sigrun.

»Und danach hat er sich sofort an die Flucht gemacht. Die ganze Nacht, wohin auch immer. Den finden wir nicht mehr so schnell!«

Sana lief unruhig auf und ab. Die anderen sahen sich ratlos an, bis schließlich die blonde Sigrun das Schweigen brach.

»Wir müssen ihn finden. Er darf nicht entkommen.«

»Du hast Recht. Aber wahrscheinlich ist es zu spät.« Sana blieb abrupt stehen. »Wir brauchen ein neues Opfer für die Große Göttin. Sonst dauert es zehn Jahre, bis ihr wieder gebären könnt – und die Göttin hat keine Geduld.«

Emma schluckte. »Es war mein Fehler, große Sana. Aber ein weiterer Fremder ist in der Pension. Ich kann alles vorbereiten.«

Sana überlegte nur einen Wimpernschlag. »Warte! Noch ist es nicht zu spät. Fangt ihn. Diesmal wird er nicht entkommen.« Sie sah in die Runde. »Und gebt auch den anderen Bescheid: Wir suchen Malinowski.«

9

Im Klinkergebäude des Verwaltungszentrums befanden sich auch die Touristeninformation und die kleine Polizeiwache des Ortes. Das eingeschossige Haus wirkte freundlich und einladend. Der Parkplatz dagegen war überdimensioniert – groß wie der eines Einkaufszentrums, aber fast leer. Nur drei Fahrzeuge standen darauf. Hungrig parkte Jules den Rover ein. Das Frühstück in der Pension – Bohnen und fettige Miniwürstchen – war einfach schrecklich gewesen. Frank Bäumer hatte recht mit seiner Behauptung, dass weder der Kaffee noch das Essen genießbar waren. Jules nahm sich vor, nach den Terminen in einem Pub oder Café ordentlich zu frühstücken.

Er öffnete die Eingangstür, und ihm schlug der scharfe Geruch von Desinfektionsmittel entgegen. Eine Reinigungskraft wischte den Boden, während ein Pärchen sich die ausgestellten Karten der Umgebung ansah und einen Flyer studierte. An der Wand vor ihm entdeckte er eine Tür mit einem Schild: Police Office. Er öffnete sie und trat ein. Hinter einem Schreibtisch saß ein älterer Polizist und kaute in aller Ruhe auf einem Sandwich, während er in einer Tageszeitung blätterte. Zumindest verriet das Pappschild auf seinem Tisch seinen Namen: Sergeant Duncan Mc Leod. Der Mann musste kurz vor seiner Pensionierung stehen und genoss offenbar gerade seine Frühstückspause. »Wenn ich störe, kann ich auch später wiederkommen«, sagte Jules und ließ den Blick durch das Büro schweifen.

»Bleiben Sie. Noch fünf Minuten. Dann bin ich für Sie da«,

sagte er, sah über den Rand seiner rahmenlosen Brille auf und widmete sich wieder seiner Zeitung. Seine Dienstmütze lag vor ihm auf dem von Brotkrümeln übersäten Schreibtisch. Grinsend beobachtete Jules, wie Mc Leod erneut in sein Sandwich biss – unbeeindruckt davon, dass Ketchup seinen dicken Schnurrbart zierte. Genüsslich kaute er die letzten Bissen seines Frühstücks, während seine Brille auf der runden Knollennase auf- und abwippte. Plötzlich begann er zu lachen.

»Das gibt es doch nicht!«, sagte er. »Ein 82-Jähriger hat in Inverness drei Jugendlichen mit einem Teppichklopfer den Arsch versohlt, weil sie nachts um zwei vor seiner Tür grölten. Die Kollegen hat er erst danach angerufen.«

Mc Leod klappte die Zeitung zusammen, wischte sich den Mund ab und setzte die Dienstmütze auf. Unter dem Rand lugten einige rotblonde Haare hervor. Mit einem verschmitzten Lächeln stand er auf und hielt Jules die Hand hin.

»Sergeant Duncan Mc Leod«, stellte er sich vor. »Ich bin der Sheriff in Nethy.«

»Jules van Dyck aus Antwerpen«, erwiderte Jules.

»Nehmen Sie Platz. Was kann ich für Sie tun?«, fragte Mc Leod und ließ sich wieder auf seinen Kunstleder-Drehstuhl sinken.

»Nethy?«, fragte Jules. »Nicht Nethy Bridge?« Vielleicht gab es da einen Unterschied.

»Keiner hier sagt Nethy Bridge. Jeder sagt nur Nethy. Klingt auch netter, finde ich«, erklärte Mc Leod.

»Also gut. Nethy. Sergeant, Sie haben vor einer Woche eine Vermisstenanzeige entgegengenommen. Ich möchte wissen, ob es Fortschritte oder Neuigkeiten in den Ermittlungen gibt.«

Mc Leod runzelte die Stirn. »Geht es um diesen Ausländer? Wie hieß er noch gleich?«

»Maximilian Malinowski«, half ihm Jules auf die Sprünge.

»Sind Sie ein Verwandter, Herr van Dyck?«

»Privatdetektiv, im Auftrag seiner Frau.«

»Ein Detektiv! Hm, ich fürchte, dass ich Ihnen keine Auskünfte geben darf. Datenschutz. Sie verstehen!«, sagte er.

»Ich erwarte auch keine Einzelheiten. Aber Sie können mir sicher sagen, wie die bisherige Suche verlaufen ist. Das ist doch von allgemeinem Interesse und hilft mir weiter«, sagte Jules.

Der Mann verzog den Mund zu einem schiefen Lächeln. »Wissen Sie, viele Touristen sind in den Highlands alleine unterwegs und verlaufen sich einfach. Sie unterschätzen die Weiten des Landes, überschätzen ihre Fähigkeiten und ihren Orientierungssinn. Wir sind nur eine kleine Gemeinde. Ich kann nicht dreimal wöchentlich Hilfs- und Suchtrupps losschicken, wenn jemand verschwindet. Meistens tauchen die Leute ohnehin irgendwann wieder auf.«

»Aber in diesem Fall ist es doch anders!«, sagte Jules.

»Was soll da anders sein? Ein Tourist verschwindet, seine Freunde suchen ihn.«

»Mitten in der Nacht? Ohne seinen Freunden etwas davon zu erzählen? Und das nach zwei Tagen in einer Pension, in der er schon wohnte, die aber plötzlich nichts mehr von ihm als Gast wissen will? Sein Schlüssel hing morgens an der Rezeption, das Bett seines Zimmers war gemacht, und sein Gepäck fehlte!«, sagte Jules. »Ich glaube nicht, dass Sie das mit den von Ihnen geschilderten Fällen vergleichen können.«

Der Mann zögerte einen Moment. »Nun, das war mir nicht bekannt. Wie, sagten Sie, heißt der Mann?«, fragte Mc Leod und kramte einen Ordner hervor.

»Maximilian Malinowski. Er ist Finanzbeamter und wird gerade Vater. Ein solcher Mann haut nicht einfach ab. Die Sache ist nicht nur faul. Sie stinkt zum Himmel«, sagte Jules.

Mc Leod zog eine Aktenmappe heraus, öffnete sie – und Jules entging nicht, dass sie nur ein einziges Blatt enthielt. Nur die

Anzeige, sonst nichts. Die Gleichgültigkeit des Beamten ärgerte ihn.

»Also ist nichts in der Sache passiert«, stellte er fest.

Mc Leod seufzte. »Am 19. September waren hier zwei Herren, die sich als seine Freunde ausgaben, und am 20. September wurde deren Anzeige aufgenommen. Das war vor acht Tagen.« Er klappte die Mappe zu und lehnte sich zurück. »Also gut, ich werde den Fall aufgreifen und ermitteln. Aber versprechen kann ich nichts.«

»Hoffentlich ist es nicht zu spät dafür. Übrigens habe auch ich recherchiert und herausgefunden, dass seit über hundert Jahren regelmäßig alle fünf Jahre in den Monaten September und Oktober in Nethy und Umgebung Menschen verschwinden. Spurlos! Keiner von ihnen ist jemals wieder aufgetaucht.«

Der Sergeant rieb nachdenklich an den Druckstellen seiner Brille. »Seltsam. Davon ist mir nichts bekannt«, sagte er.

»So ist das, wenn man solche Fälle als harmlos abtut, Mister Mc Leod. New Scotland Yard hat deshalb bereits zweimal eine eigene Abteilung dafür eingerichtet. Aber das wussten Sie vermutlich auch nicht«, sagte Jules verärgert.

»Hören Sie! Ich habe Ihnen gesagt, dass ich ermitteln werde. Mehr gibt es dazu nicht zu sagen!«, entgegnete Mc Leod nun deutlich unfreundlicher.

»Danke, Sergeant. Einen schönen Tag noch«, sagte Jules, stand auf und verließ das Büro.

Mit verärgerter Miene kehrte er ins Verwaltungszentrum zurück und steuerte den Schalter der Touristeninformation an. Von diesem Mc Leod war keine Hilfe zu erwarten. Dort saß ein älterer Herr, der ihn freundlich anlächelte, als er näher kam. Das Pärchen, das zuvor Flyer und Wanderkarten studiert hatte, stand nun in der Nähe vor einem Regal mit Souvenirs und beobachtete ihn.

»Guten Morgen«, begrüßte ihn Jules.

»Guten Morgen, wie kann ich Ihnen helfen, Mister?«, fragte der Mann mit tiefer Stimme.

»Mein Name ist van Dyck, und ich wollte mit Herrn Robertson sprechen«, sagte Jules. Der Mann lächelte weiter.

»Nun, der sitzt vor Ihnen«, sagte Ken Robertson.

»Sie führen Touren durch die Highlands?«

Robertson wirkte trotz seines Alters überaus sportlich. »Auch wenn ich schon zweiundsiebzig bin, dürfen Sie mir glauben, dass Sie es schwer haben werden, mit mir Schritt zu halten«, sagte er schmunzelnd.

»Das bezweifle ich nicht, Mister Robertson. Übrigens wurden Sie mir von zwei Deutschen empfohlen«, sagte Jules und bemerkte dabei die neugierigen Blicke des Pärchens. Als er sich umdrehte, sah er, wie der Mann mit den auffallend großen Ohren eine kitschige Nessi-Figur aus China in den Händen hielt und immer wieder verstohlen zu ihnen hinüberschaute. Offenbar interessierte sie ihr Gespräch mehr als die Andenken.

»Wir bieten verschiedene Wanderungen an. Wie lange wollen Sie denn unsere Natur bewundern?«, fragte Robertson.

»Ich dachte an drei oder vier Tage.«

»Oh. Das wird aber diese Woche nichts mehr«, sagte er und zwinkerte Jules unauffällig zu. Er hatte offenbar ebenfalls die Neugier des Pärchens bemerkt. »Dann müssen wir übernachten, und das muss vorbereitet werden. Mehrtagestouren kann ich Ihnen im Glenmore Forest Park oder weiter im Cairngorms Nationalpark anbieten. Ich gebe Ihnen mal ein paar Informationen mit. Am besten rufen Sie mich vorher nochmal an. Ich schreibe Ihnen meine Nummer auf.«

Jules nahm die Broschüren entgegen. Auf einem der Blätter entdeckte er eine handgeschriebene Adresse.

»Vielen Dank. Ich werde mich melden«, sagte Jules.

»Gerne noch heute Vormittag«, entgegnete Robertson und zwinkerte ihm erneut verschwörerisch zu.

Jules verstand den Hinweis. Robertson hatte genauso wenig Interesse daran, die Neugier der Fremden zu befriedigen, wie er selbst. Er fragte nicht weiter nach den Deutschen, die ihn empfohlen hatten – vermutlich ahnte er ohnehin, worum es ging. Er schnallte sich im Rover an und tippte eine kurze SMS an Leonie: Alles gut. Ich rufe dich abends an. Dann wählte er Milas Nummer. Noch immer bekam er Herzklopfen, wenn er nur an sie dachte. Er erzählte ihr von Schottland, wie schön es hier sei, wie sehr er sich wünschte, eines Tages mit ihr gemeinsam herzukommen. Mila schien dem Gedanken nicht abgeneigt, doch wichtiger war ihr, ihn bald in Belgien wiederzusehen. Nach dem Gespräch war sich Jules sicher, dass er berechtigte Hoffnungen haben durfte. Er schickte Benno eine letzte Nachricht und fuhr los. Kaum hatte er den Parkplatz verlassen, blinkte und hupte ihn ein Wagen an – er hatte sich mal wieder instinktiv rechts eingeordnet. Jules hob entschuldigend die Hand. So richtig konnte er sich nicht an den Linksverkehr gewöhnen und wollte es auch gar nicht. Langsam rollte er durch den Ort und hielt schließlich vor einem kleinen Café mit einer Auslage voller köstlich aussehender Törtchen. Doch er bestellte nur Eier mit Speck und Kaffee. Nach seinem Frühstück nahm Jules noch einen Kaffee und rief Robertson an.

»*Kommen Sie doch gegen drei Uhr am Nachmittag zu mir. Meine Frau backt einen hervorragenden Schokoladenkuchen. Dann können wir auch ungestört reden*«, schlug er vor.

»Sehr gerne. Danke für die Einladung. Ich bin dann um drei bei Ihnen.«

Jules fuhr aus dem Dorf und hatte sogleich wieder diese wunderschöne Landschaft vor sich. Er nutzte die Zeit für einen Spaziergang unter dem nur teilweise bedeckten Himmel. Drei

Meilen hinter Nethy entdeckte er einen Wanderweg entlang der Straße, parkte den Wagen am Rand, schickte Benno eine Nachricht über seinen neuen Standort und stieg aus. Die Luft war herrlich klar und empfing ihn freundlich. Jules blieb auf dem Pfad, wanderte durch die sanfte Hügellandschaft und erreichte schließlich einen kleinen See. Zwei Bänke standen am Ufer und luden zum Verweilen ein. Er nahm Platz, streckte die Beine aus und blickte auf das ruhige, fast schwarze Wasser, auf dem ein paar Wasserhühner schwammen. Dabei dachte er an seinen Freund Jan Bishop aus Holland, der nach seiner Pensionierung das Züchten von Riesenhühnern für sich entdeckt hatte. Jules nahm sich vor, ihre Freundschaft besser zu pflegen – seit dem Tod seiner Frau war sie etwas eingeschlafen. Grinsend erinnerte er sich daran, wie akribisch Jan seine Hühner versorgte, ihnen Königsbrennnesseln fütterte, damit ihr Gefieder besonders schön wurde, und ihnen täglich Mozart oder Beethoven vorspielte.

In der wärmenden Septembersonne nickte Jules kurz ein, wurde aber rechtzeitig wieder wach. Er blieb noch einen Moment sitzen, atmete tief durch und machte sich dann auf den Rückweg zu seinem Leihwagen.

Nach einem kurzen Halt bei einem Floristen im Ort gab er die Anschrift von Ken Robertson ins Navi ein, schickte Benno die nächste SMS und fuhr weiter. Die schmale Schotterstraße führte ihn durch eine sanfte Hügellandschaft mit Blick auf ein grünes Tal. Das Haus lag weit außerhalb von Nethy Bridge, auf einem Hügel mit grandioser Weitsicht über die Landschaft.

Robertson stand bereits vor der Tür und kam ihm mit einem freundlichen Lächeln entgegen, noch bevor er den Wagen ganz zum Stehen brachte.

»Ich wusste gleich, dass wir uns verstehen«, sagte er mit verschmitztem Lachen. »Herzlich willkommen in meinem kleinen Reich, Mister van Dyck.«

»Dann wussten Sie also, warum ich Sie sprechen wollte! Ich freue mich, dass Sie mich empfangen«, sagte Jules und nahm den bunten Strauß mit Gladiolen, Schneebeeren und Astrantien für seine Frau vom Beifahrersitz.

»Elli wird entzückt sein«, meinte Robertson mit einem Blick auf die Blumen. »Sie ist in der Küche und freut sich schon auf Ihren Besuch. Kommen Sie.«

Die offene Küche war für das eher bescheidene Haus überraschend groß. Im Zentrum stand ein langer Tresen aus dunkler Eiche, wie auch alle anderen Möbel. Mit einem warmherzigen Lächeln kam Elli auf Jules zu, wischte sich die Hände an ihrer roten Schürze ab und reichte ihm die Hand.

Kens Frau nahm den Strauß dankend entgegen. Sie wirkte ebenso offenherzig und freundlich wie ihr Mann. Ihr graues Haar trug sie kurz, und ihre gesunde Gesichtsfarbe unterstrich ihr natürliches Äußeres.

»Macht es euch draußen doch schon mal bequem. Ich brauche nicht mehr lange und komme dann auch«, sagte sie.

Robertson trat an den großen Tisch hinter dem Haus. Aus der Box, die auf dem offenen Küchenfensterbrett stand, drang sanfte Highland-Folk-Musik mit Dudelsäcken und vermischte sich mit dem leisen Rauschen der umliegenden Bäume.

»Ihre Frau ist oft an der frischen Luft, das sieht man«, sagte er.

»Gut beobachtet, Herr Detektiv. Genau wie ich.«

Jules nahm Kens Einladung, Platz zu nehmen, gerne an.

»Wie wäre es mit etwas schottischem Käse und einem Single Malt?«, fragte Robertson.

»Wie könnte ich bei diesem Anblick widerstehen!«

Was für ein herrlicher Tag, dachte Jules. Mehrere Käsesorten, Brot und saftige Trauben lagen auf einer Platte bereit. Er nahm eine Traube und ein Stück Käse. Die Kombination aus süßer

Frucht und mildem, krümeligem Cheddar war einfach köstlich. Genießerisch verdrehte er die Augen.

»Köstlich!«, sagte er nur.

»Der Dunlop schmeckt Ihnen«, stellte Ken zufrieden fest.

»Er schmeckt süßlich mild und nach Butter«, bestätigte Jules.

»Dazu müssen Sie unbedingt einen Whisky probieren. Der rundet das Aroma perfekt ab.« Ken reichte ihm ein Glas. Jules nahm einen Schluck des tief dunkelbraunen Malt – ein zufriedenes Seufzen entkam ihm.

»Whisky gehört hier ja irgendwie dazu«, meinte Jules.

Doch Robertson schüttelte den Kopf. »Das glauben die Leute nur. Tatsächlich trinken die Highlander meist Bier und den Whisky nur zu besonderen Anlässen. Das hat auch damit zu tun, dass die Schotten nicht besonders wohlhabend sind«, erklärte Robertson. »Aber den hier habe ich selbst gebrannt«, fügte er lachend hinzu.

»Interessant. Ich wunderte mich schon, dass in dem Pub gegenüber meiner Pension kaum jemand Whisky trank«, sagte Jules, als Elisabeth mit einer Schüssel Feldsalat und duftendem Wildschweinbraten an den langen Holztisch unter freiem Himmel trat.

»Sie wohnen hier wirklich beneidenswert schön. Leben Sie schon lange hier?«

»Meine Familie erst seit drei Generationen. Aber die Generationen davor lebten schon lange in Schottland«, erklärte Ken Robertson.

»Ihr Name klingt aber skandinavisch«, bemerkte Jules.

»Auch das ist richtig. Meine Vorfahren kamen schon vor einem halben Jahrtausend hierher. Aber meine Frau und ich fühlen uns in der Metropole sehr wohl«, sagte er grinsend und wies mit einer Armbewegung in Richtung des Dorfes.

Jules lachte. »Ich verstehe, dass Sie so fern vom lauten

Stadtleben in Nethy Bridge wohnen«, scherzte er, als Ken die Gläser mit dem Selbstgebrannten erneut füllte. »Aber kommen wir zum Thema. Sie wissen, dass ich als Privatdetektiv nach Max Malinowski suche, der hier vor einer Woche verschwunden ist.«

Robertson nickte. »Ich hatte Gelegenheit, kurz mit seinen Freunden zu reden.«

»Meine bisherigen Ermittlungen deuten darauf hin, dass es sich nicht um eine bloße Entführung handelt. Vielmehr verschwinden rund um Nethy Bridge in fünfjährigen Abständen seit über hundert Jahren Männer. Immer in den Monaten September und Oktober. Das deutet auf mystische Gründe hin, an die ich aber nicht glauben mag. Ich befinde mich mit meinen Nachforschungen derzeit in einer Sackgasse und weiß nicht, wie ich in dem Fall weiterkommen soll. Von Sergeant Mc Leod kann ich keine Unterstützung erwarten!«, sagte Jules, als sie mit dem Essen fertig waren.

Ich räume mal ab«, sagte Elli Robertson und stand auf.

»Das war sehr köstlich«, stellte Jules fest.

»Danke. Aber ich koche auch gerne«, sagte sie. »Geht doch schon mal ins Haus«, sagte Miss Robertson und verschwand mit Tellern und Geschirr.

Jules stand mit Ken zusammen auf und ließ seinen Blick noch einmal über die sanften Hügel schweifen. Ein leichter Wind bewegte die größeren Grasbüschel, und Jules war sich sicher, dass Max Malinowski und seine Freunde die Schönheit dieser Landschaft ebenso würdigen konnten.

Der Wohnbereich war klein, aber gemütlich eingerichtet. Liebevolle Dekorationen, Vasen mit frischen Blumen und ein paar gerahmte Fotos auf dem Kaminsims fielen ihm als Erstes auf. Schwere Polster luden zum Verweilen ein. Robertson reichte Jules sein Glas mit dem Malt, als seine Frau mit Tee und einem intensiv nach Schokolade duftenden Kuchen hereinkam.

»Ich hoffe, er schmeckt Ihnen ebenso gut wie der Selbstgebrannte meines Mannes«, sagte Elli und nahm auf dem Sofa Platz.

»So wie er riecht, könnte er mir sogar noch besser schmecken«, sagte Jules.

»Schmeichler. Ich weiß doch, wie gerne Männer Whisky trinken. Aber mit etwas Sahne kann er vielleicht mithalten«, sagte sie und legte ihre Schürze ab.

»Ich hoffe auf Hinweise, die bei der Suche nach Max hilfreich sind, Mister Robertson. Aber bitte keine Mystik«, sagte Jules.

»Nehmen Sie die Sahne«, sagte Robertson. »Als Stadtmensch verstehen Sie vielleicht nicht, welche Rolle die Mystik bei uns spielt. Aber ich rate Ihnen, sich nicht vor ihr zu verschließen.«

Jules schüttelte den Kopf. »Verzeihen Sie. Aber ich kann nicht an Nessi oder sonstigen Hokuspokus glauben.«

»Das müssen Sie auch nicht. Aber erlauben Sie mir ein Beispiel, Mister van Dyck. Wenn die Menschen in den Städten von Unwettern trotz Wetterberichten überrascht werden, sind wir in den Highlands längst darauf vorbereitet, und das hat seine Gründe. Es gibt Dinge zwischen Himmel und Erde, für die es auf den ersten Blick keine logische Erklärung gibt. Wir leben hier nicht nur in der Natur, sondern im Einklang mit ihr. Auch wenn noch kein Wölkchen am Himmel zu sehen ist, wissen wir Bescheid. Warum wohl, Mister van Dyck?«, fragte Robertson.

»Sagen Sie es mir«, sagte er und steckte sich ein Stück Kuchen in den Mund.

»Wir leben seit unserer Geburt mit der Natur und erkennen Zeichen, die Ihnen womöglich entgehen. Wenn das Wild zwischen den Bäumen verschwindet, die Weidetiere unruhig werden oder die Vögel Schutz in den Ästen suchen, können Sie sicher sein, dass bald die ersten schwarzen Wolken aufziehen. Das hat nichts mit Hokuspokus zu tun. Aber ich nehme an, Sie haben auch von den Wicca Coven gelesen«, sagte Robertson.

»Oh ja. Hexen-Vereine«, erwiderte Jules grinsend.

»Das ist die Mythologie der Highlands. Die Wicca sind im Grunde eine religiöse Strömung, die auf die keltischen und germanischen Traditionen meiner Vorfahren zurückgeht. Solche Traditionen leben bis heute fort – denken Sie nur an die Highland Games. Auch sie haben einen alten germanischen Ursprung.«

»Und Sie glauben, Max Malinowski wurde von irgendeiner Hexe entführt?«, fragte Jules lachend und schüttelte den Kopf, während er seinen Tee trank.

»Hm. Wann sind Sie zuletzt einer Hexe begegnet?«, fragte Elli.

»Noch nie, denke ich«, antwortete Jules, das Grinsen noch immer im Gesicht.

»Dann hoffe ich, der Kuchen hat Ihnen geschmeckt – denn er wurde von einer Wicca-Hexe gebacken«, sagte Miss Robertson mit einem Lachen.

»Was? Ich verstehe nicht!«

»Meine Frau ist eine Hexe, Mister van Dyck«, erklärte Robertson. »Und das hat mir in unseren vierundvierzig Ehejahren nie geschadet!«

»Sie sind eine Wicca-Hexe? Das macht mich sprachlos«, sagte Jules, sichtlich verblüfft.

»Ich verstehe Ihr Erstaunen. Die meisten Unwissenden haben durch Märchen und Horrorfilme ein völlig verzerrtes Bild von Hexen«, sagte Elisabeth mit einem leichten Lächeln.

»In dieser Region gibt es unzählige Wicca Coven, aber die meisten von ihnen wirken nur zum Guten«, erwiderte der alte Ken freundlich und hob sein Glas zum Anstoßen.

»Hier scheinen Mythen und Traditionen eng miteinander verwoben zu sein«, sagte Jules nachdenklich. »Doch ich kann kaum glauben, dass Sie tatsächlich eine Wicca-Hexe sind, Miss Robertson.«

Elisabeth legte den Kopf schräg. »Ich werde es Ihnen erklären. Unser Coven besteht aus fünf Hexen – einem rein weiblichen Zirkel. Maximal wären dreizehn Mitglieder erlaubt, und in manchen Coven gibt es sogar Männer. Ich selbst bin seit meinem vierzehnten Lebensjahr dabei und seit langer Zeit die Schamanin – genau wie meine Mutter vor mir.«

Jules zog die Augenbrauen hoch. »Dann nehme ich an, dass Ihr Coven eher harmloser Natur ist.«

Elli lachte leise. »Ja, so ist es. Wir opfern weder Tiere noch Menschen. Wir Hexen leben im Einklang mit der Natur und ziehen unsere Magie aus den Kräften der Erde.«

»Und wozu das alles?«, fragte Jules neugierig.

»Wir befolgen die Regel, niemandem Leid zuzufügen. Nach der Regel Drei!«, sagte Elisabeth.

»Was ist die Regel Drei?« Jules' Neugier war endgültig geweckt.

»Was du tust, kommt dreifach auf dich zurück.«

»Hört sich beruhigend an. Aber welchen Sinn haben diese Coven?«, hakte Jules nach und nahm einen Schluck Whisky.

»Die Magie unseres Hexentums umfasst viele Fertigkeiten – etwa das Herstellen von Heilmitteln aus Kräutern oder das Anfertigen von Talismanen. Wir betrachten alle Aspekte des Lebens als heilig.«

»Das klingt spirituell. Das hätte auch ein Pfarrer sagen können«, meinte Jules.

»Nur dass Kirchenleute meist nur reden und sich die Taschen füllen. Seit den Hexenverbrennungen sind wir schlecht auf sie zu sprechen.«

»Was ich verstehen kann«, sagte Jules und strich nachdenklich über seinen Anchor-Bart. »Hm, aber worin liegt dann der Unterschied zu den Kirchen?«

Elisabeth nickte, als hätte sie auf diese Frage gewartet. »Im

Gegensatz zu den Grundwerten der Kirchen ist die Hexenkunst eine lebensbejahende Philosophie. Wir sind streng moralisch, folgen der Natur und bemühen uns, Harmonie und Gleichklang unter den Menschen zu schaffen. Dadurch stärken wir unser Selbst und ziehen daraus die Kraft, Gutes zu tun. In unserem Coven engagieren wir uns für Individualismus und Gedankenfreiheit und pflegen eine enge Verbindung zur Natur – mit ihren Pflanzen, Tieren und Menschen«, erklärte Elli.

»Aber offenbar hat nicht jeder Wicca Coven solch ehrenhafte Ziele«, stellte Jules fest.

»Wie überall gibt es auch unter uns schwarze Schafe.«

»Die sich der Schwarzen Magie verschrieben haben«, fügte Ken Robertson hinzu. »Einige wenige soll es auch hier in Nethy geben. Sie glauben, durch Opfergaben an die große Göttin eine Legitimation für ihr Handeln zu haben. Solange es nur eine Katze oder ein Huhn ist, stört sich niemand daran. Doch würden sie einen Menschen aus der Nachbarschaft töten, würden die Leute sie verurteilen – und irgendwann jagen.«

»Das passiert dem Anschein nach nicht, wenn alle paar Jahre nur ein Fremder verschwindet«, folgerte Jules.

»So ist es. Diese Wicca Coven sind in ihrer frauenerhöhenden Ideologie rein feminin. Sie haben keine Männer und dulden auch keine Beziehungen mit ihnen«, sagte Ken Robertson.

»Dann hätte sich das Problem mit den schwarzen Schafen doch längst von selbst erledigt.«

»Im Grunde schon«, sagte Elisabeth. »Aber durch die Hexenverfolgung wurden sie immer weniger. Da sie jedoch glauben, dass ihre Fähigkeit zu zaubern vererbt wird, brauchen sie Männer – um weitere Mädchen zu gebären.«

»Das Schicksal eines neugeborenen Jungen ist mit seiner Geburt besiegelt«, erklärte Ken.

»Das könnte erklären, was mit Max Malinowski passiert ist«,

sagte Jules. »Anscheinend hat sich daran bis heute nichts geändert. Niemanden scheint es zu stören, wenn wieder ein Tourist verschwindet! Was meinen Sie – wie lange lassen sie ihr Opfer noch leben?«

»Schwer zu sagen. Das hängt von der Größe des Coven und ihren Plänen ab. Ich vermute, er muss erst alle jüngeren Frauen schwängern, damit Mädchen geboren werden können«, erwiderte Ken Robertson.

»Mehr als eine Woche ist schon vergangen. Viel Zeit bleibt also nicht«, stellte Jules fest. »Was kann ich tun, um ihn zu finden?«

»Setzen Sie in Ihrer Pension an. Hoffentlich wissen die nicht, wer Sie sind«, sagte Ken.

»Ich habe mich nur als naturbegeisterter Tourist ausgegeben.«

»Wer hatte Dienst, als Max mit seinem Gepäck verschwand?«, fragte Elisabeth.

»Eine dürre Rothaarige. Ich habe sie heute früh gesehen.«

»Das ist diese schrullige Finnegan. Die ewige Jungfer«, sagte Ken mit einem schiefen Grinsen. »Ich fresse einen Besen, wenn sie nicht ihre Finger im Spiel hat. Folgen Sie ihr unauffällig nach Feierabend. Vielleicht bringt sie Sie direkt zu Max' Gefängnis.« Er schenkte sich ein Glas Selbstgebrannten nach. »Aber jetzt sollten wir den frühen Abend genießen.«

»Ich weiß nicht, ob ich überhaupt noch schlafen kann. Die Geschichte bereitet mir langsam Bauchschmerzen«, sagte Jules.

»Dafür habe ich etwas«, meinte Elisabeth und zog zwei kleine gläserne Tiegel aus einer Schublade.

10

Die Landschaft hatte sich verändert. Die Hügel waren flacher geworden, und Fichten tauchten nun häufiger in der zuvor fast baumlosen Umgebung auf. Vor ihm breiteten sich kleine, idyllisch gelegene Seen aus, zwischen denen friedlich plätschernde Bäche flossen – umrahmt von einer herbstlichen Blütenpracht. Das malerische Bild hätte ebenso gut in eine märchenhafte Feenlandschaft eines seiner alten Kinderbücher gepasst. Maximilians Kleidung war wieder sauber, wenn auch noch feucht. Im Mantel des Jägers und mit seinem Rucksack war er seit den Morgenstunden unterwegs. Jetzt brauchte er eine Pause. Er ließ sich zwischen zwei Birken am Ufer eines Sees nieder und öffnete den Rucksack. Gerne hätte er ein kleines Feuer gemacht, um die restliche Feuchtigkeit aus seinen Jeans zu vertreiben, doch der Rauch könnte ihn verraten. Also begnügte er sich mit einer anderen Wärmequelle. Zunächst trank er reichlich Wasser – es würde seinen Magen wenigstens ein wenig füllen –, dann holte er den Nudeleintopf hervor. Auf einem flachen Felsen entzündete er die Flamme des Campingkochers und erwärmte das Essen mit wachsender Vorfreude. Nie hätte er gedacht, einmal in eine solche Situation zu geraten. Vielleicht hatten Frank und Goran eine Weile nach ihm gesucht, doch vermutlich waren sie längst wieder in Deutschland. So wie er Karin kannte, hoffte er, dass sie ihn nicht aufgegeben hatte und nach ihm suchen ließ. Sie musste die Erste sein, die er kontaktierte, wenn er diese Wildnis je wieder verlassen konnte.

Nachdenklich rührte er mit dem Löffel im Eintopf und öffnete den Verschluss der Whiskyflasche. Er nahm einen Schluck, spürte die wohlige Wärme, die sich in seinem Körper ausbreitete. So sehr er bereute, an der Männertour teilgenommen zu haben, so hatte der Hunger in der Scheune und die Strapazen doch etwas Gutes. Sein Wohlstandsbäuchlein war verschwunden, und sein Körper fühlte sich auf eine angenehme Weise gestärkt an. Der Appetit war durch die Anstrengungen zwar gezügelt, aber er freute sich unendlich auf diesen simplen Nudeleintopf aus der Dose – eine Mahlzeit, die er früher nie angerührt hätte. Als das Essen zu dampfen begann, schaltete er die Flamme aus und löffelte voller Genuss das Dosenfutter, hergestellt mit unbekannten Zusatzstoffen in irgendeiner Fabrik. Für den nächsten Tag blieben ihm nur noch ein Glas Grützwurst, ein einzelner Schokoriegel als eiserne Reserve und der Rest des Whiskys, der kaum der Rede wert war – aber er würde ihm helfen, in einer kühlen Nacht leichter einzuschlafen.

Als Maximilian den letzten Bissen hinuntergeschluckt hatte, packte er hastig alles zurück in den Rucksack. Keine Zeit zu verlieren. Solange es noch hell war, musste er den Rand des Waldes erreichen. Seit zwei Stunden lief er bereits, sein Körper schmerzte von der Anstrengung. Dann – Bewegung. Sein Magen zog sich zusammen. Blitzschnell riss er das Fernglas aus dem Rucksack, richtete es auf die Stelle. Ein Auto. Er sog scharf die Luft ein. Ein kupferfarbener Duster. Sein Puls raste. Menschen bedeuteten Hoffnung. Rettung.

Er beschleunigte seinen Schritt.

Doch dann ...

Die Türen des Wagens schwangen auf. Figuren stiegen aus. Maximilians Körper erstarrte mitten in der Bewegung. Ein Herzschlag lang konnte er nicht glauben, was er sah. Dann riss es ihn wie ein Faustschlag aus der Illusion:

Die rothaarige Hexe Finnegan. Und neben ihr – Sigrun. Sein Atem stockte.

Ein eiskalter Stich jagte durch seine Eingeweide. Er kannte diese Frauen. Nur zu gut. In letzter Sekunde warf er sich ins hohe Gras. *Verdammt! Sie suchen mich tatsächlich*, schoss es ihm durch den Kopf. Er presste sich flach an den Boden. Die dunkle Jeans und die grüne Tarnjacke würden ihm Deckung geben. Hoffentlich. Vorsichtig, Zentimeter für Zentimeter, robbte er zu einem Ginsterbusch. Jede falsche Bewegung konnte sein Ende bedeuten. Dann das nächste Geräusch. Motoren. Maximilian wagte es nicht, den Kopf zu heben, doch er hörte sie. Mehr Autos. Mehr Stimmen. Reifen knirschten über den trockenen Boden. Türen klappten. Schritte näherten sich. Er lauschte, das Blut rauschte in seinen Ohren. *Das muss der komplette verdammte Hexenverein sein*, dachte er. Wenn sie ausschwärmten, würden sie ihn finden.

Wieder einfangen. Sein Atem ging flach und schnell.

Erinnerungen bohrten sich in sein Bewusstsein. Die ersten zwei Tage in der Scheune. Der Strick um seine Handgelenke, wie er ihn an die Decke zog. So hoch, dass er nur mit den Zehenspitzen den Boden berühren konnte. Schmerz. Atemnot. Hilflosigkeit. Maximilians Fingernägel gruben sich in die Erde.

Nein. Nicht noch einmal! Er presste die Zähne zusammen, schob den Horror beiseite. Konzentrier dich. Er musste hören, was sie vorhatten. Und dann ... verschwinden.

»Habt ihr alle die Drohnen mitgebracht?«, fragte eine weibliche Raucherstimme. Das konnte nur die Oberhexe Sana sein, glaubte er zu erkennen. Doch Maximilian wagte es nicht, den Kopf zu heben, und duckte sich noch tiefer hinter den Strauch.

»Acht Frauen und acht aufgeladene Drohnen stehen bereit.«
Ohne hinzusehen erkannte er Sigruns tiefe, fast männliche Stimme.

»Dann fahrt weiter und verteilt euch im Abstand von

höchstens einer halben Meile. Emma bleibt hier, Paula geht ein Stück weiter. Bleibt in Sichtkontakt und schlagt Alarm, wenn euch etwas auffällt«, befahl Sana.

»Wir finden ihn, wenn er nach Norden geflohen ist«, sagte Paula. »Verdammtes Mannsbild!«

Maximilian ging in die Knie und achtete darauf, dass weder sein Gesicht noch seine Beine zu sehen waren. In der Jacke des Jägers würden sie ihn nicht erkennen. Die Hexen mussten davon ausgehen, dass er noch immer sein auffälliges weißes Hemd trug. Dann hörte er das Surren der Propeller. Wie ein aufgescheuchter Hornissenschwarm stiegen die Drohnen auf und entfernten sich. Maximilian riskierte einen Blick – nur die magersüchtige Hexe Finnegan stand noch da, die Fernbedienung in der Hand. Er hatte mal gelesen, dass Drohnen nicht länger als dreißig Minuten in der Luft bleiben konnten. Das hieß, sie würden schon nach zehn Minuten zurückkehren. Ihm blieb nicht viel Zeit. Leise verließ Maximilian sein Versteck und robbte die Böschung hinauf. Der Duster stand direkt vor ihm. Finnegan war ganz auf die Kamera ihrer Drohne konzentriert.

Er huschte geduckt hinter das Auto und lauschte. Keine Re-aktion. Die Hexe mit der prallen Warze auf der Stirn rührte sich nicht. Maximilian schlich weiter zur unverschlossenen Fahrertür und warf einen Blick ins Innere. Der Zündschlüssel steckte. Wie leichtsinnig. Diese Biester mussten sich ihrer Sache sicher sein. Langsam öffnete er die Tür – und sprang auf den Fahrersitz. Als der Motor aufheulte, riss Finnegan den Kopf hoch. Ihre Augen weiteten sich entsetzt.

Er riss das Steuer herum, wollte gerade wenden – da hörte er den Schrei. Laut, gellend, alarmierend. Verdammt! Mit Voll-gas jagte er über den schmalen Weg. Zweige schlugen gegen die Windschutzscheibe, Schotter spritzte unter den Reifen hervor. Im Augenwinkel erkannte er ein Schild: *Glenmore Forest.* Also doch im Nationalpark. Nicht die schlechteste Gegend, um ihn zu verstecken. Ein paar Minuten, mehr brauchte es nicht. Wenn sie erst ihre Autos starteten, war er längst verschwunden. Trotz der Anspannung zuckte ein Grinsen über sein Gesicht. Ein zweites Mal hatte er die Hexen ausgetrickst. Die Oberhexe musste kochen vor Wut. Der Geruch von Kräutern füllte den Wagen. Maximilian spürte jede Unebenheit des holprigen Pfads, steuerte den Duster durch tiefe Pfützen, vorbei an dunklen Seen, die im Rückspiegel wie schwarze Augen schimmerten. Der Cooper und die Passats, die den Hexen geblieben waren, hatten hier keine Chance. Er gewann Zeit. Vielleicht nicht viel, aber genug. Nach fünfundzwanzig Minuten tauchte vor ihm die Landstraße auf.

Eine Entscheidung musste her. Links oder rechts? Er blickte in den Rückspiegel. Keine Scheinwerfer, keine Verfolger. Noch nicht. Max riss das Lenkrad herum, bog links ab und trat aufs Gas. Die geteerte Straße führte nach Dufftown. Ein Schild blitzte auf: *Glenfiddich Distillery – Visitors Welcome*. Perfekt. Touristen, Trubel, eine Gelegenheit, sich unter die Leute zu mischen. Er lenkte den Wagen auf den Parkplatz, sprang heraus und betrat das Gebäude.

Eine lächelnde Blondine empfing ihn, offenbar in der Annahme, er wolle an einer Führung teilnehmen. Doch er hatte keine Zeit für Erklärungen.

»Ich wurde entführt und beraubt. Ich bin geflohen. Ich muss zur Polizei. Sofort.«

Ihr Lächeln erstarb. Sie musterte ihn, suchte nach einem Scherz in seinen Worten – und fand keinen.

»Das nächste Police Office ist in Keith. Mit dem Auto eine gute halbe Stunde«, sagte sie bedauernd.

Maximilian fluchte leise. »Ich habe kein Geld. Keine Ausweise. Ich muss dringend telefonieren.«

Die Frau zögerte keine Sekunde. »Sie können von hier aus telefonieren. Geld brauchen Sie nicht.«

Sie glaubte ihm. Wenigstens eine Person an diesem Tag.

11

Nachdem Jules gegangen war, half Ken Elisabeth, den Tisch im Garten abzuräumen. Gemeinsam brachten sie die schmutzigen Teller und das Besteck in die Küche, wo sie alles abwuschen. An ihre Angewohnheit, solche Dinge sofort zu erledigen, hatte er sich längst gewöhnt. Seit Beginn ihrer Ehe mochte Elisabeth nicht über die Notwendigkeit solcher Aufgaben diskutieren. Ihm hätte es vollkommen genügt, sie am nächsten Tag zu erledigen – doch er wusste auch, dass es von Vorteil war, wenn alles aufgeräumt war. Schließlich hatte er ihre Ordnungsliebe vor 42 Jahren mitgeheiratet. Und nun wollte er mit ihr und einem Glas Malt Whisky den Sonnenuntergang unter freiem Himmel genießen. »Das war wirklich ein schöner Nachmittag mit dem Detektiv«, sagte Elisabeth. »Das sollten wir öfter machen, Ken. Wir haben viel zu selten netten Besuch.« »Das stimmt.« Ken dachte an Jules' Blumen und holte eine Vase aus dem Küchenschrank.

»Die hätte ich beinahe vergessen«, gab Elisabeth zu, ließ Wasser in das gläserne Gefäß laufen und drapierte den Strauß.

Nach stundenlanger Verdrängung drängte sich das letzte Gespräch mit Jules wieder in Kens Bewusstsein. »Ich weiß nicht, ob es richtig war, van Dyck so viel über die Wicca Coven zu erzählen«, sagte er.

»Du ärgerst dich über dich selbst.« Elisabeth, die gerade die Teller einräumen wollte, hielt inne. »Es war deine Idee, dem Mann zu helfen, mo ghràidh.« »Allerdings. Ich mag ihn. Habe ich ihm zu viel erzählt?«

»Das weiß ich nicht«, sagte Elisabeth.

»Mo ghràidh, ich fürchte nur die Rache der bösen Hexen.«

»Mach dir keine zu großen Sorgen. Irgendwann wäre der Detektiv doch selbst auf die Idee gekommen, Finnegan nach Feierabend zu folgen. Ich glaube nicht, dass er über unsere Gespräche reden würde. Und ich wäre froh, wenn diesem finsteren Treiben endlich ein Ende gesetzt würde.«

»Das ist wahr. Komm, lass uns den Sonnenuntergang genießen«, sagte Ken und küsste seine Frau – genau in dem Moment, als Jules das Pub betrat und sich an den Tresen setzte.

Schottische Folkmusik mit Trommeln und Dudelsäcken erfüllte den Raum. Jules bestellte einen Whisky, nippte an seinem Single Malt – und spürte plötzlich eine Hand auf seiner Schulter.

»Hallo! Keith Parsons, und das ist meine Frau Carol«, begrüßte ihn das Paar mit einem breiten Lächeln.

»Wir haben uns heute Morgen im Touristenzentrum gesehen«, sagte der junge Mann mit den auffällig großen Segelohren. Seine Augen musterten Jules aufmerksam. Jules musste unweigerlich an Dumbo denken. Doch das hier war kein süßer Zeichentrickfilm. Das Paar stand viel zu nah.

»Jules van Dyck. Ich erinnere mich«, sagte er ruhig und erwiderte ihren Blick. »Haben Sie gefunden, was Sie suchten?«

Keith lachte, doch das Lachen klang hohl. »Sie denken doch nicht etwa, wir hätten diese Plastik-Nessi gekauft?«

»Haben Sie nicht?«

»Nein! Wir werden wohl weitersuchen müssen.« Keiths Blick verengte sich. »Und Sie? Was machen Sie hier in Nethy Bridge?«

Jules zögerte kurz. »Ein paar Tage Urlaub.«

»So wie wir«, sagte Carol mit einem zu freundlichen Lächeln.

Jules spürte, wie sich seine Nackenhaare aufstellten. Sie waren nicht einfach nur neugierig – sie waren aufdringlich. Zu aufdringlich. Etwas an ihnen war falsch. Carol hatte scharf geschnittene

Gesichtszüge, ihre Mimik wirkte einstudiert, ihr Lächeln einen Hauch zu kalkuliert.

»Interessant.« Jules stellte sein Glas auf den Tisch. »Hören Sie, ich möchte einfach in Ruhe meinen Whisky trinken. Ich hatte einen anstrengenden Tag.«

»Oh, natürlich! Wir wollten Sie nicht belästigen«, sagte Keith mit gespielter Überraschung. »Erlauben Sie mir trotzdem, Sie auf einen Drink einzuladen?«

Er wartete nicht auf eine Antwort. Mit einer schnellen Handbewegung winkte er den Kellner heran und bestellte einen weiteren Whisky für Jules. Jules überlegte, ob er ablehnen sollte – doch was hätte es gebracht? Er wollte die beiden so schnell wie möglich loswerden.

»Prost«, sagte Keith und schob ihm das Glas hin. Jules nahm es langsam. »Prost«, erwiderte er und nahm einen Schluck.

»Auf Ihr Wohl«, flüsterte Carol.

Kaum hatte der Alkohol seine Kehle passiert, wurde Jules schwindlig. Die Stimmen im Pub verzerrten sich, wurden zu einem dumpfen Rauschen. Die Wände schienen näher zu rücken, dann wieder in die Ferne zu gleiten.

Etwas stimmte nicht.

Er versuchte, sich zu konzentrieren, doch sein Blick verschwamm. Sein Kopf fühlte sich schwer an, seine Gedanken träge. Er wollte sich aufrichten, doch seine Beine gehorchten ihm nicht mehr.

Scheiße. Ein dumpfer Aufprall.

War er gefallen?

War das … sein Handy, das vibrierte?

Jemand packte ihn. Starke Hände hielten ihn fest.

»Ich glaube, unser Freund hatte heute zu viel Malt«, hörte er Keiths Stimme in weiter Ferne.

Dann wurde alles schwarz.

Später.

Die Welt kehrte nur langsam zurück. Ein harter Untergrund. Ein drückendes Gewicht um seine Handgelenke. Fesseln.

Der Motor eines Autos summte monoton.

Stimmen.

»Erledigt«, sagte Keith.

Jules versuchte, sich zu bewegen, doch seine Muskeln waren schwer wie Blei. »Fahren wir zur Pension. Ich hole nur sein Gepäck, dann können wir los.« »Wenn er sich rührt, bekommt er die Spritze«, sagte Carol kühl.

Jules' Bewusstsein drohte erneut abzudriften.

Er war gefangen. Und er hatte keine Ahnung, wohin die Reise ging.

»Der Schäfer wird erst im Frühjahr wieder in der Nähe sein, wenn er sich um seine Lämmer kümmern muss«, sagte Sigrun und schaltete den Motor ab.

Sana trat in die neue Scheune und ließ den Blick über den provisorischen Lagerplatz gleiten. Der alte Holzgeruch mischte sich mit etwas anderem – Moder, vielleicht ein Hauch von Blut?

»Das Gebäude ist in einem besseren Zustand«, murmelte sie.

»Sein Handy und Koffer sind im Kofferraum des Leihwagens. Und der liegt am Grund des Loch Alvie«, sagte Keith mit kalter Stimme.

»Gut«, erwiderte Sana. Ihre Lippen verzogen sich zu einem schmalen Lächeln. »Dann gibt es keine losen Enden. Und diesmal sind die Taschen sicher überprüft worden?« Ihr Blick schnappte zu Emma Finnegan, hart wie ein Messer.

Die Hexe reagierte nicht auf die unterschwellige Drohung. Schweigend drückte Sana Keith ein Bündel in die Hände und schickte ihn mit einer knappen Geste zurück zu Sigrun.

Emma kniete sich neben den Gefesselten. Ihr Blick glitt

prüfend über seine angespannten Arme, die groben Stricke. Sie zupfte daran, testete ihren Halt.

»Er ist älter als Max«, stellte sie schließlich fest.

»Na und?«, knurrte Sana. »Haben wir eine Wahl?« Ihre Stimme war ein dunkles Grollen. »Wir können nur hoffen, dass dieser Max uns nicht längst einen Suchtrupp auf den Hals gehetzt hat! Du kannst dich nicht mehr in der Pension blicken lassen, und dein Auto ist verloren. Aber dass er entkommen konnte – das geht auf deine Rechnung, Emma!«

Emma verzog das Gesicht, doch sie widersprach nicht.

Sana trat näher, beugte sich zu ihr hinab. Ihre Augen funkelten. »Nimm es als Strafe der großen Göttin hin«, flüsterte sie. »Und bald, sehr bald, wird sie ein neues Opfer bekommen.«

12

Karotten- und Kartoffelschalen, überreife Pflaumen, welke Salatblätter – Mareike balancierte die Küchenabfälle in ihren Armen, während sie auf den Stall zuging. Noch bevor sie die Tür öffnete, drangen Klavierklänge an ihre Ohren. Mozart. Jan ließ seine verwöhnten Riesenhühner tatsächlich wieder klassische Musik hören. Als er mit dieser absurden Leidenschaft begonnen hatte, hatte sie ihn belächelt. Doch sie hatte ihn gewähren lassen. Zwei Jahre nach seiner Pensionierung als Chefermittler der niederländischen Finanzbehörden hatte er sich in der Zucht von Prachthühnern einen Namen gemacht. Und Mareike? Sie unterstützte ihn, half bei den Vorbereitungen für internationale Ausstellungen – und nach dem TV-Bericht über ihn und seine Tiere war sie insgeheim sogar ein wenig stolz. Kaum eine ihrer Freundinnen wagte es noch, über das »Hühner-Thema« zu lachen. »Hallo, Meisje«, begrüßte sie die Tiere und zog die Tür hinter sich zu. »Ich habe euch etwas mitgebracht.« Sie warf die Gemüsereste in das Stroh, während die Hühner zutraulich um sie herum scharrten. Ihre warmen Federn strichen an ihren Beinen entlang. Mareike lächelte und wollte gerade eines der Tiere auf den Arm nehmen, als ihr Handy vibrierte.

Ein Blick auf das Display. Karin. Ein ungutes Gefühl breitete sich in ihr aus. Sie wischte die Erde von den Händen, zog die Tür des Stalls fest zu und eilte ins Haus. Jan saß auf dem Sofa, die Augen gebannt auf das Eishockeyspiel gerichtet. Sie ließ sich neben ihm nieder und rief zurück. Seit Maximilians

Verschwinden war sie für Karin immer erreichbar gewesen. Nacht und Tag. Und doch – sie hatte nie geglaubt, dass er wirklich noch einmal auftauchen würde.

»Hallo, Karin. Gibt es etwas Neues?«, fragte sie.

Die Stimme ihrer Freundin zitterte vor Aufregung. »*Mareike, du wirst es nicht glauben! Max hat sich gemeldet. Er wurde entführt – und er konnte fliehen!*« Mareike schnappte nach Luft. »Was?! Mein Gott! Wo ist er jetzt?«

»*Er hat aus einer Polizeiwache angerufen. Ohne Ausweis, ohne Geld, ohne Gepäck – alles ist weg! Ich habe ihm sofort die Nummer des Privatdetektivs gegeben, den ich beauftragt hatte. Er soll ihm helfen!*«, sprudelte es aus Karin heraus.

Mareike presste eine Hand auf ihre Brust. Ihre Gedanken rasten. Maximilian lebte. Aber was war mit ihm passiert? Wer hatte ihn entführt? Und vor allem – war es wirklich vorbei?

»Das wird für Jules kein Problem sein. Ich glaube, er regelt das schnell«, sagte Mareike.

»*Leider nicht!*«, entgegnete sie mit bebender Stimme.

»Warum nicht?«

»*Weil Jules van Dyck verschwunden ist.*«

Mareike stürmte ins Wohnzimmer und stellte sich vor den Fernseher.

»Was soll das, Mareike?«, fragte Jan, der das Spiel sehen wollte.

Mit ernster Miene erzählte sie ihm, dass Jules in Schottland verschwunden sei.

»Vielleicht ist er entführt worden!«, sagte sie mit Tränen in den Augen.

»Himmel! Jules! Aber soweit ich weiß, hatte er sich auf so einen Fall vorbereitet. Ich muss sofort Kommissar Mickerts in Dresden anrufen. Wenn jemand mehr weiß, dann er. Hast du Leonies Nummer?«

»Ich glaube ja«, sagte sie und wischte sich eine Träne weg.

»Dann ruf sie an. Wir müssen sie erstmal zu uns holen und die Schule informieren«, bestimmte Jan, schaltete den Fernseher aus und trat ans Fenster. Mareike beobachtete, wie er nachdachte.

»Jules ist einer unserer besten Freunde!«, sagte sie leise.

»Eben. Und deshalb werden wir ihm helfen. Ich rufe Benno Mickerts an, während du Leonie und die Schule kontaktierst.«

Jules' Tochter war ihr Patenkind. Jan und Mareike nahmen diese Verantwortung sehr ernst. Es ging dabei nicht nur um Leonie, die das kinderlose Paar seit ihrer Geburt verwöhnte, fast wie eine eigene Tochter – sondern auch um ihre enge Freundschaft zu Jules.

»Sherlock, wo steckst du?«, murmelte Jan und wählte die deutsche Nummer. Nach dem dritten Klingeln wurde das Gespräch angenommen.

»*Mickerts?*«, meldete sich der Kommissar fragend.

»Hallo Herr Kommissar. Hier ist Jan Bishop aus Valkenburg.«

»*Mein Gott! Gut, dass Sie sich melden! Geht es um Jules?*«

»Richtig. Meine Frau ist mit Karin Malinowski befreundet. Sie hat Jules beauftragt, ihren Mann zu finden. Er ist wieder aufgetaucht – offenbar wurde er gefangen gehalten und konnte fliehen. Aber jetzt scheint Jules vom Erdboden verschluckt worden zu sein«, erklärte Jan.

»*Jules hatte vorgesorgt. Drei GPS-Sender – einer am Leihwagen, einer in seinem Gepäck und einer ... eingenäht in seine Unterhose. Wir hatten eine klare Absprache: Er meldet sich, sobald er seinen Standort wechselt. Doch auf meine letzten Nachrichten hat er nicht mehr reagiert. Und zwei der Sender ... sind verstummt.*« Bennos Stimme klang angespannt.

»Verdammt!« Bishop fuhr sich durchs Haar. »Ich habe ihn an seine Frau vermittelt. Max konnte entkommen und hat verzweifelt versucht, Jules zu erreichen – ohne Erfolg. Er braucht Hilfe! Er hat nichts, keine Papiere, kein Geld, nicht mal eine verdammte Kreditkarte!«

Benno atmete tief durch. »*Okay, Herr Bishop. Maximilian kann ich von hier aus versorgen, seine Rückreise organisieren. Aber Jules … er ist auf sich allein gestellt. Wir müssen ihn finden – sofort!*«

»Sehe ich genauso, Herr Kommissar. Was ist mit dem dritten Sender? Haben Sie noch ein Signal?«, fragte Jan angespannt.

Benno zögerte. »*Sehr schwach. Vermutlich geht ihm bald die Energie aus.*« »Aber Sie können den Standort bestimmen, oder?«

»*Ja …*« Benno starrte auf seinen Bildschirm. »*Aber er liegt mitten im Nichts. Kein Dorf, keine Straße, keine verdammte Hütte in der Nähe.*«

Jan lehnte sich vor. »Das heißt gar nichts. Herr Mickerts, wir müssen handeln. Wann können Sie in Edinburgh sein?«

»*Ich buche sofort einen Flug und gebe Ihnen Bescheid, sobald ich dort bin, Herr Bishop.*«

Jan beendete das Gespräch. Stille breitete sich aus. Gegenüber saß Mareike – verheult, mit geröteten Augen.

»Ich nehme an, du hast mit Leonie gesprochen«, sagte er leise.

Mareike nickte schwer. »Jan …« Ihre Stimme zitterte. »Das Mädchen ist am Ende. Ich habe mit den Eltern ihrer Freundin gesprochen. Wir müssen sie sofort zu uns holen. Die Lehrerin hat sich zwar erst quergestellt, aber am Ende hat sie den Ernst der Lage begriffen.«

Jans Handy vibrierte. Er riss es an sich. »Schon heute Nachmittag?« Er stand auf, lief unruhig im Raum auf und ab. »Gut. Ich buche sofort und bin dann da. Bis später, Herr Kommissar.« Er legte auf, sah Mareike an. Sein Blick war entschlossen.

»Du musst Leonie allein abholen. Ich fliege nach Schottland.« Er griff nach seiner Jacke. »Und vergiss die Hühner nicht.«

Leonie rannte, von ihrer Freundin begleitet, aus dem Haus, als sie Mareike mit zwei weiteren Frauen kommen sah.

»Tante Mareike!« Sie fiel ihrer Patentante in die Arme, von einem Weinanfall geschüttelt. »Was ist mit Paps passiert?«

»Ich weiß es nicht, Leonie. Aber Jan und der Kommissar aus Dresden fliegen nach Edinburgh«, sagte Mareike.

»Es ist irgendwie meine Schuld«, sagte Karin, als sie ins Auto einstiegen. »Ich habe deinen Vater gebeten, meinen Mann zu finden.«

Leonie packte ihre Tasche in den Kofferraum des Golf und wandte sich den beiden unbekannten Frauen zu. »Und wer sind Sie?«, fragte sie die hübsche Schwarzhaarige.

»Mein Name ist Mila Janssen, und ich habe mich ein wenig in deinen Vater verliebt«, sagte diese.

Die Traurigkeit stand ihr genauso ins Gesicht geschrieben wie Leonie selbst. Das Mädchen musterte sie kritisch, atmete dann aber tief durch. »Irgendwie ist es der falsche Moment für so was. Aber ich kann verstehen, dass Sie sich in ihn verliebt haben. Mein Paps ist ein toller Mann, und ich liebe ihn auch«, sagte sie, während erneut Tränen über ihr Gesicht rollten. »Warum kann Paps nicht wie Jan einfach Hühner züchten? Ich habe nie nach seiner Arbeit gefragt. Aber das ist jetzt vorbei!«

13

Als er wach wurde, erkannte Jules verschwommen die Konturen einer sich bückenden Gestalt. Eine offenbar alte Frau legte einen großen Stein in die Mitte eines Steinkreises und sprach mit rauer Stimme eine seltsam klingende Sprache. Die Worte wiederholten sich, und jetzt bemerkte er auch die anderen Frauen, die sich um sie versammelt hatten und den Text in monotonem Sprechgesang nachsprachen. Jules war mit Fesseln an einen Balken über ihm gebunden und konnte sich nicht rühren. Er erinnerte sich an das Pärchen – und an den spendierten Whisky des Mannes, der sich Keith nannte. KO-Tropfen. Alles, was danach geschah, lag in einem undurchdringlichen Nebel.

Die grauhaarige Alte trug einen langen Umhang, dessen Symbole Jules an Wikinger erinnerten. Sie stampfte mit den Füßen im Takt des Gesangs und hielt dabei ein Messer mit langer Klinge, stets auf den Steinkreis gerichtet, der fächerförmig mit Reisig ausgelegt war.

Jules sah sich um. Irgendetwas stimmte hier nicht. Wo war Max Malinowski? Und warum hatten sie sich ein zweites Opfer gesucht? Seine Recherche fiel ihm wieder ein. Noch nie zuvor waren zwei Personen gleichzeitig in diesem fünfjährigen Zyklus verschwunden.

Er musste mehr wissen. Sein Blick wanderte nach unten. Seine Füße waren mit Kabelbindern verschnürt, seine Handgelenke schmerzten unter den engen Fesseln. Doch das war ihm jetzt egal. Viel wichtiger war, dass die Hexen den Sender in seinem

Unterwäschebund nicht entdeckt hatten – und dass Benno seine Signale empfing.

Plötzlich verstummte der monotone Singsang, und die alte Frau musterte ihn abschätzend. Jules zählte sieben Frauen, die sich nun um ihn versammelt hatten. Bis auf eine Brünette waren sie allesamt überaus hässlich. Besonders die Rothaarige. Ihre Gestalt wirkte beinahe knabenhaft, und eine riesige, unförmige Warze prangte auf ihrer Stirn. Keine Frage. Das war der Wicca Coven. Jules war sicher, dass es sich um jene Hexen handelte, die seit Jahrhunderten Fremde für ihre Rituale entführten – um sie dann in ihrem Wahnsinn dem Osterhasen oder sonst irgendeiner finsteren Macht zu opfern. Und nun hatten sie ihn auserwählt, weil sie dachten, er wäre als Urlauber allein in den Highlands unterwegs. »Schneidet ihn los und schafft ihn auf die Matratze!«, befahl die Alte.

Vier Frauen umringten ihn mit Mistgabeln, während zwei andere seine Fesseln lösten. Das lange Hängen am Balken hatte seine Beine taub werden lassen, und kaum waren die Seile ab, sackte er zusammen. Die beiden packten ihn und zerrten ihn über den mit Stroh bedeckten Boden in eine Ecke, wo eine schäbige Matratze lag.

»Die Mistgabeln braucht ihr nicht«, sagte er lachend. »Ich kann mich kaum bewegen.«

»Das überlässt du uns!«, fauchte die Alte.

Sie war die Einzige, die einen langen Umhang trug, verziert mit Wölfen, übereinanderliegenden Dreiecken und Ästen. Die anderen Frauen hingegen steckten in grauen Kapuzenkleidern, vorne verschnürt, die Jules an Karnevalskostüme aus billigem Filz erinnerten. Maximilian musste ihnen entkommen sein. Deshalb brauchten sie ein neues Opfer.

Jules grinste die Alte frech an. »Ich verstehe, dass ihr jetzt besonders wachsam sein müsst«, sagte er mit gespielter Unschuld.

»Wieso meinst du das?«, fragte die Alte misstrauisch.

»Warum wohl? Ihr könnt es euch nicht leisten, dass noch einer die Flucht ergreift«, erwiderte Jules und lachte.

»Wie kommst du darauf?«, fragte sie mit zornigem Blick.

Jules zuckte nur mit den Schultern und grinste noch breiter.

»Los! Sage mir, wie du darauf kommst!«, forderte sie ihn auf. Doch er sah ihr nur schmunzelnd in die Augen.

Die Alte verzog den Mund zu einem schmalen Strich. »Du willst es mir nicht sagen? Na gut. Fesselt ihn – und zwar so fest, dass ihm die Gelenke schmerzen! Er bekommt heute weder Wasser noch etwas zu essen! Wir werden schon sehen, wie lange du schweigst.«

14

Benno ließ sich an einem freien Tisch am Fenster der Cafeteria nieder und rührte mechanisch in seinem Cappuccino. Endlich hatte er Zeit, auf den Rückruf von Chief Inspector Lennox Brown von Scotland Yard zu warten – Bishops Maschine würde erst in zwei Stunden landen.

Brown hatte sich beim ersten Gespräch interessiert und kooperativ gezeigt. Er versprach, eine Fahndung einzuleiten, Max ausfindig zu machen und ihm bei der Ausreise zu helfen. Besonders die letzten GPS-Koordinaten schienen ihn zu beschäftigen.

Benno blickte durch die große Fensterscheibe auf das geschäftige Treiben am Flughafen. Menschen eilten von Gate zu Gate, Koffer rollten über den glänzenden Boden, Lautsprecherdurchsagen vermischten sich mit dem Stimmengewirr. Sein Blick verschwamm. Für einen Moment war er wieder in Miami – unter Palmen, mit einem Cocktail in der Hand, das Meer rauschte. Es waren unbeschwerte Tage mit Lena und Karsten gewesen, ausgelassene Stunden am Strand, gute Gespräche. Auch wenn er und die anderen früher als Jules und Leonie abreisen mussten, hatte er das Gefühl, dass seine Freundschaft zu Jules gewachsen war.

Ein schrilles Klingeln riss ihn aus der Erinnerung. Sein Puls beschleunigte sich. »Mickerts«, meldete er sich.

»New Scotland Yard. Ich verbinde Sie mit Chief Inspector Lennox Brown«, sagte eine freundliche Frauenstimme. Ein leises

Klicken. Dann eine markante Stimme: »*Brown. Hallo Benno. Ich habe Neuigkeiten für Sie.*«

Benno setzte sich aufrechter hin. »Hallo Mister Brown. Ich habe schon auf Ihren Anruf gewartet.«

»*Lennox. Sagen Sie einfach Lennox zu mir.*«

»Okay, Lennox.« Benno wusste, dass man sich in den USA und England oft mit dem Vornamen ansprach – selbst, wenn man sich nie persönlich begegnet war. Brown zögerte einen Moment. Dann kam er zur Sache: »*Unsere Leute haben Max Malinowski im Besucherzentrum der Glenfiddich-Destilliere aufgespürt. Er wurde zur weiteren Vernehmung mitgenommen. Finnegans Duster ist sichergestellt, und die Frau – sie ist jetzt offiziell zur Fahndung ausgeschrieben. Malinowski kann noch diese Woche nach Hause fliegen.*«

Benno spürte, wie sich seine Finger um die Tasse krampften. Es ging voran – aber war das genug?

»Das sind gute Nachrichten. Seine Frau wird erleichtert sein, Lennox.«

»*Ab jetzt wird es komplizierter, Benno*«, begann der Chief Inspector. »*Wir haben die Koordinaten der GPS-Sender mit denen des Handys deines Freundes verglichen. Sowohl das Handy als auch zwei der Sender haben zuletzt unter 57°14'21.8«N 3°41'57.8«W ihren Standort übermittelt. Das war vor genau neunundzwanzig Stunden*«, sagte Brown.

»Was heißt das?«

»*Das heißt, dass sie am Ufer des Loch Alvie ihre letzten Signale gesendet haben. Ich gehe davon aus, dass sein Gepäck zusammen mit dem Leihwagen und dem Handy jetzt tief auf dem Grund liegt.*«

»Oh Gott. Und was ist mit dem dritten GPS-Sender, von dem noch ein schwaches Signal kam?«

»*Leider sendet er nicht mehr. Aber die letzten Koordinaten liegen weit im Nationalpark. In dem Gebiet gibt es einfach nichts, wo van Dyck sein könnte. Außer ein paar Schafen vielleicht!«*

»Dann schickt doch eine Suchmannschaft dahin!«, sagte er.

»Die wäre tagelang unterwegs, da es dort keinerlei Straßen gibt.«

»Und ein Hubschrauber?«

»Das wird mir nicht bewilligt. Mehr kann ich im Moment leider nicht für Sie tun«, sagte Brown.

»Trotzdem danke«, sagte Benno und beendete das Gespräch. Sein Cappuccino war kalt geworden. Erst als er aufstand, um sich einen neuen zu holen, sah er auf die Uhr.

Bishops Maschine musste schon gelandet sein. Wie schnell die Zeit vergeht, dachte er und eilte zu den Gates. Er kam gerade noch rechtzeitig, als Jan mit nichts weiter als seinem Handgepäck heraustrat.

»Gibt es schon etwas Neues?«, fragte er nach der Begrüßung.

»Allerdings! Sie können Frau Malinowski beruhigen. Ihr Mann wird nach ein paar Vernehmungen des New Scotland Yard noch in dieser Woche nach Hause zurückkehren.«

»Gott sei Dank«, sagte Jan erleichtert. »Und was ist mit Jules?«

Benno sah ihn ernst an. »Wir haben die Suchergebnisse ausgewertet und fahnden nach Emma Finnegan. Das Signal des letzten GPS-Senders ist verschwunden – vermutlich ist der Akku leer.«

»Was machen wir jetzt? Wir müssen Jules finden!«

»Ja, das werden wir auch. Ich habe die letzten Koordinaten, und sie haben sich nicht verändert. Leider liegt der Punkt mitten in der Wildnis des Nationalparks. Keine Straßen, kein direkter Zugang. Deshalb schickt Scotland Yard auch keinen Suchtrupp. Einen Hubschraubereinsatz bezahlt die Behörde ebenfalls nicht. Wir sind auf uns gestellt, Herr Bishop.«

»Wie lange braucht man, um dorthin zu kommen?«

»Mister Brown, der Chief Inspector, meinte, es wäre ein Marsch von mehreren Tagen.«

Jan überlegte kurz. »Lassen Sie uns zuerst einen Kaffee trinken. Ich glaube, ich habe eine Idee«, sagte der Finanzbeamte.

15

Er wusste, dass es Eltern gab, die ihre Kinder bestraften, indem sie ihnen vor dem Schlafengehen Essen oder Wasser verweigerten. Jules fand das unangemessen brutal und hatte so etwas stets verurteilt. Dass die Hexen ihn nun genau so bestrafen wollten, war geradezu lächerlich. Trotzdem hatte er großen Durst, seine Lippen waren spröde, und sein Mund fühlte sich rau an. Er lag auf einer schmierigen Matratze und konnte sich kaum rühren. Seine Arme waren mit Stricken straff an zwei massiven Haken in der Holzwand fixiert, seine Beine gespreizt und mit doppelten Kabelbindern gefesselt. Bevor sie gegangen waren, hatten die Hexen ihn erneut abgetastet und seine Taschen durchsucht. Sie hielten es also für möglich, dass er entkommen konnte. Damit lag Jules mit seiner Vermutung richtig. Am Rand der Scheune stapelten sich Stroh- und Heuballen – ein Lager für Winterfutter. Da der Winter nicht mehr fern war, mussten die Hexen sichergehen, dass kein Hirt oder Schäfer zufällig hier auftauchte. Der Boden war vollständig mit Stroh bedeckt. Nur der runde Zirkel aus kleinen Steinen – gut drei Meter im Durchmesser – bildete eine optische Abwechslung. Dünne Zweige lagen fächerförmig in seinem Inneren, und genau in der Mitte ruhte der große Stein, den die Oberhexe dort platziert hatte. Jules fragte sich, was das zu bedeuten hatte. Die sechs in Grau gehüllten Hexen sprachen monoton den Sprechgesang der Oberhexe nach. Es wirkte wie ein altes Ritual. Auch ihr hüpfender Tanz um den Kreis, das Messer in der Hand, deutete darauf hin. Vielleicht war es eine symbolische Handlung. Vielleicht aber auch eine Beschwörung. Von was auch immer.

Jules schluckte schwer. Seine Kehle brannte. Er testete seine Fesseln – keine Chance. Doch dann spürte er den leichten Druck des GPS-Senders, der im Bund seiner Unterhose eingenäht war. Die Hexen hatten ihn nicht gefunden. Auch wenn das Akku inzwischen leer sein mochte, war er sicher, dass der Sender bis zuletzt seinen Standort übermittelt hatte. Der Gedanke gab ihm Hoffnung.

Doch er ahnte, dass die Hexen ihn schon bald wissen lassen würden, was sie mit ihm vorhatten. Und der Gedanke an Leonie und Mila erfüllte ihn mit tiefer Traurigkeit.

16

Leonie war nicht ansprechbar. Seit Stunden saß sie wie versteinert auf dem Sofa, die Knie an die Brust gezogen, den Blick leer auf einen Punkt gerichtet, den nur sie sehen konnte. Kein Wort, keine Bewegung – nur Schweigen, das schwer in der Luft hing. Mareike kannte sie so nicht. Leonie war immer voller Leben gewesen, hatte ihr Lachen wie Sonnenstrahlen in den Tag geworfen, hatte selbst in den dunkelsten Momenten Trost gefunden. Doch jetzt? Jetzt war sie nur ein Schatten ihrer selbst. Mareike presste die Lippen aufeinander. Das hier war mehr als Sorge. Mehr als Angst. Selbst, als Leonies Mutter vor vier Jahren an Krebs starb, hatte sie nicht so gewirkt. Damals hatte sie geweint, getobt, nach Erklärungen gesucht. Aber jetzt? Jetzt war da nur diese eisige Stille, als hätte jemand ihr den Boden unter den Füßen weggezogen und sie ins Nichts gestoßen. Mareike konnte es nicht länger mitansehen. Sie trat näher, griff nach Leonies Hand – kalt, reglos. »Leonie, komm mit. Die Hühner müssen gefüttert werden«, sagte sie sanft, fast flehend.

Ein Flackern in Leonies Augen. Dann kam die Stimme, leise, brüchig: »Ob Paps noch lebt?«

Mareike schluckte. »Natürlich, Liebes. Du kennst deinen Vater. Der lässt sich nicht kleinkriegen.« Ihre eigenen Worte klangen hohl. Sie zwang sich zu einem Lächeln. »Außerdem ist auch Jan mit dem Kommissar zu ihm unterwegs. Sie holen ihn da schon raus.«

Leonie sog zitternd Luft ein. »Warum macht er immer so

gefährliche Sachen? Jetzt, wo sich endlich eine nette Frau in ihn verliebt hat.« Sie blinzelte und sah Mareike zum ersten Mal direkt an. »Kennst du diese Mila, Tante Mareike?«

Mareike spürte, wie sich ein Kloß in ihrer Kehle bildete. »Ich weiß nur, dass Mila sich auch Sorgen um ihn macht«, sagte sie, bemüht ruhig zu bleiben. Sie tätschelte Leonies Hand. »Komm jetzt. Die Hühner sind hungrig.«

Leonie zögerte, dann stand sie langsam auf.

In der Küche drückte Mareike ihr eine Schüssel mit Salatblättern in die Hände. Leonie drehte sie nachdenklich zwischen den Fingern, als würde sie nach Antworten suchen.

»Wer ist sie eigentlich?«, fragte sie schließlich. »Was weißt du über sie?«

Mareike war erleichtert, dass sie von selbst auf ein anderes Thema gekommen war. »Eigentlich ist Mila die beste Freundin von Karin. Aber sie war auch schon ein paarmal bei uns. Ich kenne sie«, sagte sie und spürte, wie ihre Stimme weicher wurde.

»Hat sie Kinder?«

»Kinder hat sie jede Menge«, antwortete sie mit einem breiten Grinsen und beobachtete gespannt, wie Leonie reagieren würde. Doch bevor diese weiterfragen konnte, sprach sie schnell weiter: »Mila ist Lehrerin. Genauer gesagt Sonderschulpädagogin. Sie arbeitet an einer Förderschule mit den ganz schweren Fällen.«

Leonie zögerte kurz, dann huschte endlich ein Lächeln über ihr Gesicht. »Dann wäre sie bei uns ja bestens aufgehoben. Wir haben einige sehr schwere Fälle an meiner Schule.«

»Das glaube ich dir sofort«, sagte Mareike schmunzelnd und öffnete die Stalltür. Die Kälte der Metallklinke drang durch ihre Finger. »Nimm die Handschuhe und schneide bitte fünf Zweige von den großen Brennnesseln ab«, fuhr sie fort und deutete auf die Stauden neben dem Stall. Ein warmer Ausdruck lag in ihrer Stimme, als sie hinzufügte: »Mila ist sehr nett und hat genau den Humor, den ich mag. Naja, und hübsch ist sie ja auch, wie du gesehen hast.«

Leonie schwieg, während sie mit geübten Bewegungen die Nesseln klein schnitt und in den Stall warf. Einen Moment lang beobachtete sie fasziniert, wie sich die Hühner mit gierigen Schnäbeln auf das juckende Grünzeug stürzten. Dann atmete sie tief durch.

»Weißt du, ich hatte mir immer gewünscht, dass Paps endlich wieder eine neue Frau hat. Aber ich habe es ihm nie gesagt.«

Mareike spürte, wie sich ein Knoten in ihrer Brust bildete. Sie kannte diesen Gedanken nur zu gut. Jules sprach nie darüber, aber sie wusste, dass er nach all den Jahren noch immer an seiner verstorbenen Frau hing – an der Vergangenheit, an einer Liebe, die niemand ersetzen konnte.

Sanft legte sie Leonie eine Hand auf den Arm. »Du weißt ja, wie sehr dein Vater mit seiner Arbeit beschäftigt ist. Da war halt nie Zeit für Frauen«, sagte sie schließlich und hoffte, dass ihre Stimme nicht zu traurig klang.

Sie drehte sich um und schaltete den CD-Player ein. Leise erklang die Musik von Johann Strauß. Die sanften Melodien erfüllten den Raum, vermischten sich mit dem Duft nach Stroh und dem leisen Scharren der Hühner.

»Das ist es nicht, Tante Mareike. Paps hatte schon immer Chancen. Aber er wollte keine andere, nachdem Mami nicht mehr war«, sagte Leonie und schluckte schwer. »Und jetzt gibt es eine Frau, die er an sich heranlässt – und wird entführt!« Wieder füllten sich ihre Augen mit Tränen.

Mareike zog sie in die Arme und hielt sie fest. »Auch das wird wieder gut, Leonie! Der Kommissar ist nicht nur ein erfahrener Ermittler, sondern auch ein guter Freund deines Vaters. Er hat längst Scotland Yard eingeschaltet. Und außerdem ist Jan bei ihm. Zusammen werden sie ihn nach Hause bringen!«, sagte sie voller Überzeugung.

In diesem Moment klingelte ihr Handy. Leonie nahm ihr wortlos die Schüssel ab und streute die Salatblätter zu den hübschen Riesenhühnern. Mareike wischte sich die Hände ab und nahm das Gespräch entgegen.

17

Aus seinem Traum gerissen, wachte Jules im Dunkeln auf. Bis auf die offene Luke, durch die im Sommer sicher die Mauersegler flogen, gab es keine Öffnung, die Tageslicht hereinließ. Schon am ersten Tag hatte er ein paar verlassene Nester dieser Flugkünstler in seinem Verlies entdeckt.

Draußen war es noch dunkel. Kein Licht fiel durch die Luke in den Raum. Jules schätzte die Uhrzeit der Jahreszeit entsprechend auf etwa fünf Uhr früh. Seine Fesseln schmerzten, und die ungewohnte, unangenehme Haltung ließ seinen Rücken heftig schmerzen. Jeder Versuch, sich zu bewegen, verstärkte das Brennen nur, wenn sich die Fesseln tiefer in seine Gelenke schnitten. Seine Lippen waren spröde, klebten aneinander, und der Durst war entsetzlich. Er würde der Oberhexe eine ausweichende Antwort geben, um etwas zu trinken zu bekommen. Aber er durfte keine Schwäche zeigen. Diese Hexen hatten etwas mit ihm vor. Jules erinnerte sich an die Worte von Frau Robertson, die ihm offenbart hatte, dass sie selbst eine Hexe sei. Vielleicht sollte er die Biester, die ihn gefangen hielten, einfach an den Ehrenkodex erinnern, von dem sie sprach.

Er versuchte, sich an ihre Worte zu erinnern: *»Die Hexenkunst ist eine lebensbejahende Philosophie. Wir sind streng moralisch, folgen der Natur und bemühen uns, Harmonie und Gleichklang unter den Menschen zu schaffen. Damit stärken wir unser Selbst und beziehen daraus die Kraft, Gutes zu tun.«*

So ähnlich hatte sie es ihm erklärt. Ihr Coven setzte sich für

Individualismus und Gedankenfreiheit ein, für eine enge Bindung an die Natur mit all ihren Pflanzen, Tieren und Menschen. Doch dieser Kodex würde diese Biester kaum beeindrucken. Sonst hätte ihr bösartiger Coven nicht über Jahrhunderte Menschen entführt und geopfert. Es blieb nur die Hoffnung, bald befreit zu werden. Jules wusste, dass Benno alles daransetzen würde, ihn zu finden. Mit diesem beruhigenden Gedanken döste er wieder ein.

Seine Arme brannten vor Schmerz, und seine Hände waren wie abgestorben, als er aus der Bewusstlosigkeit gerissen wurde. Der Sprechgesang der Oberhexe schnitt durch die Dunkelheit wie ein Messer. Wieder einmal tanzte sie um den Zirkel, stampfte mit den nackten Füßen auf den kalten Boden, während ihr monotoner Gesang in der Luft vibrierte. Ihr seidener Umhang, bestickt mit Wölfen und knorrigen Ästen, wirbelte um sie herum, und diesmal trug sie auch einen spitzen, schwarzen Hut. Im Schatten ihres Tanzes standen vier andere Hexen in grauen Filzkleidern und musterten Jules mit lauernder Neugier.

»Sagst du mir heute, woher du von der Flucht dieses Kretins weißt?«, fragte sie, ihre Stimme seidig und doch schneidend.

Jules blinzelte gegen die Müdigkeit an. Seine Kehle war trocken, sein Kopf dröhnte. »Es war Thema im Dorf. Ich hörte Leute darüber reden«, brachte er heiser hervor.

Die Oberhexe lächelte, aber es war kein freundliches Lächeln. »Ich glaube, ich kann dir glauben. Gebt ihm jetzt zu trinken!«

Eine blonde Frau trat aus dem Schatten und kniete sich neben ihn. Ohne ein Wort zog sie einen altertümlichen Wasserschlauch hervor und ließ kühles Wasser langsam in seinen Mund tropfen. Es war eine Qual, nicht sofort gierig zu schlucken, doch als die ersten Tropfen seine ausgedörrte Kehle hinunterliefen, konnte er nicht anders. Er trank hastig – zu hastig. Das Wasser blieb ihm im Hals stecken, und er begann zu husten.

»Trinke langsam!«, mahnte die Frau mit ruhiger Stimme, bevor sie ihm erneut Wasser anbot.

»Das reicht!«, sagte die Alte scharf. »Füttert ihn, damit er zu Kräften kommt. Danach lasst ihn sein Geschäft machen. Aber ich warne dich!« Ihre Augen verengten sich, und ihre Stimme senkte sich zu einem bedrohlichen Grollen. »Solltest du auf dumme Gedanken kommen, wirst du ein paar scharfe Zinken zu spüren bekommen!«

Jules lehnte sich gegen die Wand und lachte trocken. »Ihr scheint ja regelrecht Angst zu haben, dass ich euch entkomme«, sagte er spöttisch.

»Das wird nicht passieren!« Ihre Stimme klang endgültig. »Wir bereiten dich jetzt auf das erste Ritual vor.« Sie legte den Kopf schief, als würde sie über etwas nachdenken. »Hast du eigentlich Kinder?«

Jules' Magen zog sich zusammen. »Ich glaube nicht, dass dich das etwas angeht«, gab er kalt zurück.

Die Hexe schnalzte mit der Zunge. »Meinst du?« Ihre Augen funkelten vor Bosheit. »Wenn dir die Frage zu schwer ist, kannst du dich auch gerne einnässen – dann gibt es eben nichts zu essen. Deine Entscheidung.«

Jules' Kiefer mahlte, doch er wusste, wann Widerstand zwecklos war.

»Ich habe eine Tochter. Aber was interessiert dich das?«

Die Hexe lächelte zufrieden. »Na also. Er kann Mädchen zeugen! Gib ihm zu essen, Sigrun.«

Die blonde Hexe hieß also Sigrun. Mit einer fast beiläufigen Bewegung öffnete sie ihre Tasche und zog einen kleinen, rußgeschwärzten Topf hervor. Der schwere Duft von Lammeintopf stieg auf, als sie mit einem Löffel umrührte. Dann grinste sie und führte ihm die lauwarme Speise an die Lippen. Er hatte nicht erwartet, dass er Appetit haben würde. Doch als der Geschmack auf seiner Zunge explodierte, konnte er nicht verhindern, dass er schluckte.

»Das schmeckt ja gar nicht schlecht«, sagte er und leckte sich instinktiv über die Lippen. Sigruns Grinsen vertiefte sich. »Liegt bestimmt an den Zaubermitteln darin«, fügte er lachend hinzu, doch seine eigene Stimme klang ihm fremd.

Ihre Augen verengten sich zu Schlitzen. »Wer sagt dir, dass da keine drin sind?« Ihre Stimme war kaum mehr als ein Hauch, doch sie schien sich in seinen Knochen festzusetzen. »Und jetzt ist Schluss mit dem Gerede, sonst kommt ein Knebel!«

Mit einer beiläufigen Geste ließ sie ein kleines Feuer im Zirkel aufflammen. Die Flammen züngelten hoch, warfen gespenstische Schatten an die Wände der alten Scheune. Dann trat Sana vor. In ihren Händen blitzte die scharfe Klinge der Athame. Langsam, bedrohlich kam sie auf ihn zu. Jules' Herz hämmerte gegen seine Rippen.

»Was soll das?«, wollte er fragen, doch bevor er einen Laut hervorbringen konnte, spürte er das kalte Metall an seiner Haut. Mit erschreckender Präzision schnitt sie eine Strähne aus seinem Undercut. Ein Reflex ließ ihn sich aufbäumen, doch bevor er protestieren konnte, hob Sigrun einen Zeigefinger an ihre Lippen. Ihr Blick war warnend, eindringlich. Jules spürte, wie ihm die Kehle trocken wurde. Sana tanzte wieder. Ihre nackten Füße stampften rhythmisch auf den harten Boden. Sie hielt seine Haarsträhne in die Höhe, als wäre sie eine Trophäe, dann warf sie sie in die Flammen.

»Fonriug do luth. Fonriug do lath. Fonriug do nert. Fonriug do thracht. Fonriug druth dam«, sang sie, ihre Stimme hallte von den Wänden wider. Immer wieder wiederholte sie die fremden Worte, bis sie sich wie ein Echo in Jules' Kopf festsetzten.

Er verstand kein Wort. Doch die Luft im Raum veränderte sich. Etwas war anders. Die Schatten wirkten tiefer, das Licht des Feuers flackerte auf eine unnatürliche Weise. Sana zog ein ledernes Säckchen hervor und öffnete es mit einer geschmeidigen Bewegung. Der feine, dunkle Staub, den sie ins Feuer streute, löste eine sofortige Reaktion aus. Funken schossen in die Höhe. Dichter, gelber Rauch quoll hervor, breitete sich aus wie eine lebendige Kreatur. Er war überall. Doch statt zu brennen, hüllte er Jules ein, als wäre er ein Teil von ihm. Und der Geruch ... süß, würzig, betörend. Eine unheimliche Wärme breitete sich in seinem Körper aus.

»Seht!«, rief Sana plötzlich und deutete auf die wirbelnden Schwaden. Ihre Augen funkelten. »Die große Göttin hat ihn angenommen! Sigrun, prüfe seine Bereitschaft!«

Sigrun trat zu ihm. Noch immer lag dieses wissende Lächeln auf ihren Lippen. Ihre Hand glitt nach unten.

Jules erstarrte.

Ein heißer Stich aus Scham, Panik und roher Erregung schoss durch ihn.

»Er ist so weit«, flüsterte Sigrun triumphierend.

Sana nickte. »Dann will es auch die große Göttin Brigid so! Emma, dich wird er als Erste schwängern.«

Jules keuchte, sein Körper spannte sich an.

Sigrun öffnete seine Hose mit quälender Langsamkeit. Die hässliche Frau aus der Pension ließ ihr Kleid fallen, trat näher.

Jules' Verstand schrie.

»Nein!«, brüllte er. Doch sein Körper war nicht mehr sein eigener.

18

Lena warf einen Blick auf die Uhr. 10:16 p.m. In Europa musste es bereits Viertel nach Vier sein. Sie zögerte kurz, dann wählte sie Leonies Nummer. Die WhatsApp-Nachricht war zu beunruhigend gewesen. Nach dem fünften Klingelzeichen wollte sie gerade auflegen, als Leonie endlich ranging. Ihre Stimme klang verschlafen.

»Lena! Gut, dass du anrufst. Es ist etwas Schreckliches passiert. Ich brauche eure Hilfe!«

Lena hielt den Atem an. »*Was ist los?*«

»Mein Vater wurde entführt! Und Jan und Benno haben ein riesiges Problem in Edinburgh.«

»*Mein Gott, Leonie!*« Lenas Herz schlug schneller. »*Ich spreche sofort mit Karsten. Du kannst dich darauf verlassen, dass er etwas unternimmt. Schließlich hat er deinem Vater alles zu verdanken – sein Erbe, sogar sein Leben!*«

»Danke, Lena! Sag Karsten, er soll sich direkt bei Benno Mickerts melden.«

Leonie legte auf und wählte Jans Nummer.

»Hallo Onkel Jan!«

»*Leonie? Um diese Uhrzeit?*«

»Die Sache mit eurem Hubschrauber geht klar. Karsten kümmert sich darum und meldet sich direkt beim Kommissar.«

»*Danke. Aber ... du bist wach?*«

»Natürlich! Glaubst du, ich könnte schlafen, solange Paps nicht wieder hier ist? Aber Tante Mareike schläft.«

Trotz der angespannten Lage musste Jan schmunzeln. »*Du bist unglaublich. Aber sag mal, ihr habt doch meine Hühner nicht vergessen, oder?*«

»Den Hühnern geht's bestens«, versicherte sie. Dann senkte sie die Stimme. »Du, ich muss auflegen. Ich glaube, deine Frau wird gerade wach.«

»Alles klar. Schlaf gut!«

Benno telefonierte gerade mit Beate, als Jan das Gespräch beendete.

»Entschuldige, dass ich dich aus dem Bett geholt habe. Aber schicke mir bitte noch die Kontaktdaten dieses Fremdenführers aus Nethy Bridge und die der Pension, in der Jules und Malinowski übernachtet haben. Dieser oberfaulen Pension schicke ich mal Scotland Yard vorbei«, sagte er.

»*Hängt ihr noch immer am Flughafen, Schatz?*«, fragte sie.

»Ja. Das zieht sich. Die Flüge mit Zwischenstopp haben länger gedauert, als ich dachte. Möglich, dass wir heute in Edinburgh übernachten müssen.«

»*Ich schicke dir alles per WhatsApp. Melde dich, wenn du etwas brauchst, und passe auf dich auf. Ich liebe dich, Benno!*«

»So ist das, wenn die Freundin auch gleichzeitig eine Kollegin ist«, sagte er grinsend.

»Das Problem mit dem Hubschrauber scheint gelöst zu sein«, sagte Jan. »Karsten Fischler kümmert sich darum und ruft Sie an, sobald alles klar ist.«

»Karsten? Unglaublich. Aber das ist eine gute Nachricht. Ich denke, wir warten seinen Anruf ab und suchen uns danach ein nettes Hotel in der Nähe vom Airport«, sagte Mickerts.

»Ist wohl besser so. Ich glaube nicht, dass uns der Hubschrauber noch heute quer durch Schottland fliegt. Ich suche schon mal eine Unterkunft.«

Sein Handy meldete eine eingegangene Nachricht von Beate. Seine Freundin war zuverlässig.

»Du hast Recht. Wir übernachten in jedem Fall in der Nähe vom Airport. Wenn wir den Hubschrauber bekommen, könnten wir uns bei unserer Zwischenlandung noch etwas Zeit in Nethy Bridge nehmen. Ich möchte diesem Ken Robertson vorher gerne ein paar Fragen stellen. Und bei dem Flug zum Punkt des letzten Signals möchte ich unbedingt Malinowski mitnehmen«, sagte Benno und blickte, ein Brötchen kauend, zum Fenster hinaus.

»Ich denke, dass ihn der Chief Inspector zur Vernehmung mitgenommen hat«, sagte Jan.

»Hat er. Ich werde Brown bitten, ihn wieder nach Nethy Bridge zu bringen. Er kann dann auch diese Pension unter die Lupe nehmen oder – im Idealfall – dabei sein, wenn wir Jules befreien«, sagte er und wollte gerade seine Nummer wählen, als sich Karsten meldete.

»*Hallo Benno. Das war eine entsetzliche Nachricht. Ich bin noch immer fassungslos. Lena weint nur, da Jules in Antwerpen für sie wie ein Vater war*«, hörte er Karsten bei guter Verbindung sagen.

»Grüße dich, Karsten. Angenehmere Nachrichten wären mir auch lieber gewesen. Aber jetzt müssen wir alles tun, um Jules zu retten!«

»*Ich verstehe. Gerne würde ich sofort nach Europa reisen, um direkt zu helfen. Ich habe Jules eigentlich alles zu verdanken. Nur bin ich gerade in Ecuador und bereite mich auf ein Hilfsprojekt vor. Ich komme hier so schnell nicht weg.*«

»Wir brauchen nur einen Hubschrauber, mit dem wir Jules da rausholen können, Karsten«, sagte Benno.

»*Das habe ich schon erledigt. Hast du was zu schreiben? Bei der Firma Jamies Private Aircraft Charter am Flughafen Edinburgh ist morgen ein Eurocopter mit Platz für bis zu acht Personen für euch reserviert. Ich habe den Hubschrauber für zwei Tage gebucht. Solltet ihr ihn länger brauchen, dann melde dich einfach*«, sagte Karsten.

»Damit hatte ich nicht gerechnet. Danke, Karsten. Damit

hilfst du uns weiter«, sagte Benno. »Aber jetzt erzähl mal, was du in Ecuador machst. Um was für ein Projekt handelt es sich?«

»*Hat Jules dir nicht erzählt, dass ich einen Teil meines Erbes für Hilfsprojekte einsetzen will? Das mache ich in Ecuador – ohne dass Geld in den Kanälen irgendeiner Hilfsorganisation versickert. Das Land ist eines der größten in der Garnelenaufzucht. Das hört sich zunächst harmlos an, ist es aber nicht. An einer Stelle wird Wasser aus den Buchten in Aufzuchtbecken gepumpt, an anderer Stelle fließt schaumiges, grünliches Wasser durch ein dickes Abflussrohr zurück – kontaminiert mit Pilzsporen, Chemikalien und Antibiotika, mit denen die Züchter Krankheiten bekämpfen. Für die Zucht von einer Tonne Garnelen werden bis zu achtzig Tonnen Wasser verbraucht«, sagte Karsten. »Es ist entsetzlich, wenn man das sieht. Die Fischer in der Küstenregion hatten früher reichlich zu essen. Heute herrscht extreme Armut – bei ihnen und den indigenen Völkern. Einst konnten die Menschen fischen und Garnelen fangen. Heute gibt es kaum noch welche. Sie waren gesund und wohlgenährt, weil sie täglich Meeresprodukte aßen. Jetzt sieht man unterernährte Kinder. Das sind die offensichtlichsten Folgen, die die Garnelenindustrie den Menschen in Ecuador gebracht hat. Dazu kommen Umweltzerstörung, fehlende Schulen und mangelnde ärztliche Versorgung. Daran will ich etwas ändern, Benno. Ich will den Menschen Arbeit bieten, Schulen und Hospitale bauen und nachhaltige Aquakulturen aufbauen. Es ist viel Arbeit. Aber ich habe endlich wieder eine sinnvolle Aufgabe, auf die ich mich freue«,* sagte Karsten.

»Dann bist du ohne Fischstäbchen bei den Meeresfrüchten gelandet«, scherzte Benno. »*Erinnere mich bloß nicht an diese Jobs! Ich muss jetzt Schluss machen. Melde dich, wenn du etwas brauchst und wenn es Neuigkeiten gibt. Holt Jules da raus!*«

Benno beendete das Gespräch. Er war verblüfft, wie engagiert sich der junge Mann für die Allgemeinheit einsetzte. Schon damals in Wuppertal hatte er Karsten ins Herz geschlossen – doch jetzt toppte er alles.

Jan kam mit einem zufriedenen Lächeln vom Infoschalter zurück. »Herr Mickerts, wir haben zwei Zimmer im Holiday Inn im Hafenviertel. Es ist zwar nicht weit, wie man mir sagte, aber trotzdem sollten wir ein Taxi nehmen«, sagte Jan.

»Dann schauen wir mal, wie es sich bei den Schotten schlafen lässt«, sagte Benno.

19

Sein Unterleib schmerzte, als Jules wieder einmal durch den Sprechgesang der Alten geweckt wurde. Kerzen erleuchteten den Raum, doch das spärliche Licht von draußen ließ ihn erkennen, dass es bereits früher Abend sein musste. Die Oberhexe wiederholte das Ritual rund um den Zirkel, das er längst kannte. Fast hatte Jules das Gefühl, als könne er den Text in der fremden Sprache nachsprechen, als Sana plötzlich inne hielt und sich zufrieden grinsend zu ihm umwandte. »Prüfe ihn, Carola!«, forderte sie die junge Brünette auf.

»Gerne, große Sana«, sagte die junge Frau lächelnd.

Jules ahnte nach der letzten Nacht, was passieren würde, und es war ihm schlicht egal. Er konnte ohnehin nichts daran ändern, und seine Hoffnung schwand, dass Benno noch nach ihm suchte. Jules tat das, wovon er seinen Mitmenschen und besonders Leonie stets abgeraten hatte: den Kopf hängen zu lassen. Grinsend beobachtete er, wie die vollbusige Carola seine Hose öffnete und die Stirn in Falten zog.

»Da tut sich nichts. Ich sagte doch, dass er ein alter Mann ist.«

»Er ist keine fünfundzwanzig mehr und wird euch nicht zehnmal in einer Nacht schwängern können. Aber er ist ein Mann wie jeder andere!«, sagte Sana. »Öffnet eure Kleider und holt eure Brüste raus. Und du, Carola, du bemühst dich um seine Bereitschaft!«

Die Oberhexe begann erneut mit der Beschwörung der Liebesgöttin Brigit und warf eine weitere Haarsträhne ins Feuer, wie schon am Tag zuvor. Jules sah noch Carolas Kopf zwischen seinen Beinen verschwinden, als bereits mehrere Brüste sein Gesicht streichelten. Er wusste nicht, ob es sein eigener Geruch war oder der unangenehme Schweiß der Hexen, der beinahe einen Würgereiz in ihm auslöste.

»Öffne deinen Mund«, befahl Sigrun und drückte ihm ihre Brust fester entgegen. Jules gehorchte und ließ seine Zunge kreisen.

»Morgen wird er zum letzten Mal euren Schoß mit seiner Fruchtbarkeit füllen. Freut euch, denn danach bringen wir ihn nach Tomnaverie!« Das schallende Gelächter der Oberhexe fuhr durch das Gebälk der Scheune wie ein Windstoß. Dann schwieg sie einen Moment, ehe sie sich Jules zuwandte, auf dem bereits Carola saß.

»Und du kannst dich auch freuen!« Ihre Stimme war voller Spott. »Morgen wirst du der großen Göttin begegnen!«

20

Duschen, anziehen, packen, ein kurzes Frühstück – dann ab zum Schalter von Jamies Private Aircraft Charter. Der Hubschrauberflug war nicht nur für Benno eine Premiere.

»Seien Sie nicht nervös«, sagte Jan. »Ich versuche seit gestern nicht nur meine Flugangst zu überwinden, sondern auch den Bammel vor meinem ersten Hubschrauberflug.«

Mickerts lachte und trat an den Schalter. Eine professionell wirkende Blondine mit hochgestecktem Haar unter einer dunkelblauen Kappe, die perfekt zu ihrer Uniform passte, begrüßte sie freundlich.

»Good morning! Was kann ich für Sie tun?«

»Guten Morgen. Es wurde für uns reserviert«, sagte Mickerts und legte mit Jan zusammen seinen Ausweis vor.

Die Frau tippte kurz auf der Tastatur, dann hob sie den Blick und lächelte. »Alles klar, Ihre Reservierung ist bestätigt.«

»Ich glaube, die Maschine wird noch betankt und vorbereitet. Sie haben noch zwanzig Minuten für einen Kaffee, wenn Sie mögen.«

»Es ist unser erster Hubschrauberflug«, sagte Jan betont beiläufig.

Der Button der Fluggesellschaft auf ihrer weißen Bluse funkelte im Licht, als sie ihn beruhigend anlächelte. »Sie werden es kaum glauben, aber die wenigsten unserer Kunden sind Helikopter-Vielflieger. Unser Pilot ist erfahren und absolut sicher. Sie müssen sich also keine Sorgen machen.«

»Ich mache mir keine Sorgen. Ich bin nur etwas aufgeregt«, erwiderte Jan schmunzelnd. »Wir trinken noch einen Kaffee.« Er packte Benno am Arm und zog ihn in die nahe Cafeteria.

»Doch keine Flugangst?«, fragte Benno grinsend und schlürfte seinen heißen Milchkaffee.

»Doch. Aber das muss sie nicht wissen. Ich hoffe nur, dass ich meine Hühner wiedersehe!«

»Ja, die Hühner. Jules hatte mir mal davon erzählt. Ein wirklich ausgefallenes Hobby. Aber ich finde das gut«, sagte Benno und musterte das Display seines Smartphones. Chief Inspector Brown hatte ihm geschrieben, dass er mit Maximilian Malinowski ab zehn Uhr im Begegnungszentrum sei und auf sie warte.

»Wir werden in Nethy Bridge schon erwartet«, sagte er zu Jan. »Läuft wie geplant. Lennox Brown und Malinowski schließen sich uns an.«

»Perfekt. Mit Scotland Yard im Rücken wird das ein Spaziergang«, sagte Jan grinsend. »Jules ist schneller frei, als du 'Afternoon Tea' sagen kannst.«

»Sie können jetzt kommen, meine Herren!« Die Blondine winkte ihnen zu. »Der junge Mann begleitet Sie auf das Flugfeld zum Eurocopter. Fliegen Sie eigentlich alleine?«, fragte sie mit gespielter Besorgnis.

»Nur bis Nethy Bridge. Dort steigen zwei weitere Personen zu«, antwortete Benno.

»Na dann. Ich wünsche Ihnen einen angenehmen Flug – und dass der Hubschrauber heil ankommt.«

Jan hob eine Augenbraue. »Ich hoffe, das war jetzt kein schlechtes Omen.«

Ein junger Rothaariger mit Sommersprossen trat vor und verstaute ihr Gepäck auf der Ladefläche eines kleinen Elektroautos – so ein Gefährt, das Jan unweigerlich an einen Golfplatz erinnerte.

Mit einem leichten Ruck setzte es sich in Bewegung. Nach wenigen Minuten hielten sie vor dem Hubschrauber.

»Das kurze Stück hätten wir auch laufen können«, murmelte Jan.

Der junge Mann drehte sich um und grinste. »Das gehört mit zu unserem Service, Mister.«

Benno und Jan warfen sich einen amüsierten Blick zu.

»Na dann, bevor wir noch mit dem Handtuch bewedelt werden«, sagte Benno und sprang aus dem Wagen.

Der junge Mann nahm ihr Gepäck und brachte es an Bord, wo bereits der Pilot wartete. Jan drückte ihm ein Trinkgeld in die Hand und folgte Benno in den Eurocopter.

Der braungebrannte Pilot begrüßte sie freundlich. »Willkommen an Bord!«, sagte er. »Heute gibt es keine Flugbegleitung, also erkläre ich Ihnen ein paar Dinge zum Flug. Aber suchen Sie sich zuerst einen bequemen Platz aus.«

Der Mann mit dem gewinnenden Lächeln unter der Pilotenbrille wartete, bis sich alle in die gut gepolsterten, beigefarbenen Ledersitze setzten.

»Wir bekommen schnell die Starterlaubnis, und dann wird es laut. Sehr laut. Deshalb benutzen Sie bitte die Kopfhörer auf den Sitzen – damit können Sie sich unterhalten oder mich kontaktieren. Soweit klar?«, fragte er.

»Alles klar«, antwortete Benno und warf einen mitleidigen Blick auf den blassen Jan, der sämtliche Gesichtsfarbe verloren hatte.

»Prima. Bitte bleiben Sie während des gesamten Fluges angeschnallt. Links neben Ihnen ist ein kleiner Kühlschrank mit Softdrinks, Sandwiches und Schokoriegeln. Jetzt brauche ich noch die genauen Zielangaben«, sagte der Pilot.

»Zuerst müssen wir zum Besucherzentrum von Nethy Bridge, dort steigen zwei weitere Personen zu. Danach geht es hierhin«, sagte Benno und reichte ihm einen Zettel mit den Koordinaten der Highlands.

»57°11'49.8«N 3°38'35.3«W«, las der Pilot vor. »Das müsste irgendwo im Nationalpark sein.«

»Genau«, bestätigte Benno.

»Dann schnallen Sie sich jetzt an und nehmen Sie die Kopfhörer«, sagte der Pilot und ging nach vorne ins Cockpit.

Jan setzte sofort den Kopfhörer mit Mikro auf. »Hallo Herr Mickerts«, sagte er.

»Die Sache mit dem Herrn Mickerts lassen wir mal. Ich biete dir noch vor dem Start das Du an, Jan«, erwiderte Benno.

»Gerne, Benno. Ist wohl besser vor dem Start – wer weiß, ob ich es danach noch will.«

Benno lachte, als der Rotor des Helikopters anlief und alles zu vibrieren begann. Er sah, wie sich Jans Fingerspitzen in die Armlehnen gruben, und legte ihm beruhigend die Hand auf die Schulter. Als die Rotorblätter ihre volle Drehzahl erreichten, ließ das Zittern nach.

»Meine Herren«, hörte Benno den Piloten sagen. »Wir haben die Starterlaubnis. Es geht los!«

Jan schloss die Augen, als die Motoren laut dröhnten und sich der Helikopter langsam vom Boden löste. Benno genoss den Moment und sah aus dem Fenster. Beeindruckt verfolgte er, wie der nach vorne geneigte Hubschrauber an Höhe und Geschwindigkeit gewann. Erst als sie weit über den Dächern der schottischen Großstadt ihre Reisegeschwindigkeit erreichten, rüttelte er Jan an der Schulter.

»Hey, aufwachen. Der Start ist geglückt«, sagte er lächelnd.

»Mein Gott, ich habe wirklich Angst«, gab Jan zu.

»Keine Sorge. Jetzt bleiben wir erstmal in der Luft. Ein Sandwich?«, fragte Benno und öffnete den kleinen Kühlschrank.

»Du denkst doch jetzt nicht etwa ans Essen?«, fragte Jan ungläubig.

»Warum nicht? Zum Frühstück war ja kaum Zeit, und bis Nethy Bridge haben wir noch eine Stunde vor uns.«

»Ich habe keinen Appetit, Benno.«

»Okay, dann genieße einfach den Flug.«

Aus der Luft war die Aussicht schön, doch weniger eindrucksvoll als vom Boden aus, wo die Farben der Highlands viel intensiver wirkten. Nach nur 32 Minuten landeten sie hinter dem Besucherzentrum von Nethy Bridge.

Kaum war der Helikopter aufgesetzt, riss Jan die Tür auf, sprang hinaus und übergab sich auf die Wiese.

»Alles okay?«, fragte der Pilot.

»Alles gut. Es ist nur seine Flugangst«, sagte Benno und verließ den Helikopter, um Lennox Brown und Max Malinowski zu holen. Die beiden hatten das Dröhnen gehört und liefen geduckt auf ihn zu.

»Es geht weiter, Jan!«, rief ihm der deutsche Kommissar zu.

»Nie wieder fliege ich mit einem Hubschrauber!«, sagte Jan, dessen Gesicht noch immer ungesund grün wirkte.

Sie begrüßten die Neuankömmlinge, während der Pilot die Motoren erneut aufheulen ließ. Kurz darauf hob der Eurocopter ab und folgte den letzten Koordinaten von Jules GPS-Sender. Benno deutete auf die Kopfhörer mit Mikrofon und bedeutete ihnen, sich anzuschnallen. »Ich begrüße Sie an Bord und wünsche Ihnen einen guten Flug«, sagte der Pilot zu den Neuankömmlingen.

»Gut, dass Sie uns begleiten, Mister Brown«, sagte Benno. »Es ist beruhigend, einen bewaffneten Polizisten des Scotland Yard an Bord zu haben. Und mit Herrn Malinowski jemanden, der die Holzhütte aus eigener Erfahrung kennt.«

»Ich kann noch immer nicht glauben, dass ich dem Wicca

Coven entkommen konnte«, sagte Max. »Aber nach meiner Flucht haben die Hexen sofort nach mir gesucht. Ich mag mir gar nicht vorstellen, was sie mit mir angestellt hätten, wenn sie mich erwischt hätten.«

»Was können Sie mir über die Hexen und Ihre Gefangenschaft erzählen?«, fragte Benno.

»Dem Chief Inspector habe ich das zwar alles schon berichtet, aber ich wiederhole es gerne.« Max berichtete von den Hexen, dem Steinkreis, ihrem Gesang und Tanz. Er schilderte ausführlich, wie sie in einer alten, hart klingenden Sprache Formeln vortrugen, und äußerte seine Vermutung, dass es sich um eine germanische oder keltische Sprache handeln könnte.

»Wissen Sie, was sie vorhatten? Haben sie irgendetwas gesagt oder angedeutet?«, fragte Benno.

»Die Älteste trug ein anderes Gewand als die anderen. Sie deutete an, dass ich Glück hätte, denn ich sei der Auserwählte, und dass mir zwei Rituale bevorstünden. Ihr Name fiel ein paar Mal. Die anderen Hexen nannten sie die große Sana. Alle folgten ihren Anweisungen. Sie gaben mir einmal täglich etwas Wasser und fütterten mich mit Brei. Mehr weiß ich nicht. Aber ich wollte es auch gar nicht herausfinden und habe mich befreien können. Den Rest der Geschichte kennen Sie.«

»Ich habe in unserer Behörde Ihre Angaben geprüft, Kommissar Mickerts. Es stimmt, dass es in den sechziger und siebziger Jahren Sonderdezernate gab, die sich mit Vermisstenfällen in den Highlands befassten. Aber sie wurden wieder aufgelöst, da die Ermittlungen zu keinen brauchbaren Ergebnissen führten«, sagte Lennox Brown. »Die Beamten scheiterten auch deshalb, weil die Highlander verschwiegen waren und nichts über die Wicca Coven preisgeben wollten. Es wird Zeit, dass wir die Nuss endlich knacken«, fügte der Polizist hinzu.

21

Lena sah auf die Uhr ihres Smartphones, als das Taxi in die Colinsplaat einbog. Es war kaum zu fassen, dass sie vor gerade mal fünfzehn Stunden mit Leonie telefoniert und ohne zu zögern beschlossen hatte, sofort zu ihr zu reisen. Ein Glück, dass sie so schnell einen Flug bekommen hatte. Noch größer war das Glück, dass sie jetzt hier war – bereit, ihrer besten Freundin beizustehen. Leonie hatte so verzweifelt geklungen. Ihre Stimme war gebrochen gewesen, fremd. Lena wusste, wie sehr sie an ihrem Vater hing, wie sehr sie ihn liebte. Er war alles für sie. Und nun war er fort. Auch für Lena war Jules mehr gewesen als nur der Vater ihrer Freundin. In ihrer Zeit als Au-pair hatte er sie behandelt, als wäre sie ein Teil der Familie. Er hatte sich für sie interessiert, sie selbstverständlich in den Alltag einbezogen. Und schließlich war es Jules gewesen, durch den sie ihren Mann kennengelernt hatte. Das Taxi hielt. Lena zahlte, nahm ihren Koffer und die Blumen und trat mit klopfendem Herzen zur Tür des schmucken Häuschens im grünen Valkenburg, nahe Maastricht. »Bishop« stand in verschnörkelter Schrift auf dem Klingelschild. Darunter eine skurrile Hühnerzeichnung, die den Türrahmen zierte.

Sie klingelte. Ein tiefer, voller Gong ertönte im Inneren. Lena hielt den Atem an. Schritte näherten sich. Die Tür wurde geöffnet.

»Ja?«, fragte eine Frau und musterte sie mit leicht gerunzelter Stirn.

Lena lächelte zaghaft. »Sie müssen Mareike sein. Lena Boahma.«

Mareikes Augen weiteten sich. »Das gibt es doch nicht! Wieso ...?« Sie verstummte, als bliebe ihr die Sprache weg.

»Leonie hat mich angerufen. Ich habe nicht lange überlegt und bin sofort los«, sagte Lena sanft.

Mareike atmete tief durch, als müsse sie das erst verarbeiten. Dann nickte sie. »Ihr seid wirklich gute Freundinnen.« Ihre Stimme klang warm, doch auch traurig. Sie wischte sich die Hände an der Schürze ab. »Aber komm erstmal rein, Lena.«

Lena trat ein. Es roch nach frischem Brot und Kräutern. Wärme schlug ihr entgegen, eine vertraute, behagliche Atmosphäre.

»Sehr gemütlich!«, sagte sie und ließ den Blick durch die liebevoll eingerichtete Küche schweifen. »Und wo ist Leonie?«

Mareike lächelte sanft. »Ich habe sie rausgeschickt. Sie pflückt Salat und Tomaten – einfach, damit sie etwas zu tun hat.« Sie sah Lena an. »Na, das Mädchen wird aber überrascht sein! Komm, wir gehen zu ihr.«

Gemeinsam gingen sie in den Garten. Zwischen den Beeten hockte Leonie, konzentriert auf die Pflanzen vor ihr. Eine lose Haarsträhne fiel ihr ins Gesicht, sie strich sie gedankenverloren zurück.

»Das machst du gut, Leonie. Dann gibt es später einen schönen frischen Salat«, sagte Mareike, ohne dass ihr Patenkind aufsah.

»Kann ich dir helfen?«, fragte die schwarze junge Frau und blickte in das erstaunte Gesicht ihrer Freundin, die mit offenem Mund zwischen den an Stangen gebundenen Pflanzen hockte.

»Lena!«, kreischte sie und sprang sofort in ihre Arme und drückte sie so fest, wie es nur ging.

»Ich musste einfach bei dir sein, Leonie«, erklärte sie.

»Ich kann es kaum glauben, dass du hier bist«, sagte Leonie mit Freudentränen. »Jetzt kommt doch erstmal rein. Die Tomaten können warten«, sagte Mareike. Leonie ließ ihre Freundin gar nicht erst zu Wort kommen. Ihre Worte sprudelten unaufhaltsam aus ihr heraus, ein wilder Strom aus Gedanken, Sorgen und Gefühlen, der ungebremst auf Lena niederprasselte. Mareike stellte ihnen Limonade und Kekse auf den Tisch, lehnte sich gegen die Anrichte und beobachtete die beiden. Jetzt, da Lena unerwartet hier war, brach alles aus Leonie heraus – all die aufgestaute Angst, die schlaflosen Nächte, die quälende Ungewissheit. Ihre Stimme zitterte, nicht selten mischten sich Tränen in ihre hastigen Sätze. Vor Lena konnte sie sich öffnen, endlich aussprechen, was sie sonst für sich behielt. Ihre größte Angst: Jules zu verlieren. Mareike seufzte leise. Sie wusste, dass Leonie ihr niemals in diesem Maß ihr Herz ausgeschüttet hätte, auch wenn sie seit Kindertagen eine Vertrautheit verband.

»Habt ihr denn schon etwas aus Schottland gehört?«, fragte Lena sanft und legte eine Hand auf Leonies Arm.

Leonie schüttelte den Kopf. »Die letzte Nachricht hatte ich vor ihrem Abflug. Aber Onkel Jan hat mir versprochen, mich sofort zu informieren, sobald es Neuigkeiten gibt.«

»Alles, was wir tun können, ist abwarten«, sagte Mareike mit ruhiger Stimme. Leonie schnaubte und wischte sich mit dem Handrücken über die Augen.

»Dazu fehlt mir im Moment die Geduld. Auch wenn du recht hast, Tante Mareike.« Sie ballte die Hände zu Fäusten. »Aber eines kann ich tun!« Ihr Blick wurde entschlossen. »Ich werde Paps überzeugen, diesen gefährlichen Job endlich aufzugeben!«

Lena nickte. »Ich glaube, das wird nicht schwer, wenn er erst einmal erkennt, welches Risiko er für fremde Menschen eingeht – Menschen, die er vorher nicht einmal kannte.«

»Und ich bin mir sicher, dass er das inzwischen weiß«, sagte Mareike sanft. »Er denkt dabei auch an dich, Leonie. Lasst ihn erst einmal zurückkommen.« Sie atmete tief durch und zwang sich zu einem Lächeln. »Möchtet ihr noch etwas trinken, bevor ich den Pflücksalat und die Tomaten, die Leonie geerntet hat, zu einem knackigen Salat verarbeite?«

»Ohne Fleisch?«, fragte Leonie mit gespieltem Entsetzen.

Mareike lachte. »Wie wäre es mit Hähnchenschenkeln?«

»Oh, lecker«, sagte Lena. »Also, ich wäre einverstanden.«

Leonie rümpfte die Nase. »Hoffentlich nicht von Onkel Jans Hühnern.«

Mareike schüttelte grinsend den Kopf. »Oh nein, niemals. Aber während ich in der Küche bin, kannst du Lena ja mal die Hühner zeigen. Solch ein Geflügel gibt es bestimmt nicht auf Curaçao!«

22

Er hatte jede Hoffnung verloren. Die stinkende Matratze unter ihm war sein letzter Lagerplatz. Bald würden die Hexen kommen. Bald würde es enden.

Einziger Trost: Max Malinowski war ihnen entkommen. Seine Sorgen um Leonie waren nicht mehr so erdrückend wie vor zwei Tagen. Jan und Mareike würden sich um sie kümmern. Sie würden sie beschützen.

Doch ihn würde niemand retten.

Das letzte Ritual. Was immer es war – er würde es bald erfahren. Ein gequältes Lachen brach aus ihm hervor. Nichts konnte er tun. Nichts ändern.

Die Hexen hatten ihn benutzt. Als Werkzeug. Als Brutgefäß. Die nächste Generation von Hexen würde heranwachsen, und niemand würde nach den Vätern fragen. Männliche Kinder? Die verschwanden. Genau wie er. Genau wie Ken Robertson es vermutet hatte. Wut glomm auf. Erst ein Funke. Dann eine Flamme. Bilder stiegen in ihm auf – Scheiterhaufen, loderndes Feuer, die Hexen darin schreiend. Doch es war nur eine Phantasie. Die Realität war kälter.

Niemand suchte nach ihm. Niemand würde ihn retten.

Dann öffnete sich die Schuppentür. Sein Magen zog sich zusammen. Die Hexen traten ein.

»Holt ihn raus und knebelt ihn!«, befahl Sana.

Hände packten ihn. Grob. Zerrten ihn hoch. Seine Beine zitterten, doch sie zwangen ihn zu stehen.

»Knebeln?«, höhnte er. »Habt ihr Angst, ich könnte den Schafen von euren Umtrieben erzählen?« Er lachte laut. Zu laut.

Sana trat näher. Ihre Augen funkelten kalt. »Das Lachen wird dir bald vergehen!«

Sie riss sein Hemd auf. Die Kälte des Stalls biss in seine Haut. Dann – ein brennender Schmerz. Die Mistgabel hinterließ eine blutige Spur auf seiner Brust. »Nur ein kleiner Vorgeschmack«, flüsterte sie. »Jetzt bringt ihn raus!«

Humpelnd, gefesselt, stolperte er ins grelle Tageslicht. Er blinzelte. Vor dem Holzhaus parkten mehrere Quads. Also mit denen sind sie in den Bergen unterwegs, dachte er. Sie schleppten ihn zu einem olivgrünen Quad mit Ladefläche. Ein Transportfahrzeug, wahrscheinlich für Rinderzüchter.

Er konnte sich nicht wehren, als sie ihn auf das Gitter warfen. Keine Sekunde später brüllten die Motoren auf. Dann setzten sie sich in Bewegung.

Jules presste die Zähne zusammen. Jeder Stoß, jedes Schlagloch brannte in seinen Knochen. Das Geheul der Motoren füllte die Luft.

Plötzlich – ein Geräusch. Ein Hubschrauber? Sein Herz hämmerte. Rettung? Doch das Dröhnen verklang.

Keiner der Hexen reagierte. Einbildung. Die Landschaft flog an ihm vorbei. Farbenprächtige Highlands.

Wilde Schönheit. Es war eine Reise ohne Wiederkehr.

23

»In fünf Minuten haben wir das Ziel erreicht und landen«, kündigte der Pilot an. Die Rotoren dröhnten, während er die Flughöhe verringerte.

Benno drehte sich zu den anderen um. »Keiner verlässt den Hubschrauber, bis Brown und ich das Gelände gesichert haben«, befahl er. »Wir rufen euch, wenn ihr nachkommen könnt.«

Die dunklen Highlands zogen unter ihnen vorbei. Dann tauchte die Hütte auf – einsam, verlassen, mitten im Nirgendwo.

»Da ist es«, sagte Brown und deutete hinunter. Sein Blick war scharf. »Waren Sie hier gefangen, Mister Malinowski?«, fragte er.

Maximilian schüttelte den Kopf. »Nein. Bei mir war es ein größeres Gebäude. Hier war ich nicht.«

Brown knirschte mit den Zähnen. »Dann haben sie den Standort nach seiner Flucht gewechselt.« Sein Blick war eisig. »Los geht's!«

Ohne zu zögern sprangen Benno und Brown aus dem Hubschrauber. Der eisige Wind peitschte ihnen ins Gesicht, aber sie blieben tief geduckt und rannten los. Die Hütte lag still und unheilvoll da. Zu still.

Brown zog seine Waffe. Benno warf sich gegen die Tür. Mit einem lauten Knall flog sie auf. Sie stürmten die Scheune.

Leere. Von Jules keine Spur.

»Verdammt!« Brown schlug gegen eine der Holzsäulen. »Sie sind weg!« Seine Stimme bebte vor Wut. Benno winkte Max und Jan heran.

»Hier gibt's nur eine Matratze, Stroh und Heu.« Bennos

134

Stimme war rau. »Sie sind nicht einfach abgehauen. Sie wussten, dass wir kommen. Oder sie sind unterwegs, um ihr Ritual zu vollziehen«, murmelte er düster.

Brown nickte langsam. »Mister Malinowski sagte, sie hätten zwei Rituale angedeutet. Eines davon muss bereits durchgeführt worden sein.«

Max trat unruhig von einem Fuß auf den anderen. »Ich habe keine Ahnung, was sie damit meinten«, sagte er leise. »Und ehrlich gesagt – ich will es auch nicht wissen.«

Benno rieb sich die Stirn. Sekunden verstrichen. Dann zog er sein Handy hervor. »Ich weiß, wer uns weiterhilft.«

Er wählte die Nummer, die ihm Beate geschickt hatte. Es klingelte. Einmal. Zweimal. Dann wurde abgenommen.

»Hauptkommissar Benno Mickerts«, sagte er knapp. »Mister Robertson? Ich glaube, Herr van Dyck hat mit Ihnen gesprochen.«

»*Ja, das ist richtig.*« Robertsons Stimme klang misstrauisch. »*Was kann ich für Sie tun?*«

»Van Dyck ist verschwunden. Und ich brauche dringend Ihre Hilfe.«

Ein Moment Stille. Dann: »*Er ist weg? Sind Sie sicher?*«

»Hören Sie mir zu«, sagte Benno scharf. »Wir haben sein letztes Signal geortet. Eine Hütte in den Highlands. Aber sie ist leer. Wir wissen, dass dieser Wicca Coven Rituale durchführt. Wo könnten sie ihn hingebracht haben?«

»*Moment.*« Stoff raschelte, dann hörte man gedämpfte Stimmen. »*Ich hole meine Frau. Sie kennt sich besser aus.*«

Ein Ruf in Gälisch. Eine Frauenstimme antwortete aus dem Hintergrund: »Das Essen ist gleich fertig. Was gibt es?« Sekunden später meldete sie sich selbst am Telefon. »*Robertson.*«

»Misses Robertson«, begann Benno. »Ich brauche einen Ort. Einen Treffpunkt dieser Wicca Hexen.«

»Sie meinen diesen dunklen Coven, oder?«

»Genau.«

»Dann hören Sie mir genau zu.« Ihre Stimme war ernst. *»Der Steinkreis Tomnaverie. Ein uralter Ort. Stark verfallen. Liegt tief in den Hügeln hinter der Kirche von Nethy Bridge. Früher gab es einen Trampelpfad dorthin, aber heute wagt sich niemand mehr dort hin.«*

»Warum nicht?«

»Weil wir Schotten an das Übernatürliche glauben.« Ihre Stimme wurde leiser. *»Seit Jahrhunderten erzählen sich die Menschen Geschichten. Ein Pfarrer behauptete einmal, er habe dort den Teufel tanzen sehen.«*

Benno verzog das Gesicht. »Und Sie glauben das?«

»Ich glaube gar nichts.« Ein kurzes Zögern. *»Aber ich weiß, dass dieser Ort gefürchtet wird. Vielleicht zu Recht. Seit Jahrhunderten ranken sich düstere Gerüchte um ihn. Früher verbrannte man in der Nähe Hexen.«*

Ein Kälteschauer lief Benno über den Rücken. »Ich danke Ihnen, Miss Robertson.«

Er legte auf. Dann drehte er sich zu den anderen um.

»Das passt«, sagte er knapp. »Wir müssen zum Steinkreis Tomnaverie.«

Der Pilot zuckte mit den Schultern. »Ich brauche Koordinaten.«

»Finden Sie Nethy Bridge?«, fragte Benno.

»Natürlich.«

»Dann los!«

Der Hubschrauber hob ab. Jan zog sein Handy heraus. Seine Flugangst war wie weggeblasen. Hastig tippte er auf dem Bildschirm. Nach ein paar Minuten sah er auf. »Ich hab's. Koordinaten gefunden.«

»Dann nichts wie hin.«

Der Eurocopter beschleunigte auf maximale Geschwindigkeit. Der Wind heulte, während sie sich mit rasender Geschwindigkeit dem uralten, vergessenen Steinkreis näherten.

Brown griff sein Funkgerät. »Alle Einheiten«, befahl er scharf. »Straßensperren um das Gebiet. Sofort.«

Niemand sprach ein Wort. Jeder wusste, dass es jetzt um Sekunden ging.

24

Jules lag gefesselt auf dem steinigen Boden, mitten im Steinkreis. Die Kälte des Gesteins fraß sich in seine Haut, doch die Angst ließ ihn ohnehin zittern.

»Nehmt ihm den Knebel aus dem Mund!«, befahl Sana. »Er soll in den letzten Minuten seines verdammten Lebens schreien können. Gut für die große Göttin. Gut für unsere Magie.«

Ruckartig wurde ihm das Tuch aus dem Mund gerissen. Er hustete, keuchte, rang nach Atem.

»Ihr seid ja alle wahnsinnig!«, brüllte er.

Sanas Lachen war ein einziger Stich in sein Mark. Hämisch. Voller sadistischer Vorfreude. In ihrer Hand blitzte die Athame auf. Jetzt erkannte Jules die Symbole: kein Stier auf dem schwarzen Heft, sondern Satan höchstpersönlich. Und auf der Klinge – ein Phallussymbol. Ihm wurde speiübel.

Neben ihm zischte Feuer auf, entzündet aus trockenen Reisigzweigen. Sigrun tanzte ekstatisch darum, ihre Bewegungen unnatürlich ruckartig, als wäre sie nicht mehr Herrin ihres Körpers. Die Flammen warfen gespenstische Schatten auf ihre grauenvoll verzerrten Gesichter. Sie streute getrocknete Kräuter ins Feuer. Ein süßlicher, schwerer Rauch stieg auf. Jules hustete erneut, doch es half nichts. Der Gestank kroch in seine Lungen, brannte sich in seine Nase.

Sana begann zu singen. Ihr Gesang war kein Lied – es war eine Beschwörung.

»Fonriug do luth. Fonriug do lath. Fonriug do nert. Fonriug do thracht. Fonriug druth dam.«

Ein widerhallendes Murmeln folgte. Die anderen Hexen stimmten mit ein, ihre Stimmen füllten den Kreis. Ihr Singsang war eine Drohung. Eine dunkle Macht schien in den Worten zu vibrieren. Sie begannen zu tanzen. Immer schneller. Ihre Kapuzenumhänge flatterten wie zerzauste Vogelschwingen. Finnegan, die hässlichste von allen, zeigte ihre Zahnlücke in einem entsetzlichen Grinsen.

Jules' Magen krampfte sich zusammen. Erinnerungen stürmten auf ihn ein. Was sie ihm angetan hatten. Der Ekel schnürte ihm die Kehle zu. Er wand sich in den Fesseln. Nutzlos. Die Seile schnitten ihm ins Fleisch.

Das Feuer knisterte lauter. Der Wind drehte. Plötzlich fegte eine Welle beißenden Rauchs über ihn hinweg. Seine Kehle brannte, Tränen schossen ihm in die Augen. Er keuchte, rang um Luft.

Sanas Stimme durchschnitt den Tumult: »Große Göttin!«

Alles verstummte. Sie hob die Arme zum Himmel, die Athame in ihrer rechten Hand.

»Wir sind gekommen, weil wir wissen, dass du uns erhörst und unser Opfer annimmst! Dafür, dass du uns deine Magie zuteilwerden lässt, werden wir die vier Elemente zu dir führen!«

Jules' Herzschlag überschlug sich. Die Klinge blitzte im Feuerschein.

»Fonriug do luth. Fonriug do lath. Fonriug do nert. Fonriug do thracht. Fonriug druth dam!«

»Lasst mich gehen!«, schrie er, zerrte an den Seilen.

Niemand hörte ihn. Niemand sah ihn als Menschen. Sana trat näher. Ihr Blick – Wahnsinn, Ekstase. Die Spitze der Athame deutete genau auf seine Brust.

»Große Göttin, nimm die vier Elemente an! Mit der Luft entsteht das Feuer als Zeichen unserer Verehrung. Sein Blut wird die Erde tränken, wenn ich sein Herz herausgeschnitten habe. Jede von uns wird ein Stück davon essen, bevor wir es aus dem Feuer holen und dem klaren Wasser zur Reinigung übergeben. Ich beschwöre dich, große Göttin – nimm unser Opfer an und verleihe uns weitere Zauberkräfte!«

Die Klinge schimmerte. Ihre Hände bebten vor Aufregung. Jules riss an den Fesseln, spürte das Blut warm an seinen Handgelenken. Kalter Schweiß rann ihm über die Stirn.

Sana holte aus. Er sah das Messer fallen. Ein lauter Knall. Sana zuckte. Ihre Augen weiteten sich. Dann fiel sie vornüber – direkt auf ihn.

Stille.

Jules spürte ihr Gewicht, das raue Tuch ihres Gewandes. Spürte das warme Blut, das auf seine Haut tropfte. Seine Lunge brannte. Er versuchte, sich zu bewegen – dann sah er die Athame. Die Klinge steckte in seiner Schulter.

Er sog zischend die Luft ein. Sein Blick flog nach oben. Lichter. Rotorenlärm.

Ein Helikopter! Polizisten sprangen heraus. Schatten rannten davon – die Hexen flohen. Chief Inspector Brown ließ die Waffe sinken. Der Kopfschuss war präzise gewesen. Sana war tot.

Jan war als Erster bei ihm, schob die leblose Hexe von ihm herunter.

»Jules! Hörst du mich?«

Jules blinzelte. Die Gesichter über ihm schwankten.

»Du siehst schrecklich aus, mein Freund!«, sagte Jan mit gepresstem Lachen und legte notdürftig einen Druckverband auf seine Schulter.

»Von deinem tollen Anchor-Bart ist nicht mehr viel übrig!«, scherzte Benno und zog ihn in eine erleichterte Umarmung.

Jules schnappte nach Luft. Das Adrenalin rauschte noch immer durch seine Adern. Tränen brannten in seinen Augen.

»Ihr habt euch verdammt viel Zeit gelassen!«

Jan und Max packten ihn unter den Schultern und halfen ihm zum Helikopter. Der Pilot wartete bereits, zeigte grinsend das Victory-Zeichen.

»Was können wir für dich tun?«, fragte Jan.

Jules lachte atemlos. »Hunger. Durst. Und eine Dusche wäre nett.«

Benno zog die Bordküche auf. »Essen und Trinken bekommst du sofort. Aber geduscht wird erst nach der medizinischen Versorgung, mein Freund. Sonst noch Wünsche?«

Jules ließ sich in den Ledersessel fallen, lehnte den Kopf zurück. »Ja. Ich wollte Loch Ness sehen, Fish ’n’ Chips an der Küste essen und einen wirklich guten Single Malt trinken!«

Jan schüttelte grinsend den Kopf. »Loch Ness wird nichts mehr. Aber beim Rest sehen wir weiter.«

Brown trat näher. »Ich habe veranlasst, dass Sie und Max Malinowski in Edinburgh Ersatzpapiere für Ihre Ausreise bekommen, Mister van Dyck. Dauert zwei, drei Tage. Genug Zeit für Fish ’n’ Chips.«

»Ich bin dabei!«, sagte Maximilian.

»Mister Brown, kommen Sie mal ins Cockpit?«, rief der Pilot.

Brown trat vor. Der Pilot griff neben sich in einen Karton, zog eine Flasche heraus und reichte sie ihm. »Eine kleine Spende von Jamies Private Aircraft Charter«, sagte er grinsend.

Ein achtzehnjähriger Laphroaig.

25

Der smarte, sonnengebräunte Pilot nahm zum ersten Mal seine Sonnenbrille zur Verabschiedung ab, als sie zusammen am Schalter der Jamies Private Aircraft Charter standen.

»Der Rückflug war doch nicht mehr ganz so schlimm für Sie, Mister Bishop, oder?«, fragte er mit einem charmanten Lächeln. Jan reagierte nicht auf die Frage, und die anderen taten so, als hätten sie nichts gehört. Nur Benno grinste ihn von der Seite an. Jan verzog das Gesicht und verdrehte die Augen.

Es dauerte eine Weile, bis sie draußen einen Taxifahrer fanden, der bereit war, sie ins Holiday Inn im Hafenviertel zu fahren. Vollkommen verdreckt und mit zerrissenem Hemd machte Jules nicht gerade einen vertrauenserweckenden Eindruck. Die Taxifahrer musterten ihn skeptisch – offenbar besorgt um ihre Innenausstattung. Im Unterschied zu Maximilian Malinowski hatte er keine Gelegenheit gehabt, zu duschen. Sein eigener Geruch war ihm unerträglich. Er hatte sich noch nicht einmal in einem Spiegel gesehen, aber er war sich sicher, dass ihn sein eigenes Spiegelbild erschrecken würde. Als sie schließlich in dem Nobelhotel ankamen, hoben auch die beiden Angestellten an der Rezeption ungläubig die Augenbrauen. Erst Browns Erklärung und das Vorzeigen seines Dienstausweises vom New Scotland Yard überzeugten sie, Jules ein Zimmer zu geben.

»Praktisch«, sagte Jan, als sie sein geräumiges Zimmer betraten.

Jules sah ihn fragend an.

»Naja, ohne Gepäck musst du auch nichts auspacken!«

»Jetzt lassen wir dich in Ruhe duschen«, sagte Benno und wandte sich zur Tür.

»Stopp! Zuerst will ich mit Leonie sprechen«, sagte Jules. Jan reichte ihm wortlos sein Smartphone.

»Konfektionsgröße 48, richtig?«, fragte Benno, während Jules schon das Freizeichen hörte. Er nickte.

»Schuhgröße?«, fragte Benno flüsternd.

»45«, antwortete Jules – und dann hörte er endlich die Stimme seiner Tochter.

»*Hallo, Onkel Jan!*«, rief sie aufgeregt, außer Atem, als wäre sie gerannt. »*Gibt es etwas Neues?*«

»Das kann man wohl sagen, mein Sonnenschein!«, antwortete Jules mit einem breiten Grinsen.

»*Paps!*«, kreischte seine Tochter plötzlich ins Telefon. »*Du bist frei!*«

»Lena, Tante Mareike!«, rief sie, die Stimme überschlug sich fast. »Papa ist gerettet!«

Benno beobachtete das glückliche Chaos mit einem Schmunzeln, dann verließ er leise das Zimmer. Das wäre geschafft, dachte er und atmete tief durch, als hätte er selbst einen Kampf gewonnen. Er drückte den Knopf für den Aufzug und fuhr zur Rezeption.

»Könnten Sie bitte Kleidung auf Zimmer 407 bringen lassen?«, fragte er den Portier, der mit akkurat geknoteter Krawatte hinter dem Tresen stand.

»Im Haus gibt es eine Boutique«, erklärte der junge Mann in roter Uniform und musterte Benno freundlich. »Dort finden Sie alles, was Sie brauchen.«

»Perfekt. Ich verlasse mich auf Sie«, sagte Benno und schob ihm mit einer beiläufigen Bewegung eine 20-Pfund-Note zu. »Ich brauche fünf Paar Socken, fünf Unterhosen in Größe vier,

zwei Jeans, vier Hemden in 48 und Sneakers in 45. Bitte flott –
und die Rechnung auf Zimmer 411.«

»Kein Problem, Sir. Bevorzugen Sie bestimmte Farben?«

»Unifarben, schick – und nichts, womit man wie ein Clown
aussieht.« Er grinste. »Und sagen Sie mir noch – wo gibt's hier
in Edinburgh die besten Fish 'n' Chips?«

Der Portier hellte sich auf. »Oh, dann müssen Sie ins Balerno
Inn! Und wenn Sie es richtig gemütlich haben wollen, reservieren
Sie eine beheizte Hütte im Biergarten.«

»Klingt perfekt. Können Sie für mich und drei weitere Personen für heute Abend eine Hütte klarmachen?«, fragte Benno
und ließ nebenbei eine weitere Fünf-Pfund-Note verschwinden.

Der junge Mann nickte anerkennend. »Selbstverständlich, Sir.
Auch auf Ihre Zimmernummer?«

»Genau. Rufen Sie mich an, wenn's geklappt hat. Und schicken
Sie die Kleidung so schnell wie möglich auf 407.«

Benno überflog die Broschüren auf dem Tresen, ließ die üblichen Touristenfallen links liegen – doch dann blieb sein Blick
an einem Flyer hängen. Langsam zog sich ein breites Grinsen
auf sein Gesicht. Er schnappte sich das Papier, steckte es in seine
Innentasche und machte sich auf den Weg zurück zu Jules' Zimmer.

Als er eintrat, sah er, dass der Detektiv noch immer mit seiner
Tochter telefonierte – sein Lächeln war nicht zu übersehen.

»Acht Sorten Bier vom Fass und Fish 'n' Chips in Größen, die
selbst dich satt machen«, sagte Benno zu Jan, während er sich auf
einen Sessel plumpsen ließ.

»Vergiss das Essen, mich interessiert mehr das Bier«, erwiderte
Jan trocken. »Hast du einen Tisch?«

»Das übernimmt das Hotel. Und frische Klamotten habe ich
auch organisiert – bevor du noch als Tourist in Unterwäsche
endest.«

Jan lachte. »Dann schulde ich dir ein Bier.«

»Oder zwei.« Benno lehnte sich grinsend vor. »Aber ich hab noch was. Damit können wir morgen Maximilian und Jules überraschen.« Er zog den Flyer aus der Tasche und hielt ihn Jan vor die Nase.

Jans Augenbrauen schossen nach oben. »Oh. Ob das eine gute Idee ist?«

»Ganz sicher. Das wird ein Heidenspaß«, sagte Benno voller Vorfreude.

Sie hörten, wie Jules sich von seiner Tochter verabschiedete – die Erleichterung in seiner Stimme war nicht zu überhören.

Er gab Jan sein Smartphone zurück. »Mein Mädchen ist erleichtert, und ich freue mich darauf, sie in die Arme zu nehmen! Übrigens ist Karsten unterwegs zu uns«, sagte er.

»Ich denke, er ist in Ecuador«, sagte Benno.

»Das war er auch. Heute Mittag ist er in Quito in eine Maschine gestiegen und wird morgen nach zwei Zwischenstopps in Brüssel landen«, sagte Jules freudig. »Dann weiß er noch nichts von deiner Befreiung?«

»Nein. Es wird auch für ihn eine Überraschung. Auf jeden Fall freue ich mich darüber, dass ich ihm so wichtig bin, dass er den langen Flug auf sich nimmt. Auch Lena ist wieder in Europa. Bei dir in Valkenburg, Jan«, sagte Jules.

Benno öffnete die Tür, als es klopfte, und quittierte die Lieferung der Boutique. »Deine neue Kleidung, Jules. Wir lassen dich jetzt mal alleine. Aber beeile dich, wir haben einen Tisch reserviert!«

»Fish ′n Chips?«, fragte er.

»Selbstverständlich, Sherlock«, sagte Jan und verließ mit Benno das Zimmer.

Volle 25 Minuten lang stand er unter der Dusche. Immer wieder hatte er das Gefühl, dass noch Spuren seiner Gefangenschaft an ihm klebten. Er seifte sich mehrmals ein, bis alle Shampoo-Packungen des Hotels aufgebraucht waren. Es war ein ungewohntes, fast unwirkliches Gefühl, in einem bequemen Bett mit frischem Bettzeug zu liegen, dachte Jules. Die Beine ausstrecken, die Augen für einen Moment schließen. Doch kaum war er eingenickt, verfolgten ihn im Traum die Hexen. Schreiend und keuchend schlug er die Augen wieder auf. Es war vorbei! Und doch würde es Zeit brauchen, dieses Erlebnis hinter sich zu lassen.

Er stand auf und ging erneut ins Bad. Sein Spiegelbild war noch immer erschreckend. In seinem Gesicht und auf dem Oberkörper zeichneten sich frische Wunden ab, die gerade erst zu heilen begannen. Die eine oder andere Narbe würde bleiben und ihn für den Rest seines Lebens an den Wicca Coven erinnern. Sein Undercut war keiner mehr, weil sie ihm mehrmals die Haare abgeschnitten hatten, und von seinem Anchor-Bart war kaum noch eine Kontur erkennbar. Jules nahm den Einmalrasierer des Hotels und korrigierte die Linien seines Bartes so gut es ging. Ganz zufrieden war er mit dem Ergebnis nicht, aber immerhin hatte er das Gefühl, wieder unter Menschen gehen zu können. Mit frischer Jeans und Hemd sah alles gleich nur noch halb so schlimm aus, und er ließ sich mit dem Zimmer von Benno verbinden.

Das Taxi brachte die vier Männer in die ruhig gelegene Main Street von Edinburgh. Das Balerno Inn war nicht nur eine besondere Empfehlung, um Fish 'n Chips zu essen, sondern zugleich ein Hotel. In der Abenddämmerung war das Gebäude aus gelbem Sandstein dezent beleuchtet, und schon von außen konnte Jules ahnen, dass es innen herrlich gemütlich sein würde. Benno bezahlte, und Jules folgte ihnen in das Restaurant, das auf ihn hektisch und geschäftig wirkte.

»Hoffentlich ist unsere Hütte etwas ruhiger«, sagte Max, dem die allgemeine Unruhe ebenfalls aufgefallen war.

»Das ist mir egal, solange ich das Bier vom Fass probieren kann«, sagte Jules lachend.

»Acht verschiedene Sorten? Na dann gute Nacht, lieber Jan!«, meinte Benno.

Ein Kellner führte sie in den Hof zu der reservierten Hütte. Mehr als vier oder fünf Personen hätten dort ohnehin nicht Platz gehabt, dachte Jules. Die Häuschen waren aus Kiefernholz und wirkten mit den karierten Polsterauflagen auf den Bänken urgemütlich. Die Bedienung entzündete den davorstehenden Gasheizer und reichte ihnen die Karten. Zuerst bestellten sie eine erste Runde Bier. San Miguel vom Fass. Jules fühlte sich in seiner frischen Jeans und dem Hemd deutlich wohler als zuvor im Hubschrauber. Die Erleichterung, weiterleben zu können, stand ihm ins Gesicht geschrieben. Frisch geduscht lehnte er sich zufrieden zurück und betrachtete zwei Kinder, die auf den Spielgeräten im Hof tobten. Er bemerkte, dass an einem Außentisch serviert wurde. Steaks und Frites, die aussahen, als wären sie von Hand geschnitten. Es sah zwar köstlich aus, aber er freute sich auf den Fisch – und wollte nicht mehr an diesen ekelhaften Brei der Hexen denken, in den sie mit Sicherheit irgendein Potenzmittel gemischt hatten.

»Gaben sie dir auch diesen Porridge?«, fragte Maximilian.

»Du wirst es nicht glauben – genau daran dachte ich gerade! Das klebrige Zeug war in der Höllenpension sicher beim Frühstück übrig geblieben«, scherzte Jules, und die Männer lachten.

»Erzähl doch mal von deiner Flucht, Max«, forderte Benno ihn auf.

Maximilian berichtete, wie er tagelang planlos und hungrig durch die Highlands irrte, bis er den Hochsitz fand. »Ihr könnt euch nicht vorstellen, wie glücklich ich war, dass der Jäger dort ein paar Sachen gelassen hatte. Ohne die Decken und den wärmenden Mantel wäre ich in der Nacht wahrscheinlich erfroren.

Ein wahrer Hochgenuss war es, eine Dose Nudeleintopf auf dem Campingkocher zu erwärmen.«

»Wenn man richtig Hunger hat, schmeckt einem so ziemlich alles, oder?«, fragte Benno.

»Das ist gewiss so«, sagte Maximilian und nickte zustimmend. »Wenn ich noch wüsste, wo der Hochsitz war, würde ich dem Jäger alles ersetzen. Auf jeden Fall bin ich in die richtige Richtung gelaufen – ohne es zu wissen. Als ich dann Autos direkt vor einem Wald fahren sah, rannte ich los. Erst im letzten Moment bin ich wieder in Deckung gegangen. Es waren die Hexen – sie suchten nach mir.«

Er erzählte weiter, während der Kellner die erste Runde Bier brachte und ihre Bestellungen aufnahm.

»Jedenfalls ist mir das Herz in die Hose gerutscht«, fuhr Max fort. »Ich versteckte mich hinter einem Strauch und konnte sie hören. Sieben oder acht Hexen durchkämmten die Gegend, ließen Drohnen aufsteigen und steuerten sie mit ihren Handys, um die Umgebung abzusuchen. Dann sprang ich auf, klaute den Duster dieser Finnegan – und raste davon«, sagte er lachend.

»Eine unglaubliche Geschichte«, meinte Jan. »Hast du inzwischen mit deiner Frau gesprochen, Max?«

»Karin ist überglücklich und freut sich auf meine Heimkehr«, sagte er und nahm einen genüsslichen Schluck Bier.

»Bevor ich es vergesse. Jules, Mila würde gerne mit dir reden. Aber dein Handy ist ja auch weg. Ich gebe dir meins, wenn wir im Hotel zurück sind – für die Nacht«, sagte Jan augenzwinkernd.

»Oh, ist da was im Gange?«, fragte Benno neugierig.

»Wer weiß. Es könnte sein«, sagte Jules und lächelte.

»Mareike erzählte mir, dass Leonie sie kennengelernt hat«, fuhr Jan fort.

»Und?«

»Sie scheinen sich gut zu verstehen. Deine Tochter hat Mareike schon Löcher in den Bauch gefragt. Sie scheint zu ahnen, dass es für ihren Vater bald eine Freundin geben könnte.«

Jules lächelte zufrieden. Die wichtigste Voraussetzung für eine Zukunft mit Mila war, dass sich Leonie mit ihr verstand.

Endlich wurde das Essen serviert, und Jules genoss Stück für Stück den heißen Backfisch mit Remoulade. Es schmeckte ihm so gut, dass er eine zweite Portion bestellte. Der Abend in der urigen Holzhütte des Balerno war entspannt, und sie probierten fünf der acht Fassbiere, bevor sie lallend in ein Taxi stiegen und ins Holiday Inn zurückfuhren.

Jules legte sich mit Jans Handy ins Bett und telefonierte über drei Stunden mit Mila, die ebenso kommunikativ war wie er. Erst als das Handy alarmierend piepste, weil der Akku fast leer war, beendeten sie ihr Gespräch. Eines musste er sofort tun, bevor er Mila wiedersah: sich untersuchen lassen. Wer wusste schon, ob ihn die Hexen mit irgendetwas angesteckt hatten?

Jules' Augen fielen schwer zu. Es fühlte sich an, als wäre es seine erste Nacht in einem frisch duftenden, sauberen Bett. Er genoss die gute Matratze unter sich, streckte die Beine aus und schlief tief ein.

Als er aufwachte, warf er einen Blick auf den Wecker. Acht Stunden durchgeschlafen. Genüsslich streckte er Arme und Beine – ohne von Fesseln daran gehindert zu werden.

Auf dem Weg in den Frühstücksraum kam er an der Rezeption vorbei. Man reichte ihm einen Umschlag. Endlich, dachte er. Mit dem vorläufigen Ausweis konnte er zurück nach Belgien.

Nur Benno saß schon am Tisch, blätterte lustlos in der neuen FAZ und hielt sich den Kopf, als er aufsah.

»Moin. Wie hast du geschlafen?«, fragte der Kommissar des LKA Sachsen.

»Besser als du, wie ich sehe«, sagte Jules und setzte sich zu ihm.

Benno legte die Zeitung zur Seite. »Aspirin? War spät gestern!«

»Nein, danke«, antwortete Jules grinsend. »Es geht schon. Aber ich bin auch bei einer Biersorte geblieben.«

»Meinst du, es liegt daran? Ich dachte schon, es wäre das Steak gewesen«, sagte Benno lachend.

»Ich glaube, wir sollten etwas zu essen holen, mein Freund. Dann wird es dir auch gleich besser gehen. Ich habe am Buffet duftende Brötchen, Eier, Käse und Lachs gesehen. Komm, steh auf, du alter Ganovenjäger!«

Mit frischen Brötchen und Croissants, Schinken und Eiern kamen sie zurück an ihren Tisch, an dem schon Maximilian und Jan mit gesenkten Köpfen über ihren Kaffees saßen. Jules sah schon von weitem, dass es besonders Jan schwer getroffen hatte.

»Moin, Jungs«, grüßte Jules grinsend.

»Nicht so laut!«, mahnte Maximilian mit einem Kopfnicken in Jans Richtung.

»Den Herrn Steuerfahnder hat es aber heftig erwischt«, sagte der selbst angeschlagene Benno.

Mit dunklen Ringen unter den Augen sah Jan auf. »Nur nicht zu viel Mitleid, meine Herren!«

»Das hatte ich zuletzt bei dem Zwischenstopp mit dem Helikopter«, sagte Benno. »Aber kein Mitleid sollten wir bei der heutigen Überraschung mit diesen beiden Herren haben.«, deutete er an – und Jan musste grinsen.

Fragend blickten sich Maximilian und Jules an.

»Wir machen mit euch nur eine Führung unterhalb der Stadt, bevor ich heute Abend zurück nach Dresden fliege. Beate wartet schon voller Sehnsucht auf mich.«

»Oh. Ich verstehe«, sagte Jules und schob Jan sein Handy zurück. »Danke. Übrigens ist der Akku leer.«

»Kein Problem. Ich lade es gleich, wenn ich nach oben gehe. Morgen fliegen wir ja auch zurück.«

»Stimmt«, meinte Maximilian. »Dann können wir heute gerne noch etwas unternehmen. Um was geht es denn?«

»Lasst euch überraschen, Freunde«, sagte Benno und biss in sein Croissant. »Holt euch erst mal was zu essen. Nach dem Frühstück geht's los!«

Jules staunte, dass Benno trotz dickem Kopf voller Tatendrang war. Vor ihm raschelte der Stadtplan, als er ihn auseinanderfaltete. Jules folgte neugierig seinem Finger.

»South Bridge? Was gibt's denn da?«, fragte er. Doch Benno grinste nur und hob die Schultern.

Maximilian und Jan hatten inzwischen wenigstens ein paar Rühreier gegessen und beendeten ihr Frühstück. »In einer halben Stunde an der Rezeption«, sagte Jan, als sich die Aufzugtür hinter ihm schloss.

Jules' Neugier war geweckt. Er beeilte sich, nach unten zu kommen. Max schien genauso gespannt zu sein, denn er tauchte kurz nach ihm an der Rezeption auf.

»Was haben die mit uns vor?«

»Keine Ahnung«, sagte Jules. »Warten wir's ab.«

Kurz darauf kamen auch Jan und Benno und steuerten direkt auf den Ausgang zu. Draußen wartete bereits ein Taxi.

»Zur South Bridge, bitte«, sagte Jan.

»Ah, eine gute Wahl«, meinte der Fahrer und wollte noch etwas hinzufügen. Doch Benno schnitt ihm grinsend das Wort ab.

»Es soll eine Überraschung sein.«

»Verstehe!«

Das Taxi setzte sich in Bewegung und rollte durch die Altstadt von Edinburgh. Vor dem Einkaufszentrum prangte ein Schild: Eingang South Bridge Vaults. Ohne zu zögern, gingen Jan und Benno darauf zu. Max und Jules, noch genauso ahnungslos wie zuvor, folgten ihnen zur Anmeldung. Am Tresen wartete bereits ein Mann auf sie. Benno legte einen Finger auf die Lippen und nickte in Richtung von Maximilian und Jules. Der Mann erwiderte den Blick mit einem verschwörerischen Lächeln.

»Mister Bishop und Mickerts? Jetzt sind wir vollzählig. Mein Name ist George und ich leite die heutige Führung. Bitte folgen Sie mir!«, sagte der vollbärtige, schlanke Mann mit dem Tweed-Sakko über der Jeans.

Jules musterte ihn. Mindestens fünfzig, schätzte er. Aber noch immer hatte er keine Ahnung, worauf sie sich eingelassen hatten.

Schnarrend öffnete George eine alte Tür vor ihnen. Dahinter war es finster, und klamme Luft schlug ihnen entgegen. Achselzuckend sah Jules zu Maximilian und folgte dem Mann mit seiner Taschenlampe durch düstere Gänge mit beklemmend wirkenden Wänden, über eine schmale Steintreppe immer tiefer in den Untergrund, bis sie einen größeren Raum erreichten.

»An diesem Ort lebten einst arme Menschen, und hier starben sie auch. Dieser Platz gehört heute ihren Geistern!«, sagte er und machte eine kurze Pause. »In früheren Jahrhunderten suchten hier Hexen der Wicca Coven Unterschlupf vor ihren Jägern. Während die wohlhabenden Bürger in den feinen Gebäuden lebten, zelebrierten die Hexen in diesen abgesonderten Kammern ihre magischen Rituale.«

»War ja klar!«, flüsterte Maximilian grinsend, und Jules nickte.

»Hexen! Das sind Freunde«, sagte er lachend. Jan und Benno grinsten.

»Dreihundert Hexen wurden über unseren Köpfen auf dem Grassmarket verbrannt. Ihr Blut lief an diesen Wänden herunter«, sagte der Führer theatralisch und zeigte auf dunkle Flecken auf dem Bruchstein hinter ihnen. »Kommen Sie jetzt weiter!«, forderte er sie auf.

Außer den vier Männern waren noch zwei jüngere Pärchen bei der Führung. Jules sah, dass sich die Frauen schutzsuchend an ihre

Begleiter klammerten. *Wenn ihr wüsstet, wie gefährlich Hexen wirklich sind,* dachte er und folgte der Gruppe durch ein Netz von dunklen Gängen und Kammern.

Jules erspähte ein in den Stein geschlagenes Pentagramm und gleich daneben ein gespraytes mystisches Zeichen der Kelten, als George in der nächsten Kammer plötzlich stehen blieb, seinen Bart kratzte und mit ernstem Blick die Leute forschend ansah. Maximilian bemerkte, dass eine Frau zu zittern begann, als der Führer seine Lampe hochhielt und einen Altar beleuchtete.

»Diese Kammer«, sagte George, »gehört noch heute Hexen, die hier in der Nacht ihre Rituale zelebrieren.« Er drehte sich zur Touristengruppe um und sprach weiter: »Machen Sie ruhig Fotos. Doch ich versichere Ihnen, dass Sie später Dinge auf den Bildern sehen werden, die Sie nie fotografiert haben. Lichtquellen, sich bewegende Schemen – Dinge, die jetzt nicht da sind!«

Grinsend dachte Jules daran, dass ihm eine weiße Hexe einmal einen köstlichen Kuchen gebacken hatte.

»Sie stehen in den Bögen der South Bridge«, sagte George, als sie durch einen düsteren, kalten Gang liefen. »Es mag Sie vielleicht wundern, meine Herren. Aber die Damen wird es erfreuen, dass in den Gewölben dieser unterirdischen Stadt nicht einmal Ratten und Mäuse leben. Ich habe keine Ahnung, warum. Aber vielleicht ahnen Sie es! Folgen Sie mir weiter!«

Der Fremdenführer macht das wirklich gut, dachte Maximilian, während sie wieder ein paar Stufen aufwärts gingen.

Sie kamen in die nächste Kammer und standen vor einem Steinkreis, der kaum Ähnlichkeit mit dem der Biester aus Nethy Bridge hatte. Jules und Max sahen sofort, dass dort der fächerartig ausgebreitete Reisig und auch der große Stein in der Mitte fehlte. Kopfschüttelnd sahen sie sich an – sie wussten es besser.

»Herrschaften, dies ist der Raum, in dem vor dreihundert

Jahren ein Hexenmeister verweilte, um herauszufinden, was geschieht«, sagte George mit gruselig verzerrter Stimme und beleuchtete dabei sein Gesicht von unten, um es furchteinflößender wirken zu lassen. »Zuerst hörte der Hexenmeister seltsame Geräusche und stellte dann dort hinten an der Wand einen Spiegel auf«, sagte er und zeigte auf eine feuchte Wand im Hintergrund. »Plötzlich zerbrach der Spiegel vor seinen Augen, und der Hexenmeister fragte, ob ein Dämon anwesend sei«, erzählte er theatralisch. »Da keine Antwort kam, sprach er einen alten Zauberspruch und zwang ihn, sich in diesen Steinkreis zu begeben – und dort für immer zu bleiben.«

»Und dort soll der Dämon noch immer sein?«, fragte ein junger Mann. Seine Freundin blickte ihn sorgenvoll an.

»Ich weiß es nicht. Wer mutig ist, kann kurz einen Arm in den Kreis halten. Aber geht nie ganz hinein!«, warnte er. »Vor wenigen Jahren war ich mit Touristen hier, und ein Junge kletterte in den Kreis. Seine Mutter fotografierte ihn. Auf dem Foto hatte er dann einen dicken Strick um den Hals. So erging es jedem, der meinem Rat nicht folgte. Ich erinnere mich an einen dicken Mann, der plötzlich in dem Kreis umfiel und blutige Ausschläge auf den Armen und im Gesicht hatte. Oder einen französischen Geschäftsmann, der danach Konkurs ging, beraubt wurde und dessen Frau ihn verließ. Eine Frau trat hinein und lachte in die Kamera ihrer Freundin. Auf dem Foto stand sie aber mitten in einem brennenden Scheiterhaufen! Ich könnte noch mehr solcher Geschichten erzählen, aber es ist besser, wenn Sie mir glauben. Testen Sie es und halten nur kurz Ihre Hand hinein. Im Kreis ist es spürbar wärmer!«

Jeder versuchte es, und Jules lief sofort ein Schauer über den Rücken – den Temperaturunterschied spürte er sofort. Die Frauen schrien und zogen ihre Hände rasch zurück.

»Das ist gruselig!«, sagte Benno erschrocken.

»Das ist wirklich unheimlich«, meinte Jan, und Maximilian schüttelte sich.

George ging weiter voran. Wieder ging der Weg durch schmale Gänge und Treppen aufwärts. Hier unten war es kühl, und Maximilian folgte dem Lichtstrahl der Taschenlampe des Führers, bis dieser schließlich vor einer nächsten Kammer stehen blieb. Auch diesmal beleuchtete George nur sein Gesicht, sodass es trotz seines schwarzen Bartes im Schein der Lampe rötlich schimmerte. Er wartete, bis alle hinter ihm versammelt waren. Kleine Wölkchen stiegen beim Atmen aus seinem Mund.

»Gehen Sie herüber und stellen Sie sich direkt an die Wand!«, sagte er, als sie die dunkle Kammer betraten. »Diese Leuchte geht nicht an«, meinte er und zeigte auf eine kleine Lampe über dem Eingang. »Selbst wenn sie repariert wird, dauert es nicht lange, und das Licht geht erneut aus. Selbst erfahrene Elektriker und Techniker finden dafür keine Erklärung. Wir befinden uns in der Kammer der Dunkelheit. Wahrscheinlich ist ein Dämon oder eine Hexe für dieses Phänomen verantwortlich!«

Er ließ seine Erklärungen in der Truppe sacken und sah in die erschrockenen Gesichter der Touristen. »Ich werde jetzt kurz meine Lampe ausschalten, damit Sie sich von der völligen Finsternis überzeugen können. Sind Sie bereit?« fragte er – und schaltete seine Lampe ohne zu warten aus.

Maximilians Herz schlug schneller...

26

Der Himmel über Düsseldorf war wolkenverhangen, als ihre Maschine kurz nach elf auf der Landebahn ausrollte.

»Es regnet in Strömen, und in dem für Regen bekannten England scheint die Sonne«, sagte Maximilian kopfschüttelnd.

»Verrückte Welt«, bestätigte Jules und warf einen Blick aus dem Fenster, während das Flugzeug zur Fahrgastbrücke rollte.

»Zum Glück werden wir nicht nass. Der Bahnsteig des Regionalexpress liegt unten im Flughafen, und wir haben in Herzogenrath ganze acht Minuten Zeit, um in den Sneltrain nach Valkenburg umzusteigen«, sagte Jan, während sie zum Ausgang liefen.

»Gott sei Dank muss ich mir über das Gepäck keine Gedanken machen«, sagte Maximilian lachend.

»Dank der Hexen liegt das jetzt irgendwo auf dem Grund eines schottischen Sees«, sagte Jules trocken.

Da Jules und Jan nur Handgepäck hatten, konnten sie direkt zum Ausgang gehen und mit dem Aufzug zum Bahnsteig fahren. Zwanzig Minuten blieben ihnen bis zur Abfahrt des Zuges, also nahmen sie auf einer freien Bank Platz.

»Ich kann euch gar nicht sagen, wie sehr ich mich darauf freue, meine schwangere Frau wieder in den Arm zu nehmen!«, sagte Maximilian erleichtert.

»Das glaube ich dir gerne, Max«, sagte Jules. »Wir beide konnten auch nicht sicher sein, ob wir lebend nach Hause kommen.

Ich habe oft an meine Tochter gedacht und hatte große Angst, sie nie wiederzusehen.« Er holte tief Luft.

»Tja, mein Haus wird recht voll sein. Nicht nur Mareike wartet auf mich – auch Karin, Leonie, Lena, Karsten und Mila erwarten uns«, sagte Jan mit einem Schmunzeln.

»Bleibt nur die Frage, ob dich deine Hühner wiedererkennen werden, Jan«, sagte Jules und lachte.

»Die werden mich am meisten vermisst haben!«, sagte Jan grinsend, als ihr Zug in den Bahnhof einfuhr.

Da sie zu den Ersten gehörten, die einstiegen, hatten die drei Männer keine Probleme, einen Sitzplatz zu finden.

»Ich schicke Mareike schnell eine Nachricht, dass wir auf dem Weg sind«, sagte Jan und tippte auf seinem Handy. »Ich glaube, wir nehmen am Bahnhof in Valkenburg ein Taxi. Dann hat sie den Kopf frei und kann uns einen leckeren Eierlikörkuchen backen«, fügte er grinsend hinzu.

»Mit Eiern von deinen Hühnern?«, fragte Maximilian.

»Selbstverständlich. Das sind die Besten!«

»Bahnhof ist gut. Wahrscheinlich hat Valkenburg nur ein kleines Bahnhofshäuschen«, überlegte Jules.

Jan schüttelte den Kopf. »Ach, Sherlock! Du weißt noch immer wenig über meine Stadt in Süd-Limburg. Unser Bahnhof ist der älteste noch genutzte Bahnhof der Niederlande und zu Recht auch der Schönste!«, sagte er voller Überzeugung. »Du wirst über das schlossähnliche Gebäude staunen. Davon könnt ihr in Antwerpen nur träumen«, lachte er.

»Wie viele Gleise?«

»Zwei. Aber an den Wochenenden fährt hier gelegentlich ein alter Dampfzug, und im Sommer gibt es leckeres belgisches Bier im Biergarten vor dem Bahnhof«, erzählte Jan.

»Dann bin ich wirklich gespannt«, sagte Jules und sah hinaus in die verregnete herbstliche Landschaft des Niederrheins.

Maximilian verzog das Gesicht. »Also, ich habe das Gefühl, noch immer das schreckliche Porridge der Hexen zu schmecken. Ich freue mich auf den Eierlikörkuchen deiner Frau!«

Sie überquerten den Rhein und fuhren tiefenentspannt auf bequemen Sitzen nach Süd-Limburg.

»Valkenburg«, sagte Maximilian schließlich nach zwei Stunden Fahrt.

Ihr Taxi hielt vor Jans Haus, und seine Aufregung war ihm anzusehen. »Dann sagen wir mal Hallo zum Begrüßungskomitee«, meinte er und schloss die Tür auf. Der Duft von frisch gebackenem Kuchen strömte ihnen entgegen, und dem Stimmengewirr nach zu urteilen, hatte noch niemand bemerkt, dass sie angekommen waren. Freudig gingen die Männer ins Wohnzimmer – und blickten direkt in das überraschte Gesicht von Karsten.

Er sprang auf und zog Jules in eine Umarmung. »Du glaubst gar nicht, wie sehr ich mich freue, mein Freund!«, sagte er voller ehrlicher Begeisterung. »Lena und Leonie sind bei den Hühnern, und eure Frauen in der Küche«, fügte er leise hinzu.

Jules musterte ihn. »Du siehst gut aus, Karsten. Florida scheint dir gutzutun.«

Karsten nickte. »Ich fühle mich dort mit Lena auch sehr wohl.«

»Dann lasst uns mal die Frauen überraschen«, sagte Max mit einem breiten Grinsen und ging voran in die Küche.

Noch bevor die anderen ihm folgen konnten, hallte Karins Jubelschrei durch das Haus. Jules spürte, wie sein Herz schneller schlug. Dann sah er sie – mit Tränen in den Augen, die Unterlippe bebend, bevor sie auf ihn zustürzte und sich an ihn klammerte, als könnte sie ihn nie wieder loslassen. »Ich bin so glücklich, dass du wieder bei mir bist«, schluchzte sie und vergrub ihr Gesicht an seiner Schulter.

Mareike wischte sich lächelnd den Teig von den Händen, trat vor und schloss Jan in eine feste Umarmung. Mila hingegen blieb für einen Moment stehen, betrachtete Jules, und dann schmolz ihr Lächeln in etwas Sanftes, Vertrautes. Langsam trat sie auf ihn zu, legte die Arme um ihn und zog ihn wortlos an sich.

»Auch wenn es nach nur einer Nacht verrückt klingt – ich habe dich vermisst«, flüsterte sie, ihr Atem warm an seinem Ohr. »Und ich bin so glücklich, dich wiederzusehen.« Sie ließ ihm kaum Zeit zu antworten, bevor ihre Lippen ihn sanft berührten, ein Kuss voller Sehnsucht und unausgesprochener Gefühle. In diesem Moment war Jules sich sicher – er hatte sich längst in Mila verliebt.

Mareike räusperte sich mit einem Schmunzeln. »Dann warten wir mal, bis die jungen Frauen mit den Eiern kommen«, sagte sie. »Nehmt noch zwei Stühle mit, damit wir im Wohnzimmer alle Platz haben.«

Sie stellte ein gläsernes Tablett mit frisch gebackenem Eierlikörkuchen, Tassen und dampfendem Kaffee auf den Tisch. Mila folgte ihr mit Kaffeesahne und Zucker.

»Ich hole mal Lena und Leonie«, meinte Karsten und grinste. »Die kuscheln bestimmt mit Jans Hühnern.«

Jules' Brust zog sich vor Aufregung zusammen. Er konnte es kaum erwarten, seine Tochter zu sehen. Minuten verstrichen, dann endlich kam sie in die Küche. In ihren kleinen Händen hielt sie vorsichtig einen Korb mit Eiern, doch als sie ihn sah, erstarrte sie für einen Wimpernschlag. Dann schien die Welt für sie stillzustehen. »Paps!«, kreischte sie und ließ fast die Eier fallen, bevor sie losrannte. Jules fing sie auf, hob sie hoch und presste sie an sich. Ihr Gesicht war glühend vor Aufregung, ihre kleinen Finger krallten sich in sein Hemd.

»Oh, Paps«, hauchte sie schließlich, ihre Stimme brüchig. Sie kletterte auf seinen Schoß, schmiegte sich an ihn und umklammerte ihn so fest, als fürchtete sie, er könnte jeden Moment wieder verschwinden.

Mila schluckte gerührt. »Leonie scheint ihren Vater gar nicht mehr loslassen zu wollen«, flüsterte sie.

Mareike nickte sanft. »Die beiden sind eine Einheit«, sagte sie leise. »Nach dem Tod ihrer Mutter hängt sie mehr denn je an ihm.«

Mila biss sich auf die Lippe. »Meinst du, sie würde eine Frau an seiner Seite akzeptieren?«

Mareike legte eine Hand auf ihre Schulter und lächelte. »Auf jeden Fall. Sie wünscht es sich sogar – und sie hat mir gesagt, dass sie dich mag.«

Mila sah hinüber zu Leonie, die sich immer noch schluchzend an ihren Vater schmiegte. Ihr Herz zog sich zusammen. »Bist du sicher? Ich habe mich in Jules verliebt, Mareike. Und ich würde mich sofort zurückziehen, wenn ich zwischen ihnen stehen würde.«

Mareike musterte sie nachdenklich, bevor sie mit einem leichten Lächeln antwortete. »Mila, das glaube ich nicht. Sie hat mich regelrecht über dich ausgefragt. Und ich weiß, dass sie dich mag. Aber lass ihr doch einfach etwas Zeit. Ich bin sicher, dass du mit ihr keine Probleme haben wirst.«

Mila atmete tief durch. »Ich bin Lehrerin, ich kenne mich mit Kindern aus. Aber das hier … das ist etwas anderes.«

»Naja«, sagte Mareike grinsend. »Und zufällig weiß ich, dass du genau Jules' Typ bist. Was soll also schiefgehen?« Sie zwinkerte. »Und jetzt lass uns endlich den Kuchen essen!«

Mila ging zum Tisch und sah Jules mit einem warmen Lächeln an. Leonie klammerte sich noch immer fest an ihn, als wollte sie ihn nie wieder loslassen. Karsten und Lena standen unschlüssig im Türrahmen. Lena warf Jules einen mitfühlenden Blick zu und sagte leise:

»Es wäre ihr so wichtig, dass ihr Vater einen weniger gefährlichen Job hätte.«

»Ich überlege, ob Jules mich bei meinem Projekt in Ecuador unterstützen könnte. Aber das würde bedeuten, dass er reisen müsste«, flüsterte er ihr zu, seine Stimme voller Zweifel.

Lena seufzte. »Ich weiß nicht. Gerade geht so viel drunter und drüber bei ihnen. Und dann wäre Leonie wieder oft allein.« Sie drehte gedankenverloren eine ihrer Rasterlocken. »Komm, lass uns erstmal ein Stück Kuchen essen. Vielleicht fällt uns später etwas ein«, schlug Karsten aufmunternd vor und beobachtete, wie Jules sich langsam aus Leonies inniger Umarmung löste.

Mareike und Jan bemühten sich, ein anderes Thema zu finden. Sie redeten über ihre Hühner – und über Gott und die Welt. Jules wusste, dass heute nicht über die Hexen geredet werden würde. Auch Max' Flucht blieb unerwähnt. Wahrscheinlich mussten alle erst einmal ihre Gedanken ordnen, bevor sie sich diesen Ereignissen stellten. Er selbst fühlte es genauso – besonders, wenn er an Mila dachte. Diese Frau mit dem rabenschwarzen Haar ließ sein Herz jedes Mal schneller schlagen, wenn er sie nur ansah. Wie wunderschön sie in ihrer engen Jeans und der gelben Bluse aussah! Jules' Blick wanderte über ihre schlanke Taille. Selbst im Sitzen hatte sie einen flachen Bauch. Und das mit Mitte 40, dachte er bewundernd – und schämte sich fast für seinen eigenen kleinen Bauchansatz. Doch das alles war unwichtig. Viel wichtiger war, dass sich Mila und Leonie verstanden. Der Rest würde sich mit der Zeit fügen.

»Wir verabschieden uns jetzt«, sagte Maximilian mit einer erschöpften Stimme. »Es war eine anstrengende Reise, und Karin wird froh sein, wenn sie endlich die Füße hochlegen kann.«

»Wie weit bist du, Karin?«, fragte Mila sanft.

»Achter Monat. In fünf Wochen bin ich ausgezählt.«

»Wenn wir noch etwas für euch tun können …«, begann Mareike, doch Karin winkte lächelnd ab.

»Alles gut. Ich bin nur froh, wenn ich mit Max wieder in Eupen bin.«

Nachdem sie gegangen waren, musterte Jules Karsten und Lena. »Ihr seht immer noch verliebt aus«, stellte er fest.

Lena lachte leise. »Oh ja. Und wie!«

»Meine Freunde in Miami beneiden mich um sie«, sagte Karsten und strahlte über das ganze Gesicht.

»Das kann ich mir vorstellen!«, mischte sich Leonie grinsend ein. »Aber Lena ist auch eine besondere Frau. Pass gut auf sie auf!«

»Manchmal verwöhnt er mich zu sehr«, seufzte Lena theatralisch. »Er weiß, dass ich weiße Rosen liebe – jetzt stehen sie überall in unserer Wohnung. Ich habe kaum noch eine leere Vase! Und einmal, als ich nach Hause flog, kaufte ich mir Toblerone. Die Schachtel war bei der Landung schon leer. Jetzt finde ich in jeder Schublade eine Tafel!« Sie streichelte Karstens Wange liebevoll.

»Das klingt überzeugend, nicht wahr, Leonie?«, fragte Jules. Seine Tochter nickte mit einem wissenden Lächeln.

»Aber ich denke oft an unsere Zeit in Antwerpen«, sagte Leonie mit einem Anflug von Wehmut.

Jules bemerkte es sofort. »Wo übernachtet ihr eigentlich in Valkenburg?«, fragte er rasch und strich Leonie sanft durchs Haar.

»In der Pension Harrys Tuin«, sagte Karsten.

»Das heißt ‚Harrys Garten‘«, ergänzte Mareike mit einem Lächeln.

»Es ist traumhaft dort«, schwärmte Lena. »Hinter dem alten Haus liegt kein gewöhnlicher Garten, sondern ein verwunschener Park. Ich liebe es, morgens über die weichen, gehäckselten Wege zu spazieren und immer neue Pflanzen zu entdecken.«

»Und das holländische Frühstück mit den Schokostreuseln auf Toast ist einfach unschlagbar«, warf Karsten ein.

»Ihr fühlt euch hier wohl«, stellte Jules fest und nahm einen weiteren Schluck Kaffee.

»Sehr«, bestätigte Lena.

»Gut. Denn die nächsten Tage gehört mein Vater mir ganz allein!«, bestimmte Leonie mit einem spielerisch strengen Blick. Jules lächelte und nickte.

»Das verstehen wir«, sagte Mila mit sanfter Stimme und zwinkerte Jules zu.

Leonie seufzte theatralisch. »Nur zwei Tage. Danach kannst du dich mit meinem Vater treffen, Mila«, sagte sie mit einem gönnerhaften Lächeln.

»Oh. Meinst du, ich sollte mich mit ihm treffen?«, fragte Mila amüsiert.

»Unbedingt. Ich bin doch nicht blind! Ihr seht euch ständig so an!«

Jules und Mila tauschten einen vielsagenden Blick.

»Da! Wieder!«, rief Leonie triumphierend. »Und außerdem siehst du aus wie ein gerupftes Huhn von Onkel Jan. Deine Haare sind völlig zerzaust, und von deinem schönen Bart ist kaum noch etwas übrig. Bevor du Mila triffst, müssen wir das dringend ändern!«, sagte sie altklug – und löste damit ein herzliches Gelächter aus. Noch grinsend dachte Jules daran, dass er die nächsten Tage auch für einen Gesundheitscheck nutzen sollte. Und dann wartete noch der Papierkram: Ausweis, Führerschein, Fahrzeugschein, Geldkarte, Kreditkarte und sein Detektivausweis – alles war weg. Ein tiefer Seufzer entkam ihm. Er hatte einiges zu erledigen, bevor er sich wieder auf das konzentrieren konnte, was wirklich zählte.

27

Man kannte Jules bei seiner Hausbank seit mehr als zwanzig Jahren und sprach ihn mit Namen an, als er an den Schalter trat. Schließlich hatte er dort sein Haus finanziert.

»Es tut mir leid, Herr van Dyck. Ich kann Ihnen weder irgendwelche Karten noch Geld geben. Dazu müssten Sie sich ausweisen«, sagte die Angestellte.

»Und womit, wenn mir alles gestohlen wurde? Sie kennen mich doch.«

»Das ist richtig. Aber so ist die Vorschrift. Sie brauchen zuerst einen neuen Ausweis. Es tut mir leid«, sagte sie.

Dreihundert Euro hatte ihm Jan geliehen, und die wollte er bald zurückgeben. Er brauchte dringend Geld. Verärgert fuhr Jules zum Rathaus. Nach nur einer halben Stunde Wartezeit war er an der Reihe und trat ein.

»Fahrzeugschein, Führerschein und Ausweis. Kein Problem«, sagte der Mann hinter dem Schreibtisch und begutachtete die Fotos. »Haben Sie etwas, womit Sie sich zweifelsfrei ausweisen können?«

»Was meinen Sie denn, warum ich hier bin? Ich sagte Ihnen doch gerade, dass ich im Ausland beraubt wurde. Mehr als den Ersatzausweis und das Stammbuch habe ich nicht.«

»Dann brauchen Sie einen Zeugen oder eine Zeugin, die mir bestätigen kann, dass Sie Jules van Dyck sind. Am besten einen Familienangehörigen. Verstehen Sie – es könnte jeder kommen und sich als Jules van Dyck neue Papiere besorgen«, sagte der Mann.

Es war zum Verzweifeln. Dabei dachte Jules, mit den neuen biometrischen Fotos und dem Stammbuch gut vorbereitet zu sein. Jetzt brauchte er Leonie mit ihrem Ausweis, aber die war bis mittags in der Schule.

Unverrichteter Dinge fuhr er nach Hause, ging ins Büro und klappte sein Laptop auf. Der E-Mail-Briefkasten war, wie erwartet, voll. Routiniert löschte er alle Werbung, die durch den Spamfilter gerutscht war, und öffnete die eingegangenen Anfragen. Die meisten schienen harmlos, doch er ließ sie vorerst unbeantwortet, ging zurück in die Wohnung und setzte sich mit einem Glas Sprudelwasser in seinen Sessel. Draußen wurde es langsam herbstlich. Als er müde aus dem Fenster sah, war es bereits so dunkel, dass er die Leselampe anknipste.

Blätter wirbelten durch die Luft, und er hörte, wie der Wind durch die Bäume vor dem Haus peitschte. Er schloss die Augen, sah zur Seite – und blickte auf die sanften Hügel der Highlands. Es ist so wunderschön, die Natur in ihrer Farbenpracht zu bewundern, dachte er lächelnd und hob den Blick.

Jules erschrak. Direkt über ihm grinste ein diabolisches Gesicht. Er hörte nicht, was sie sagte, aber er sah die blinkende Klinge der Athame über sich – bereit, auf ihn herabzufahren, ihm das Herz herauszuschneiden. Der Wind nahm zu. Er spürte ihn auf der Haut, ohne das Geräusch der Rotoren des heranfliegenden Helikopters zu hören. Plötzlich vernahm er leise seinen Namen.

Ein Knall – das Wohnzimmerfenster schlug zu. Mit Schweiß auf der Stirn sah Jules in die Augen seiner Tochter.

»Wach?«, fragte Leonie und gab ihm einen Kuss auf die Wange.

»Ich glaube, ich habe geträumt«, sagte er und richtete sich auf.

»Den Eindruck habe ich auch, Paps. Es ist an der Zeit, dass wir miteinander reden!«, sagte sie bestimmt.

Jules seufzte. »Ja, ich glaube, das muss sein. Doch zuvor

brauche ich dich mit deinem Ausweis. Wir müssen ins Rathaus, damit ich neue Papiere beantragen kann.«

Er erklärte Leonie, dass sie bezeugen musste, dass er ihr Vater war. Dabei ahnte er bereits, worauf ihr Gespräch hinauslaufen würde – und er wusste nicht, wie er darauf reagieren sollte.

Nachdem sie das Meldeamt hinter sich gebracht hatten, fuhren sie wieder nach Hause. Jetzt blieb ihm nur noch das Warten auf die neuen Dokumente. Da er wenig Lust verspürte zu kochen, schob Jules zwei Tiefkühlpizzen in den Ofen. Leonie saß ihm gegenüber, schwieg und beobachtete ihn nachdenklich, als müsse sie ihre Worte erst zurechtlegen.

»Paps, ich bitte dich jetzt, mir einfach mal zuzuhören und mich nicht zu unterbrechen. Ist das für dich okay?«

»Schieß los. Ich höre dir zu, Süße.«

»Innerhalb kürzester Zeit bist du zweimal nur knapp mit dem Leben davongekommen!«, begann sie.

Jules lehnte sich zurück. »In Schottland hatte ich vorgesorgt und wurde gerettet.«

»Paps, ich weiß, dass du in der allerletzten Sekunde gerettet wurdest. Ich habe Onkel Jan und Tante Mareike belauscht und weiß genau, wie knapp es war!« Sie hielt kurz inne und sah ihn eindringlich an. »Und du hattest versprochen, mich nicht zu unterbrechen!«

Er hob abwehrend die Hände.

»Du hast Karsten gerettet, ihm zu einer großen Erbschaft verholfen, und meine Freundin hat ihren Mann nur durch dich kennengelernt«, fuhr Leonie fort. »Aber es war pures Glück, dass euch der Killer nicht erwischt hat!«

Leonie machte eine Pause. Sie bemerkte, dass Jules unruhig zum Ofen schielte.

»Hol schon die Pizza raus und setz dich dann wieder!«

Ohne ein Wort stellte er Teller und Besteck auf den Tisch, legte die heißen Pizzen darauf und nahm wieder Platz.

»Es geht nicht nur um die Aufträge, Paps. Dein Job ist gefährlich. Seit Mamas Tod habe ich nur noch dich. Ich liebe dich – und ich will dich nicht auch noch verlieren.«

Jules sah, wie sie mit den Tränen kämpfte.

»Weißt du eigentlich, was ich durchgemacht habe, nachdem du entführt wurdest? Frag Tante Mareike! Ich hatte solche Angst, dass ich dich nie wiedersehen könnte!«, sagte sie und konnte ihre Tränen nicht mehr zurückhalten. »Und ständig bin ich allein! Paps, ich bin erst dreizehn! Ich will ein Leben ohne Angst. Ich will mit dir leben, ohne dauernd zu fürchten, dass du nicht mehr nach Hause kommst! Und wenn eine Frau dazugehört – umso besser. Ich würde mich freuen, in einer richtigen Familie zu leben!«

Jules spürte, wie ihre Worte in ihm nachhallten. Er hatte sich immer eingeredet, dass es ohne das Au-pair-Mädchen schon irgendwie funktionierte. Aber jetzt wurde ihm klar, was er seiner Tochter zumutete. Mit gesenktem Kopf saß er über seiner Pizza und hörte ihr weiter zu.

»Ich verlange nicht viel von dir, Paps. Ich habe nie Fragen zu deinen Aufträgen gestellt. Aber das ist vorbei! Ich erwarte – nein, ich verlange –, dass du ab sofort etwas anderes machst. Es ist mir egal, ob du als Kaufhausdetektiv arbeitest oder Fahrscheine kontrollierst. Hauptsache, es ist ungefährlich. Ich will nicht mehr in ständiger Angst um dich leben!« Sie atmete tief durch. »So. Das war die Standpauke deiner Tochter.«

Jules griff über den Tisch und hielt Leonies Hand. »Ja, mein Engel. Ich verstehe dich. Und du hast recht.« Er seufzte. »Ich habe schon länger ein schlechtes Gewissen. Es gefällt mir auch nicht, dass ich dich so oft allein lasse. Aber wir müssen von irgendwas leben, und ich muss Geld verdienen.« Er drückte sanft ihre

Hand. »Ich verspreche dir, dass ich mich nach etwas anderem umschaue. Okay?«

»Einverstanden.« Leonie schniefte und wischte sich über die Wange. Dann hellte sich ihr Blick auf. »Übrigens – morgen kommen Lena und Karsten. Er hat eine Idee und will dir einen Vorschlag machen.«

»Welchen Vorschlag?« »Lass es dir von ihm erklären. Und jetzt habe ich Hunger!«

Jules staunte immer wieder, wie erwachsen sie klang. Er lächelte, schob ihr eine Pizza rüber und brachte ihr einen Saft.

28

Der hellgraue AMG-Hybrid-Mercedes quälte sich seit über vierzig Minuten durch die verstopften Straßen Antwerpens. Der Himmel war regengrau, und es schüttete wie aus Eimern. Die Scheibenwischer des Leihwagens kämpften auf höchster Stufe gegen die Wassermassen an, hielten die Sicht aber nur mühsam frei. Endlich erreichten Lena und Karsten ihr Ziel und parkten direkt vor Jules' Haus. Es regnete noch immer heftig, doch sie stiegen trotzdem aus. Als sie die Haustür erreichten, waren sie bereits völlig durchnässt.

»Ein Wetter wie in Wuppertal«, scherzte Karsten, als Leonie die Tür öffnete und ihrer Freundin Lena sofort um den Hals fiel. Ihre triefenden Jacken brachten sie ins Bad, trockneten ihre Gesichter notdürftig ab.

»Willkommen in Antwerpen«, sagte Jules und deutete ins Wohnzimmer. »Kommt rein und wärmt euch vor dem Kaminofen auf.«

»Kaffee oder Tee?«, fragte Leonie.

»Oder lieber Rum?«, ergänzte Jules lachend.

»Rum natürlich«, meinte Karsten. Die Mädchen verschwanden in der Küche. Er wandte sich an Jules. »Ich freue mich, dich gesund zu sehen. Wie geht es dir nach Schottland?«

»Ich bin froh, dass es vorbei ist!«

»Wir haben uns große Sorgen um dich gemacht«, sagte Karsten ernst. »Lena hat nur geweint, als sie von Leonie davon erfuhr. Dass sie sofort los ist, zeigt, wie wichtig ihr diese Freundschaft ist.«

»Aber du bist ja auch gekommen, Karsten«, sagte Jules. »Ich gebe zu, dass ich keine Ruhe mehr hatte. Du bist mir wichtig – und ich verdanke dir viel, lieber Jules.«

»Bist du direkt aus Ecuador gekommen?«, fragte Jules nach einer kurzen Pause.

»Ich habe dort mit meinem Hilfsprojekt eine Menge Arbeit«, bestätigte Karsten. »Das ist auch einer der Gründe, warum ich heute hier bin. Aber erzähl erst mal – was ist in Schottland passiert, solange sie in der Küche sind?«

»Okay. Es ist auch besser, wenn Leonie nicht alles erfährt. Das belastet sie mehr, als ich angenommen hatte«, sagte Jules und berichtete Karsten in groben Zügen, was ihm widerfahren war. »Dieser Wicca Coven war mehr als gefährlich, und ich bin wirklich in letzter Sekunde vor dem sicheren Tod gerettet worden.«

»Puh. Das ist heftig. Aber jetzt verstehe ich auch, warum Leonie will, dass du mit dem Job aufhörst«, sagte Karsten.

»Was weißt du davon?«, fragte Jules misstrauisch.

»Sie hat mit Lena darüber gesprochen, und ich kann ihre Sorgen verstehen. Ich denke nur an den Killer in Wuppertal«, entgegnete Karsten. »Aber was dir in Schottland passiert ist, macht ihr Ansinnen für mich noch verständlicher.«

»Leonie kennt nicht jedes grausame Detail, und das soll so bleiben. Wir hatten gestern ein längeres Vater-Tochter-Gespräch. Ich habe ihr zugesagt, dass ich mir Gedanken über einen anderen Job machen werde. Sie ist so erwachsen – das erschreckt mich ein wenig. Sie ist doch erst dreizehn!«

»Vor vier Jahren ist ihre Mutter gestorben. Was blieb ihr anderes übrig, als erwachsen zu werden? Du hast sie in der Zeit danach geprägt, Jules. Auch durch dich ist Leonie zu dem Menschen geworden, der sie heute ist. Lena war ihr Au-pair und ist acht Jahre älter als deine Tochter. Wäre Leonie ihre beste Freundin, wenn sie unreif und kindisch wäre?«

»Wohl kaum«, sagte Jules nachdenklich. An diesen Aspekt
hatte er noch gar nicht gedacht. »Und was machst du jetzt?«

»Tja.« Karsten lehnte sich zurück und ließ seinen Blick
schweifen. »Du weißt, dass ich einen Teil meiner Erbschaft dafür
verwenden wollte, etwas Sinnvolles zu tun. Anfangs dachte ich
daran, irgendwo in Afrika einen Brunnen zu bauen oder eine
Schule einzurichten – ohne dabei die Kassen gieriger NGOs zu
füllen, in denen das Geld schneller versickert als Regen in der
Wüste.«

Jules nickte langsam. »Ich erinnere mich. Ein ehrenwerter Vor-
satz. Und heute?«, fragte er.

»Heute?« Karsten ließ die Worte einen Moment in der Luft
stehen. »Heute weiß ich, dass ein guter Plan mehr braucht als
bloße Absichten. Dieser Vermögensberater Lauterbach – du hattest ihn mir empfohlen – war sein Geld wert. Dank ihm konnte
ich in eine US-Firma investieren, die mir nicht nur die Green
Card, sondern auch ein komfortables Leben in Miami Beach
ermöglicht hat. Erst dachte ich, diese Investition würde meine
Erbschaft schmälern, aber das Gegenteil ist der Fall. Die Firma
wirft absurd viel Geld ab, und die Zinsen? Die kann ich gar nicht
ausgeben. Also musste ich mir ein neues Projekt suchen. Und das
habe ich nun – im Norden von Ecuador«, erklärte er.

Jules zog die Augenbrauen hoch. »Nicht gerade um die Ecke.
Aber von Miami aus lässt sich das doch sicher gut pendeln.«

Karsten schüttelte lachend den Kopf. »Vier Stunden Flug,
dann noch stundenlange Fahrt mit dem Geländewagen – durch
dichten Urwald, über Sümpfe und schmale Pfade, die eher
Buckelpisten ähneln als Straßen.«

»Klingt nach Moskitos und Abenteuer.«

»Moskitos, groß wie Raben, die nur auf frisches Blut warten«,
sagte er grinsend und nahm einen Schluck Rum. »Aber die Biester sind nicht das größte Problem.«

Jules lehnte sich vor. »Und was genau hast du vor?«

Karsten seufzte. »Ich will den Menschen rund um Bolívar eine Perspektive geben. Der Staat hat sie vergessen – seit die Krabbenzucht die Region verändert hat, gibt es für sie keine Arbeit mehr.« Er hielt inne, als suchte er nach den richtigen Worten. »Jules, ich habe mich monatelang in das Thema vergraben, Möglichkeiten geprüft, Wege gesucht, um schnell zu helfen. Aber es ist kompliziert. Ich kämpfe nicht nur mit den wirtschaftlichen Strukturen, sondern auch mit der Umwelt, mit politischen Interessen und einer Mentalität, die sich nicht von heute auf morgen ändern lässt. Ehrlich gesagt – die Arbeit wächst mir über den Kopf. Ich könnte Hilfe gebrauchen.« Er musterte Jules eindringlich.

Jules schnaubte und schüttelte den Kopf. »Und da dachtest du an mich? Dann wäre ich nur noch unterwegs und hätte für Leonie gar keine Zeit mehr. Das kommt nicht infrage, Karsten.«

»Das habe ich mir schon gedacht. Aber hör zu: Esmeraldas ist die größte Stadt im Norden – eine Stadt mit Seele, mit Geschichte. Gute Infrastruktur, Schulen, Krankenhäuser, Häuser aus der Kolonialzeit. Ein Haus dort zu kaufen, wäre ein Klacks, und es gibt internationale Schulen für Leonie.«

Jules rieb sich das Kinn. »Das klingt alles sehr … gewagt. Und es geht nicht nur um Leonie.« Er hielt inne, als wolle er seine nächsten Worte abwägen. »Ich habe eine Frau kennengelernt. Eine Lehrerin. Ich hoffe, dass aus unserem Flirt mehr wird – für mich und für Leonie. Außerdem fühle ich mich in Antwerpen wohl. Du bist jung, dir steht die Welt offen. Auch deine Frau ist jung. Ihr habt die Unbeschwertheit, Risiken einzugehen. Aber ich bin 56, Karsten. Ich fange nicht noch mal von vorne an.«

Karsten lachte leise. »56 – und schon am Ende? Komm schon! ‚Geht nicht, gibt's nicht!‘ – das hast du mir selbst mal gesagt. Natürlich kannst du das! Und diese Lehrerin? Sie könnte dort sicher auch unterrichten. Ist sie wenigstens hübsch?«

Jules schüttelte amüsiert den Kopf. »Du hast sie bei Jan kennengelernt.«

»Die Schwarzhaarige?«

»Genau die!«

Karsten pfiff leise durch die Zähne. »Wow. Die Frau ist ein Hingucker. Und mit Leonie – verstehen die beiden sich?«

»Ich denke schon. Aber so genau weiß ich das noch nicht. Es braucht Zeit. Ich würde sie gern ausführen, aber ohne Papiere bekomme ich kein Geld von der Bank. Und ohne Geld …«

Karsten runzelte die Stirn. »Daran habe ich gar nicht gedacht. Kann ich helfen?«

Jules zögerte kurz. »Ja. Mit tausend Euro. Ich gebe sie dir in drei, vier Wochen zurück.«

Karsten zögerte keine Sekunde. Er zog seine Brieftasche heraus, nahm zehn Hunderter und legte sie auf den Tisch.

»Einverstanden.«

29

Seiner Ärztin erzählte Jules nichts von den Hexen. Er bat nur um einen Gesundheitscheck und eine Untersuchung auf mögliche Geschlechtskrankheiten. Nach der Blutabnahme am frühen Morgen gönnte er sich endlich einen Termin bei seinem Barbier. Der Tunesier war sichtlich erschrocken über den Zustand von Jules' sonst so gepflegtem Anchor-Bart und seiner Frisur. Doch nach fast einer Stunde blickte Jules zufrieden in den Spiegel.

»Das sieht gut aus. So traue ich mich wieder unter die Menschen«, sagte er zum Abschied und fuhr nach Hause.

Lena und Karsten hatten im Gästezimmer übernachtet. Sie schliefen noch, als er früh das Haus verließ, und saßen nun mit Leonie am Kaffeetisch. Leonie nutzte die gemeinsame Zeit mit Lena, um mit ihr über alles zu sprechen, was sie bewegte. Als Jules die Küche betrat, blickte er in zufriedene Gesichter. Der Duft von frisch gemahlenem Kaffee und Toast hing in der Luft.

»Paps, du siehst ja fast so gut aus wie früher«, sagte Leonie, als sie ihn mit frischer Rasur und neuem Haarschnitt sah.

»Das war auch überfällig«, meinte Jules und goss sich einen Kaffee ein. »Ich habe gestern mit Karsten über Ecuador gesprochen«, fuhr er vorsichtig fort. Das Gespräch mit ihm hatte ihn ins Grübeln gebracht. Er wollte die Möglichkeit, in Ecuador eine neue Zukunft zu beginnen, nicht von vornherein ausschließen.

Karsten streute Schoko-Hagelslag auf seinen gebutterten Toast – eine Angewohnheit, die er sich in Holland angewöhnt hatte. »Daran habe ich mich in Valkenburg gewöhnt«, sagte er schmunzelnd. »Aber um noch mal aufs Thema zurückzukommen: Ich könnte Jules dort gut gebrauchen!«

»Ja, aber ich habe ihm gestern schon gesagt, dass es mir hier gut gefällt«, entgegnete Jules. »Leonie geht hier zur Schule, und sie muss nicht mit tellergroßen Moskitos kämpfen, wenn sie ihre Freundinnen besuchen will.«

Er lehnte sich zurück und sah Karsten an. »Aber erzähl doch mal mehr vom Leben dort – und von der Aufgabe, die du mir zugedacht hast!«

»Es ist wunderschön dort«, sagte Lena. »Ich war selbst schon ein paar Mal da – um in Karstens Nähe zu sein und selbst mit anzupacken.«

Karsten nahm Lenas Hand und lächelte sie an. »Ich bin noch immer verliebt in diese wunderschöne Frau. Habe ich das schon erwähnt?« Er lachte leise. »Na gut. Also, wie ist es dort? Mögt ihr Garnelen?«

»Na klar! Lecker«, rief Leonie begeistert.

»Gambas al Ajillo. Köstlich mit Olivenöl, viel Knoblauch und Chili. Oder über Spaghetti«, sagte Jules.

Karsten nickte. »Dann geht es euch so, wie den meisten Europäern, Asiaten oder Amerikanern. Früher waren Gambas ein Luxus. Heute gibt es sie an jeder Ecke. Selbst Fast-Food-Ketten verkaufen sie für ein paar Münzen.«

»Und warum ist das so?«, fragte Jules.

Karsten lehnte sich vor. »Weil Ecuador den Markt flutet. Der zweitgrößte Shrimpsproduzent der Welt. Billige Ware in Massen. Doch was kaum jemand weiß: Der Preis ist viel höher, als er scheint.« Er hielt kurz inne, als wollte er die Spannung steigern. Dann fuhr er fort. »Mangrovenwälder verschwinden. Die Fischbestände brechen ein. Küstenregionen verarmen. Und die Menschen dort? Ihre Lebensgrundlagen werden ihnen genommen – von skrupellosen Geschäftsleuten, die nur an Profit denken.«

Jules schwieg. »Als ich das hörte, konnte ich es nicht glauben«, sagte Karsten. »Ich reiste nach Ecuador. Ich wollte es mit eigenen Augen sehen. Ich ließ mich mit einem Boot zu den Ufern des Bolívars fahren.« Er rieb sich nachdenklich das Kinn. »Vom Wasser aus wirkte alles friedlich. Idylle pur. Pelikane in den Bäumen, weiße Reiher am Ufer. Doch dann …« Er hielt kurz inne. » … dann ging ich an Land.« Er nahm einen Bissen von seinem Toast, kaute langsam. Schluckte. Trank einen Schluck Kaffee.

Dann sprach er weiter. »Hinter der schmalen Reihe Mangroven – nichts als Ödnis. Der Urwald? Weg. Abgeholzt. Stattdessen riesige Becken, randvoll mit Krabben. Die Farmer nennen sie weißes Gold. Nicht wegen ihrer Farbe – sondern weil sie damit ein Vermögen scheffeln.«

Jules lehnte sich zurück.

»Früher«, fuhr Karsten fort, »waren Crevetten etwas Besonderes. Dreißig Jahre ist das her, vielleicht mehr. Damals gab es sie nur in Feinkostläden.« Er sah zu Jules. »Du erinnerst dich sicher noch.«

»Oh ja«, sagte Jules leise. »Meine Eltern waren stolz, als sie einmal Garnelen auftreiben konnten. Jeder bekam nur eine – so teuer waren sie.«

Karsten nickte. »Und heute? Heute gibt es sie überall. Jeder kann sie sich leisten. Doch die Kehrseite der Medaille bleibt verborgen. Niemand spricht über das, was wirklich geschieht. Die Zerstörung. Die Armut. Die Katastrophe, die sich im Verborgenen abspielt.«

Er machte eine Pause.

»Noch vor wenigen Jahren war diese sumpfige Provinz wertlos. Nur die Ärmsten lebten dort – vom Fischfang, von dem, was das Meer hergab. Heute reißen sich Investoren um jeden

Quadratmeter. Ich auch. Aber mit einem Unterschied: Ich bin nicht dort, um zu zerstören. Ich bin dort, um zu retten.«

»Aber ist das nicht überall so?«, fragte Jules.

»Wird die Ernte von Safranblüten mit Fäusten und Pistolen begleitet? Oder gibt es bei der Störzucht Tote? Nein! Aber in Ecuador ist das so. Ich stelle mich – wie nur wenige Umweltorganisationen – gegen die Expansion der Shrimps-Farmer. Ich war bei den indigenen Muschelsammlern in Bolívar, auf einer Insel zwischen Süßwasser und dem Pazifik, die ich zuvor reitend auf den Wellen erreicht habe. Die Bewohner bangen um ihre Existenz, denn Zuchtfarmen umschließen ihren Lebensraum immer mehr. Die einzige Schule in der Nähe hat vor Jahren ihre Pforten geschlossen. Die Menschen hungern, ärztliche Versorgung ist weit entfernt. Währenddessen dehnen sich die Farmen weiter aus, und für die dort lebenden Menschen bleibt immer weniger Platz. Ich glaube, Ecuador produzierte letztes Jahr 150.000 Tonnen Krabben – und die Nachfrage steigt weiter.«

»Daran wirst du doch kaum etwas ändern können, Karsten. Die Menschen wollen preiswerte Garnelen kaufen«, sagte Leonie.

»Das ist richtig. Aber ich kann mit umweltbewusster Aufzucht und besserer Qualität etwas bewirken. Vielleicht sogar ein Umdenken bei den Farmern. Und ich möchte besser bezahlte Jobs für die ärmere Bevölkerung schaffen. Warum sollten nicht auch sie von dem Boom profitieren?«

»Und was soll ich dort? Ich habe von dem Geschäft keine Ahnung«, sagte Jules.

»Dazu komme ich später. Ich habe eine Produktionshalle besichtigt. An Tischen stehen zumeist Frauen. Sie reißen die Köpfe der Shrimps ab, bedienen Sortiermaschinen, wiegen sie oder begießen die Gamas mit Wasser, bevor sie abgepackt werden. Die Farmer verdienen ein kleines Vermögen damit, aber mit dem

Lohn, den sie ihren Mitarbeitern zahlen, können diese kaum ihre Familien ernähren.«

»Gärt es nicht in den Köpfen der Leute? Hört sich so an, als stünde das Land kurz vor einer Revolte.«

»Die Menschen sind unzufrieden, wütend. Aber sie können nichts ändern, weil die Farmer zu viel Macht haben.«

»Du kannst doch nichts daran ändern und alleine die Welt retten«, meinte Leonie.«

»Zwar kann ich nicht die Welt retten, aber ich kann sie ein wenig besser machen«, sagte Karsten. »Damit ihr euch ein Bild machen könnt, müsst ihr es mit eigenen Augen sehen. Ich kann nur erzählen, was ich erlebt habe. Und ich schwöre euch – es lässt mich nicht mehr los.«

Er lehnte sich nach vorne, seine Stimme wurde fester. »Erst auf der Rückfahrt mit dem Geländewagen erkannte ich die ganze Tragweite. So weit das Auge reichte – Zuchtbecken, riesig wie Seen, geordnet in einer sterilen, endlosen Einöde. Kein einziges Lebewesen, keine Menschen, keine Stimmen, nur das monotone Schimmern des Wassers. Keine Arbeitsplätze, keine Bauern, denn die Shrimps wachsen fast von allein. Süßwasser dringt von der Landseite ein, salziges Wasser vom Ozean – eine perfekte, künstliche Brutstätte. Die Garnelen wachsen schneller, dicker, profitabler. Doch das hat seinen Preis. Die Becken sind Brutstätten für Krankheiten. Pilze, Viren, Bakterien – alles, was sich in einer überfüllten Population verbreiten kann, gedeiht hier prächtig. Weltweit mussten bereits Farmer aufgeben, ganze Existenzen wurden ausgelöscht. In Ecuador ist die Angst allgegenwärtig. Also greifen die Züchter zu Medikamenten, zu Antibiotika – zu allem, was die Massenproduktion am Laufen hält. Und das landet schließlich, schön verpackt und tiefgekühlt, auf unseren Tellern.«

»Das ist ja widerlich!«, rief Jules entsetzt. »Bei Hühnern und

Schweinen gehen alle auf die Barrikaden. Aber davon habe ich nie gehört.«

Karsten nickte langsam. »Genau das ist das Problem. Niemand spricht darüber. Ich habe es mit eigenen Augen gesehen. Auf dem Rückweg fuhren wir am Fluss entlang. Plötzlich sah ich sie. Frauen. Dutzende von ihnen. Sie standen knietief im stinkenden Schlamm, von Kopf bis Fuß mit Mücken umschwirrt. Ihre Rücken gekrümmt, ihre Hände wühlten in der dunklen Brühe. Sie suchten nach Muscheln – nach dem letzten bisschen Leben, das ihnen geblieben war. Ich bat den Fahrer, langsamer zu fahren. Ich musste es verstehen. Er erzählte mir, dass sie früher 400 Muscheln am Tag fanden. Heute sind es an einem guten Tag vielleicht noch 50 oder 100. Die Shrimp-Farmen haben den Fluss leergefegt, die Mangroven verdrängt, das Wasser vergiftet. Aber sie haben keine Wahl. Für 100 Muscheln, nach sechs Stunden harter Arbeit im Sumpf, bekommen sie 10.000 Sucres – umgerechnet zwei Dollar. Zwei verdammte Dollar! Ich könnte schreien vor Wut, wenn ich daran denke, dass das gerade einmal für zwei Kilo Reis reicht.

Ihre Hütten bestehen aus morschem Holz, ohne Wasser, ohne Strom. Die Kirche, einst das Herz ihres Dorfes, steht verschlossen. Der Pfarrer kommt nur noch zu Weihnachten. Und selbst der Staat hat sie vergessen. Viele sind gegangen. Weil es hier nichts mehr gibt außer Hunger und Verzweiflung. Die Fische verschwinden. Arbeit? Fehlanzeige. Und während das Dorf stirbt, vergiftet die Industrie gnadenlos weiter. Die Farmer kippen ihre Abfälle einfach in die Flüsse – Chemikalien, Fischmehl, Krabbenkot, Antibiotika. Niemand hält sie auf. Jeden Tag sieht man die Folgen. Weniger Mangroven, weniger Muscheln, weniger Hoffnung.«

Karsten lehnte sich zurück. Seine Hände zitterten. Lena sah ihn an, nahm sanft seine Hand und wischte ihm eine Träne vom Gesicht.

»Wer will noch Kaffee?«, fragte Jules und stand auf.

Er bemerkte, dass Karsten eine Pause brauchte. Nie zuvor hatte er über solche Umstände nachgedacht. Das Engagement des jungen Mannes imponierte ihm. Gerne würde er ihm helfen – wenn er nur wüsste, wie. Jules schenkte allen frischen Kaffee nach und setzte sich wieder.

»Ich sprach mit dem Vorarbeiter einer Garnelenfarm. Mit 70 Dollar Gehalt gehört er bereits zu den Spitzenverdienern, aber ohne das Einkommen seiner Frau könnte er seine Kinder nicht auf eine Schule in Esmeraldas schicken. Ich habe bereits vier Farmen aufgekauft. Mein Ziel ist es, kurzfristige Gewinne zugunsten ökologischer Standards aufzugeben. Ich will mehr Menschen Arbeit bieten und dabei die Umwelt schützen. Einige Becken entlang der Ufer will ich zurückbauen und die Flächen wieder aufforsten. Meine Mitarbeiter sollen mehr als das Dreifache ihres jetzigen Lohnes erhalten. Ich will eine Schule bauen, ein kleines Hospital und ein Klärwerk. Jedes Haus soll mit gefiltertem Trinkwasser versorgt werden und durch Aggregate oder Photovoltaik Strom bekommen. Die verschlammten Wege und Straßen müssen gepflastert werden, und ich möchte einen schönen Park anlegen. Die Kinder sollen Schulmaterial kostenlos erhalten. Die Kirche soll wieder jeden Sonntag öffnen. Ich will ein gutes Beispiel setzen, um Druck auf andere Farmer auszuüben – denn wenn sie ihre Arbeiter nicht besser bezahlen, werden sie bald niemanden mehr haben. Aber allein schaffe ich das nicht, Jules. Ich brauche jemanden, der sich um die Infrastruktur im Ort kümmert. Diese Aufgabe würde ich gerne dir übertragen. Als Detektiv hast du Organisationstalent – und genau das könnte ich jetzt gut gebrauchen«, schloss er.

Leonie stand auf und umarmte Karsten. »Auch wenn er dein Mann ist und schrecklich stachelt, muss ich ihm jetzt einen Kuss geben«, sagte sie und küsste ihn auf seinen Dreitagebart. »Ich habe dir genau zugehört, Karsten. Die Zustände sind dort schrecklich. Aber ich glaube, dass du tatsächlich etwas verändern kannst. Paps, ich wäre bereit, nach Ecuador zu gehen!«

30

»Fünf Pakete De Ruijter Hagelslag!«, rief Leonie lachend, als sie in Lenas geöffneten Koffer blickte.

»Psst! Ist eine Überraschung. Karsten liebt das Zeug«, erwiderte Lena.

»Ich dachte, in Florida gibt es alles.«

»Eine große Auswahl, ja. Aber eben nicht alles«, sagte Lena und schloss den Koffer halb. »Meinst du, dein Vater nimmt Karstens Angebot an?«

Leonie zuckte die Schultern. »Keine Ahnung. Er lässt sich bei solchen Entscheidungen Zeit. Wir wohnen seit drei Jahren in dem Haus, und er hat immer noch keine Teeküche für sein Büro gekauft«, sagte sie und lachte.

»Du würdest diesen Schritt gehen, Leonie? Es ist eine völlig andere Welt. Ich begleite Karsten manchmal, wenn er Lebensmittel an Bedürftige verteilt. Die Luftfeuchtigkeit ist enorm, selbst mir macht sie zu schaffen.«

Leonie sah aus dem Fenster. »Alles ist besser als der Dauerregen und die Kälte hier«, murmelte sie. Dann drehte sie sich zu Lena um. »Es war schön, dich wieder hier zu haben. Ich werde dich vermissen, wenn ihr abreist.«

»Wir sehen uns bestimmt bald wieder.«

»Wann fliegt ihr?«

»In fünfeinhalb Stunden. Und wenn wir angekommen sind, lege ich mich als Erstes in die Sonne. Das europäische Wetter werde ich nicht vermissen. Aber dich schon!«, sagte Lena und grinste.

»Glaube ich sofort. Hat Karsten schon gepackt?«

»Ich denke schon. Er kommt bestimmt gleich mit Jules vom Spaziergang zurück. Dann trinken wir noch einen Kaffee zusammen. Was machst du heute noch?«

»Mila will vorbeikommen. Vielleicht wird sie ja Paps neue Freundin«, sagte Leonie mit einem schiefen Lächeln.

»Geht ihr essen?«

»Keine Ahnung. Ich denke, wir bleiben hier. Er will ihr bestimmt imponieren.« »Wäre es dir recht, wenn sich daraus mehr entwickelt?«

Leonie überlegte kurz. »Wenn sie nett ist und mir Paps nicht wegnimmt.«

Lena schüttelte den Kopf. »Ach, ich glaube nicht, dass dein Vater das zulassen würde.« Mit einem klickenden Geräusch schloss sie den Koffer. »So, das wär's. Ich glaube, sie sind gerade zur Tür reingekommen.«

Der letzte Moment am Küchentisch verflog für Lena im Nu. Ein paar Tränen begleiteten den Abschied, dann fuhren sie nach Brüssel zum Flughafen.

Als Leonie und ihr Vater wieder allein waren, fragte sie: »Hast du mit Karsten nochmal über sein Projekt gesprochen, Paps?«

»Ja. Er ist wirklich ganz und gar darauf fixiert.«

»Und?«

»Was und?«, fragte Jules.

»Wirst du sein Angebot annehmen?«

»Leonie, das habe ich noch nicht entschieden. Es gibt viel zu bedenken, und dazu brauche ich Zeit.«

»Dachte ich mir«, bemerkte sie schnippisch.

»So etwas entscheidet man nicht zwischen Tür und Angel!«, sagte er. »Ich muss noch einkaufen, Leonie. Könntest du in der Zeit bitte etwas aufräumen und das Besteck polieren?«

Grinsend baute sie sich vor ihm auf. Jules sah sie fragend an.

»Ich wusste es doch, Paps!«, sagte sie altklug. »Ich meinte eben noch zu Lena, dass du Mila bestimmt imponieren willst, wenn sie kommt. Na, wie viele Gänge hast du denn geplant?«

»Drei«, antwortete Jules lachend. »Dir kann man nichts vormachen, oder?«

»Bestimmt nicht. Ich bin neugierig auf sie. Jetzt mach dich mal auf den Weg. Ich liebe dich, Paps!«, sagte sie und gab ihm einen Kuss.

Es nieselte nur noch leicht, als er zum Supermarkt fuhr. Jules nutzte die Gelegenheit und rief in der Praxis wegen der Laborergebnisse an.

»Hallo, Herr van Dyck«, meldete sich die Arzthelferin. »Gute Nachrichten. Ihre Blut- und Urinwerte sind ohne Befund.«

Jules fiel ein Stein vom Herzen. Wenigstens hatte er sich nichts von den Hexen eingefangen. In der Hölle sollen die Biester schmoren, dachte er – und kam vom Schmoren zu seinem Einkaufszettel. Leonie hatte natürlich Recht. Er wollte Mila beindrucken. Die Vorspeise stand: überbackene Knödel mit Pilzfüllung – dafür brauchte er nicht viel. Vorab ein Maronencremesüppchen, das war auch schnell gemacht. Der Hauptgang würde aufwendiger: Kalbsfilet mit Apfel und Blauschimmelkäse. Und das Dessert? Eine Birnen-Schokoladentarte. Die gab es beim Bäcker im Supermarkt fertig zu kaufen. Obwohl seine Einkaufsliste überschaubar war, musste er an der Kasse 117 Euro zahlen.

Jules freute sich darauf, mal wieder mit Leonie zu kochen. Ihre Mutter hatte sie oft in der Küche helfen lassen, und durch Lena, das Au-pair-Mädchen, hatte sie nicht selten ganze Gerichte zubereitet – und Spaß daran gefunden. Wahrscheinlich war sie genauso gespannt auf den Abend mit Mila wie er selbst.

Als er mit den Einkäufen nach Hause kam, saß Leonie bereits am Tisch und polierte das Besteck auf Hochglanz.

»Schau mal, Paps«, sagte Leonie, während Jules die Einkaufstaschen auf die Arbeitsplatte stellte. Sie öffnete eine kleine Dose, und Blüten von Lavendel, Gänseblümchen und Begonien kamen zum Vorschein. »Frisch gepflückt – und alle essbar«, verkündete sie stolz.

»Wow! Großartig. Woher weißt du, welche Blüten essbar sind?«, fragte Jules neugierig.

»Von Tante Mareike. Sie macht das öfter, wenn sie Besuch bekommt. Wir waren im Garten, und da hat sie es mir gezeigt.«

Seine Tochter schaffte es immer wieder, ihn zu überraschen. »Dann wollen wir mal«, sagte er und stellte Schüsseln, Töpfe und eine Auflaufform zusammen mit den Zutaten auf den Küchentisch.

»Was kochen wir denn?«, fragte sie.

Jules legte die ausgedruckten Rezepte auf den Tisch. »War vorhin noch im Büro am Drucker«, meinte er augenzwinkernd. »Nur das Dessert ist gekauft.«

»Fast fertig«, korrigierte Leonie und platzierte die Tarte mittig auf einem Teller, streute ein paar Lavendelblüten darüber und stellte sie vorsichtig in den Kühlschrank.

»Der Mann, der dich eines Tages bekommt, kann sich glücklich schätzen!«

»Von wegen! Den erziehe ich gleich zur Hausarbeit!«

Lachend machten sich Vater und Tochter ans Werk. Während sie kochten, unterhielten sie sich über Karsten und Lenas Glück. Der Nachmittag verging in entspannter Ruhe – bis es um 19 Uhr endlich klingelte.

Leonie sprang auf und öffnete die Tür. Ihr schwarzes Haar glänzte im Licht, als Mila auf Pumps die Wohnung betrat, eine Flasche Wein in der Hand.

»Wow!«, sagte Leonie nur. Geschmeidig wie eine Raubkatze kam Mila in dem engen Rock auf Jules zu. Sein Blick streifte ihre hellrot lackierten Nägel, den gleichfarbigen Lippenstift – und blieb für einen Moment an ihrem Dekolleté hängen.

»Willkommen in unserem Reich!«, sagte er und gab ihr einen Begrüßungskuss.

»Schön bei euch zu sein. Danke für die Einladung«, erwiderte sie und reichte ihm die Flasche. »Ich stelle den Wein besser kalt und mache uns etwas zu trinken. Sekt?«

Mila sog den Duft aus der Küche ein. »Es riecht köstlich. Wenn es bald etwas zu essen gibt, nehme ich gern ein Glas«, sagte sie und ließ ihren Blick über Jules gleiten – von seinem leichten, auberginefarbenen Sakko bis zur schwarzen Jeans. »Hoffentlich bringst du Hunger mit. Wir haben uns viel Mühe mit dem Kochen gegeben«, sagte Leonie und zwinkerte.

»Kommt, wir zeigen Mila zuerst unser Reich«, schlug Jules vor und führte sie durch die Wohnung. Im Wohnzimmer flackerten Duftkerzen, der dezente Rosmarinduft lag in der Luft. Alles wirkte aufgeräumt und einladend.

»So lebt ihr also. Sehr hübsch und geschmackvoll eingerichtet«, sagte Mila und ließ den Blick durch den Raum schweifen. Dann runzelte sie die Stirn. »Aber sagt mal, was hat es mit diesen Steinen auf dem Gehweg vor dem Haus auf sich?«

31

Karin legte die Tageszeitung auf den Frühstückstisch.

»Die Nachbarskinder haben sich wieder einen ihrer Streiche erlaubt. In der Einfahrt liegen ein paar Steine. Räume die doch bitte gleich zur Seite, bevor jemand darüber stolpert«, sagte sie.

»Irgendwann kriege ich die Lümmel. Aber wir haben solchen Unfug früher ja selbst gemacht«, meinte Maximilian grinsend und ging hinaus.

Mit der Erwartung, den Streich schnell zu beseitigen, trat er in die Einfahrt. Doch als sein Blick auf den Boden fiel, erstarrte er. Der Schreck verzerrte sein Gesicht zu einer Grimasse, und er wurde kreidebleich.

Ein Steinkreis!

Maximilian brauchte einen Moment, um sich zu fangen. Seine Finger krallten sich an der rauen Hauswand fest. Karin wusste nichts Genaues über das, was ihm in Schottland widerfahren war – und das sollte auch so bleiben.

Dieser Steinkreis in der Einfahrt hatte exakt dieselben Dimensionen wie der in der Scheune. Auch er war mit Zweigen gefüllt, in der Mitte lag ein größerer Stein.

Das war kein Zufall. Und erst recht kein harmloser Streich. Maximilian zückte sein Smartphone, machte ein paar Aufnahmen und griff dann zu Besen und Schaufel. Mit bedachten Bewegungen löschte er die Spuren des Symbols aus. Als er wieder ins Haus kam, zwang er sich zu einem ruhigen Tonfall.

»Alles im Müll«, sagte er und trank den letzten Schluck Kaffee. »Ich gehe jetzt eine Runde joggen.«

Karin runzelte die Stirn. »Und die Zeitung?«

Maximilian schüttelte den Kopf. »Später. Es ist gerade trocken, das will ich nutzen.«

Nach ein paar Dehnübungen winkte er seiner Frau zu, die hinter dem Küchenfenster stand, und lief los. Im Park hielt er es keine tausend Meter aus. Er zog sein Handy hervor, setzte sich auf eine Bank und wählte Bennos Nummer.

»*Mickerts, LKA Sachsen*«, meldete sich die vertraute Stimme.

»Hallo Benno. Max hier.«

»*Mit dir habe ich gar nicht gerechnet. Wie geht es dir? Bist du Vater geworden?*«

»Noch eine Woche. Aber mir geht es nicht so gut.«

»*Was ist los?*«

Max berichtete von der morgendlichen Entdeckung. Dann fügte er mit belegter Stimme hinzu: »Ich schicke dir ein paar Fotos. Dieser Steinkreis war in jedem Detail identisch mit denen der Hexen!«

»*Will dir jemand einen Streich spielen?*«

»Dachte ich zuerst auch. Aber das glaube ich nicht.«

Am anderen Ende der Leitung herrschte einen Moment Stille. Dann sagte Benno leise: »*Das ist unheimlich. Ich weiß von Chief Inspector Brown, dass die Frauen gefasst wurden. Alle sitzen in Haft – Beihilfe zum Mordversuch.*« Er zögerte. »*Max, ich rufe gleich Brown an. Falls es etwas Neues gibt, melde ich mich. Sei vorsichtig. Und halte die Augen offen.*«

»Verlass dich drauf. Danke, Benno.«

Maximilian blieb noch einen Moment sitzen, dann absolvierte er routiniert seine Joggingstrecke. Doch selbst nach dem anschließenden Duschen fand er keine Ruhe. Der Steinkreis ließ ihn nicht los. Die Erinnerung daran klammerte sich an ihn wie kalte Finger. Im Wohnzimmer flackerte das Licht des Fernsehers über Karins Gesicht. Sie saß tief in die Kissen gesunken, die Augen auf den Bildschirm gerichtet. Er trat zu ihr, küsste sie flüchtig auf die Stirn.

»Ich gehe ins Arbeitszimmer«, sagte er und klemmte sich die Zeitung unter den Arm. Dort legte er sie ungelesen auf den Tisch, ließ sich in den Bürostuhl sinken und drehte ihn langsam zum Fenster. Die Dunkelheit draußen wirkte heute anders – dichter, schwerer. Als würde sie sich an die Scheiben pressen. Wer hatte das getan? Die verurteilten Hexen konnten es nicht gewesen sein. Seine Adresse hätten sie gehabt. Aber wozu das Ganze? Wollte man ihn warnen? Oder lauerte da etwas, das er nicht verstand? Er bemerkte nicht, dass Karin schon eine Weile im Türrahmen stand.

»Was ist eigentlich mit dir los?«, fragte sie. Erschrocken fuhr er herum. Ihr Gesicht lag im Halbdunkel, nur die Reflexionen des Fernsehers zuckten über ihre Züge.

»Ich musste wieder an Schottland denken«, sagte er und sprach damit zumindest einen Teil der Wahrheit.

»Das verstehe ich.« Ihre Stimme war sanft, doch irgendetwas daran ließ ihn frösteln. »Aber das liegt hinter dir. Hier hast du nichts zu befürchten, Max.« Sie trat näher, ihre Lippen streiften seine Wange.

»Lies doch die Sonntagszeitung. Die lenkt dich ab.«

Normalerweise liebte er die dicke Ausgabe. Den Reiseteil, die Berichte über ferne Länder, besondere Menschen, Geheimnisse aus der Vergangenheit. Doch heute konnte nichts ihn ablenken. Denn er wusste, dass es nicht vorbei war.

»Was hältst du von einem kleinen Verdauungsspaziergang, während Leonie abräumt?«, fragte Jules nach dem Essen und zwinkerte seiner Tochter verschwörerisch zu.

»Es war köstlich! Aber soll Leonie das wirklich allein machen? Wir könnten ihr doch helfen«, sagte Mila.

»Ich mache das gern. Geht ruhig«, entgegnete Leonie. »Wenn ihr zurückkommt, haben wir noch genug Zeit zum Plaudern.«

Es war die beste Gelegenheit, sich unauffällig die Steine auf dem Gehweg anzusehen, die Mila nach ihrer Ankunft erwähnt hatte.

»Weit kann ich mit diesen Schuhen aber nicht laufen«, sagte sie und deutete auf ihre High Heels.

»Wir müssen nicht weit. In der Nähe ist ein kleiner Park.«

»Okay. Dann los. Bis gleich, Leonie«, sagte Mila.

Kaum hatten sie die Tür hinter sich geschlossen, umarmten und küssten sie sich leidenschaftlich.

»Ich habe dich vermisst. Du hast mir gefehlt, Mila«, flüsterte Jules.

»Dann lass mich nie wieder so lange allein!«

Eine Frau wie sie – so rassig, klug und humorvoll – würde er lange suchen müssen. Sie hakte sich bei ihm unter, und gemeinsam traten sie auf den Trottoir.

»Wir müssen links herum. Wo hast du die Steine gesehen?«, fragte er beiläufig.

»Gleich da rechts«, antwortete sie. »Aber vorhin sah das noch anders aus.«

»Waren bestimmt ein paar Jugendliche. Lass uns das mal kurz ansehen«, sagte Jules neugierig.

Doch es war nichts mehr zu erkennen. Nur ein paar Steine

lagen verstreut, scheinbar willkürlich. Die Reisigzweige im Rinnstein bemerkte er nicht.

»Verrückt«, murmelte er. »Lass uns weitergehen!«

Während sie wegen ihrer Pumps langsam Richtung Park schlenderten, dachte Jules nach. Waren diese irren Biester wirklich so besessen, dass sie ihn aufsuchten, um Rache für den Tod von Sana zu nehmen? Doch hätte Benno ihn nicht sofort informiert, wenn sie wieder auf freiem Fuß wären? Es ergab keinen Sinn. Wahrscheinlich war es wirklich nur ein Streich von Kindern.

Er führte Mila zu einer Bank am See. »Schön hier, oder? Ich komme oft her, wenn ich Ablenkung brauche«, sagte er.

»Und jetzt brauchst du Ablenkung?«, fragte sie und musterte ihn von der Seite.

»Na ja«, meinte er grinsend. »Wenn ich in deinen Ausschnitt blicke, geht meine Fantasie mit mir durch. Und da Leonie zuhause auf uns wartet, kommt mir eine kleine Ablenkung gerade recht.« Er zog sie zu sich heran und küsste sie.

»Wie kommst du mit Leonie zurecht?«, fragte Mila, als sie sich löste. Sie zog einen Spiegel und einen Lippenstift aus ihrer Handtasche. »Ganz schön von deinen Küssen verschmiert, mein Lieber!«, bemerkte sie beiläufig.

Jules grinste. »Wir sind ein Team. Nur, wie du weißt, habe ich zu wenig Zeit für sie.«

»Ich kenne deine Tochter nicht gut genug, aber sie wirkt für ihr Alter sehr aufgeweckt und reif. Wie kommt sie mit deinem Job klar?«

Jules nickte. »Wir hatten gestern ein längeres Gespräch. Sie möchte, dass ich mir etwas anderes suche. Sie hält meinen Job für zu gefährlich.«

»Womit sie nicht ganz Unrecht hat, wenn ich an Schottland denke.«

»Im Grunde sind die meisten Aufträge harmlos. Aber vorher

weiß man das nicht. So wie bei Max. Ich habe mich darauf spezialisiert, Leute aufzuspüren – und mir damit einen Namen gemacht. Meine Detektei wirft genug ab, um mir einen gewissen Lebensstandard zu leisten.«

»Ich verstehe Ihre Angst. Der Gedanke, ständig bangen zu müssen, ob du von deinen Aufträgen heil zurückkommst, macht mich selbst nervös. Ich weiß nicht, ob ich das könnte, Jules. Lass uns zurückgehen. Vielleicht fällt uns gemeinsam etwas ein. Egal, was du tust – ich rate dir, deine Tochter in deine Überlegungen einzubeziehen.«

Mila hatte Recht. Jules dachte wieder an Karstens Angebot.

»Eine Möglichkeit wäre ein Job bei Karsten. Du hattest ihn mit seiner Frau bei Mareike und Jan kennengelernt.«

»Der junge Mann aus Florida? Er hat doch euer hübsches Au-pair-Mädchen geheiratet«, sagte Mila.

»Stimmt. Lena ist trotz des Altersunterschieds Leonies beste Freundin geworden. Karsten hat sie bei mir kennengelernt«, sagte Jules grinsend, während sie der Haustür näher kamen. »Auch er war Teil eines Auftrags – ich musste ihn für eine riesige Erbschaft finden. Jetzt hat er mir einen Job angeboten. Doch darüber muss ich erst gründlich nachdenken.« Er öffnete die Haustür.

»Warum nachdenken?«, fragte Mila.

»Weil ich dafür alles aufgeben müsste. Es würde bedeuten, dauerhaft auszuwandern und in einer fremden Welt zu leben.«

»Na endlich! Da seid ihr ja wieder«, sagte Leonie und tat besonders gelangweilt.

»Mit meinen Schuhen ging es nicht schneller«, entgegnete Mila grinsend und deutete auf ihre Füße.

»Um was für einen Job geht es denn, Jules?«, fragte Mila.

»Um einen in Ecuador.«

»Ecuador? Das ist ja am Ende der Welt!«

Jules grinste. »Lasst uns ins Wohnzimmer gehen. Erzähl Mila doch mehr davon, Leonie.«

»Karsten hatte schon immer vor, ein eigenes Hilfsprojekt zu starten – unabhängig von großen Organisationen. Mit einem Teil seines Geldes möchte er etwas Gutes tun. Jetzt hat er in Ecuador damit begonnen. Wusstest du, dass die meisten Garnelen in unseren Supermärkten von dort kommen? Leider leiden die Menschen darunter, und die Natur wird zerstört. Hunger und Elend seien die Folgen, sagt er. Das will er ändern. Er hat Paps angeboten, ihm zu helfen, die Infrastruktur für die Menschen zu verbessern, während er selbst eine nachhaltige, ökologisch verträgliche Umstellung der Garnelenzucht vorantreibt«, erklärte sie.

Mila runzelte die Stirn. »Leonie, du musst aber noch ein paar Jahre zur Schule. Wie soll das gehen? Ich kann verstehen, dass dein Vater zögert, ob er das Angebot annehmen soll.«

»Im Norden gibt es eine größere Stadt«, erwiderte Leonie. »Dort gibt es sogar eine internationale Schule, und Paps könnte günstig ein schönes Haus für uns kaufen. Ehrlich gesagt gefällt mir der Gedanke inzwischen richtig gut.«

Jules lehnte sich zurück. »Bevor ich eine Entscheidung treffe, will ich mir das vor Ort ansehen. Ich möchte, dass wir in den Ferien nach Quito fliegen. Was ist mit dir, Mila? Würdest du uns begleiten?«

Mila zuckte mit den Schultern. »Ich war noch nie in Südamerika. Aber warum eigentlich nicht? Neugierig bin ich auf jeden Fall.«

»Hurra!«, jubelte Leonie. »Ich schicke Lena gleich eine Nachricht. Als Lehrerin könntest du auch dort arbeiten«, sagte sie spontan. »Es wäre toll, wenn du mit uns kommst!«

Mila schüttelte den Kopf und lachte. »Nicht so schnell, junge Frau!«

Sie schmiegte sich an Jules. Leonie schien sich darüber zu freuen, dachte Mila.

33

Als er den klimatisierten Flughafen in Quito verließ, traf es ihn wie ein Keulenschlag. Dabei war es in der Andenstadt nicht einmal besonders warm. Vielmehr setzte Jules der erste Moment zu – auf 2850 Metern über dem Meeresspiegel fiel ihm das Atmen in der dünnen Luft schwer. Der Fahrer öffnete ihnen die Türen und lud das Gepäck in den Kofferraum des gelben amerikanischen Straßenkreuzers, dessen Baujahr Jules auf die 70er Jahre schätzte. Kaum waren die Türen geschlossen, fröstelten sie. Die Klimaanlage des alten Buick schien wie neu und lief auf Hochtouren.

»Kann er sie nicht etwas runterschalten?«, fragte Jules und rieb seine nackten Arme.

»Keine Ahnung, wie man das sagt«, erwiderte Leonie. »Mein bisschen Spanisch reicht dafür nicht aus.»

Jules versuchte dem Fahrer mit Gesten zu vermitteln, was sie wollten.

»¡Entiendo!«, sagte der Mann mit dem großen Schnauzbart und drehte das Thermostat von 16 auf 20 Grad.

Sie verließen den Flughafen am Rande der Hauptstadt und fuhren die Serpentinen hinauf in Richtung Cunoburo. Nach 90 Minuten kurvenreicher Fahrt erreichten sie ihre Unterkunft. Jules staunte, als das Taxi vor einem alten Haus am Äquator hielt.

»Das ist es?«, fragte Mila skeptisch.

»Zumindest ist es die Adresse, die mir Lena für unsere ersten Tage gegeben hat«, sagte Leonie.

»Ein Herrenhaus?«, wunderte sich Jules.

Eine elegant gekleidete Frau um die fünfzig trat aus dem Gebäude und begrüßte sie auf Deutsch.

»Willkommen in Ecuador! Ich heiße Helena und werde mit José die nächsten Tage für Sie da sein«, sagte sie.

Währenddessen lud José bereits die Koffer aus und trug ihr Gepäck ins Haus, noch bevor sie richtig ausgestiegen waren. Jules bezahlte das Taxi, dann standen sie staunend vor dem verzierten, zweigeschossigen Gebäude. Hölzerne Säulen stützten das Vordach hinter einem kleinen Brunnen, der von unbekannten Blumenstauden umgeben war.

»Dann schauen wir es uns mal an«, sagte Jules und trat vor.

Nach sechs Stufen erreichten sie den Eingang, wo Helena bereits auf sie wartete.

»Darf ich Ihnen Ihre Zimmer zeigen?«, fragte sie freundlich.

Schon die Möbel im Eingangsbereich ließen erahnen, wie der Rest des Hauses eingerichtet war. Schwere, dunkle Holzmöbel mit auffälligen Schnitzereien standen an den Wänden.

»Ich war noch nie in einem alten Herrenhaus«, bemerkte Mila.

Helena drehte sich zu ihr um und lächelte.

»Da muss ich Sie enttäuschen. Es ist nur eine Hazienda, die für Sie gemietet wurde«, erklärte sie und führte sie zu ihren Zimmern. »Aber mit beachtlicher Ausstattung«, bemerkte Mila, als er das große Zimmer betrat.

Schwere Vorhänge, ein Kamin, ein Himmelbett, Klimaanlage und antike Möbel fielen ihm sofort ins Auge.

»Wenn Sie etwas benötigen, lassen Sie es mich wissen. Ich wünsche Ihnen eine schöne Zeit bei uns«, sagte sie.

Jules packte sein Gepäck aus und stellte die Klimaanlage auf erträgliche 22 Grad, bevor er nach unten ging. Mila saß bereits auf einer Bank im Atrium, vor einem plätschernden Brunnen.

»Ich bin froh, mitgekommen zu sein, Jules. Es ist wunderschön hier!«, sagte sie.

»Karstens Überzeugungsarbeit«, meinte er und setzte sich neben die Schwarzhaarige. Mila lehnte sich an ihn und seufzte.

»Wie lange bleiben wir eigentlich?«

»Leider nur drei Tage. Dann werden wir abgeholt und fahren in den Norden nach Bolívar, um Karsten zu treffen.«

Jules betrachtete Mila und dachte, dass sie mit ihrer äußeren Erscheinung auch als Latina durchgehen könnte. In der romantischen Atmosphäre des Atriums küssten sie sich zärtlich.

»Jetzt knutschen die schon wieder! Habt ihr das gesehen?«, rief Leonie aufgeregt, als sie zu ihnen eilte.

»Was meinst du denn?«, fragte Jules und sah Mila an, die Leonies Empörung mit einem Lächeln quittierte.

»Ihr kriegt auch gar nichts mit«, sagte sie. »Hinter dem Haus steht ein riesiger Pool zwischen Bananenpalmen! Ich gehe jetzt auf mein Zimmer und ziehe Badesachen an. Kommt doch mit. José bringt uns gleich etwas zu trinken an den Pool.«

34

Die PDV Klinik war die erste Adresse für eine gute Entbindung, sobald die Wehen einsetzten. Mit Herzklopfen brachte Maximilian seine Karin in die Aufnahme der modernen Klinik und von dort in die gynäkologische Abteilung. Ludmilla, eine freundliche Hebamme aus Russland, hatte 24 Jahre Erfahrung mit Geburten. Sie kümmerte sich sofort um Karin und schenkte ihm ein mildes Lächeln, während sie versuchte, den werdenden Vater zu beruhigen.

»Wir müssen Ihre Frau zuerst untersuchen, Herr Malinowski. Sie haben also genug Zeit, um in Ruhe einen Kaffee zu trinken«, versicherte sie Maximilian, der nervös auf dem Gang auf und ab lief.

Obwohl er und Karin bereits über vierzig waren, erwarteten sie ihr erstes Kind. Für den Aachener Finanzbeamten war es gleich eine doppelte Premiere – nicht nur wurde er zum ersten Mal Vater, er hatte auch beschlossen, die Geburt hautnah mitzuerleben. Doch so gelassen, wie es in den wöchentlichen Geburtsvorbereitungskursen wirkte, war es jetzt nicht mehr. Er rief sich die gelernten Massagetechniken und kleinen Hilfen für die werdende Mutter in Erinnerung, doch seine Anspannung wuchs von Minute zu Minute. Plätschernd lief der Kaffee aus dem Automaten in den Pappbecher. Mit nervöser Spannung schrieb er Jan, Jules und Benno eine Nachricht, dass sie in der Klinik waren. Das schwarze Gebräu schmeckte wie erwartet fad und wässrig – es erinnerte ihn an die Brühe in jener schottischen Pension. Trotzdem trank er es.

Als endlich die Hebamme mit einer Schwester aus dem Kreißsaal kam, sprang Maximilian sofort auf.

»Es dauert noch eine Weile. Aber Ihrer Frau geht es gut.

Schwester Ewa ruft Sie rechtzeitig, wenn Sie zu ihr können«, sagte sie freundlich im Vorbeigehen.

»Ich bin etwas nervös«, gab er zu – wenn auch untertrieben.

»Ihr erstes Kind?«, fragte Schwester Ewa verständnisvoll.

»Unser erstes«, korrigierte er.

»Beim ersten Kind sind die Väter immer besonders aufgeregt. Das ist aber ganz normal. Gehen Sie doch in die Cafeteria – dort gibt es besseren Kaffee als hier aus dem Automaten.«

Fünf Minuten später saß Max auf einem der hässlichen, orangefarbenen Plastikstühle der Krankenhausgastronomie. Die Schwester hatte recht – der Kaffee hier schmeckte tatsächlich besser. Eigentlich hätte ihm ein Kamillentee jetzt wohl eher gutgetan, aber er entschied sich dennoch für den aromatischen Kaffee. Er rührte gerade seinen frisch gebrühten Kaffee Crema um, als sein Handy vibrierte.

»*Hallo Max, Benno hier. Ich habe mich bei Scotland Yard erkundigt*«, begann der Hauptkommissar. »*Man hat mir bestätigt, dass alle Frauen des Wicca Coven verhaftet wurden. Keine einzige konnte entkommen.*«

»Aber vielleicht gibt es noch andere Hexen, die bei Jules' Rettung nicht anwesend waren«, überlegte Maximilian.

»*Sehr unwahrscheinlich, sagt Chief Inspector Brown. Die Vernehmungen ergaben keine Hinweise auf weitere Mitglieder des Wicca Coven. Auch sonstige Ermittlungen von Scotland Yard blieben ergebnislos. Keine von ihnen kam auf Bewährung frei. Das Gericht sah den Tatbestand der Beihilfe zum Mordversuch als erwiesen an und urteilte, wie es die Staatsanwaltschaft gefordert hatte.*«

»Tja, und woher kam dann dieser Steinkreis vor meiner Garage, der exakt so aussah wie die der Hexen?«

»*Das weiß ich nicht. Vielleicht will dir jemand nur einen Streich spielen. Wem hast du davon erzählt, Max? Ein Nachbar, der sich über deine Hecke ärgert? Ein Kollege, der dein Gesicht nicht mag?«*, sagte Benno.

»Ich muss nachdenken. Aber ich glaube nicht, dass ich außer deinen Kollegen von Scotland Yard jemandem etwas von den Details erzählt habe. Nicht einmal Karin, mit der ich gerade auf der Entbindungsstation bin, weiß davon«, sagte Maximilian.

»Nimm es nicht zu ernst. Aber halte trotzdem die Augen offen und informiere mich über alles Seltsame. Und jetzt genieße die Geburt eures Kindes. Melde dich, wenn du Vater geworden bist, mein Lieber!«

Maximilian war keiner, der schnell in Panik geriet. Doch der Steinkreis ließ ihm keine Ruhe. Karin hatte er nichts erzählt, aber er musste wachsam sein – er hatte bald eine Familie zu beschützen. Er trank seinen Kaffee aus und fuhr nach oben. Kaum öffnete sich der Aufzug, kam ihm Schwester Ewa entgegen.

»Es ist so weit, Herr Malinowski«, sagte sie mit polnischem Akzent.

35

»Jeremy kennt die Launen des Pazifiks. Keine Angst. Ihr habt Schwimmwesten an«, rief Karsten über das Dröhnen des Motors. Doch seine Stimme ging beinahe im Tosen der Wellen unter. »Haltet euch gut fest!«, fügte er hinzu, während er die bleichen Gesichter von Mila und Leonie musterte.

Jules spürte sein Herz rasen. Er wischte sich das brennende Salzwasser aus den Augen und beobachtete Jeremy, der mit nur einer Hand am Außenbordmotor das Boot durch die brodelnde Brandung steuerte. Ein falscher Moment, ein falscher Winkel – und sie würden von den Wellen verschluckt.

»Ich habe Angst«, flüsterte Leonie, ihre Stimme kaum mehr als ein Hauch. Sie klammerte sich an Mila, als Jeremy abrupt den Motor drosselte. Sekundenlang schien er nur die riesigen Wellen vor ihnen zu taxieren, dann hob er das Kinn.

Jules erkannte es sofort: Der Bootsführer wartete auf den perfekten Moment. Und dann – genau in der Sekunde, in der eine Welle donnernd brach – schlug Jeremy zu. Mit einem Ruck gab er Vollgas. Das Boot sprang nach vorne, jagte über das aufgewühlte Wasser, wurde von der nächsten Welle erfasst und für einen Herzschlag in die Luft gehoben.

Karsten lachte begeistert. »Das ist doch Wahnsinn! Seht ihr das? Da vorne – für einen Moment könnt ihr den Pazifik sehen!«

Mila warf ihm einen mörderischen Blick zu. »Ich kann dieser Hölle nichts abgewinnen«, presste sie hervor und klammerte sich fester an Leonie.

»Können wir bald an Land? Ich will hier runter!«, rief Jules' Tochter.

»Fast geschafft! Noch ein paar Wellen, dann gleiten wir ruhig dahin. Ein bisschen wie eine Achterbahnfahrt, oder?«, brüllte Karsten gegen den Wind.

»Ich hasse Achterbahnen!«, schrie Leonie.

Und dann – wie angekündigt – legte sich das Wasser. Plötzlich war es still, als hätte jemand die Lautstärke der Welt heruntergedreht. Das Boot glitt in ruhigere Gewässer, umgeben von tropischen Mangroven.

Mila atmete tief durch. Beinahe friedlich, dachte sie.

»Schaut mal, der Baum ist voller Pelikane«, sagte Jules, noch immer leicht atemlos.

»Sie und die Reiher sind gute Jäger«, erklärte Karsten. »Aber die Fischer hassen sie, weil sie den wenigen Fischbestand noch weiter plündern.«

Mila betrachtete das glitzernde Wasser, die sattgrünen Blätter, die majestätischen Vögel. »Trotzdem«, sagte sie leise, »es ist wunderschön hier.«

Karsten schüttelte den Kopf. »Das täuscht. Es sind nur ein paar Baumreihen. Danach ist es nicht mehr so schön.«

Jeremy steuerte einen kleinen Steg an, auf dem ein indigener Mann zu warten schien. Er begrüßte zuerst Karsten und Jeremy, dann wandte er sich mit einem freundlichen Lächeln an Karstens Gäste. »Ich bin Yaku.«

Jules schätzte den Mann mit den langen schwarzen Haaren und dunklen Augen auf Mitte vierzig. Sie legten ihre Schwimmwesten ab und folgten ihm zu einem olivgrünen Land Rover Defender. Der Geländewagen hatte Gitter an den hinteren Seitenfenstern und einen großen Dachgepäckträger.

Kaum war Yaku losgefahren, wusste Jules, dass Karsten recht gehabt hatte. Hinter den ersten Mangroven wirkte die Landschaft trostlos. Der Wald war gerodet, bis zum Horizont erstreckten sich große Becken.

»Alles Shrimps«, erklärte Karsten. »Das weiße Gold der Krabbenfarmer – ein einträgliches Geschäft.«

»Hast du das alles gekauft, Karsten?«, fragte Leonie.

»Nein, nur einige Becken in Ufernähe. Aber es sollen mehr werden. Diese will ich zurückbauen und später einen breiteren Streifen aufforsten«, sagte Karsten. »Weiter hinten liegen die Becken, in denen ich ohne Chemikalien und Antibiotika saubere Bioware produzieren möchte.«

»Sehr ambitioniert, junger Mann«, sagte Mila.

Wohin Jules auch blickte, sah er nur eine Einöde aus Zuchtbecken und staubigen Wegen. Das sollte sein neues Zuhause sein? Dann lieber weiter nach vermissten Eheleuten suchen, war sein erster Gedanke.

»Hier soll ich also arbeiten?«, fragte er Karsten.

»Nein«, antwortete der und drehte sich zu ihm um. »Um die Garnelenzucht kümmere ich mich selbst. Deine Aufgaben warten in Bolívar. Wir sind gleich da.«

Die Fahrt war holprig, eine rötliche Staubwolke zog hinter ihnen her. Dann erreichten sie Bolívar. Hier war alles anders als in der trostlosen Landschaft der Garnelenbecken. Yaku lenkte den Wagen durch den Ort und in einen Kreisverkehr – und plötzlich schien die Welt in Farbe zu explodieren. Überall leuchteten üppige, blau blühende Bäume, ihre dichten Kronen bildeten ein schimmerndes Dach aus Blüten.

»Oh wow!«, rief Mila aus. »Ein Traum, in dieses Farbenmeer einzutauchen!«

Jules und Leonie tauschten einen Blick, dann lächelten sie breit. Die Monotonie der Zuchtbecken lag hinter ihnen – hier pulsierte das Leben.

Karsten grinste. »Wartet ab, es wird noch besser. Gleich fahren wir über die Hauptstraße weiter.«

Yaku lenkte den Defender über die unbefestigte Straße, während über ihnen eine himmlische Blütenpracht leuchtete. Von hinten hörte er nur ein staunendes Raunen, als sie langsam unter dem purpur- und malvenfarbenen Blätterdach entlangfuhren. Die Bäume säumten die Straße wie lebendige Säulen eines stillen Tempels.

»Was sind das für Bäume?«, fragte Leonie.

»Jacaranda. Sie blühen nur für zwei Monate, im November und Dezember. Ihr habt Glück, das zu sehen!«

»¡Jacarandá!, Azul el cielo, ¡Primavera! Los árboles son azules Azul el suelo, Las aceras son azules.«

»Was hat er gesagt?«, fragte Jules. Karsten hob die Schultern. »Keine Ahnung, so gut ist mein Spanisch nicht.«

»Darf ich übersetzen? Ich unterrichte Spanisch in meiner Schule«, sagte Mila lächelnd. »Wenn ich alles richtig verstanden habe, sagte er: Jacaranda! Blau der Himmel, Frühling!, Blau die Bäume, Blau der Boden, Blau die Gehsteige.«

Jules sah sie beeindruckt an. »Ich muss zugeben, dass du mich mal wieder beeindruckst!«, sagte er und küsste sie.

»Von wem ist denn das schöne Gedicht?«, fragte sie Yaku.

»Von einem argentinischen Dichter. Nilder Mileo, oder so. Ich weiß nur, dass in Buenos Aires ganze Straßenzüge damit gesäumt sind. Aber selbst war ich nie dort«, antwortete er. Mila übersetzte für die anderen.

Yaku steuerte den Defender weiter durch den Ort. Wieder und wieder tauchten Alleen auf, in denen die Bäume wie lilafarbene Wolken den Himmel berührten. Schließlich wies Karsten ihn an, in einer kleinen Seitenstraße anzuhalten.

Er zeigte auf die einfachen Holzhütten zu beiden Seiten. »Hier wohnen die meisten Arbeiter der Farmer mit ihren Familien – unter schrecklichen Bedingungen«, sagte er ernst. »Wenn Lena hier ist, verteilt sie Lebensmittel, Zahncreme und Seife an die Ärmsten unter ihnen.«

Die Behausungen leuchteten in der paradiesischen Farbe der Jacarandabäume, als wollte die Natur ihr eigenes Trostpflaster auf

das Elend legen. Leise Salsamusik lag in der warmen Luft, umhüllte
Jules' Ohren wie süße Watte. Männer und Frauen standen oder
saßen vor den Hütten, lauschten der Musik zweier Gitarrenspieler.

»Auch wenn es idyllisch aussieht«, sagte Karsten und bemerkte ihre Blicke, »ist es nicht so, wie es den Anschein hat. Fast
alle Häuser haben weder Strom noch fließendes Wasser. Sanitäre
Anlagen gibt es in keiner der Hütten. Die Leute kochen meist
über offenem Feuer im Garten. Kaum ein Haus hat Glasfenster
oder Türen, und einige Dächer sind undicht. Es gibt keine Klinik
im Ort, und die Schule wurde vor Jahren geschlossen – sie ver-
fällt. Alle leiden unter Hunger und Elend.« Er verzog bitter den
Mund. Jules sah, dass Mila und Leonie angesichts dieser Armut
traurig wurden.

»Einige sind bereits fortgezogen, weil es kaum noch Fisch im
Fluss gibt und die Muscheln nicht zum Überleben reichen.«

»Und wo siehst du da eine Aufgabe für mich?«, fragte Jules
und warf Leonie und Mila einen Seitenblick zu. Sie schienen
genauso auf die Antwort zu warten.

»Es muss alles koordiniert werden, Jules. Du sollst die Hilfs-
maßnahmen organisieren und steuern. Ich brauche jemanden,
der zuverlässig ist und mich auf die drängendsten Notstände
hinweist – ich kann nicht alles allein bewältigen. Aber ich habe
bereits mit dem Bau eines kleinen Klärwerks begonnen. Denn
die schlechten hygienischen Verhältnisse sind mitverantwortlich
für viele Krankheiten unter den indigenen Bewohnern. Fließendes, sauberes Wasser und sanitäre Anlagen sollen in jeder Hütte
selbstverständlich werden. Außerdem soll jedes Haus ein Aggregat und Gas zum Kochen bekommen. Der Ort braucht eine neue
Schule mit Lehrkräften – und eine Klinik«, sagte Karsten ernst.
»Und das sind nur die dringendsten Vorhaben.«

Als sie weiterfuhren, erschien Jules das Leben mit den Salsa-
klängen und den bunten Holzhäusern nicht mehr ganz so

romantisch. Yaku lenkte den Wagen über die staubige Straße, bis sie das Ortsende hinter sich ließen. Nach einem Kilometer erreichten sie einen kleinen Park, der zu einem kolonialen Herrenhaus gehörte. Mila betrachtete staunend das prächtige, stuckverzierte weiße Gebäude mit vier Säulen an der Vorderseite.

»Wie hat euch die erste Unterkunft gefallen?«, fragte Karsten.

»Cool! Vor allem der Pool«, antwortete Leonie begeistert.

»Dann wird es euch auch hier gefallen«, sagte Karsten mit einem Lächeln.

36

Erschöpfung und unbeschreibliches Glück durchströmten Karin, als sie den kleinen Felix auf ihrer Brust spürte. Nach 22 Stunden im Kreißsaal war der kleine Mann mit 54 Zentimetern und 3.850 Gramm endlich zur Welt gekommen. Doch am schönsten war für sie der Anblick von Maximilian: Tränen der Rührung in den Augen, hielt er seinen Sohn vorsichtig im Arm und stand vor dem Wöchnerinnenbett. Nachdem sie Felix zum ersten Mal gestillt hatte, schickte sie ihn nach Hause – auch ihm war die Übermüdung deutlich anzusehen.

»Jan und Mareike waren auch schon hier, um den kleinen Felix zu sehen«, sagte Karin in ihr Handy.

»*Wie lange wirst du noch auf der Station bleiben?*«, fragte Mila.

»In drei Tagen holt uns Max ab. Ich habe ihn vor zwei Stunden nach Hause geschickt, damit er sich erholen kann. Er will die Zeit nutzen, um den Vorgarten in Schuss zu bringen und die Garage aufzuräumen. Ich glaube, ein bisschen Ablenkung tut ihm gut.«

»*Nach den Strapazen in Schottland kann ich mir das gut vorstellen.*«

»Wie läuft es denn in Südamerika? Hat sich Jules entschieden, den Job anzunehmen?«, fragte Karin.

»*Wenn Jules vorher eine schwere Entscheidung zu treffen hatte, dann habe ich jetzt auch eine. Ich könnte sofort als Lehrerin anfangen – zwar auf Spanisch, aber das wäre mir immer noch lieber, als in der Sonderschulpädagogik zu arbeiten.*«

»Ach, Mila. Wäre ein Leben in dieser fremden Welt für dich überhaupt vorstellbar? Und wie läuft es mit Jules und seiner pubertierenden Tochter? Ich hoffe, du triffst keine vorschnelle Entscheidung!«

»*Du kennst mich doch! Ich lasse mir Zeit. Aber die Bedingungen hier wären für mich akzeptabel, und mit Leonie verstehe ich mich gut. Dass ich in Jules verliebt bin, weißt du ja. In jedem Fall komme ich in zwei Wochen erst mal zurück. Ich freue mich schon darauf, den kleinen Felix zu sehen!«*

Sie beendeten ihr Telefonat, und Karin lehnte sich wieder in ihr Kissen zurück. Das Baby war mit ihrer abgepumpten Milch auf der Säuglingsstation gut versorgt – endlich konnte sie ein paar Stunden schlafen.

Erholt schlug Maximilian die Decke zurück und blinzelte auf die Uhr. 14:10.

Verdammt, höchste Zeit, in die Gänge zu kommen.

Er schlüpfte in alte Jeans, zog ein T-Shirt über und trat in ausgetretene Sneakers. Draußen holte er die Geräte aus dem Gartenhaus, stellte sie zusammen mit dem Korb für Gartenabfälle vor die Haustür – und ließ seinen Blick über den Vorgarten schweifen.

Ein einziges Chaos.

Löwenzahn, Disteln und Brennnesseln hatten sich ausgebreitet wie eine unaufhaltsame Invasion, umklammerten die Stauden, bedrängten die Sträucher. Ein Kampf, der längst verloren war.

Nicht mit mir!

Maximilian zog sich Handschuhe über, griff zur Hacke und begann mit dem japanischen Ahorn, den er Karin zum Geburtstag geschenkt hatte. Weg mit dem Unkraut. Er hackte, riss, zerrte. Wurzeln durchtrennten sich mit einem befriedigenden Knirschen, während sein Korb sich schneller füllte, als er gedacht hätte.

Als er endlich hochkam, brannten seine Arme. Zeit für ein Bier. Er lehnte sich gegen die Haustür, nahm einen tiefen Schluck aus der Flasche und betrachtete sein Werk. Die Hälfte geschafft. Reichte noch nicht. Also stürzte er den letzten Rest hinunter und machte weiter.

Drei Stunden später war der Vorgarten nicht mehr wiederzuerkennen. Ein verdammtes Meisterwerk.

Aber irgendwas in ihm war noch nicht fertig.

Maximilian stellte den Besen beiseite, schnappte sich ein zweites Bier und trat in Richtung Garage. Das Chaos dort hatte sich über Monate aufgebaut. Jetzt war Schluss damit.

Kaum betrat er den Raum, dröhnte aus dem YouTube-Kanal *»In the Army Now»* von Status Quo. Er drehte lauter, grölte mit. Karin behauptete zwar, er sei ein musikalischer Legastheniker – scheißegal.

Er ging zum Seiteneingang der Garage, öffnete die Tür, griff nach dem Lichtschalter und—

Erstarrte.

Sein Atem stockte.

Da war er. Mitten auf dem Betonboden.

Ein Steinkreis.

Maximilian blinzelte. Nein. Nein, das konnte nicht sein. Doch da lag er. Genau wie damals.

Reisigzweige, fächerförmig ausgelegt. Kleinere Steine, die den Kreis umrahmten. Und in der Mitte – dieser eine, verdammte große Stein.

Maximilians Hände wurden eiskalt. Seine Knie weich. Das ist nicht real!

Aber sein Körper wusste es besser. Er spürte es wieder.

Die Fesseln, die sich in seine Gelenke bohrten. Das Brennen auf seiner Haut.

Den Geschmack von Angst.

Ein Schock riss ihn aus der Starre. Maximilian fuhr herum, rannte ins Haus, riss das Handy vom Küchentisch. Seine Finger zitterten, als er Fotos machte. Beweise. Er brauchte Beweise. Dann wählte er die Nummer. Es klingelte.

»Hallo, Max. Darf ich dir gratulieren?«, meldete sich Benno.

»Felix ist ein Junge, und Karin geht es gut. Aber scheiß auf das. Schau dir sofort die Bilder an, die ich dir geschickt habe!«

Stille.

»*Moment.*« Dann: »*Von wann sind die?*«

»Jetzt gerade. In meiner abgeschlossenen Garage!«, knurrte Maximilian. »Benno, das ist kein Scherz mehr. Jemand war hier drin!«

»*Fass nichts an. Ruf die Polizei. Sie müssen das aufnehmen. Wechsel die Schlösser. Und dann ...*«

»Scheiß auf Schlösser! Wie sind die hier reingekommen?« Maximilians Herz raste. Das konnte kein Zufall sein. »Es kann nur dieser Wicca Coven sein. Sie nehmen Rache. Und ich sag dir was, Benno: Ich trau denen alles zu. Alles!«

Er atmete schwer. »Karin kommt in drei Tagen mit Felix nach Hause. Drei Tage! Wie soll ich sie schützen, wenn diese Schweine einfach in mein Haus kommen?«

Bennos Stimme war ruhig. »*Du musst einen kühlen Kopf bewahren. Ruf die Kollegen. Sag ihnen, sie sollen mich kontaktieren, wenn sie das nicht ernst nehmen.*«

»Das ist alles?«

»*Mehr kann ich im Moment nicht tun.*« Eine Pause. »*Aber ich versuche, am Wochenende mit Beate zu dir zu kommen.*«

Zwei Männer der Spurensicherung hatten das Grundstück in weniger als einer halben Stunde durchkämmt. Sie verstauten Steine und Reisig in große Plastikbeutel. Kommissarin Anna Jonker beendete ihr Telefonat mit Benno Mickerts, atmete tief durch und setzte sich mit einem milden Lächeln wieder zu Maximilian an den Küchentisch.

»Ich verstehe Ihre Sorgen, Herr Malinowski«, sagte die blonde Polizistin mit ruhiger Stimme. »Kommissar Mickerts hat Ihre Aussagen bestätigt. Aber alle Frauen des Wicca Coven sitzen in Haft. Mehr als einen Einbruch ohne Diebstahl oder Sachbeschädigung konnten wir nicht feststellen. Es gab lediglich einen Hausfriedensbruch – ohne Bedrohung.«

Maximilian lachte bitter. »Dann ist das für Sie erledigt?«

Jonker hielt seinem Blick stand. »Ich verstehe, dass Sie sich Sorgen machen. Ihre Frau kommt mit dem Baby bald nach Hause, und das ist sicher keine angenehme Situation. Aber unsere Spezialisten werden die Steine untersuchen. Bis jetzt haben wir keine konkreten Hinweise.«

Maximilian ballte die Fäuste. Sein Puls raste. »Ich wurde entführt, verdammt! Ich bin diesem Wahnsinn nur knapp entkommen! Der Detektiv, der mich gesucht hat, wurde fast ermordet! Und Sie sagen mir, dass Sie nichts finden?«

Jonker blieb gelassen. »Ich sage Ihnen, dass wir dranbleiben. Seien Sie aufmerksam. Falls Ihnen etwas Ungewöhnliches auffällt, rufen Sie mich sofort an. Wir sind dann zur Stelle«, sagte sie und schob ihm ihre Karte über den Tisch.

Dann stand sie auf und verabschiedete sich. Draußen vor dem Haus sprachen die Spurensicherer kurz mit ihr, bevor sie in ihre Wagen stiegen und davonfuhren.

Stille.

Dann explodierte Maximilian.

»Erbärmlich!«, schrie er und donnerte die Faust auf den Tisch. Holz knackte leise unter der Wucht des Schlages. Das war kein harmloser Streich. Keine dumme Drohung. Das hier war ein Angriff auf sein Leben. Auf sein Zuhause. Diese verdammten Hexen – was würden sie als Nächstes tun?

Er griff zum Telefon, sein Atem ging schnell. Die Nummer der Sicherheitsfirma Linden in Aachen. Es klingelte einmal.

»Linden Sicherheitstechnik, guten Abend«, meldete sich eine Stimme.

»Ich brauche sofort Schutzmaßnahmen. Kameras, Alarmanlagen, alles, was Sie haben. Am besten schon Morgen.«

»Wir können um zehn Uhr einen Termin machen«, sagte der Techniker ruhig. *»Ich stelle Ihnen verschiedene Möglichkeiten vor.«*

»Mir ist nicht wichtig, was möglich ist. Sondern, dass es schnell geht.«

»Kabellose Kameras könnten wir morgen montieren«, erklärte Linden. *»Eine fest installierte Alarmanlage dauert länger, wegen der Lieferzeiten und der verdeckten Verkabelung. Aber wir finden eine Lösung.«*

Maximilian schloss die Augen. Morgen. Das war besser als nichts. Aber reichte es?

Maximilian nippte an seinem ersten Kaffee, als er den Kundendienstwagen vor dem Haus sah. Ein kurzer Blick auf die Uhr – fünf Minuten zu früh. Das konnte nur ein gutes Zeichen sein. Wenn der Techniker der Sicherheitsfirma so pünktlich war, würde die Installation der Anlage wohl ebenso zuverlässig ablaufen. Er trat zur Tür. Draußen stand ein Mann mit Igelhaarschnitt, der eine Mischung aus Professionalität und Selbstbewusstsein ausstrahlte. Seine stahlblauen Augen wirkten kühl, fast berechnend. Doch als er Maximilian ansah, lächelte er.

»Linden, Sicherheitsfirma Protec. Guten Morgen.«

»Kommen Sie rein, Herr Linden. Kaffee?«

»Gerne«, sagte er knapp und folgte Maximilian in die Küche. Dort angekommen, öffnete Linden mit geübtem Griff seinen Aluminiumkoffer. Seine Bewegungen waren schnell, routiniert. Erst eine Präsentationsmappe, dann zwei Schachteln – eine kleine, eine größere. Alles lag präzise auf dem Tisch.

»Milch, Zucker, Süßstoff?«, fragte er, während er ihm eine dampfende Tasse hinschob.

Linden schüttelte den Kopf. »Weder noch.« Dann, ohne Umschweife: »Sie hatten einen Einbruch?«

Maximilian verzog das Gesicht. »So ist es. Deshalb habe ich Sie angerufen. Von meinem Bürofenster in Aachen sehe ich Ihr Firmenschild.«

Linden hob eine Braue. »Von Ihrem Büro aus? Wo arbeiten Sie denn?«

»Im Finanzamt.«

Ein kurzes Zögern, dann ein Schmunzeln. »Dann will ich Ihnen mal einen Sonderpreis machen!«

Maximilian lachte trocken. »Ich hoffe, nicht besonders hoch.«

Linden grinste. »Nein. Meine Frau arbeitet auch dort.«

Maximilian zog eine Augenbraue hoch. »Welch ein Glück. Nicht jeder mag uns.«

»Steuern muss jeder zahlen. Ich ärgere mich nur manchmal darüber, was unsere Politiker mit dem Geld anstellen.« Sein Tonfall wurde wieder geschäftlich. »Zeigen Sie mir das Haus?«

Maximilian nickte. »Folgen Sie mir.«

Sie gingen durch jeden Raum. Linden musterte Wände, Türen, Fenster. Seine Finger flogen über das Notizbuch, kritzelten Zahlen, Abstände, mögliche Schwachstellen. Dann hielt er inne.

»Acht Fenster. Eine Tür zum Garten. Eine zur Garage. Stimmt das?«

Maximilian nickte.

Linden sah ihn direkt an. »Von wo kamen die Einbrecher?«

»Von der Garage aus.«

Linden schnalzte mit der Zunge. »Dann muss das Tor gesichert werden. Wollen Sie einen lauten Außenalarm mit Blitzlicht oder eine stille Benachrichtigung an Ihr Handy? Ein Einbruch kann auch direkt an die Polizei weitergeleitet werden.«

Maximilian überlegte. »Stiller Alarm. Ich will keine Show – nur Sicherheit.«

Linden nickte. »Sehen Sie dann auch optisch, wenn der Alarm ausgelöst wird?«

»Ja. Eine Lampe am Bedienelement blinkt. Darüber steuern Sie die gesamte Anlage – Code ein, Code aus.«

Maximilian verschränkte die Arme. »Und was kostet mich das Vergnügen?«

Linden lehnte sich zurück. »Das kann ich noch nicht genau sagen. Sie erhalten mein Angebot in drei bis vier Tagen. Je schneller Sie mir den Auftrag erteilen, desto schneller kann ich alles bestellen. Aber rechnen Sie mit fünf bis sechs Wochen, bis wir die Anlage montieren können, Herr Malinowski.«

Maximilian atmete durch. Sechs Wochen – das war eine lange Zeit, wenn man wusste, dass schon einmal jemand in die eigenen vier Wände eingedrungen war.

»Und die Videoüberwachung?«

Linden öffnete die beiden Schachteln. »Ich empfehle eine Kamera auf der Straßenseite, eine auf dem Hof. Und vier kleine, unsichtbare Geräte im Haus.«

Er nahm eine der winzigen Kameras zwischen Daumen und Zeigefinger und hielt sie ins Licht. Sie glänzte schwarz, kaum größer als eine Knopfzelle.

»Alle Geräte laufen auf Akkus. Die für draußen halten etwa acht Monate. Die im Haus sollten alle zwei Monate überprüft werden.«

Maximilian nahm die Mini-Kamera und drehte sie zwischen den Fingern. »Die ist wirklich winzig. Und damit kann ich etwas erkennen?«

Linden nickte langsam. »Gestochen scharf. In Farbe. Und mit Nachtsicht.«

Dann lehnte er sich vor. »Sie müssen nur eine App auf Ihrem Smartphone installieren. Dann kann es für 1.450 Euro losgehen.«

Maximilian schnaubte. »Einverstanden.«

Linden klappte seinen Koffer zu. »Haben Sie eine lange Leiter?«

Maximilian grinste. »Klar. Ich stelle sie raus.«

37

Der Beamer warf das Bild einer leuchtend grünen Mangrove auf die weiße Wand des Besprechungszimmers. Die Klimaanlage surrte leise in dem angenehm temperierten Raum. Jules wartete mit Mila und Leonie auf Karstens Rückkehr – der telefonierte draußen mit ernster Miene und gestikulierte, als würde er einen Börsencrash verhindern. Jules betrachtete das Foto mit einem Tukan in den Ästen und grinste.

»Irgendwie erinnert mich das an die Diaabende im Partykeller meiner Eltern«, sagte er.

»Was sind Diaabende?«, fragte Leonie misstrauisch.

Mila sah sie entsetzt an. »Sag bitte, dass du das nicht ernst meinst.«

Leonie zuckte die Schultern.

»Das war, als Leute sich in dunklen Räumen versammelten, um sich verschwommene Urlaubsbilder auf einer Leinwand anzusehen«, erklärte Mila. »Mit Mettigeln für die Gäste«, ergänzte sie.

»Und Toast Hawaii«, sagte Jules.

»Persiko und Apfelkorn für die Erwachsenen«, fügte Mila hinzu und lachte.

»Und alle rauchten«, setzte Jules an. »Nach zehn Minuten sah man auf den Bildern nur noch Nebelschwaden, und am Ende des Abends wusste keiner mehr, ob das jetzt die Nordsee oder der Harz war.«

»Die Eltern in liebreizenden Badeklamotten – Badekappe und Häkelbikini – während wir eine Sandburg bauten«, sagte Mila.

Leonie verzog das Gesicht. »Das klingt wie ein historischer Dokumentarfilm über die Abgründe deutscher Freizeitgestaltung.«

»Wir wohnten auf dem Campingplatz. Oder im

orangefarbenen Bulli«, ergänzte Jules. »Das Highlight war der tragbare Schwarz-Weiß-Fernseher mit eingebauter Antenne«, schwärmte Mila. »Wir mussten mucksmäuschenstill sein, wenn John Boy ›*Gute Nacht*‹ sagte.«

»Erstaunlich, dass wir das überlebt haben«, sagte Mila.

»Dass wir überhaupt die Kindheit überstanden haben«, korrigierte Jules.

Leonie schüttelte den Kopf. »Ich verstehe gar nichts. Könnt ihr nicht wenigstens so tun, als wärt ihr erwachsen?«

»Das war lange vor deiner Geburt, Leonie. Damals waren wir selbst noch Kinder«, sagte Jules.

Die beiden kicherten weiter, als Karsten endlich wieder den Raum betrat.

»Was ist denn hier los?«, fragte er verblüfft.

»Das weiß ich auch nicht. Die benehmen sich wie Kinder«, sagte Leonie. »Du bist sicher auch zu jung, um das zu verstehen.«

Karsten runzelte nachdenklich die Stirn. »Also gut. Dann fangen wir mal an.« Er zeigte ein weiteres Foto von Mangroven. »Ich möchte, dass Jules den komplexen Umfang meines Projekts versteht. Nur mit objektiven Informationen kannst du eine fundierte Entscheidung treffen. Und wer weiß? Vielleicht haben wir bald eine neue Lehrerin für die Schule.« Er zwinkerte, doch seine Augen blieben ernst.

»Ich höre erst einmal zu«, sagte Mila leise.

»Mangrovenwälder gehören zu den wichtigsten Ökosystemen der Erde, doch sie verschwinden in alarmierendem Tempo. Diese einzigartigen Bäume sind die einzigen, die im salzigen Wasser überleben können. Ihre Wurzeln boten einst Fischen, Muscheln und Austern Schutz, während Wasservögel in ihren Kronen nisteten. Doch mit jeder gefällten Mangrove stirbt ein Stück dieses fragilen Lebensraums. Intakte Mangroven konnten einst die zerstörerische Kraft von Sturmfluten abmildern – doch jetzt sind viele Küsten schutzlos ausgeliefert.«

Karsten wechselte zum nächsten Bild: eine Luftaufnahme. »Was ihr schon bei eurer Anreise gesehen habt, wird hier noch erschreckender deutlich. Die Garnelenzüchter roden die Mangroven in brutaler Geschwindigkeit. Meist lassen sie nur einen schmalen Streifen von vier Metern stehen – ein schwacher Trost für eine sterbende Landschaft. Ihnen sind die ökologischen Folgen egal, solange der Gewinn maximiert wird. Doch sie reißen den Menschen nicht nur ihre Lebensgrundlage unter den Füßen weg, sondern beuten sie gleichzeitig als billige Arbeitskräfte aus. Die Konsequenz: Tier- und Pflanzenarten verschwinden, die Menschen fliehen in die Städte, und die ländlichen Regionen versinken in Armut.«

Das nächste Bild erschien auf dem Bildschirm. »So sieht ein verlassener Shrimp-Teich aus. Vom Besitzer aufgegeben, weil er das Wasser jahrelang mit Chemikalien verseucht hat. Ein trostloser Ort, an dem nichts mehr lebt. Die Erde ist vergiftet, das Wasser eine giftige Brühe. Eine Wiederaufforstung ist schwierig, fast aussichtslos, aber genau das ist eine meiner wichtigsten Aufgaben. Habt ihr Fragen dazu?«

Jules schluckte und überlegte kurz. »Wieso können Mangroven im Salzwasser überhaupt überleben?«

»Gute Frage. Die meisten Pflanzen würden daran zugrunde gehen. Aber die hier in Ecuador heimische Avicennia hat eine einzigartige Strategie entwickelt, um zu überleben. Sie scheidet überschüssiges Salz über ihre Blätter aus. Wird die Konzentration zu hoch, wirft sie die belasteten Blätter ab, und neue wachsen nach. Doch selbst diese widerstandsfähigen Bäume können dem zunehmenden Druck nicht ewig standhalten. Sie sind für die Menschen hier überlebenswichtig, doch durch das rücksichtslose Einleiten von Chemikalien und Antibiotika sterben sie nach und nach. Die Fisch- und Muschelbänke, die einst ganze Generationen ernährten, verschwinden. Immer weniger Menschen können von der Fischerei oder Muschelernte leben. Zum Verkauf reicht es schon lange nicht mehr. Also nehmen sie schlecht bezahlte Jobs bei genau denen an, die für ihre Not verantwortlich sind.«

Karsten zeigte das nächste Foto: Frauen, die bis zu den Knien im giftigen Schlamm standen und nach Muscheln suchten. Ihre Gesichter wirkten verhärmt, ihre Körper gebeugt.

Mila sah betroffen auf das Bild. »Wenn die Teiche so stark mit Chemikalien belastet sind, ist eine Wiederaufforstung überhaupt noch möglich?«

Karsten seufzte. »Leider nicht immer. Doch die Flächen, die ich gekauft habe, liegen in Ufernähe und sind noch nicht so stark verseucht. Die Garnelen werden schrittweise abgefischt, und nach dem Bau eines Klärwerks kann das Wasser gereinigt und abgeleitet werden. Erst dann beginnt die Aufforstung. Es ist ein langwieriger, mühsamer Kampf gegen die Zerstörung, aber es gibt Hoffnung. Ich habe bereits Tausende Keimlinge gekauft. Sie werden in einer neuen Baumschule herangezogen und später vermehrt. Doch die Zeit drängt.«

Jules runzelte die Stirn. »Und was ist mit anderen Umweltproblemen? Auf der Bootsfahrt habe ich viel Plastik im Wasser gesehen. Sogar in den Wurzeln der Mangroven hing Abfall fest.«

»Leider interessiert sich die Bevölkerung kaum für den Umweltschutz. Der angeschwemmte Unrat stammt meist aus Siedlungen flussaufwärts, und niemand fühlt sich verantwortlich. Ich versuche, die Menschen hier zum Zuhören zu bewegen, doch es ist ein mühsamer Kampf. Viele begreifen langsam, dass ihre eigene Existenz auf dem Spiel steht – die Fischer kämpfen ums Überleben, und die Muscheln, einst reichlich vorhanden, werden immer seltener. Die Arbeitslosigkeit ist hoch, also gebe ich den Leuten wenigstens eine Aufgabe. Bei einer Reinigungsaktion haben dreißig Bewohner geholfen, die Mangroven zu säubern. Doch was sind dreißig Menschen gegen die Massen an Müll, die täglich angeschwemmt werden?«, sagte er und nahm einen Schluck Wasser, als wolle er die Bitterkeit in seiner Stimme hinunterspülen. »Vier Frauen arbeiten in meiner Baumschule, um die Keimlinge zu hegen – ein kleiner Hoffnungsschimmer inmitten all der Zerstörung.«

Karsten legte eine neue Folie ein. Das Bild zeigte die winzigen Garnelen zwischen jungen Mangrovenbäumen – ein zerbrechliches Leben in einer bedrohten Umgebung. Ein weiteres Foto offenbarte Berge schwarzer Müllsäcke. »Über sechs Tonnen Abfall haben wir gesammelt. Doch was bedeutet das schon, wenn am nächsten Tag neuer Müll angeschwemmt wird? Danach spendierte ich zwei Fässer Bier und veranstaltete ein Barbecue. Ein Tropfen auf den heißen Stein. Die Leute waren satt und motiviert, aber wie lange hält diese Motivation an?«

»Ein tolles Projekt. Was kommt als Nächstes?«, fragte Jules, doch in seiner Stimme lag Zweifel.

»Sobald ich die Zucht vollständig ohne Chemikalien betreiben kann, werde ich viele Menschen hier beschäftigen. Ich zahle ihnen mindestens das Dreifache dessen, was sie von den anderen Farmern bekommen«, sagte Karsten. Seine Stimme klang entschlossen, aber auch müde.

»Dann finden die doch kaum noch Arbeiter, oder?«, warf Mila ein.

»Genau das ist der Plan. Ich will die anderen Züchter dazu zwingen, höhere Löhne zu zahlen und mehr auf den Umweltschutz zu achten. Doch das ist ein langer Weg. Um aufforsten zu können, muss sich zunächst Schlick als natürliche Grundlage sammeln – ein Prozess, der Jahre dauert. Und trotzdem müssen wir weitermachen.«

»Eine gewaltige Aufgabe hast du dir da aufgeladen, Karsten«, meinte Jules mit nachdenklicher Miene.

»Aber was bleibt mir anderes übrig? Nur am Pool in Miami Beach abzuhängen, während hier alles zugrunde geht, das könnte ich nicht mit meinem Gewissen vereinbaren«, entgegnete er und schenkte sich einen Kaffee ein. »Bedient euch an den Empanadas, solange sie warm sind. Wenigstens das können wir uns heute noch gönnen.«

»Und Lena?«, fragte Leonie.

»Sie kommt einmal im Monat und tut, was sie kann. Sie verteilt Reis, Medikamente, Gemüse und Fisch an die Menschen, pflegt Kranke, wenn sie Zeit hat, und hört ihnen zu. Oft erfahre ich durch sie, wo die Not am größten ist. Doch auch sie kann nur begrenzt helfen. Es ist ein endloser Kampf.«

Karsten zeigte ihnen vier weitere Fotos mit Aufnahmen der Holzhütten – von innen und außen.

»Es ist noch chaotisch, aber das bedeutet auch, dass hier enorm viel Gestaltungsspielraum besteht. Ich brauche jemanden, der nicht nur Aufgaben verteilt, sondern mit anpackt, Strukturen schafft und echte Veränderungen bewirkt. Die Menschen hier brauchen Arbeit und Perspektiven – jemand muss sie organisieren, mit Werkzeugen versorgen und die Sanierung der Wohnhäuser vorantreiben. Die Schule muss wieder aufgebaut, eine Krankenstation eingerichtet werden. Jedes Haus soll mit einem Aggregat oder Fotovoltaik-Elementen ausgestattet werden, und nach und nach werden sanitäre Anlagen eingebaut.

Das Klärwerk ist ein entscheidender Meilenstein. Sobald es läuft, wird sauberes Trinkwasser direkt in die Häuser gelangen. Und wenn wir es schaffen, die Straßen zu teeren oder zu pflastern, könnten vielleicht sogar einige der abgewanderten Familien zurückkehren.

Für die biologische Garnelenzucht brauche ich zudem fähige Leute in der Weiterverarbeitung. Wer hier einsteigt, kann aus dem Nichts etwas Großes erschaffen.«

Mila sah Jules mit leuchtenden Augen an. »Ich denke, das könnte genau das Richtige für dich sein«, sagte sie. »Wenn die Bezahlung stimmt, wäre es ein Job, auf den ich stolz wäre.« Sie umarmte und küsste ihn. Dann wandte sie sich an Karsten: »Wenn du mir eine feste Stelle als Lehrerin bieten kannst, würde ich mitkommen.«

Karsten lächelte. »Genau das habe ich gehofft zu hören. Ich zahle dir dasselbe, was du bisher als Lehrerin verdient hast – und Jules bekommt 100.000 Dollar als Grundgehalt. Gerade am Anfang wird es viel zu tun geben, aber er wird hier wirklich etwas bewegen können.«

Er ließ eine Pause entstehen, ließ die Zahlen und Möglichkeiten wirken, bevor er weitersprach. »Ihr findet schnell ein bezahlbares Haus und ich übernehme die gesamten Umzugskosten nach Ecuador. Leonie kann auf eine internationale Schule in Esmeraldas gehen. Ihr würdet nicht einfach einen Job annehmen – ihr würdet etwas aufbauen, das bleibt.«

»Und jetzt kommt mit in eine meiner Produktionshallen«, forderte er sie auf.

Schon beim Öffnen der Tür schlug ihnen der beißende Geruch von rohem Fisch, feuchtem Salz und altem Eis entgegen. Die Luft war feucht und schwer, durchzogen von einer Mischung aus Meerwasser und dem metallischen Aroma von Maschinenöl. Trotz der Ventilatoren, die an der Decke brummten, blieb der Gestank hartnäckig in der Nase hängen.

Jules, Leonie und Mila betraten das kleine verglaste Büro mitten in der weiß gefliesten Produktionshalle und beobachteten gespannt das hektische Treiben der Arbeiter an den langen Tischen. Die Männer und Frauen arbeiteten mit gesenkten Köpfen, ihre

Hände bewegten sich in routinierter Geschwindigkeit. Shrimps-köpfe wurden mit geübten Schnitten abgetrennt, Garnelen auf ein kleines Förderband geworfen und mit Wasser gereinigt. Niemand sprach, nur das Klacken der Messer, das Platschen der Schalentiere und das Summen der Maschinen erfüllten die Halle.

Hinter ihnen dröhnte eine knatternde Sortiermaschine, die von Arbeitern unermüdlich mit Garnelen gefüllt wurde. Die Sortierung erfolgte in rasender Geschwindigkeit – kaum war eine Garnele begutachtet, wurde sie schon in eine andere Kiste geworfen. Eine Frau mit schweißnasser Stirn wog die Portionen ab, bevor sie mit ruckartigen Bewegungen die nächste Charge griff.

Das Kreischen der Eismaschine wurde nur unterbrochen, wenn ein Mann frisches Eis in einen Metallbehälter auf Rädern schaufelte. Das Eis klirrte laut, während er es mit hastigen, kraftvollen Bewegungen verteilte. Sein Hemd war durchnässt, sein Gesicht glänzte vor Anstrengung. Kaum hatte er den Behälter vollgeladen, eilte er zu den Verpackungstischen, wo andere Arbeiter die Garnelen in Folie und Pappkartons verpackten.

In der Mitte der Halle stand Karsten mit einem kleinen schnauzbärtigen Mann, der wild mit den Armen gestikulierte. Als er auf das Büro zeigte, drehte er sich um und winkte ihnen zu. Karsten verabschiedete sich von ihm, schob noch schnell einige Kartons mit verpackten Meeresfrüchten in die Fächer eines hohen Metallwagens und kam dann auf das Büro zu. Als er die Tür öffnete, drangen das laute Gemurmel der Arbeiter und das unablässige Dröhnen der Maschinen in den Raum, bis die Tür hinter ihm wieder ins Schloss fiel.

»Giuliano Fantini«, erklärte er und deutete auf den Mann. »Ich habe ihn als Vorarbeiter eingestellt. Giuliano ist einer der wenigen Mitarbeiter, die zur Schule gegangen sind und lesen und schreiben können. Aber er hat auch Führungsqualitäten und vertritt mich, wenn ich nach Miami muss.«

»Es ist spannend, die Abläufe in der Halle zu beobachten. Wie viele Menschen arbeiten hier?«, fragte Jules.

»Ich glaube, es sind derzeit 82. Bevor ich das hier übernommen habe, waren es nur 56, obwohl damals noch mehr Garnelen verarbeitet wurden«, sagte Karsten.

»Noch mehr? Das ist kaum zu glauben. Ich habe nicht den Eindruck, dass die Leute langsam arbeiten«, bemerkte Mila.

»Tun sie auch nicht. Aber ich gewähre ihnen jetzt eine halbe Stunde Frühstückspause und eine Stunde Mittagspause. Eine zusätzliche Motivation neben dem dreimal höheren Lohn«, sagte Karsten lachend. »Manchmal veranstalte ich auch eine kleine Betriebsfeier für sie.«

»Ich kann mir vorstellen, dass die Leute gerne für dich arbeiten«, sagte Jules anerkennend.

»Wie ich euch bereits erklärte, versuche ich damit auch, Druck auf die anderen Farmer auszuüben, damit sie ihre Mitarbeiter endlich besser bezahlen«, sagte Karsten und wandte sich Jules zu. »Meine Nachbarn finden schon heute kaum noch neue Arbeiter.«

Er beobachtete Leonie, die nachdenklich aus dem Fenster auf die Seenplatte aus Kanälen und Becken sah. »Die Becken messen alle rund 300 auf 100 Meter«, erklärte er ihr.

»Das ist Wahnsinn. Ich sehe bis zum Horizont nur Wasserflächen. Gehört das jetzt alles dir?«, fragte sie.

»Leider nur etwa 60 Becken und die, die ich am Flussufer zur späteren Aufforstung gekauft habe.«

»Und das sind jetzt alles biologisch aufgezogene Shrimps?«, fragte Mila und sah in die Produktionshalle.

»Noch nicht. Bevor das Wasser zur Reinigung ausgepumpt wird, müssen die vorhandenen Becken erst leergefischt werden. Aber wir können langsam los, wenn ihr euch noch das Haus ansehen wollt, bevor ihr morgen zurückfliegt«, sagte Karsten.

Gerade als sie aufstanden, bemerkte Jules einen handfesten Streit zwischen einer Frau und Giuliano. Erstaunt beobachtete er, wie sie sich gegenüberstanden und sich grimmig ansahen. »Was ist denn da los?«, fragte er.

Karsten schüttelte lachend den Kopf. »Sie sind verheiratet!«

»Giuliano hat es mit ihr nicht leicht. Jeiddy hat in ihrer Ehe die Hosen an. Sie hat mit drei Dutzend anderen Frauen die *Virgenes de Camarón, die Jungfrauen der Garnelen*, gegründet. Sie kämpfen wie ich gegen die Abholzung der Mangroven und fordern, dass illegal eingerichtete Farmen geschlossen werden.«

»Jungfrauen der Garnelen?«, wiederholte Jules und lachte.

»Ich weiß, das klingt lustig. Aber Jeiddy nimmt das sehr ernst. Sie will, dass wieder aufgeforstet wird. Aber ihr Protest richtet sich auch gegen die Vergiftung der Umwelt. Von ihrer Holzhütte aus kann sie mit ihrem Mann auf die Abflussrohre der benachbarten Shrimp-Farm sehen. Der Besitzer entsorgt dort sein Abwasser – ein übles Gemisch aus Chemikalien, Shrimp-Kot, toten Tieren und Antibiotika. Ich habe es selbst gesehen. Das Zeug stinkt fürchterlich und fließt über einen Kanal direkt in den Fluss.«

»Wie schrecklich! Über was streitet sie mit ihrem Mann?«, fragte Mila und sah, wie Giuliano ihr den Rücken zukehrte und wieder an die Arbeit ging.

»Weiß ich nicht. Aber ich kann Jeiddy verstehen – die Existenz ihrer Familie und Nachbarn steht auf dem Spiel. Sie ist Mutter von drei Kindern und will sich ihre Lebensgrundlage nicht kampflos zerstören lassen. Deshalb engagiert sie sich, wenn ich Kahlschlagflächen aufforsten will. Oder sie fährt nach Quito, um mit anderen Jungfrauen vor dem Präsidentenpalast zu demonstrieren, auch wenn sie dort Tränengaswolken und Schläge von Polizisten riskiert.«

»Dann handelt sie also in deinem Sinne«, stellte Jules fest.

»Ja. Aber genau das sorgt für Streit mit ihrem Mann. Bevor ich ihn eingestellt habe, hatte Jeiddys Aktivismus dazu geführt, dass die Farmer so erbost waren, dass auch Giuliano keine Arbeit mehr bekam. Doch jetzt können sie ihren ältesten Sohn nach Esmeraldas zur Oberschule schicken, ohne dafür hungern zu müssen. In der großen Stadt wäre übrigens auch die internationale Schule für Leonie.«

»Ist das weit weg?«, fragte sie Karsten.

»Leider ja. Es sind gute dreieinhalb Stunden bis Esmeraldas. Du würdest nur an den Wochenenden und in den Ferien nach Hause kommen können.«

Leonie sah ihren Vater skeptisch an.

»Lasst uns doch erst mal das Haus ansehen!«, sagte Jules voller Vorfreude.

Sie stiegen in den Defender, der mit laufender Klimaanlage auf dem Parkplatz in der prallen Sonne stand. Yaku, entspannt in eine Zeitung vertieft, bemerkte sie und öffnete mit einem Lächeln die Türen.

Leonie betrachtete fasziniert das kunstvoll verzierte, breite Band, mit dem der indigene Mann sein Haar zu einem Pferdeschwanz gebunden hatte. Yaku startete den Motor und fuhr durch die blühenden Alleen Bolívars. Die Sonne tauchte die tropische Landschaft in warmes Licht, und die leichte Brise, die durch die geöffneten Fenster strich, brachte den Duft von blühenden Bäumen mit sich.

Nach wenigen Kilometern verließen sie den Ort. Yaku bog in eine Seitenstraße und brachte den Wagen schließlich vor einem eingeschossigen Haus zum Stehen. Das Gebäude wirkte einladend, mit seiner schlichten, aber charmanten Architektur und dem weitläufigen Grundstück voller sattgrüner Pflanzen.

»Da ist es«, sagte Karsten und grinste. »1.500 Quadratmeter Grundstück, 240 Quadratmeter Wohnfläche, vier Zimmer, eine geräumige Küche, Esszimmer, Bad und ein Carport auf der Rückseite. Voll eingerichtet, moderne Klimaanlage. Umgerechnet 68.500 Euro – ein echtes Juwel«, las er aus der Beschreibung des Maklers vor.

»Nur 68.500 Euro?«, wiederholte Jules ungläubig, während sein Blick voller Begeisterung über das Haus wanderte.

»Wenn es euch gefällt, müsst ihr den Mann wenigstens auf 60.000 Euro runterhandeln«, sagte Karsten verschmitzt. »Besser noch weniger. Hier ist das so üblich.«

Mila warf Jules einen strahlenden Blick zu. »Ich habe etwas Geld gespart«, sagte sie leise, aber voller Aufregung.

»Ich auch«, erwiderte Jules mit einem Lächeln. »Und wenn ich mein Haus in Antwerpen verkaufe, könnten wir hier auf lange Zeit sorglos leben.«

Die Vorstellung ließ in allen eine freudige Spannung aufsteigen. Ein neues Leben unter der Sonne Ecuadors – es fühlte sich plötzlich zum Greifen nah an.

Sie gingen beschwingt durch den gepflegten Vorgarten, in dem bunte Blumen wuchsen und der Wind leise durch die Palmenblätter rauschte. Vor der Haustür wartete bereits der Makler mit einem freundlichen Lächeln auf sie.

38

Maximilian fuhr den Passat Kombi in die Einfahrt und nahm den Maxi-Cosi mit dem kleinen Felix vom Rücksitz. Karin strahlte glücklich, als sie ausstieg und sich umsah.

»Du hast den Vorgarten flott gemacht«, lobte sie ihn, und Maximilian lächelte stolz. Er übergab ihr das Baby in dem Kindersitz und holte ihre Reisetasche aus dem Kofferraum.

»Du siehst wunderschön aus, wenn du glücklich bist, Karin! Magst du einen Kaffee oder etwas anderes?«, fragte Maximilian, während er ihre Tasche sanft auf einen der freien Stühle stellte.

»Ein Kaffee wäre perfekt. Aber den kann ich mir auch selber machen«, sagte Karin mit einem liebevollen Lächeln.

»Dann bringe ich deine Tasche ins Schlafzimmer. Schau dich in der Zeit mal um, ob dir etwas auffällt«, sagte Maximilian und verschwand mit ihrem Gepäck. Karin ließ den Kaffee durchlaufen und ging mit einem zufriedenen Seufzen durch das Haus. Ihr Blick schweifte umher, und sie spürte ein wohliges Gefühl. Doch dann hielt sie abrupt inne. Etwas war anders.

»Du warst ja richtig fleißig. Jetzt muss das Auto nicht mehr auf der Straße geparkt werden. Vielleicht sollte ich öfter für ein paar Tage das Haus verlassen«, sagte sie grinsend und ließ Wasser in die Vase für den gigantischen Rosenstrauß laufen. Hundertzwanzig Euro hatte er bei dem niederländischen Händler für die fünfzig langstieligen Rosen bezahlt. Maximilian hoffte, dass sie so frisch waren, wie es ihm der Florist versprochen hatte.

»Ich bin so froh, dass du wieder da bist«, sagte er mit plötzlicher Ernsthaftigkeit und schenkte ihnen Kaffee ein. »Aber sonst ist dir wirklich nichts aufgefallen, oder?«

Karin runzelte die Stirn. »Es ist alles aufgeräumt, und sogar die Spüle ist sauber«, sagte sie langsam und blickte sich erneut um.

Maximilian holte sein Smartphone hervor und zeigte ihr mit angespannter Miene die Fotos von dem Steinkreis in der Garage.

»Ich wollte dich nicht beunruhigen, als du in der Klinik warst. Ich habe die Polizei gerufen, aber die machen nichts«, sagte er leise.

Karin schnappte erschrocken nach Luft, als sie die Bilder betrachtete.

»Der Steinkreis ist identisch mit dem der Hexen während meiner Gefangenschaft. Mir hat das große Angst gemacht, und deshalb habe ich vor und hinter dem Haus Kameras anbringen lassen. Auch im Haus sind zwei installiert.«

»Mein Gott, Max! Wir haben ein Baby!«, rief Karin, ihre Stimme zitterte.

»In fünf Wochen wird noch eine Alarmanlage installiert, damit wir in Ruhe schlafen können«, versuchte er sie zu beruhigen, doch sein Blick verriet seine eigene Furcht.

Aber Karin war aufgebracht. »Du hättest mit mir vorher reden müssen!«

»Und hätte das etwas geändert? Ich muss und werde euch beschützen, Karin!«, sagte Maximilian bestimmt.

»Hast du wenigstens mit Jules oder Benno gesprochen?«

»Jules ist noch in Südamerika. Aber Benno habe ich angerufen, bevor ich die Polizei eingeschaltet habe. Karin, hätte ich damals nicht fliehen können, wäre ich heute tot! Auch Benno sieht das so. Er hat mit Scotland Yard telefoniert. Alle Hexen sind im Gefängnis und kommen so schnell nicht wieder raus.«

»Dann können sie es nicht gewesen sein.«

»So ist es, Karin«, sagte Maximilian mit finsterem Blick und nahm einen Schluck Kaffee.

»Aber wer ist dann bei uns eingebrochen?«, flüsterte sie, ihre Hände klammerten sich um die Kaffeetasse.

»Ich weiß es nicht, und das kann uns niemand sagen. Sie müssen meine Adresse aus meinen verschwundenen Ausweispapieren haben. Ich denke, sie haben die weitergegeben. An Magie und Zauberei glaube ich nicht«, sagte er und legte einen Schlüsselbund auf den Tisch. »Die sind für dich. Neue Schlösser sind auch montiert. Ich will nicht, dass jemand Zugang zum Haus hat und nachts vor unserem Bett steht!«

»Das macht mir Angst, Max«, hauchte sie, ihre Augen füllten sich mit Tränen. Sie wischte sich eine davon von der Wange, als sich Felix rührte.

Maximilian musste sie ablenken. »Felix hat deine blauen Augen. Ist dir das schon aufgefallen?«, fragte er sanft.

»Die meisten Babys haben nach ihrer Geburt blaue Augen. Warten wir mal die nächsten Wochen ab«, sagte Karin und öffnete ihre Bluse, um Felix die Brust zu geben.

»Übrigens hat mir Benno auch dazu geraten, Kameras und eine Alarmanlage zu installieren«, sagte Max und schenkte ihnen Kaffee nach.

»Darüber kannst du gerne später mit Mareike und Jan reden. Sie wollen uns heute Nachmittag besuchen.«

Maximilian wusste bereits, dass Mareike sein Alleingang nicht gefallen würde. Aber welche Alternative hatte er angesichts der Bedrohungslage? Klar, er konnte auch mit Jan darüber sprechen – und wahrscheinlich würde der ihm Recht geben, da auch er bei der Rettungsaktion in Schottland dabei gewesen war. Wie auch immer. Maximilian musste Karin und ihr Baby beschützen.

»Ich werde mit ihnen reden«, sagte er schließlich.

»Nimm mal den Kleinen, damit ich für später einen Kuchen backen kann«, sagte Karin und drückte ihm Felix in die Arme.

Es war ein schönes, erbauliches Gefühl, das ihn alles um ihn herum vergessen ließ. Sein eigenes Kind in den Armen zu halten, sich an jedem Blick und noch so kleinen Lächeln zu erfreuen – das gab ihm Kraft und Mut.

Der Kuchen war noch im Ofen, als sie mit Jan und Mareike am Esstisch saßen und den kleinen Felix bewunderten. Taschen voller Babykleidung hatten sie mitgebracht, jedes Teil liebevoll ausgesucht und sorgsam gefaltet. Auf dem Tisch standen ein prächtiger Strauß bunter Blumen für Karin und eine Flasche Glenfiddich für Maximilian, als Zeichen der Wertschätzung und Freundschaft. Karin hielt ein Kleidungsstück nach dem anderen vor Felix 'Brust, als würde sie sich vergewissern wollen, dass er auch wirklich begreift, was diese winzigen Strampler bedeuteten. Mit einem sanften Lächeln zog sie Felix eines davon an, während in ihren Augen ein Glanz von rührender Zuneigung lag.

Plötzlich durchbrach das schrille Klingeln des Timers die behagliche Atmosphäre.

»Holst du den Kuchen raus? Aber nimm die Topflappen!«, rief Karin mit einer Mischung aus Besorgnis und Ungeduld.

Als ob er das nicht selbst wüsste! Maximilian schnaubte, zog eine Augenbraue hoch und stellte den duftenden Apfelkuchen mit Streuseln vorsichtig auf den Herd. Der warme, süße Geruch verbreitete sich sofort im Raum. Mit einer fast zeremoniellen Sorgfalt schlug er frische Sahne und stellte sie in den Kühlschrank.

»Du musst ihn nicht so lange abkühlen lassen«, sagte Karin, ihre Stimme sanft, doch mit einem leichten Befehlston. »Warm schmeckt er am besten.«

»Ich weiß das«, erwiderte Maximilian schroff und spürte, wie ihm ein Anflug von Ärger in die Brust stieg.

»Max hat übrigens Kameras installiert«, sagte Karin plötzlich und warf ihm einen vielsagenden Blick zu.

Bevor jemand nachfragen konnte, griff Maximilian ein: »Stimmt! Weil eingebrochen wurde.» Seine Stimme war angespannt, als würde er den Vorfall noch einmal durchleben. »In der Garage lag ein Steinkreis, der bis ins Detail denen der Hexen in Schottland gleicht.«

Mareikes Hand flog erschrocken an ihren Mund. »Mein Gott, wie bedrohlich! Hast du die Polizei gerufen?«

»Natürlich. Aber die machen nichts!«, fuhr Maximilian auf. »Ich habe auch mit Benno gesprochen, und er hat mir dazu geraten.«

»Das hast du gut gemacht«, sagte Jan anerkennend und legte ihm eine Hand auf die Schulter.

»Vielleicht war das richtig, aber er hat das nicht mit mir besprochen!«, beklagte sich Karin mit einem vorwurfsvollen Blick.

»Warst du währenddessen auf der Entbindungsstation?«, fragte Jan und nahm einen Schluck Kaffee.

»Ja«, sagte Karin knapp.

»Dann kann ich Max gut verstehen. Er wollte die werdende Mutter nicht mit Horrornachrichten belasten. In solchen Fällen muss ein Mann Entscheidungen alleine treffen.«

»Benno hat mir auch geraten, eine Alarmanlage zu installieren. Ich habe sie bestellt, in fünf Wochen wird sie montiert«, sagte Maximilian beiläufig, während er den Kuchen auf Teller verteilte und mit der Sahne auf den Tisch stellte.

Den Nachmittag über drehte sich das Gespräch fast ausschließlich um den Einbruch und die Tatenlosigkeit der Polizei.

»Eigentlich kann man nur noch selbst für seine Sicherheit sorgen«, sagte Mareike kopfschüttelnd, ihre Stimme zitterte leicht.

»Aber das ist hier leider nicht erlaubt«, meinte Jan mit einem bitteren Unterton. »Die Polizei wird erst tätig, wenn etwas passiert ist.«

»Oder jemand zu Schaden kommt«, ergänzte Maximilian grimmig. »Ich muss Einbrecher sogar mit einem Schild davor warnen, dass ich eine Videoüberwachung habe!« Er schüttelte ungläubig den Kopf, seine Finger ballten sich leicht zur Faust.

»Karsten erzählte, dass es in Amerika normal sei, eine Schuss-
waffe im Haus zu haben. Man muss nur den Ausweis vorlegen,
und schon kann man eine Pistole kaufen wie ein Smartphone.
Wenn ein Einbrecher ins Haus kommt, darf man ihn erschießen«,
sagte Jan mit ernster Miene.

»Und das möchtest du auch in Holland?«, fragte Karin.

»Natürlich nicht. Aber warum sollte man Eindringlinge nicht
als Bedrohung betrachten?«, fragte Jan zurück und lehnte sich
vor.

»Ich habe jetzt meinen alten Baseballschläger im Schlafzimmer. Sicher ist sicher«, sagte Maximilian, seine Stimme klang
entschlossen.

»In Belgien aber keine gute Idee«, meinte Jan. »Wenn du ihn
gegen einen Einbrecher einsetzt, wirst du wegen Vorsatzes be-
langt und spürst die volle Härte des Gesetzes!«

»Was? Das ist ja irre!«, rief Maximilian fassungslos.

»Aber so sind die Gesetze. Es sei denn, du erwischst ihn mit
irgendetwas, das ins Schlafzimmer gehört.«

»Dann kann ich die Bedrohung meiner Familie ja nur noch zur
Kissenschlacht auffordern«, sagte Max sarkastisch, seine Geduld
war am Ende. »Auf den Schreck brauche ich einen Whisky. Bist
du dabei, Jan?«

»Klar, wenn meine Frau fährt«, sagte er grinsend.

Maximilian leerte mit ihm die halbe Flasche Single Malt, bevor
er mit Mareike torkelnd zum Auto ging und sie nach Hause fuhren.

Karin brachte Felix schon um zehn Uhr ins elterliche Schlafzimmer und legte sich gleich dazu. Erleichtert lehnte sich Max
zurück. Die Wogen hatten sich geglättet, und Karin kritisierte
nicht weiter seine Entscheidungen.

Er trank sein Glas leer und ging ins Schlafzimmer. Der Anblick
war noch ungewohnt: Karin lag neben dem Baby, beide sahen
so friedlich aus. Lächelnd zog er sich aus und legte sich auf seine

Seite. Es war die erste Nacht mit dem Kind in ihrem Bett. Bald würden sie den kleinen Felix daran gewöhnen müssen, in seinem eigenen Bettchen zu schlafen.

Lange dauerte es nicht, bis auch Max die Augen schloss und einschlief.

Ein wirrer Traum über sein Büro im Aachener Finanzamt überfiel ihn im Tiefschlaf. Er stritt sich mit einem Kollegen – über das ständig offene Fenster ihres gemeinsamen Büros. Doch der Streit verlief merkwürdig, denn Maximilian konnte ihn nicht hören. Der Lärm von der Baustelle drang durch das offene Fenster und verschluckte jedes Wort.

Dann vibrierte die Planiermaschine. Oder war es etwas anderes?

Max schrak hoch. Sein Herz pochte unangenehm gegen seine Rippen. Etwas hatte ihn geweckt, aber was?

Stille. Dann vibrierte es wieder. Sein Handy.

Er griff danach, blinzelte ins Display. Eine Benachrichtigung. Bewegung erkannt.

Sein Atem stockte. Mit einem Wischen öffnete er die App – und sein Magen zog sich zusammen.

Eine Gestalt. In seiner Küche.

39

»Gut, dass du mir das erzählt hast. Ich werde in den nächsten Tagen die Augen aufhalten. Am Freitag fliege ich aber wieder nach Ecuador, um mich um den Bau der Schule zu kümmern«, erklärte Jules. »Mila braucht schließlich einen schönen neuen Arbeitsplatz.«

»Sie kommt mit euch?«, fragte Jan.

Mila nahm Jules das Handy aus der Hand. »Hallo Jan. Das war eine spontane Entscheidung. Aber es ist auch ein schönes Land und ich freue mich auf eine neue Aufgabe. Übermorgen komme ich wieder nach Eupen. Vielleicht sehen wir uns dann bei Karin und Max.«

»Das würde mich freuen. Aber sage Jules, dass er aufpassen soll«, sagte Jan.

40

Leonie verdrehte die Augen, als ihr Vater Mila umarmte und küsste. »Wie die Teenies vor meiner Schule! Ich packe dann mal meinen Koffer aus.« Sie drehte sich um und verschwand in ihrem Zimmer.

Jules war überrascht, wie leicht es seiner Tochter fiel, eine Frau an seiner Seite zu akzeptieren. Mehr noch – alles deutete darauf hin, dass sie Mila mochte. Das hatte er bereits während des Rückflugs bemerkt, als sie sich immer wieder an sie kuschelte und angeregt mit ihr plauderte. Früher hatte Leonie oft nach ihrer Mutter gefragt oder sich alte Fotos angesehen, doch inzwischen schien deren früher Tod keine so große Rolle mehr zu spielen. Sie stellte keine Fragen mehr und zog auch keine Vergleiche zwischen ihr und seiner neuen Freundin.

Als hätte Mila seine Gedanken gelesen, löste sie sich von ihm und sagte: »Ich glaube, sie mag mich.« Sie lächelte. »Aber wir sollten es ihr gleichtun und unsere Koffer auspacken.«

Jules legte eine Hand auf ihren runden Po, als sie ins Schlafzimmer ging. Sie wirbelte herum, ihre Augen funkelten. »Dafür haben wir später Zeit, Schatz.«

Während sie auspackten, sagte Jules: »Ich habe mir überlegt, mein Haus nicht zu verkaufen.«

»Und die Möbel?« fragte Mila.

»Bleiben drin. Ich überlege, es über Airbnb zu vermieten. Dann kann ich es selbst nutzen, wenn ich Lust auf Europa habe.«

»Das macht es unkomplizierter. Vielleicht auch eine gute Idee für meine Eigentumswohnung in Eupen.«

»Ein paar persönliche Dinge nehme ich mit, andere verschließe ich in einem Schrank.«

Mila grinste ihn frech an. »Dann habe ich immer noch einen Fuß in der Tür, falls du nicht spurst, mein Lieber.«

Jules lachte. »Oh. Daran hatte ich noch gar nicht gedacht. Aber ich glaube, Leonie wird dich sowieso nicht so schnell gehen lassen.«

»Vielleicht hast du recht. Aber ich freue mich erst mal, mit euch zusammenzuleben.«

In diesem Moment klingelte Jules' Handy.

»Hallo Jan! Sehnsucht? Wir sind erst seit ein paar Stunden wieder in Antwerpen.«

»Ich wollte dich fragen, ob du zuhause eine Überraschung erlebt hast.«

»Was für eine Überraschung?«

Jan erzählte von dem Einbruch bei Max und dem Steinkreis in seiner Garage. Schlagartig wich Jules die Farbe aus dem Gesicht. Mila sah ihn fragend an.

»Ich stelle mal auf Lautsprecher. Mila ist hier«, sagte er und schaltete um. »Ich dachte, die Hexen des Wicca Coven wären alle hinter Gittern!«

»Benno hat das auch bestätigt. Woher der Steinkreis kommt, wissen wir aber nicht. Max vermutet, dass die Frauen seine Adresse aus den verschwundenen Papieren haben.«

41

Die Jacken der Anstaltskleidung hielten den Wind ab, doch wirklich warm wurden Sigrun und Emma nicht. Der Hof der modernen Justizvollzugsanstalt von Stirling lag offen unter dem wolkenverhangenen Himmel, nur ein harmlos wirkender Außenzaun markierte die Grenze zur Freiheit. Keine Gitter, keine Wachtürme, nur ein paar unscheinbare Kameras.

Sigrun hatte sich ein Frauengefängnis anders vorgestellt. Düsterer. Brutaler. Doch die Gefahr hier war subtiler.

Sie und Emma lachten laut – übertrieben ausgelassen, als hätte eine von ihnen gerade einen obszönen Witz erzählt. Sie wollten harmlos wirken, unauffällig. Und es funktionierte. Die Wärter hatten anderes im Kopf.

Draußen vor dem Zaun protestierten wieder die Anwohner. Seit Monaten tobte der Widerstand gegen das Gefängnis. Die Zellen waren nur einen Steinwurf von den Wohnhäusern entfernt, getrennt nur durch eine schmale Baumreihe. Die Insassinnen kümmerten sich nicht darum – ihr Spott, ihre Provokationen drangen trotzdem durch.

Perfektes Timing.

Uta ließ eine Drohne in flachem Winkel über den Hof gleiten. Sie landete direkt vor Sigruns Füßen. Niemand achtete darauf. In einer einzigen, fließenden Bewegung hob sie das Handy auf und ließ es in ihrer Jackentasche verschwinden.

Die Drohne stieg lautlos auf und verschwand über den Dächern.

»Ich habe etwas für dich«, sagte Sigrun beiläufig, tat so, als würde sie nach ihrer Brille suchen, und reichte Emma das Smartphone. Die nahm es mit der Routine von jemandem, der solche Dinge schon oft getan hatte.

»Schau dir diese Idioten an«, murmelte Emma und deutete auf die Demonstranten und deren Transparente.

Ihr habt unser Leben zerstört! – Dieser Knast ist eine Katastrophe! – Müssen unsere Kinder diesen Dreck ertragen?

Sigrun schmunzelte. »Die kommen gerade recht.«

Emma hörte nicht zu. Ihre Augen funkelten kalt.

»Ich will Rache«, sagte sie leise. »Dieser Bastard ist geflohen, hat mein Auto gestohlen, und wegen ihm ist Sana tot. Die Rituale für die Große Göttin konnten nicht vollzogen werden.«

Sigrun runzelte die Stirn. »Meinst du, die Steinkreise warnen ihn?«

Emma verzog den Mund zu einem dünnen Lächeln. »Er ist der Auserwählte. Unsere Rache wird ihn finden.«

Sigrun musterte sie von der Seite. Die orangefarbene Gefängniskleidung ließ Emma krank wirken, ihre Haut spannte sich fahl über die Wangenknochen. Die Warze auf ihrer Stirn ... War sie gewachsen? Dunkelbraun, fast schwarz. Feine, drahtige Haare sprossen daraus hervor.

Emma fingerte an ihrer Jacke. Dann vibrierte das Handy.

»Eine Nachricht«, flüsterte sie und zog es hinter einem Buch verborgen hervor.

»Emma Calwer, geb. am 14.04.1993. 5:10pm Feldweg Ostseite, Plexiglasschutz ist eingeschnitten. Olivgrüner Jeep des Wildschutz. Ok?«

Sie tippte kurz »OK« und ließ das Handy wieder verschwinden.

»Nachricht von Uta. Es geht los«, murmelte sie und erhob sich langsam.

Sigrun sah sie an. »Wenigstens den Vornamen hat sie dir gelassen. Mach es gut. Solange du nicht zurück bist, bin ich die Chefin.«

Emma nickte knapp. Keine Zeit für Sentimentalitäten. Sie

zog die Kapuze tiefer ins Gesicht, schlich geduckt im Schutz der Gebäude entlang und zählte die Schritte, bis der Zaun in der Dunkelheit auftauchte. Drei Meter hoch. Dahinter lag der Feldweg – und die Freiheit.

Mit zitternden Fingern zog sie den Seitenschneider aus der Jackentasche, den sie am Vortag mit der Drohne erhalten hatte. Erst ein Schnitt ins Drahtgeflecht. Dann ein zweiter. Das Metall gab unter leisem Knirschen nach. Sie schob das gelöste Plexiglasteil zur Seite.

Ein Motorengeräusch. Sie hielt den Atem an. Sekunden dehnten sich ins Unermessliche. Die Scheinwerfer schnitten durch die Nacht. Jetzt oder nie.

Sie klappte die Enden des Zauns auseinander und zwängte sich hindurch. Kalte Luft schlug ihr ins Gesicht, aber sie rannte weiter. Ein Geländewagen raste heran, stoppte nur einen Moment. Die Tür flog auf.

»Hinten rein! Mach dich klein!«, zischte Uta.

Emma hechtete auf den Sitz, presste sich in den Schatten. Der Wagen beschleunigte, ließ die Dunkelheit hinter sich.

Uta, mit ihrer grauen Dauerwelle und dem harmlosen Hausfrauenblick, hielt den Blick starr auf die Straße gerichtet.

»Hast du Vorsorge getroffen?«, fragte sie leise.

»Ein Dummy mit Perücke und Kissen liegt unter der Decke in meinem Bett«, hauchte Emma. »Vor sechs Uhr morgens wird niemand etwas merken.«

Uta nickte kaum merklich. »Falls wir angehalten werden«, sagte sie dann mit dieser kühlen, sachlichen Stimme, »bin ich die Frau des Rangers. Hinter dir liegt eine blutige Decke und ein totes Reh. Du legst es auf dich und ziehst die Decke drüber. Ich sage, dass ich ein verletztes Tier zur Klinik bringe. Kein Wort von dir. Verstanden?«

Emma schluckte. »Ja.«

»Gut. Die Wachen sind weg. Setz dich auf. Zieh diese Klamotten aus.«

Sie reichte Emma eine Tasche. Jeans, Schuhe, eine blonde Perücke, zwei Pullis. Dann ein Kuvert. »Ausweis, Geld, Flugticket.«

Emma zog sich hastig um, warf einen Blick auf den Ausweis.

»Emma Calwer«, murmelte sie. »Oh, ich bin fast zwei Jahre jünger.«

»Gewöhn dich dran«, sagte Uta. »Adresse und Geburtsdatum lernst du auswendig. Du darfst keine Sekunde zögern.«

Der Wagen rollte an den Straßenrand.

»Ich schminke dich«, sagte Uta und öffnete eine kleine Tasche.

Emmas Herz pochte, als Utas Finger über ihr Gesicht glitten, ihre Warze unter Make-up verschwinden ließ. Blonde, dünne Striche ersetzten ihre dunklen Augenbrauen. Die Perücke saß perfekt.

Uta musterte sie mit kritischem Blick und hielt ihr einen Schminkspiegel hin.

»Du bist fast hübsch.«

Emma starrte in den Spiegel. Die Person, die ihr entgegenblickte, war eine Fremde.

»Wow«, flüsterte sie. »Bin das wirklich ich?«

Uta antwortete nicht. Sie startete den Wagen.

»Brille auf«, befahl sie. »Neutrales Glas. Die 600 Euro aus dem Umschlag – einstecken.«

Emma tat, wie ihr geheißen.

»Wie hast du das gemacht?«, fragte sie dann leise. »Du hattest kein Foto von mir.«

»Ein altes Bild, die richtige Perücke und eine KI. Mehr braucht es nicht.«

»Und wie geht es weiter?«

»Dein Flug geht um 8:14 ab Edinburgh. In Brüssel wird dir

eine Cora ein Bündel übergeben – Athame und Autoschlüssel. Danach bist du auf dich allein gestellt.«

Emma zog die Schultern hoch. »Wie erkenne ich sie?«

Utas Mund verzog sich zu einem schmalen Lächeln.

»Sie wird dich erkennen.«

Dann trat sie aufs Gas, und die Nacht verschluckte sie.

43

Maximilians Augen brannten. Er blinzelte. Das Display seines Handys war grell in der Dunkelheit. Das Bild verwackelt. Doch eindeutig:

Eine Frau bewegte sich auf die Schlafzimmertür zu.

Sein Atem stockte. Er riss den Blick hoch.

Alles still. Doch da war jemand.

Der Baseballschläger. Ecke des Zimmers. Er musste ihn erreichen.

»Karin!«, flüsterte er und rüttelte sie.

Sie murmelte etwas, drehte sich weg.

»Karin, wach auf!«, zischte er drängender.

Zu spät. Die Tür flog krachend auf.

Eine blonde Frau stand im Türrahmen. Ihr Grinsen war hämisch. Ihre Augen eiskalt.

In ihrer Hand: eine Athame. Doppelschneidig. Messerscharf.

Maximilians Magen zog sich zusammen. Er kannte das Ritualmesser.

Er zuckte zur Seite, streckte sich nach dem Baseballschläger.

Ein Sprung – sie war auf dem Bett. Das Messer blitzte.

Karin stöhnte auf, richtete sich auf. Ihr Blick weitete sich, als sie die Klinge sah.

Ohne nachzudenken, packte sie Felix und rollte sich mit ihm aus dem Bett.

Maximilian riss den Arm hoch – zu langsam. Schmerz explodierte in seinem Oberarm. Die Klinge bohrte sich tief in sein Fleisch.

Er keuchte. Kein richtiger Schmerz. Noch nicht.

Emma zog die Athame heraus. Sein Blut tropfte auf die Decke.

»Jetzt bringen wir alles zu Ende, Arschloch!«, fauchte sie.

Maximilians Kopf raste. Diese Stimme ...Er erkannte sie.

»Karin! Erschlag sie!«, brüllte er. Doch Karin rannte bereits zur Tür. Felix schrie.

»Karin, töte die Hexe!«

Sie drehte sich nicht um. Riss die Tür auf, verschwand ins Esszimmer.

Maximilians Puls hämmerte. »Finnegan!«, knurrte er.

Er schlug um sich, bekam ihre Haare zu fassen. Mit einer ruckartigen Bewegung riss er ihr die blonde Perücke vom Kopf.

Rotes Haar. Eine Warze an der Stirn.

»Die hässlichste der verdreckten Hexenschlampen!«, keuchte er. »Deine Warze hat dich verraten!«

Emmas Gesicht verzerrte sich vor Hass. Die Athame zuckte nach unten.

Er wollte ausweichen. Aber die Klinge rammte sich in seine Schulter.

Schwarze Punkte tanzten vor seinen Augen. Seine Arme fühlten sich schwer an.

Sein Blut tränkte das Bett. Emma hob das Messer erneut.

»Jetzt schneide ich dir dein Herz heraus!«

Dann – ein dumpfer Schlag.

Ihr Körper zuckte. Ihr Blick flackerte. Die Gusspfanne fiel zu Boden und Emma sackte auf ihn.

Irgendwo schrie Felix.

Maximilian spürte nichts mehr. Finsternis. Ein Zittern. Hände auf seiner Haut. Karin.

Sie weinte, tastete nach seinem Puls. »Bleib bei mir«, flüsterte sie.

Sie stieß die Hexe von ihm, presste ein Kissen auf seine Schulter, riss ein T-Shirt auseinander und schnürte seinen Arm ab.

Ihr Handy fiel fast aus ihren zitternden Fingern, als sie den Notruf wählte.

Dann hörte sie Felix. Er schrie sich die Seele aus dem Leib.

Mit schnellen Schritten rannte sie zum Maxi-Cosi, hob ihn hoch.

Die Tür. Sie musste die Tür öffnen. Sie stolperte in den Flur, riss sie auf.

Dann setzte sie sich auf den Bettrand. Maximilian lag reglos da.

Sein Atem flach. Seine Augen geschlossen.

Die Sanitäter rannten ins Zimmer. »Sie müssen ihn retten!«, hauchte sie.

Ihre Finger fanden das Handy.

Jans Nummer. Sie drückte auf Anrufen.

Mila und Jules waren nach dem Anschlag sofort nach Valkenburg gekommen. Mareike und Jan taten ihr Bestes, um die junge Mutter zu beruhigen, doch die Angst saß tief.

Leise schloss Mareike die Tür hinter sich. »Sie schläft endlich«, sagte sie mit gedämpfter Stimme, als sie ins Esszimmer kam.

Mila atmete auf. »Gut, dass der Arzt ihren Zustand erkannt und ihr ein Beruhigungsmittel gegeben hat.« Sie hielt kurz inne. »Hast du genug Milch für Felix?«

Mareike nickte müde. »Zwei Fläschchen stehen im Kühlschrank. Ich muss sie nur aufwärmen. Aber Felix schläft. Das müsste bis heute Abend reichen.«

Mila rieb sich über die Stirn. »Sie macht sich furchtbare Vorwürfe, weil sie seine Warnung nicht ernst genommen hat.«

»Niemand konnte ahnen, dass Finnegan so besessen ist, dass sie bis hierher kommt«, sagte Jan mit belegter Stimme. »Ich habe mit Benno gesprochen. Sie ist erst gestern aus dem neuen Gefängnis ausgebrochen – mit gefälschten Papieren nach Belgien eingereist.« Er schüttelte den Kopf. »Scotland Yard hat versichert, dass die übrigen Hexen ab sofort unter strengerer Bewachung stehen. Dieser Wahnsinn hat endlich ein Ende.«

Mila schaute ihn scharf an. »Hat er das wirklich? Wenn sie erst vor zwei Tagen ausgebrochen ist – wer hat dann diese Steinkreise ausgelegt?«

Einen Moment lang sagte niemand etwas.

»Das ist eine verdammt gute Frage«, murmelte Jan schließlich. »Benno setzt alle Hebel in Bewegung, um das herauszufinden.«

Jules lehnte sich zurück. »Was ist mit Leonie? Soll ich sie mitnehmen, wenn ich am Freitag nach Quito fliege?«

Mila lächelte. »Ich hole sie ab, wenn du weg bist, und kümmere mich um sie.« Sie sah Jules an, und ihre Stimme wurde weich. »Ich bin froh, dass ich Zeit mit ihr verbringen kann. Sie bedeutet mir längst mehr als nur ein kleines Mädchen, das ich mag.«

Jules' Gesicht entspannte sich, als er ihr eine Hand auf den Arm legte.

»Ich werde mit Leonie Spanisch üben«, fuhr Mila fort. »Das wird sie bald brauchen.«

Jan seufzte. »Du wirst uns fehlen, Jules. Wie lange bleibst du diesmal in Ecuador?«

Jules fuhr sich mit einer Hand durchs Haar. »Keine Ahnung. Solange Karsten mich für die Fertigstellung der Schule braucht. Er will einen Architekten für die Planung der Bauten beauftragen.« Er sah in die Runde. »Ich organisiere den Neubau der Schule, beaufsichtige alles. Erst danach komme ich zurück – und dann bleibe ich noch eine Weile in Europa, bevor ich mit Mila und Leonie ausreise.«

Mareike schluckte. »Ich kann das noch gar nicht glauben. Wir werden euch schrecklich vermissen.«

»Ach, Mareike«, sagte Jules sanft. »Wir sind doch nicht aus der Welt. Ihr könnt uns jederzeit besuchen, und unser Haus in Bolívar steht euch immer offen.« Er zögerte, dann wurde sein Blick düster. »Am schlimmsten finde ich, dass ich Max nicht mehr sehen kann. In Edinburgh habe ich ihn so voller Leben und Humor kennengelernt …«

Jan legte ihm eine Hand auf die Schulter. »Wir halten dich auf dem Laufenden, wenn es Neuigkeiten gibt.« Dann wandte er sich an Jules, der unruhig an seiner Seite stand. »Was meinst du, alter Freund? Schauen wir uns nochmal die Hühner an? Ein kaltes Bier dazu wäre nicht schlecht.«

Jules zog eine Braue hoch. »Bier für die Hühner?«

Mareike gab ihm einen Knuff. »Nun geht schon. Mila und ich kommen hier alleine klar.«

44

Yaku strahlte, als er Jules mit seinem Koffer aus der Tür kommen sah. Unter all den indigenen Menschen im Flughafen erkannte er Karstens Fahrer sofort wieder. Jules verstand, warum Karsten den freundlichen Mann eingestellt hatte. Yaku war immer geduldig, selbst wenn er länger warten musste. Seine Pünktlichkeit war für südamerikanische Verhältnisse ungewöhnlich. Zur Begrüßung verneigte er sich leicht, und Jules reichte ihm die Hand.

»Ich freue mich, dich zu sehen! Aber bitte, Yaku, du musst dich nicht vor mir verneigen!«, sagte er herzlich.

Yaku lächelte sanft. »Wie Sie wünschen, mein Herr. Willkommen in Ecuador.«

Jules schüttelte schmunzelnd den Kopf. »Sag einfach Jules zu mir! Wie lange dauert die Fahrt?«

Yaku warf einen Blick auf die Uhr. »6:35 p.m. Hm, gegen Mitternacht sollten wir in Bolívar sein. Herr Fischler sagte, ich soll Sie direkt zu ihm bringen.«

Sie verstauten das Gepäck im Defender, dann lenkte Yaku den Wagen auf die Stadtautobahn nach Norden. Jules nutzte die noch gut befahrbare Strecke, um Leonie und Mila eine kurze Nachricht zu schicken. Doch an Schlaf war in dem hart gefederten Auto und mit den zunehmend schlechter werdenden Straßen nicht zu denken. Also versuchte er, ein Gespräch in Gang zu bringen.

»Bist du verheiratet, Yaku?«, fragte er interessiert.

Der Mann lächelte breit. »Seit fast zwanzig Jahren! Chaska ist mir eine wunderbare Frau. Und du? Du hast eine Tochter, aber keine Frau?«

Jules war überrascht über Yakus Aufmerksamkeit. Er hatte Leonie und Mila nur während der ersten Fahrt durch die

Shrimp-Becken zu Karsten gesehen, und sie hatten damals nur Deutsch und Niederländisch gesprochen.

»Meine Frau ist vor fünf Jahren gestorben«, sagte Jules leise. »Aber vielleicht ... vielleicht gibt es bald wieder eine Frau in meinem Leben.«

Yaku nickte verständnisvoll. »Mila, richtig? Sie ist eine schöne Frau.«

Jules lächelte leicht. »Ja, das ist sie. Und sie ist klug und warmherzig. Sie wird mir und meiner Tochter bald nach Ecuador folgen. Sie will in Bolívar an einer neuen Schule unterrichten.«

Yaku runzelte die Stirn. »Bolívar bekommt eine neue Schule? Das ist wirklich gut. Viele Kinder können nicht lesen und schreiben, weil ihre Familien kein Geld haben, um sie nach Esmeraldas zur Schule zu schicken.«

Jules überlegte kurz und fragte dann vorsichtig: »Hast du Kinder, Yaku?«

Der Mann schwieg einen Moment. Jules fragte sich, ob er besser Spanisch hätte sprechen sollen. Schließlich antwortete Yaku mit einem schweren Blick.

»Ich habe zwei Söhne.« Seine Stimme klang rau. »Unsere Familie hat seit Generationen vom Fischen und Muschelsammeln gelebt. Dann kamen die Garnelenfarmer und haben alles verändert. Meine Söhne ... sie haben Bolívar verlassen. Jetzt leben sie in Kanada.«

»Seht ihr euch manchmal?«, fragte Jules behutsam.

Yaku senkte den Blick. »Wir haben keinen Kontakt mehr, seit sie fort sind.«

Jules spürte die Bitterkeit in seiner Stimme. Er wollte nicht weiter nachbohren, doch Yaku holte tief Luft und sprach weiter.

»Viele junge Leute gehen weg, suchen ihr Glück anderswo. Ich verstehe das. Wäre ich jünger, vielleicht hätte ich dasselbe getan«, sagte er nachdenklich. »Aber für Chaska ist es schwer.

Sie hat ihr Herz an unsere Familie gehängt. Und nun sind unsere Söhne fort.«

Jules seufzte leise. »Das tut mir leid. Hören sie gar nichts mehr von euch?«

»Anfangs haben sie noch geschrieben«, sagte Yaku mit brüchiger Stimme. »Aber dann kam es zum Streit. Ich wollte, dass sie zurückkommen. Sie wollten nicht.« Er schluckte hart. »Dann haben sie uns den Rücken gekehrt.«

Jules lehnte sich in die Polster der Rückbank und sah nach draußen, während sie durch die tropische Landschaft fuhren. Er mochte Yaku, und er konnte sich vorstellen, wie schwer es für Menschen seiner Generation war, mit diesen Veränderungen zu leben. Sie waren ihrer Existenzgrundlage beraubt worden.

»Hast du jemals versucht, den Kontakt wiederherzustellen?«, fragte er sanft.

Yaku schüttelte langsam den Kopf. »Ich nicht. Aber meine Frau...«

Jules merkte, dass Yaku nicht weiter darüber sprechen wollte, also wechselte er das Thema. »Chaska ... Vielleicht lerne ich sie eines Tages kennen.«

Yakus Gesicht hellte sich etwas auf. »Das würde mich freuen. Sie würde dich gerne bekochen. Traditionelles Essen aus Bolívar.«

Jules nickte. »Das klingt großartig. Ich nehme die Einladung gerne an.«

Noch vor Mitternacht kamen sie bei Karsten an. Nach der Verabschiedung fuhr Yaku gleich wieder los.

Jules' Zimmer war angenehm klimatisiert und fast moskitofrei. Als er sich auf das kühle Bett legte, atmete er tief durch und schloss die Augen.

45

Jules wachte nach elf Stunden Schlaf auf. Er schob die dünne Decke zurück, streckte sich gähnend und stand erfrischt auf. Nach 29 Stunden unterwegs war die lange Ruhepause nötig gewesen. Bestimmt wartete Karsten schon auf ihn. Also duschte er schnell, zog leichte Baumwollsachen an und ging hinunter.

Als er die Küche betrat, blätterte Karsten gerade in einer deutschen Zeitschrift. Doch kaum sah er Jules, legte er das Magazin lächelnd zusammen, stand auf und begrüßte ihn mit einer Umarmung.

»Du kommst genau richtig, Jules«, sagte er.

»Richtig? Wieso?«

»Durch die Zeitschrift für Deutsche in Florida ist ein Architekt namens Carl Breuer auf mich aufmerksam geworden. Der Mann war sehr erfolgreich und hat sich nun in Fort Myers am Golf zur Ruhe gesetzt. Schau her«, sagte Karsten und schob ihm das Hochglanzmagazin hin. »Seite 46.«

Jules blätterte um – und staunte. Über einem Foto von Karsten stand die Überschrift: Unternehmer aus Miami Beach plant Hilfsprojekt in Ecuador! Darunter las er: *Wer Karsten Fischler kennenlernt, ist von seiner sympathischen Aura gleich begeistert. Er will nicht nur die Garnelenzucht im Norden des südamerikanischen Landes biologisch umstellen, sondern auch den dort lebenden Menschen durch Arbeitsplätze, den Bau einer Schule und einer Krankenstation zu einer besseren Lebensqualität verhelfen.*

Jules sah auf. »Respekt, junger Mann. Aber was hat es mit dem Architekten auf sich?»

»Carl Breuer stammt aus Wülfrath, das liegt bei Wuppertal, wo ich zuletzt gelebt habe. Mit 74 Jahren muss er nicht mehr arbeiten – eigentlich wollte er seinen Lebensabend unter Palmen genießen. Aber mein Projekt hat ihn so begeistert, dass er Kontakt zu mir aufgenommen hat«, sagte Karsten voller Begeisterung. »In Nordrhein-Westfalen hat er sich durch den Bau von Schulen und Universitätsgebäuden einen Namen gemacht. Jetzt will er helfen – und er ist bereits hier. Heute Nachmittag treffen wir ihn vor dem Gelände, wo die neue Schule entstehen soll.«

Jules pfiff durch die Zähne. »Wow. Das geht ja schneller, als ich dachte.»

»Du wirst auch bald mit den Vorbereitungen beginnen kön-nen, denn seine Pläne für die Schule sind fast fertig.«

»Mila wollte wissen, wie viele Klassenzimmer es geben wird und wie groß die Schule insgesamt geplant ist«, sagte Jules.

»Sie wird anfangs die einzige Lehrerin sein. Aber es wird vier Unterrichtsräume geben. Über die Größe machst du dir am bes-ten selbst ein Bild, wenn wir Breuer dort treffen«, sagte Karsten. »Vorher fahren wir noch durch den Ort. Sieh dir an, wie die Leute hier leben. Yaku wartet bereits auf uns.«

»Gestern während der Fahrt hatten wir gute Gespräche«, sagte Jules. »Er ist ein interessanter Mensch.«

Karsten nickte. »Deshalb habe ich ihm den Job gegeben.«

Jules trank seinen Kaffee aus und stand auf. »Kennst du Chaska, seine Frau?«, fragte er auf dem Weg zu dem wartenden Wagen.

»Nein, ich habe sie bisher nur einmal kurz gesehen.«

»Dann weißt du wahrscheinlich auch nichts von der Ge-schichte mit seinen Söhnen«, sagte Jules und erzählte in knap-pen Worten, dass sie nach einem heftigen Streit mit ihrem Vater wohl keinen Kontakt mehr wollten. »Ich glaube, Yaku bereut das zutiefst. Aber ich vermute, dass seine Frau noch mehr darunter leidet«, fügte er hinzu, während sie zum Defender gingen.

Karsten musterte ihn nachdenklich. »Vielleicht kannst du

etwas tun. Versuch es, Jules«, sagte er und legte einen Arm um seine Schultern.

»Guten Morgen, Yaku. Bitte fahr uns zur Produktionshalle«, sagte Karsten, nachdem sie eingestiegen waren. Als der Defender sich in Bewegung setzte, fuhr er fort: »Ich möchte Jeiddy und Giuliano Fantini bitten, uns ihr Haus zu zeigen.«

»Wen?«, fragte Jules irritiert.

Karsten schmunzelte. »Erinnerst du dich an das streitende Pärchen?«, fragte er lachend. »An ihrem Haus siehst du am besten, woran es überall fehlt. Es ist das perfekte Beispiel. Ich will, dass du dich darum kümmerst, Jules. Und zwar sofort. Du hast freie Hand.«

Nach zwanzig Minuten fuhren sie mit Jeiddy eine von blühenden Jacarandabäumen gesäumte Allee entlang.

»Wir sind da!«, sagte sie, als Yaku den Defender an den Rand der staubigen Straße lenkte. Jeiddy stieg aus und ging voraus.

Das Haus war außen blau getüncht, doch innen herrschte bittere Armut. In der Mitte stand ein wackliger Holztisch mit alten Stühlen. Jules' Blick wanderte zur Ecke, die als Küche diente. Neben einem einflammigen Gasherd war ein halb verrostetes Spülbecken schief in eine Platte eingelassen. Daneben stand ein gelber Plastikeimer mit bräunlichem Wasser. Ein windschiefes Regal darüber enthielt einen Beutel Reis, ungeschälte Yucca, eine Schale mit grob zerkleinerten Kaffeebohnen und ein halbes Dutzend Bananen.

»Darf ich Ihnen einen Kaffee anbieten?«, fragte Jeiddy.

Jules' Kehle fühlte sich trocken an. »Nein danke. Wir haben gerade erst gefrühstückt«, antwortete er. Selbst wenn nicht – er hätte es nicht übers Herz gebracht, der armen Familie auch nur eine Tasse Kaffee wegzunehmen.

Jeiddy richtete sich stolz auf und zeigte auf ein kleines Schränkchen, auf dem neben einer kitschigen Jesusfigur ein alter

AIWA-Kassettenrekorder stand. Das Gerät stammte vermutlich aus den späten Siebzigern. Sie legte eine Kassette ein, und Salsa-Klänge erfüllten den Raum – ein Hauch von Leben in dieser Trostlosigkeit.

»Gibt es noch weitere Räume, die wir sehen dürfen?«, fragte Karsten.

»Kommen Sie«, sagte Jeiddy und zog einen Vorhang zur Seite. Dahinter lag ein kleiner Raum mit einem Hochbett. »Das war das Zimmer meiner Töchter. Sie sind beide seit über fünf Jahren verheiratet«, sagte sie mit Stolz in der Stimme.

Jules sog den modrigen Geruch ein. Feuchte Flecken an der Wand verrieten, dass das Wellblechdach undicht war.

»Unser eigenes Schlafzimmer ist hier«, sagte Jeiddy und betrat den nächsten Raum. Ein einfaches Bett stand darin, sonst nichts. Kein Schrank, kein Regal. Nur ein paar Plastiksäcke in der Ecke – vermutlich die gesamte Kleidung des Ehepaars.

Jules trat einen Schritt zurück. Nicht eine Fensterscheibe gab es in dem Haus, nicht einmal eine richtige Tür. Nur ein altes Stück Stoff hing im Türrahmen und flatterte im heißen Wind.

Er schluckte. Wie konnte man so leben?

»Danke, dass du uns dein Haus gezeigt hast«, sagte Karsten freundlich. »Wir bringen dich jetzt zurück zur Arbeit.«

Erst als sie Jeiddy abgesetzt hatten und zurück in Karstens Haus waren, ließ Jules sich schwer in einen Sessel fallen.

»So schlimm hatte ich mir das Leben der Menschen in Bolívar nicht vorgestellt«, murmelte er und fuhr sich mit der Hand durchs Haar. »Hier muss sich dringend etwas ändern!«

Karsten nickte ernst. »Und genau dafür bist du jetzt hier, Jules.«

Seine Stimme klang eindringlich.

»Yaku wird dich überall hinbringen, damit du sofort loslegen kannst. Es gibt einen kleinen Baustoffhändler im Ort, verschiedene Läden mit dem Nötigsten. Yaku kennt sich aus. Aber das reicht nicht. Du musst dich um alles kümmern – um Material, um Arbeiter, um den Fortschritt der Bauarbeiten. Du bist derjenige, der das hier verändern kann.«

Jules sah ihn an.

Plötzlich wog die Verantwortung schwer auf seinen Schultern.

46

Fünf Stunden saß er am Laptop – ein langer Tag voller Verhandlungen, Kalkulationen und Entscheidungen. Doch es hatte sich gelohnt. Für den ersten Arbeitstag konnte er zufrieden sein.

In diesem Land gab es nur wenige Händler, die Geräte zur Stromerzeugung anboten. Trotzdem hatte er es geschafft: dreiundzwanzig mobile Stromaggregate und acht kleine Fotovoltaikanlagen waren bestellt. Jeder einzelne Kauf war das Ergebnis zäher Preisvergleiche und hartnäckiger Verhandlungen. Besonders erleichtert war er darüber, dass der Händler aus Esmeraldas auch die Montage übernahm. Fähige Handwerker zu finden, war in Ecuador keine Selbstverständlichkeit. Baustoffhändler aufzutreiben, war einfacher – doch was ihn überraschte, waren die niedrigen Preise. Die Standards unterschieden sich zwar deutlich von denen in Belgien, aber hier fragte niemand nach Wärmeschutz oder High-Tech-Materialien. Wichtig war nur, dass die Häuser den nächsten Sturm überstanden. Fast 500 Quadratmeter Wellblech für undichte Dächer hatte er bestellt, dazu Kleinmaterial. Die Lieferung war bereits für die kommende Woche zugesagt. Damit konnten nur acht bis zehn Häuser saniert werden, doch er dachte weiter. Schon jetzt hatte er Material für zwanzig weitere Häuser geordert.

Als er dem kleinen Händler im Ort Werkzeuge und Kleinmaterial abkaufte, sah er das Leuchten in dessen Augen. Für ihn musste es ein riesiges Geschäft sein. Ein Auftrag wie dieser konnte den Unterschied zwischen Überleben und Aufgeben bedeuten. Die Verantwortung lastete schwer auf Jules' Schultern. Jeder Fehler, jede Verzögerung konnte Folgen haben. Bis zur Verarbeitung würden die Materialien in einer ungenutzten Lagerhalle neben der Produktionshalle untergebracht. Es musste alles reibungslos laufen.

Er lehnte sich zurück, rieb sich die Augen und griff zum Handy. Yakus Nummer. Ein kurzes Summen, dann das Freizeichen. Beim dritten Klingeln wurde abgehoben.

»Hallo Yaku. Dein Schwager hat also schon als Dachdecker gearbeitet?«, fragte Jules, obwohl er die Antwort längst kannte. Er wollte sich einfach sicher sein.

»*Er ist Fischer. Aber Carlos hat im Dorf schon ein paar Dächer repariert – und die waren danach auch dicht*«, sagte Yaku und lachte.

Jules atmete aus. Das musste reichen. »Dann sag ihm, dass er nächste Woche Arbeit hat. Er soll gleich ein paar Helfer organisieren.« Einen Moment zögerte er. »Frag ihn auch, ob er Fenster und Türen einbauen kann.«

»*Die Männer werden froh sein, etwas Geld zu verdienen. Das wird kein Problem.*«

»Gut. Dann komm jetzt zur Schule«, sagte Jules.

Noch war viel zu tun. Keine Zeit für Pausen.

Am Ende des Dorfes zweigte ein unbefestigter Weg nach links. Yaku lenkte den Defender langsam auf die staubige Piste. Rechts und links des Weges wuchsen wilde Bananenstauden. Die Wurzeln der Palmen hatten den Boden aufgeworfen, sodass Yaku konzentriert ausweichen musste.

Jules erkannte das von Schlingpflanzen und Bromelien zurückeroberte Gebäude. Das Dach der alten Schule war zur Hälfte eingestürzt, und die windschiefen Wände auf der kleinen Anhöhe ließen es so fragil wirken, dass es beim nächsten Sturm unweigerlich fallen musste. Am Ende des Weges stand ein Klapptisch, an dem ein grauhaariger, schlanker Mann in ein intensives Gespräch mit Karsten vertieft war.

»Du kommst gerade richtig«, sagte Karsten, als er ausstieg

und auf sie zuging. »Darf ich bekannt machen? Jules van Dyck. Carl Breuer.«

Der pensionierte Architekt aus Florida wirkte sonnenverwöhnt. Mit seiner sportlichen Erscheinung und der wachen Ausstrahlung schien er jemand zu sein, der auf seine Gesundheit achtete. Er blickte auf und musterte Jules mit stahlblauen Augen, die eine freundliche Entschlossenheit ausstrahlten.

»Dann sind Sie also der Detektiv, der den Bau der Schule koordinieren wird«, sagte er und reichte ihm die Hand.

Sein Händedruck war fest und angenehm – genau, wie Jules es erwartet hatte. »Ich freue mich, Ihre Bekanntschaft zu machen.«

»Darf ich erfahren, was einen Privatdetektiv aus Belgien ins tropische Ecuador treibt, um einen Schulbau zu beaufsichtigen?« fragte er mit ehrlichem Interesse.

»Die Überredenskünste dieses jungen Mannes – und die meiner pubertierenden dreizehnjährigen Tochter«, antwortete Jules.

Breuer lachte. »Dann geht es Ihnen wohl ähnlich wie mir. Ich hatte eigentlich keine andere Wahl, nachdem ich von dem Projekt gelesen und Mister Fischler persönlich kennengelernt hatte.«

»Oh, das glaube ich gern. Auch mir fiel es schwer, seinem Angebot zu widerstehen«, sagte Jules und zwinkerte ihm zu.

»Herr Breuer hat die Pläne für die Schule fertig. Schau mal«, forderte Karsten ihn auf, beugte sich vor und zeigte auf die Zeichnungen.

»Das eingeschossige Gebäude soll hell und freundlich auf Schüler und Lehrkräfte wirken«, erklärte der Architekt. »Vier Klassenräume, ein Gemeinschaftsraum mit kleiner Küche, ein Lehrerzimmer, zwei separate Büros sowie ein Innenhof mit blühenden Pflanzen und Spielgeräten für die Pausen. Hier sollen sich die Schüler ohne äußere Einflüsse erholen können. Für die Lehrer sind Bänke mit Blick auf den Pausenhof geplant.«

»Vier Klassenzimmer? Ist das nicht zu viel für Bolívar? Der Ort hat nur wenige Einwohner«, fragte Jules.

»Das sagte ich Herrn Breuer auch. Aber er hat weitergedacht«, warf Karsten ein.

»Theoretisch gibt es in Ecuador eine sechsjährige Schulpflicht«, erklärte der Architekt.«

»Unabhängig davon, dass es in Bolívar derzeit keine Schule gibt, sind schon diese sechs Jahre für arme Eltern eine unmögliche Herausforderung. Sie wissen nicht, wie sie ihre Kinder zum Unterricht bringen sollen«, sagte Karsten. »Ihnen fehlt die Zeit – und noch mehr das Geld dazu.«

»Ich glaube, dass es einen Nachahmeffekt geben wird. Wenn die ersten Schüler zum Unterricht gehen, werden ihnen andere folgen, und Herr Fischler wird weitere Lehrer einstellen müssen. Deshalb habe ich etwas größer geplant«, sagte Breuer.

»Vielleicht kommen auch Kinder, die mit ihren Eltern etwas außerhalb des Ortes leben«, meinte Jules.

»Genau das habe ich berücksichtigt. Die Schule ist so geplant, dass sie sich durch Anbauten hier und hier erweitern lässt«, sagte Breuer und zeigte erneut auf die Zeichnungen.

»Selbst als die alte Schule noch geöffnet war, schickten kaum Leute ihre Kinder zum Unterricht. Es fehlte an Schulmaterial, weil ihnen das Geld für Hefte, Bleistifte und selbst für Radiergummis fehlte. Auch die Zeit für die Hausaufgabenbetreuung hatten sie nicht – viele Eltern können selbst nicht lesen und schreiben«, erklärte Karsten.

»Das ist anders als in Europa oder den USA«, sagte der smarte Architekt. »Ich habe diese Aufgabe gerne angenommen, weil hier anders geplant werden muss – und nebenbei tue ich auch etwas Gutes.«

»Elf Kisten mit Heften, Stiften, Papier und Büchern stehen schon bereit. Außerdem habe ich eine ältere Frau als Köchin eingestellt, die die hiesige Küche kennt. Mila sollte anfangs nach dem Mittagessen auch ein paar Stunden Hausaufgabenhilfe in der Schule anbieten«, sagte Karsten.

»Hoffentlich findet die neue Schule auch Zustimmung bei den Eltern. Ich weiß nicht, wo ich anfangen soll«, sagte Jules, doch seine Stimme klang nicht zweifelnd, sondern entschlossen.

»Ich habe einen Ausschreibungstext und Listen mit den benötigten Materialien für Herrn van Dyck vorbereitet. Da einige Baufirmen vermutlich von außerhalb oder sogar aus den USA kommen, wäre es gut, wenn das Material vor Ort ist, sobald es losgeht.«

»Ich habe bereits Kontakt zu ein paar Händlern für die Instandsetzung der Häuser aufgenommen. Es war schon schwierig, das Material zu bekommen«, gab Jules zu bedenken. »Aber wir haben einen Plan – und ich bin sicher, dass wir alles Nötige zusammenbekommen.«

»Alles, was uns fehlt, muss ich eben in Florida zukaufen«, sagte Karsten.

»Ich wäre dann fertig, Herr Fischler. Die Unterlagen lasse ich hier. Falls die Herren noch Änderungswünsche haben, lassen Sie es mich wissen«, sagte Breuer und verabschiedete sich.

»Die Ausschreibungen nehme ich an mich und kümmere mich um die Bürokratie. Der Rest ist für dich«, sagte Karsten grinsend. »Was meinst du? Schaffst du das alles?«

Jules nickte und lächelte. »Es ist alles neu für mich, und Ecuador macht es nicht einfacher. Aber ich bin mir sicher, dass wir es schaffen. Gib mir etwas Zeit, dann werde ich meine Aufgaben erfüllen. Übrigens, nächste Woche werden die ersten Hüttendächer erneuert.«

»Na also! Das ist doch ein guter Anfang, Jules. Jetzt muss nur mit dem Bau der Schule alles glattlaufen, dann sind wir auf dem richtigen Weg«, sagte Karsten.

Es hatte noch nicht begonnen zu dämmern, als Jules mit den Unterlagen in den Wagen stieg. Am nächsten Tag hatte er alle Hände voll zu tun, die Materialien für die Schule zu organisieren. Doch auch an den Häusern musste er weiterkommen.

»Yaku, lass uns noch einmal zu der Hütte von Jeiddy fahren«, sagte er mit fester Stimme.

»Klar, kein Problem.«

Als sie ausstiegen, nahm er Zollstock und Laser aus seiner Tasche. »Komm mit«, forderte er Yaku auf und ging mit Notizblock und Messgeräten voran. Statt gelangweilt im Auto zu warten, konnte sich der Mann auch nützlich machen.

Jeiddy freute sich, sie zu sehen, und grüßte die beiden.

»Wir müssen noch die Fenster und Türen ausmessen«, sagte Jules.

»Bekommen wir etwa Fenster?«, fragte sie ungläubig.

»Ja. Aber zuerst das neue Dach.«

Jeiddy jubelte und umarmte Jules.

»Schau genau zu, Yaku!«, wies er ihn an. »Ich möchte, dass du in den nächsten Tagen in weiteren Häusern die Fenster und Türen genau ausmisst und die Maße notierst. Schaffst du das?«

»Zeige es mir!«

Jules erklärte ihm die Funktion des Lasers. »Zuerst misst du immer die Breite, dann die Höhe«, sagte er und reichte ihm das Gerät. Yaku nahm auf Anhieb die richtigen Maße und notierte sie im Block.

»Schreibe noch dazu, um welches Fenster oder welche Tür es sich handelt und in welchem Haus du gemessen hast.«

Yaku ergänzte seine Notizen. Jules stellte zufrieden fest, dass er seine Schrift gut lesen konnte und die Maße bis auf den Millimeter genau stimmten.

»Perfekt, Yaku«, sagte er und klopfte ihm anerkennend auf die

Schulter. »Das kannst du immer dann machen, wenn du nicht fahren musst. Aber jetzt bringe mich in mein Haus.«

Er wollte mit ihm noch ein Gespräch über seine beiden Söhne führen, doch dafür brauchte er mehr Zeit. Auch sollte Yakus Frau Chaska dabei sein. Zuerst aber musste er sich hier einleben. Jules war gespannt, wie es ihm in seinem neuen Zuhause gefallen würde.

Es war bereits dunkel, als sie ankamen, doch vor dem Haus erhellte eine Laterne die Straße.

»Gute Nacht, Yaku. Ich brauche dich morgen erst gegen Mittag«, verabschiedete ihn Jules.

Drinnen sah er sich um. Einige Änderungen würden nötig sein, wenn auch Mila und Leonie hier wohnten. Jules nahm ein Bier aus dem Kühlschrank, schaltete die Klimaanlage ein und setzte sich auf die Terrasse – in einen der spröden blauen Plastikstühle.

Ja, auch die müssen weg, dachte er und wählte ihre Nummer über WhatsApp.

»*Hallo, schöner Latino*«, hauchte Mila verführerisch. Ihre Stimme klang weich, doch in ihrem Inneren brodelte die Sehnsucht. »*Bist du gut angekommen?*«

»Ich habe den ersten Arbeitstag hinter mir und sitze jetzt auf unserer Terrasse«, sagte Jules. »Oh, ich sehe gerade, dass es bei euch schon halb zwei in der Nacht sein muss. Habe ich dich geweckt?«

»*Schön, dass dir das noch auffällt!*«, neckte sie ihn sanft. »*Aber es macht nichts. Ich konnte sowieso nicht schlafen, Schatz. Es fehlt jemand neben mir.*«

Jules seufzte leise. »Mir fehlt auch jemand. Dein Geruch, dein Lachen, deine Wärme. Es ist nicht dasselbe ohne dich.«

»Wir müssen ein paar Veränderungen vornehmen, wenn du hier bist«, wechselte er das Thema, bevor die Sehnsucht zu schmerzhaft wurde. »Die Terrassenmöbel sind schrecklich, und in dieses gruselige Hochbett wird Leonie kaum wollen. Wie kommt ihr beide denn zurecht?«

Ein tolles Mädchen! Sie erinnert mich an meine eigene Jugend. Wir unterhalten uns gut, und ich mag sie nicht mehr missen«, sagte Mila. *»Aber ihre Lehrerin scheint eine Zicke zu sein.«*

»Oh ja«, bestätigte Jules. »Kurze rote Haare – und die meisten davon auf den Zähnen. Der alternative Typ mit giftgrünem Häkelrock und ausgelatschten Schuhen. Die Frau ist biestig und wirkt immer frustriert. Leonie hat es nicht leicht mit ihr.«

»Das glaube ich sofort. Ich hatte die Frau nur kurz am Telefon, und das hat mir gereicht«, sagte Mila.

»Wie läuft denn Leonies Spanischunterricht? Macht sie Fortschritte?«, fragte Jules.

Mila holte tief Luft. *»Jules … du wirst staunen, was deine Tochter während deiner Abwesenheit alles gelernt hat. Und … es gibt noch etwas. Max ist aus dem Koma erwacht.«*

»Was?«, entfuhr es ihm. »Wann? Wie geht es ihm?«

»Heute Nachmittag. Die Ärzte sagen, dass er über den Berg ist, aber er bleibt vorerst auf der Intensivstation.«

Jules lehnte sich zurück und fuhr sich mit der Hand durchs Haar. »Das ist unfassbar. Nach allem, was passiert ist …«

Mila nickte, obwohl er es nicht sehen konnte. *»Ich bekomme das Bild nicht aus dem Kopf. Wie er da lag, zwischen den Tischen, das Blut auf dem Boden … dieser Moment, als niemand wusste, ob er es überlebt. Jules, ich habe noch nie so viel Angst gehabt. Ich kann mir vorstellen wie es Karin ging.«*

»Ich weiß.« Seine Stimme war leise, aber voller Emotion. »Ich hätte alles gegeben, um bei euch zu sein.«

»Karin hält sich tapfer«, fuhr Mila fort. *»Aber ich glaube, innerlich kämpft sie schwer mit dem Geschehen. Es ist gut, dass sie mit Felix vorläufig bei Jan und Mareike wohnt.«*

»Ja …« Jules seufzte. »Ich kann mir nicht vorstellen, wie

schlimm das für sie gewesen sein muss.« Nach einer kurzen Stille sagte er: »Übrigens hat Karsten einen Architekten für die Schule beauftragt. Er ist mit der Planung fertig, und seine Zeichnungen liegen bei mir. Morgen werde ich die ersten Baumaterialien kaufen.«

»*Großartig! Wie groß wird die Schule?*«

»Vier Klassenzimmer, ein Lehrerzimmer, ein Aufenthaltsraum mit Küche, ein paar Einzelbüros und ein hübscher Innenhof mit Spielgeräten und Bänken für die Pausen.«

»*Liebster ...*« Milas Stimme war nur noch ein Flüstern. »*Ich vermisse dich so sehr. Ich wünschte, ich könnte jetzt einfach meine Augen schließen und aufwachen – und du wärst neben mir.*«

Jules lächelte traurig. »Ich weiß. Ich spüre dich, Mila. Auch wenn wir gerade so weit auseinander sind.«

Sie seufzte leise. »*Ich werde jetzt schlafen. Aber nur, wenn du mir versprichst, dass du bald zurückkommst.*«

»Das verspreche ich«, sagte er sanft und machte ein Kussgeräusch.

47

Das Rappeln des altersschwachen Kühlaggregats ließ ihn in der ersten Nacht im neuen Haus nicht schlafen. Mit dunklen Rändern unter den Augen schälte er sich aus dem Bett und gähnte lautstark. Murrend stellte Jules fest, dass es außer einem Instantkaffee nichts gab, um wach zu werden. Er setzte sich mit dem Becher an den Küchentisch, notierte die fehlenden Lebensmittel und schickte Yaku ein Foto des Zettels mit der Bitte, alles bis Mittag mitzubringen. Als ihm noch etwas einfiel, rief er ihn schließlich doch an.

»Hola, Yaku. Haben die Leute in ihren Häusern eigentlich die Möglichkeit, mit Gas zu kochen?«

»*Leider nur die wenigsten. Meistens kochen sie mit Holz hinter dem Haus!*«

Diesen Mangel wollte Jules so schnell wie möglich beseitigen.

»Kennst du in Bolívar einen Händler, der Gasflaschen und Kochplatten verkauft?«

»*Klar. Die Tienda von Julio. Er hat immer ein paar Gasflaschen auf Lager und kann gewiss auch Gas-Kochplatten besorgen.*«

»Dann frag ihn mal, was hundert Flaschen und hundert doppelte Kochplatten kosten und bis wann er sie besorgen kann.«

»*Der wird sich vor Freude kaum einkriegen*«, meinte Yaku. »*Er ist ein armer Kerl und kommt kaum über die Runden, weil die meisten Kunden bei ihm anschreiben lassen und dann doch nicht bezahlen.*«

»Dann ist er der richtige Mann. Noch eine Bitte, Yaku. Wenn du die Fenster und Türen ausmisst, notiere bitte auch, in welchen Häusern Kochmöglichkeiten fehlen. Du musst mich heute nicht fahren. Nutze die Zeit, um alles zu erledigen. Bringe mir nur die Lebensmittel.«

Der Instantkaffee war eine schreckliche Plörre. Beim nächsten Schluck verzog Jules das Gesicht, kippte den Rest in den Ausguss und nahm sich stattdessen eine kalte Flasche Wasser aus dem Kühlschrank.

Er öffnete das E-Mail-Programm auf seinem Laptop. Die Baustofffirma wollte die Dachelemente bereits übermorgen liefern und brauchte eine Adresse. Jules gab die Anschrift der Garnelenproduktion an. Hinter der Halle standen zwei ungenutzte Schuppen – ideal für die Zwischenlagerung. Er schickte Karsten eine kurze Notiz und widmete sich der endlosen Materialliste des Architekten.

Es war anstrengende Kleinarbeit, aber von großer Wichtigkeit. Noch dringender jedoch erschien ihm der Kauf eines Kaffeeautomaten und eines Kühlschranks. Das konnte er nicht aufschieben – und Mila würde dankbar sein, wenn diese Dinge funktionierten.

Er suchte nach Einkaufsmöglichkeiten in der Nähe und fand schließlich ein großes skandinavisches Möbelhaus in Esmeraldas. Die Firma bot fast alles an und lieferte innerhalb von zwei Tagen frei Haus. Kurzerhand bestellte Jules vier hölzerne Liegestühle mit Tisch, bevor er die Seite des Baustoffhändlers öffnete.

48

Der frisch gefallene Schnee ließ sich beinahe mühelos zur Seite schieben, doch die eisige Luft biss in jede unbedeckte Hautstelle. Erst vor vier Tagen waren die Temperaturen drastisch gefallen, und es schneite unaufhörlich weiter. Die Flocken blieben klein in der klirrenden Kälte, doch der schneidende Wind peitschte sie über die Felder, türmte sie zu tückischen Wehen und hüllte die schottische Landschaft in ein gnadenloses, blendendes Weiß – als hätte der Winter selbst beschlossen, alles Leben unter sich zu begraben.

Auf dem Hof der Justizvollzugsanstalt Stirling mussten die Gefangenen täglich die weiße Pracht wegschaufeln. Heute hatten sich zwei der inhaftierten Hexen freiwillig für die Arbeit gemeldet – nicht aus Fleiß oder Einsicht, sondern weil ihnen dabei ein seltener Moment der ungestörten Unterhaltung blieb.

Obwohl die Kälte wie Nadeln in ihre Haut stach, brannte der Schweiß auf Carolas Stirn. Ihre Bewegungen blieben routiniert, ihr Blick gesenkt. Ihre Worte durften nicht auffallen, nicht den Verdacht der Wächter wecken, die seit Emmas Misserfolg jede ihrer Gesten schärfer beäugten. Sie besaßen ohnehin weniger Freiheiten als die anderen Gefangenen – ihre Zellen wurden durchwühlt, ihre Taschen fast täglich auf den Kopf gestellt.

»Eine Schande!«, zischte Sigrun, während sie den Schnee zur Seite schleuderte. Als sie aus dem Augenwinkel bemerkte, dass eine Aufseherin zu ihnen herübersah, verstummte sie augenblicklich. Regungslos, konzentriert auf die Arbeit, ließ sie die Zeit verstreichen, bis die Wache das Interesse verlor. Erst als sich die Aufseherin abwandte, sprach sie mit heiserer Stimme weiter.

»Unser Wicca Coven hat über ein halbes Jahrtausend der Großen Göttin mit Opfern gehuldigt. Immer hat sie uns erhört. Und jetzt?«, knurrte sie, ihre blauen Lippen verzogen sich zu einer verächtlichen Grimasse.

Carola presste die Kiefer aufeinander, die Kälte hatte ihre Finger längst taub gemacht. »Dieser verdammte Kerl hat alles zerstört!«, stieß sie schließlich hervor. »Weil wir gescheitert sind, sitzen wir hier in diesem Drecksloch. Sie hat uns für unser Versagen bestraft!«

Sigruns Augen funkelten gefährlich. »Bedenke, dass er die Schuld an Sanas und Emmas Tod trägt. Er trägt die Schuld an allem!«

Sie hob die Schaufel und stieß sie mit unnötiger Kraft in den Schnee, als könnte sie ihn damit in Stücke reißen. Ihr Atem stieg als weiße Dampfschwaden in die frostige Luft – wie der Rauch eines verfluchten Rituals.

49

Toccata von Johann Sebastian Bach war vielleicht nicht das Lieblingsstück der Riesenhühner, aber es gehörte zu Jans Favoriten. Mit Kopfhörern auf den Ohren und geschlossenen Augen wiegte er seinen Kopf im Rhythmus der Orgelmusik, während er im Hühnerstall auf einem Stuhl saß. Mareike konnte mit Bach wenig anfangen, also gönnte sich der pensionierte Chef der niederländischen Steuerbehörden diesen musikalischen Hochgenuss an seinem 65. Geburtstag ganz für sich allein. Erst als die letzten majestätischen Klänge verklungen waren, öffnete Jan die Augen, atmete tief durch und legte fröhlich eine CD mit Mozarts Kleiner Nachtmusik ein – zur feierlichen Unterhaltung seiner Hühnerschar. Als kleine Geburtstagsbesonderheit bekamen die Tiere eine Extraportion Pfefferminze und Königsbrennnesseln für ihr seidiges Gefieder. Jan klopfte zufrieden einem besonders prachtvollen Hahn auf den Rücken.

»Ein würdiger Auftakt, nicht wahr?«

Der Hahn gackerte empört. Vielleicht war er mehr für Vivaldi zu haben.

Jan lachte und machte sich auf den Weg zurück ins Haus. Dort duftete es bereits verheißungsvoll nach Kirschtorte, die typische holländische Spezialität, die Mareike zusammen mit Leonie und Mila in der Küche für die Gäste vorbereitete.

Heute war ein besonderer Tag, denn nicht nur Jan feierte seinen 65., sondern auch Leonie ihren 14. Geburtstag. Natürlich war er sich bewusst, dass die Aufmerksamkeit eher Jules Tochter gelten würde – jung, frisch, das ganze Leben vor sich. Aber das hielt ihn nicht davon ab, seinen eigenen Ehrentag in vollen Zügen zu genießen.

Mit einem zufriedenen Lächeln ließ er sich in seinem bequemen

Sessel in der Stube nieder und wartete darauf, dass die Frauen ihr Meisterwerk vollendeten.

Leonie, die heute offiziell in die Liga der Teenager aufstieg, half mit Feuereifer beim Backen und Kochen – nicht nur, um ihren Vater zu beeindrucken, sondern auch, weil sie vermutlich keine Gelegenheit ausließ, in Milas Nähe zu sein. Sie hatten ihr nichts von dem Mordanschlag der Hexe erzählt, um den Tag nicht mit dunklen Schatten zu belasten. Erst nachdem Karin wieder nach Eupen gefahren war, hatten sie Leonie abgeholt.

Endlich gesellten sich die Frauen zu Jan, und Leonie balancierte stolz eine dampfende Tasse Kaffee mit Sahnehäubchen zu ihm.

»Oh, lecker! Aber das ist nicht gut für mein kleines Bäuchlein«, scherzte Jan und tätschelte sich selbst auf den Bauch.

»Dann sind die Bierchen erst recht nicht gut«, entgegnete Mareike mit gespieltem Ernst, während sie ihre Schürze ablegte.

Die blonde Holländerin sah für ihr Alter noch immer verblüffend attraktiv aus. Schlank, einen Hauch größer als Jan und mit einem Blick, in dem stets eine liebevolle Wärme lag. Besonders mochte er ihre feinen Grübchen, die sich zeigten, wenn sie lachte – wie jetzt.

»Du wirst mir doch später ein Bier mit Jules gönnen?« fragte er hoffnungsvoll.

»Sicher«, sagte sie schmunzelnd. »Aber ich weiß doch, dass es nicht bei einem bleiben wird.«

Jan grinste. Sie kannte ihn eben zu gut.

»Paps war lange genug weg. Ihm gönne ich das Bier«, sagte Leonie großmütig. »Aber er wird sich auch über die Kirschtorte freuen!«

Jan lehnte sich entspannt zurück. Ja, das würde ein ausgezeichneter Geburtstag werden.

»Meinst du, dass er sich darüber freut?«, fragte Mila.

»Klar. Du weißt doch, dass es in Ecuador keine Kirschen gibt.«

»Stimmt. Aber dafür unendlich viele andere Obstsorten«, sagte Mila. »Ich freue mich darauf, wieder neue Früchte kennenzulernen. Die Auswahl auf den Märkten hat mich beeindruckt. Gleichzeitig war ich verwundert, dass mich die Verkäufer immer als Chefin oder Königin angesprochen haben. Anfangs fühlte ich mich verschaukelt – bis ich merkte, dass das dort einfach üblich ist.«

»Und worauf freust du dich am meisten, wenn ihr in Ecuador seid, Leonie?«, fragte Mareike.

»Jeden Morgen ein Glas frisch gepressten Saft – und die Käsebrötchen sind genial. Aber am meisten freue ich mich darauf, mit Paps und Mila zusammenzuleben«, sagte Leonie mit einem strahlenden Lächeln.

In diesem Moment ertönte der Gong der Türklingel. Mareike ging zur Tür und öffnete sie. Jules trat ein, die Arme voller verpackter Geschenke. Als er ins Wohnzimmer kam, ließ Leonie alles stehen und liegen und rannte ihm entgegen.

»Paps!«, rief sie glücklich und warf sich in seine Arme.

Er lachte, hielt sie fest und drückte ihr einen Kuss auf den Scheitel. »Alles Gute zu deinem Geburtstag, Liebes«, sagte er sanft, während er sie noch einen Moment lang im Arm hielt, als wolle er sie nie wieder loslassen.

Dann zog er ein kleines, sorgfältig verpacktes Päckchen aus der Tasche und reichte es ihr. »Mach schon auf!«, forderte er sie mit einem Lächeln auf.

Leonie riss das Geschenkpapier auf. Eine elegante, blaue Box kam zum Vorschein. Vorsichtig öffnete sie den Deckel – und ihre Augen weiteten sich. In der samtigen Einlage glitzerte ein zarter Brillant an einer feinen goldenen Kette.

Einen Moment lang brachte sie kein Wort heraus. Dann schaute sie ihren Vater mit glänzenden Augen an. »Oh, Paps ... der ist ja wunderschön«, flüsterte sie gerührt und schlang ihre Arme um ihn.

Er lachte leise und streichelte ihr sanft über den Rücken. »Du musst dich auch bei Mila bedanken«, sagte er schließlich. »Die Kette ist unser gemeinsames Geschenk.«

Leonie löste sich aus der Umarmung, aber nur, um gleich darauf Mila freudestrahlend in die Arme zu schließen. Während sie ihr dankte, sah Jules ihr liebevoll nach und reichte Jan das große, schwere Paket.

»Damit mein bester Freund immer an mich denkt, wenn wir in Ecuador leben«, sagte Jules und beobachtete, wie Jan ungeduldig an der dicken Pappverpackung zerrte, als hätte er eine Schatztruhe in den Händen.

»Wie sollte es anders sein!«, rief Jan und lachte, als er das ulkige Huhn endlich aus seiner Pappummantelung befreit hatte. Er hielt es hoch, drehte es in der Luft und musterte es kritisch. »Ich hoffe, diese Glubschaugen sind keine Anspielung auf meine Hühner«, sagte er, zog grinsend die Stirn in Falten und ließ das Huhn auf seinem Handrücken balancieren.

»Ich konnte einfach nicht widerstehen, als ich es auf dem Indianermarkt entdeckt habe«, verteidigte sich Jules. »Ein wirklich kreativer Indio hat mit alten Wurzeln und Mangrovenholz eine Marktlücke gefunden. Und du musst zugeben – dieses Exemplar ist ein Meisterwerk!«

Jan betrachtete das weiß lackierte Huhn, das mit seinem zusammengekniffenen gelben Schnabel und dem roten Kamm ein wenig so aussah, als hätte es gerade ein Erweckungserlebnis gehabt. Es starrte mit verdrehten Augen irgendwohin an die Decke.

»So gucken meine Hühner aber nicht!«

»Gib ihnen ein bisschen Zeit«, sagte Jules und klopfte ihm auf die Schulter. »Lass sie das Schmuckstück eine Weile bestaunen. Sie werden es so großartig finden, dass sie den Blick irgendwann nachmachen.«

»Niemals!« Jan schüttelte entschlossen den Kopf. »Das Ding

kommt zwischen Mareikes Rosen in den Vorgarten. Vielleicht hält es Einbrecher ab!« Er lachte. »Was ist, Sherlock? Ein Bierchen vor dem Essen?«

»Fantastische Idee!«

Die Frauen hatten den Dialog belustigt verfolgt. Leonie sprang schließlich auf, holte zwei Flaschen aus dem Kühlschrank und stellte sie mit einem breiten Grinsen vor die beiden.

»Tja, lieber Jules«, sagte Mareike. »In einer halben Stunde gibt es Essen. Jan und ich haben uns was gewünscht, das auch Milas und deinen exquisiten Geschmack trifft.«

Jules zog eine Augenbraue hoch. »Und das wäre?«, fragte er misstrauisch.

»Es sind nicht Fish 'n' Chips«, verkündete Jan mit bedeutungsschwerer Miene. »Aber so ähnlich! Unsere Frauen haben Kibbelings vorbereitet. Sogar im Bierteig!«

»Mit Avocado-Dip«, ergänzte Leonie stolz.

»Oh, jetzt läuft mir das Wasser im Mund zusammen!« Jules rieb sich dramatisch den Bauch.

»Und das Drittbeste ist die Torte!«, setzte Jan triumphierend nach.

»Torte?« Jules' Augen leuchteten.

»Holländische Kirschtorte. Blätterteig. Kirschen aus dem Garten.«

»Selbst gepflückt? In dieser Jahreszeit?«

Jan seufzte theatralisch. »Ich hatte keine Wahl. Die Frauen haben mich quer durch den halben Garten gejagt und auf die Leiter gescheucht.«

»Aus dem Glas, du Schwindler!«, stellte Mila grinsend klar.

»Hm. Und was ist das Zweitbeste und das Beste?«

»Die Kibbelings sind das Zweitbeste. Das Beste ist natürlich unser Kesselbier!«

Mareike stöhnte und verdrehte die Augen. »Männer!«

»Komm, schnapp dir deine Flasche! Wir gehen zu den Hühnern. Hier werden wir eh nicht gebraucht«, sagte Jan gespielt beleidigt.

Sie standen auf, und Jules drückte Mila noch einen schnellen Kuss auf die Lippen, bevor er Jan folgte, der bereits mit einer Schüssel voll Küchenabfälle zur Tür hinausmarschierte.

»Du hast doch heute nicht nur die Geschenke geholt, oder?«, fragte Jan misstrauisch, während er die Stalltür öffnete.

Jules schüttelte geheimnisvoll den Kopf.

»Richtig erkannt. Ich war noch in Eupen. Max ist endlich von der Intensivstation runter«, sagte er.

»Und? Welchen Eindruck macht er?«

Jules zögerte. Dann schüttelte er den Kopf. »Er saß mit dem Baby im Arm im Bett und hat gelächelt. Aber das war nur Fassade. Max sieht furchtbar aus. Diese Hexe hat ihn übel erwischt.«

Jan hörte auf, die Salatblätter an die Hühner zu verteilen, und sah ihn scharf an. »Wie schlimm ist es?«

»Schlimm genug. Rippenbrüche, ein Stichwunden am Arm und am Oberschenkel, ein Schleudertrauma. Und sein Gesicht ... Jan, ich habe ihn kaum wiedererkannt.« Jules presste die Lippen zusammen. »Wenn der Notarzt nur ein paar Minuten später gekommen wäre ...«

Einen Moment sagte keiner von beiden etwas. Nur das Scharren der Hühner war zu hören.

Schließlich räusperte sich Jules. »Ich habe auch Karin beobachtet. Sie gibt sich betont unbekümmert, aber ich glaube, der Schreck sitzt tiefer, als es den Anschein hat.«

Jan nickte langsam. »Verständlich, nach dem, was sie durchmachen musste. Immerhin weiß sie jetzt, dass Maximilians Alleingang richtig war. Vielleicht hat er ihnen allen das Leben gerettet.« Er seufzte und sah Jules an. »In zwei Tagen geht euer Flug? Hast du in Antwerpen alles geklärt?«

»Zwei Tage voller Behördengänge. Abmeldung von Leonie und mir, Besuche und Telefonate mit dem Energieversorger, Leonies Schule, Versicherungen, der Bank ... Es war ein Marathon. Aber ich habe es geschafft«, sagte Jules.

»Das glaube ich gern«, meinte Jan und nahm einen Schluck von seinem Bier. »Und wie geht es jetzt weiter?«

»Mila hat gekündigt, und wir haben unsere Wohnungen über Airbnb angeboten. Leonie ist an ihrer neuen Schule in Esmeraldas angemeldet. Gestern habe ich bis spät in die Nacht einen großen Karton mit wichtigen Papieren sortiert und private Dinge in einen abschließbaren Schrank geräumt.«

»Gut gemacht, Sherlock. Das war sicher eine Menge Arbeit. Und in Ecuador?«, fragte Jan.

»Die Aufenthaltsgenehmigungen sind beantragt, und Milas Schule ist fertig. Sie kann sofort unterrichten, wenn wir ankommen. Aber es gibt noch viel zu tun. Im neuen Haus müssen einige Dinge geändert und gekauft werden. Ich hoffe, dass ich nichts vergessen habe«, sagte Jules nachdenklich.

Jan lachte. »Tja, so etwas merkt man immer erst, wenn man schon weg ist.« Er trank sein Bier leer. »Die Frauen warten bestimmt schon mit der Torte auf uns. Und wenn nicht, gönnen wir uns noch ein Bier.«

Er schob Jules aus dem Stall und schloss die Tür hinter ihnen.

50

Jules saß neben Yaku, der den grünen Defender sicher durch die kurvenreiche Strecke der Anden lenkte. Anders als Mila und Leonie konnte er nicht schlafen – zu viele Gedanken gingen ihm durch den Kopf. So sehr er auch nachdachte, ihm fiel nicht ein, ob er in Antwerpen etwas Wichtiges vergessen hatte.

Er drehte sich um und musste lächeln. Leonie hatte sich an Mila gekuschelt. Sie waren schon kurz nach der Landung eingeschlafen – trotz oder vielleicht gerade wegen der Schaukelei. Die Sonne war untergegangen, und auch Jules musste immer wieder ein Gähnen unterdrücken. Der Flug in der Economy Class war nicht gerade entspannend gewesen. Er konnte es kaum erwarten, endlich die Beine auszustrecken.

»In ungefähr einer halben Stunde können Sie die beiden wecken, Jules«, sagte Yaku.

»Das ist eine gute Nachricht. Der Flug war anstrengend. So langsam freue ich mich auch auf ein Bett«, antwortete er.

»Muss ich Sie morgen fahren?«

»Wenn, dann erst am Nachmittag. Aber wahrscheinlich nicht.«

»Das ist gut. Dann kann ich weiter Fenster messen«, sagte Yaku.

»Wie weit bist du denn während meiner Abwesenheit gekommen?«

Grinsend holte er ein Stück Papier aus seiner Innentasche und reichte es Jules.

»Sechsunddreißig Häuser? Heureka! Du warst sehr fleißig, Yaku. Ich hoffe, dass ich die Fenster und Türen bald bekomme.«

»Einige sind bereits in die Lagerhallen der Garnelenproduktion gebracht worden. Langsam wird es dort aber eng«, sagte Yaku.

»Haben die Männer denn noch kein Dach gemacht?«

»Ich habe meinem Schwager gesagt, dass er mit den Arbeiten warten soll, bis Sie zurück sind. Besser, wenn Sie die Arbeiten selbst überwachen. Er wartet mit vier Männern auf Ihre Anweisungen.«

»Und was ist mit den Gasflaschen und Kochern?«

»Steht alles auf den Zetteln, so wie Sie es wollten.«

Jules sah sich die Notizen genauer an. Yaku hatte wirklich an alles gedacht.

»Eigentlich bist du zu gut, um nur zu fahren«, sagte Jules lachend.

»Aber ich fahre gerne«, erwiderte Yaku und lenkte den Wagen vor das Haus. Er parkte unter der Laterne und grinste. »Jetzt können Sie sie wecken.«

51

Mila ließ ihren Blick über die weite Landschaft schweifen. Die Morgensonne tauchte alles in ein goldenes Licht, während die Luft noch frisch war. Es war ihr erster Tag in Ecuador, doch es fühlte sich noch nicht real an. Noch gestern hatte sie ihr altes Leben hinter sich gelassen, ihre gewohnte Umgebung, ihre Routinen. Jetzt saß sie hier, mitten in den Tropen, mit einem Mann, den sie liebte, und einer Zukunft, die so ungewiss wie aufregend war.

Sie nahm einen Schluck Kaffee und schloss kurz die Augen. Der Geschmack war intensiv, leicht erdig – ganz anders als zu Hause. Alles war anders. Die Geräusche der Natur, das sanfte Summen des Ventilators, die Stimmen von Straßenhändlern in der Ferne.

Jules war schon wieder in Gedanken versunken, wahrscheinlich bei seinen unzähligen Aufgaben. Sie beobachtete ihn für einen Moment, wie er auf seinem Handy Nachrichten las und Notizen machte.

»Woran denkst du?«

Er sah auf. »An die Fenster, die wir austauschen müssen. Und daran, dass ich dringend die Dachmontage organisieren sollte.«

Mila lächelte. Typisch. Kaum angekommen, war er schon mittendrin.

»Hast du eine Liste mit den wichtigsten Sachen?«

»Ein paar Dinge stehen fest: Fenster, Möbel fürs Esszimmer, eine neue Wasserpumpe – und natürlich die Sicherheitsmaßnahmen.«

Mila zog eine Augenbraue hoch. »Meinst du die Gitter vor den Fenstern?«

»Ja. Sie gefallen mir genauso wenig wie dir. Aber ohne sie sind wir ein leichtes Ziel.«

»Es gibt doch bestimmt eine bessere Lösung als diese hässlichen Dinger.«

»Eine Alarmanlage und Videoüberwachung wären eine Alternative. Aber das muss ich noch durchrechnen.«

Mila lehnte sich zurück und sah ins Haus. Es hatte Charme, ohne Frage. Hohe Decken, massive Holzbalken, eine Veranda, die zum Verweilen einlud. Doch es gab viel zu tun.

»Die Vorhänge müssen auch weg«, sagte sie schließlich.

Jules lachte. »Das dachte ich mir.«

»Und die Möbel im Esszimmer sind scheußlich.«

»Dann suchen wir neue aus.«

Mila seufzte leise. »Es wird dauern, bis ich mich hier wirklich zuhause fühle.«

Jules griff nach ihrer Hand. »Gib dir Zeit. Es ist erst der erste Tag.«

Sie nickte. Zeit. Das war es wohl, was sie am meisten brauchte. Zeit, um anzukommen. Zeit, um sich ein Zuhause zu schaffen. Zeit, um herauszufinden, ob dieses neue Leben wirklich ihr Leben war.«

Ich weiß, was wir noch dringend brauchen!«, hörte er plötzlich die Stimme seiner Tochter. Leonie stand mit zerzausten Haaren hinter ihnen.

»Und das wäre?«, fragte Jules.

»Einen Pool!«

Mila und Jules sahen sich lachend an.

»Das war nicht dein Ernst, oder?«, fragte Jules.

»Doch! Schließlich leben wir jetzt in den Tropen. Dann gehört auch ein Pool dazu!«, erklärte sie trotzig.

»Leonie, wir sind gerade den ersten Tag hier. Meinst du nicht, dass wir uns erst mal um wichtigere Dinge kümmern sollten?«, fragte Mila.

»Es muss ja nicht sofort sein. Aber einen Standmixer für frische Säfte sollten wir haben.«

»Darüber können wir reden«, sagte Mila.

Jules seufzte und grinste. »Ich werde mich mal erkundigen, wer einen Pool bauen könnte und was das kostet. Aber ich verspreche nichts. Momentan haben wir andere Ausgaben.«

Leonie zog eine Schnute.

»Also gedulde dich. Können wir jetzt frühstücken?«

»Klar, ich habe Hunger«, sagte Mila und stand auf

»Ich gehe zuerst duschen«, sagte Leonie und verschwand im Bad.

»Sie war sonst immer so reif und vernünftig«, meinte Jules kopfschüttelnd.

»Sie ist vierzehn, Schatz. Leonie steckt mitten in der Pubertät. Sie ist auf dem Weg, erwachsen zu werden – da darf sie auch mal unvernünftig sein«, entgegnete Mila.

»Beim besten Willen, das verstehe ich nicht«, sagte Jules.

»Du bist auch ein Mann. Frauen sind anders. Ich verstehe Leonie. Sie ist gerade weder Fisch noch Fleisch.«

»Soll sie zicken. Ich mache mir jetzt ein paar Eier. Heute gibt es genug zu tun«, brummte Jules und ging in die Küche.

Mila seufzte. Sie wusste, dass Jules und Leonie einander oft missverstanden. Er war ein Mann der klaren Strukturen, der seine Entscheidungen mit Logik und Pragmatismus traf. Für ihn zählten Ergebnisse, nicht Empfindungen. Leonie hingegen war im Chaos ihrer Jugend gefangen, schwankte zwischen kindlicher Unbekümmertheit und dem Anspruch, ernst genommen zu werden. Mila konnte sie verstehen – vielleicht, weil sie selbst erst jetzt, mit diesem Umzug, wieder gespürt hatte, wie schwer Veränderungen sein konnten.

»Kein Grund, sich aufzuregen, Schatz. Ich rede gleich mit ihr«, sagte sie und nahm ihm die Eier ab. Während sie sie in die Pfanne schlug, wanderte ihr Blick aus dem Fenster. Die tropische

Landschaft war atemberaubend – üppiges Grün, das sich über Hügel zog, Vögel mit leuchtendem Gefieder, ein Himmel, der in einem anderen Blau leuchtete als in Belgien. Sie liebte es. Und doch überkam sie manchmal eine leise Wehmut.

Ihre Familie, ihre Freunde, die Gewohnheiten, die ihr Leben in Europa geprägt hatten – alles lag jetzt hinter ihr. Sie hatte gewusst, worauf sie sich einließ. Und doch ... die Unsicherheit, ob sie hier wirklich richtig war, klang in ihr nach wie das Summen eines Moskitos in der Nacht.

Jules wusste nicht, dass sie sich manchmal fragte, ob es richtig gewesen war, alles aufzugeben. Er dachte in Lösungen. Sie dachte in Gefühlen. Vielleicht ergänzten sie sich deshalb so gut.

Jules wusste, dass der Umzug für Leonie eine Belastung war – aber das galt für sie alle. Ihretwegen hatten Mila und er ihre Jobs aufgegeben. Hätte seine Tochter sich gegen Ecuador ausgesprochen, wären sie heute nicht hier. Natürlich hatte Leonie keine Vorstellung davon, wie aufwendig dieser Schritt gewesen war. In Belgien hatte er bereits genug um die Ohren gehabt, aber hier wartete neben dem neuen Job noch eine Menge Arbeit auf ihn. Da blieb kein Platz für solche Nebensächlichkeiten wie einen Pool.

Doch während er seine Eier aß, dachte er über Milas Verständnis für Leonies Wunsch nach. War die Idee wirklich so abwegig? Sie lebten jetzt in den Tropen – und damit hatte Leonie recht. Ein Pool wäre tatsächlich eine Bereicherung. Morgens ein paar Bahnen schwimmen, bevor der Tag begann, oder abends eine Abkühlung nach der Arbeit. Ohne mit Mila zu sprechen, beschloss er, zumindest Preise für den Bau einzuholen.

Nach dem Frühstück blockierte Mila das Arbeitszimmer und arbeitete ihre Liste mit Erneuerungen und Anschaffungen ab. Das konnte dauern. Also setzte sich Jules mit seinem Laptop an den Esstisch und verglich Yakus Erhebungen mit den laufenden

Bestellungen für Gasflaschen und Kochplatten. Bis jetzt hatte er 62 Haushalte ohne Kochgelegenheiten gezählt. Der Mann war fleißig. Jules schrieb eine E-Mail an die kleine Tienda von Julio, griff dann zum Telefon und veranlasste die Lieferung.

Mit der Bestellung von Fenstern und Türen wollte er noch warten. Bei seinen ersten Kontakten mit den Lieferanten hatte er festgestellt, dass die Abnahmemenge einen großen Einfluss auf die Preise hatte. Er nahm sein Handy.

»Hallo Yaku. Du sagtest gestern, dass dein Schwager mit den Dächern loslegen würde, sobald ich das wünsche.«

»*Richtig. Er wartet nur auf dein Zeichen.*«

»Dann kann er sofort anfangen. Weißt du, wie viele Dächer er pro Woche schafft?«

»*Ich habe ihn schon gefragt. Er meinte, die Montage sei unkompliziert. Drei bis vier Dächer pro Woche sollten möglich sein. Vielleicht mehr.*«

»Großartig. Sie sollen das Material direkt zu den ersten Häusern bringen«, sagte Jules.

»*Paulo wird sich freuen, wenn er das hört*«, antwortete Yaku.

Mila hörte Jules' Stimme im Hintergrund, während sie ihre eigene Arbeit fortsetzte. Sie fühlte sich rastlos, getrieben vom Wunsch, ihren Platz in diesem neuen Leben zu finden. In Belgien hatte sie ihre Routinen gehabt – ihre Arbeit, ihre Freundinnen, ihre Mutter, mit der sie jede Woche telefoniert hatte. Hier war alles neu, alles anders.

Aber vielleicht war das auch gut so. Vielleicht lag darin die Chance, etwas ganz Neues aufzubauen.

Endlich würde Platz in den Lagerräumen frei werden. Jules rechnete nach – der Vorrat an Dachelementen würde für zwei Wochen reichen. Dann wäre genug Platz für die ersten 23 mobilen Stromaggregate. Er schrieb dem Händler, dass er die Lieferung veranlassen konnte, und gab gleichzeitig den Auftrag, acht kleine Photovoltaikanlagen bereitzuhalten. Sie sollten auf den fertigen Dächern in der Hauptstraße montiert werden. Die Elektriker des Händlers würden zudem Kabel, Steckdosen und einfache Lampen in jedem Raum anbringen.

Zufrieden darüber, dass es endlich voranging, machte Jules sich einen neuen Kaffee und setzte sich wieder an den Laptop. Durch Karstens Initiative wurden Menschen anständig entlohnt und konnten ihre Familien ernähren.

Als Nächstes veranlasste er, dass die Schulmaterialien in die neue Schule gebracht wurden. Dann rief er die Gartenbaufirma in Esmeraldas an, um sich über die Fortschritte zu erkundigen. Der Rollrasen vor dem Gebäude sei bereits verlegt, erfuhr er. Nur ein paar Büsche müssten noch gepflanzt werden. Der Pausenhof sei bereits in der Vorwoche fertiggestellt worden.

Eine gute Nachricht. Wenn er nachher mit Mila die Schule besichtigte, konnte sie bald mit dem Unterricht beginnen.

Zufrieden tippte Jules »Pool« in die Suchmaschine ein. Unzählige Anbieter priesen ihre Fertigpools an. Nach kurzer Suche blieb er an einem Angebot hängen. Eine Firma aus Esmeraldas bot komplett montierte, verrohrte und verkabelte Einbaupools in allen erdenklichen Größen samt Zubehör an. Genau das, was er suchte. Die Bewertungen waren hervorragend.

Ohne lange nachzumessen, gab er eine Größe von 4 × 6 Metern ein – und staunte. Mit Überdachung kostete das nasse Vergnügen umgerechnet 8.000 Euro. Weniger, als er erwartet hatte, aber immer noch eine stolze Summe. Schließlich musste erst ein Loch ausgehoben werden, und auch Wasser- sowie Stromanschlüsse fehlten. Doch der Pool hatte eine elektrisch bedienbare, halbrunde Überdachung – das gefiel ihm.

Er war so vertieft, dass er nicht bemerkte, wie Mila lautlos hinter ihn trat.

»Aha!«, sagte sie grinsend.

Jules zuckte zusammen. »Du hast mich erschreckt!«

Sanft legte sie eine Hand auf seine Schulter. »Und? Gibt es gute Angebote?«

»Ich bin zwar noch immer über Leonies Anspruchsdenken verärgert, aber eigentlich hätten wir alle etwas davon. So teuer, wie ich dachte, ist das gar nicht«, sagte Jules und zeigte ihr das Angebot. »Ich glaube, ich hole mal eine Offerte ein.«

»Mach das«, sagte Mila und lehnte sich an ihn. »Kostet ja nichts.«

Einen Moment ließ sie ihren Kopf auf seiner Schulter ruhen, dann fuhr sie fort: »Ich habe inzwischen die Einkaufsliste abgearbeitet. Bis auf ein paar Kleinigkeiten ist alles bestellt und bezahlt. In den nächsten Tagen kommen einige Pakete mit dem Kleinkram an.«

»Was hast du denn alles bestellt?«, fragte er und ließ sich in ihrem Duft treiben.

Mila lachte leise. »Der Staubsauger war veraltet, die Spülmaschine verschimmelt, und im Schrank standen genau vier Teller – alle mit Sprung. Ganze zwei Kuchengabeln und zwei Löffel gehörten zu diesem Haushalt. Da gab es einiges zu tun.«

Jules drehte sich halb zu ihr um. »Und die Möbel?«

»Ein neues Esszimmer und zwei Schuhschränke. Mit dem Sofa und dem Schlafzimmer wollte ich warten, damit wir beide entscheiden können.

»Und wie teuer war das alles?«

»Bis jetzt rund 4.000 Euro«, sagte sie gelassen. »Dazu kommen noch die neuen Polster und das Schlafzimmer. Aber mach dir keine Sorgen – das übernehme ich. Meine Ersparnisse für einen guten Zweck.« Sie schmunzelte und küsste ihn sanft in den Nacken.

Jules schloss für einen Moment die Augen, spürte ihre Nähe, ihre Wärme. Dann drehte er sich ganz zu ihr um, legte eine Hand an ihre Wange und sah ihr in die Augen.

»Heißt das, ich darf den Pool finanzieren?«, fragte er mit einem Lächeln.

Mila lächelte verschmitzt, setzte sich auf seinen Schoß und legte die Arme um seinen Nacken. »Videokameras habe ich auch schon gekauft. Du bist dann noch für die Alarmanlage zuständig, mein Lieber«, hauchte sie, während ihre Finger spielerisch über seinen Kragen strichen. Dann zog sie ihr Oberteil aus und beugte sich vor, um ihn zu küssen. Ihre Lippen waren weich, ihre Zunge fordernd.

Jules spürte, wie sein Puls schneller wurde. Ihre Körper drängten sich aneinander, Wärme flutete durch ihn.

»Leonie!«, warnte er atemlos, als sie ihn noch enger an sich zog.

»Ich habe mit ihr gesprochen, und jetzt schläft sie«, flüsterte Mila mit einem verführerischen Lächeln. »Wir können also tun, was immer wir wollen.«

Ihre Worte waren eine Einladung, die Jules nicht ablehnen konnte. Seine Hände glitten über ihre nackte Haut, erkundeten sie, während ihre Küsse tiefer wurden. Es war ein berauschendes Gefühl, mitten am Tag etwas Verbotenes zu tun – in der Küche, auf der kühlen Arbeitsplatte, wo sich ihre Körper aneinanderpressten.

Später, noch leicht verschwitzt, gingen sie gemeinsam unter die Dusche. Das warme Wasser perlte über ihre Körper, während Jules mit den Händen über Milas Kurven strich. Sie lehnte sich an ihn, ihr Atem heiß an seinem Hals.

Erst beim Abtrocknen hörte Jules Geräusche aus dem Wohnzimmer. Leonie war wohl wach geworden.

»Sag ihr noch nichts von dem Pool«, sagte Jules schmunzelnd, während er Mila noch einen Kuss auf die nackte Schulter gab.

Sie trockneten sich ab, zogen sich an und gingen mit unschuldigen Mienen ins Wohnzimmer.

»Unser kleines Geheimnis«, sagte Mila und zwinkerte ihm zu.

Dann strich sie sich eine nasse Haarsträhne hinters Ohr. »Fahren wir gleich zur Schule? Ich bin schon neugierig!«

»Es ist noch nicht alles fertig. Aber nächste Woche dürftest du unterrichten können.«

Doch Leonie war nicht im Wohnzimmer. Die Terrassentür stand offen, ein laues Lüftchen wehte herein.

»Geh schon mal zu ihr. Sie kann gleich mitkommen. Ich rufe nur schnell bei der Poolfirma an«, sagte Jules.

Grinsend trat er auf die Terrasse. »Alles klar«, sagte er augenzwinkernd zu Mila. »Nächste Woche kommt der Gärtner und macht uns ein Angebot für die Rückseite.«

»Sollen wir jetzt los?«, fragte Mila und streichelte beiläufig über Jules' Hand.

»Yaku ist gerade vorgefahren. Wenn Leonie mitkommt, können wir anschließend noch einen leckeren Burger essen. Der Laden am Straßenrand, am Ende der Hauptstraße, soll besonders gut sein.«

52

Ihre schwarz gefärbten Haare verbarg sie unter einem Kopftuch, und über dem langärmeligen, bodenlangen Kleid trug sie den blauen Kittel der Reinigungsfirma. Leicht gebeugt schob sie den Reinigungswagen vor sich her, ihr ausdrucksloses Gesicht eine Maske der Gleichgültigkeit.

Die alte Frau nahm den hochstehenden Schrubber und den Plastikeimer heraus, stellte dann den gelben Warnkegel in den Flur – ein unauffälliges Signal, dass hier niemand stören sollte. Aus den Augenwinkeln bemerkte sie die Nachtschwester, die sich näherte.

»Hallo, Frau Saritas, wenn Sie mögen, kommen Sie später doch auf einen Kaffee ins Schwesternzimmer. Heute Nacht ist es angenehm ruhig«, sagte die Schwester freundlich.

»Erst muss machen Putzen fertig. Vielleicht später kommen«, antwortete sie mit starkem Akzent.

»Das würde mich freuen. Ich heiße übrigens Marie.«

»Mein Name Defne«, sagte sie mit einem angedeuteten Lächeln.

»Dann bis später, Defne«, erwiderte Schwester Marie Schröder und ging zurück ins Schwesternzimmer am Ende des langen Flurs.

Während sie konzentriert an den Medikamentenplänen der Patienten arbeitete, hatte sie nur beiläufig den Monitor im Blick.

Defne wischte noch einige Minuten weiter, ihr Blick wanderte in Richtung der Tür, hinter der Marie verschwunden war. Der Korridor lag still im kalten Neonlicht, nur das leise Summen der Lampen war zu hören. Sie schob den Reinigungswagen ein Stück weiter und tastete nach dem Gegenstand in ihrer Kitteltasche. Ein zufriedenes Lächeln huschte über ihr Gesicht.

Die zurückhaltende türkische Putzfrau – diesen Eindruck hatte ihr jeder in der Klinik abgenommen.

Sie war niemandem aufgefallen. Sie war unsichtbar.

Plötzlich ertönte im Schwesternzimmer ein schrilles Warnsignal. Marie Schröder blickte erschrocken auf.

Herzstillstand!

Geistesgegenwärtig sprang sie auf und öffnete in Sekunden den Kühlschrank und holte eine Ampulle hervor. Epinephrin. Mit dem Adrenalin und einer Einwegspritze in der Hand rief sie die diensthabende Ärztin an. »Herzstillstand – Zimmer 321, Schwester Marie, rief sie, während sie über den Gang hetzte.

Leise öffnete Uta die Tür des Patientenzimmers.

Max Malinowski lag in seinem privaten Einzelzimmer, tief schlafend. Sein gleichmäßiger Atem hob und senkte seine Brust, völlig ahnungslos, dass der Tod bereits in seinem Zimmer stand.

Uta trat näher und musterte sein Gesicht. So hilflos. So unbewaffnet. Er war eine leichte Beute.

Ihr Blick fiel auf die Spuren, die Emmas Angriff hinterlassen hatte – auf die Wunden, die sie ihm zugefügt hatte, bevor sie selbst gestorben war. Doch sie war zu schwach gewesen, ihr Werk zu Ende zu bringen.

Uta würde diesen Fehler nicht wiederholen.

Mit einer langsamen, fast genüsslichen Bewegung zog sie die Athame aus ihrer Tasche. Das Mondlicht, das durch die halb geschlossenen Jalousien fiel, ließ die schwarze Klinge kurz aufblitzen.

Nur noch wenige Sekunden trennten sie davon, sein Herz herauszuschneiden und es der Großen Göttin zu opfern.

Endlich!, dachte sie.

Mit einem diabolischen Lächeln trat sie an sein Bett.

Vorsichtig schob sie die Decke ein Stück zurück.

Maximilian murmelte etwas Unverständliches im Schlaf, sein

Gesicht verzog sich leicht – als würde er eine böse Vorahnung spüren.

Doch es war zu spät.

Die Athame schwebte bereits über ihm.

Eisern umklammerte Uta das Heft mit dem in Silber eingeprägten Symbol Satans. Ihr Griff war fester als Stahl.

Gleich würde sie sein Herz in ihren Händen halten.

Marie riss die Tür auf. Ein eisiger Schauer lief ihr über den Rücken. Ihr Atem stockte, als sie die türkische Putzfrau mit erhobenem Messer vor Maximilians Bett stehen sah.

»Was machen Sie da?«, schrie sie, ihre Stimme ein Echo der Panik.

Uta wirbelte herum, die Athame blitzte in ihren Händen auf. Ihre Augen glühten vor Entschlossenheit, ihre Haltung war die eines Raubtiers, bereit zum Sprung. Marie wusste, sie hatte nur einen Wimpernschlag Zeit. Ohne nachzudenken, setzte sie sich in Bewegung. Mit einem verzweifelten, kraftvollen Sprung trat sie der ominösen Putzfrau das Messer aus der Hand. Die Klinge drehte sich im Flug, schlug gegen das Metallgestell des Bettes und landete klirrend auf dem Boden.

Uta zischte wütend, erkannte die Bedrohung – und floh. Sie riss die Tür auf, stürzte hinaus, ihre Schritte hallten durch die Gänge. Vor ihr ragte der Putzwagen auf. Mit einem wilden Stoß schleuderte sie ihn um, Chemikalien und Glasflaschen barsten auf dem Boden, der beißende Geruch von Reinigungsmitteln füllte die Luft. Ohne sich umzusehen, rannte sie in den dunklen Flur.

»Was ist denn hier los?«, fragte die junge Ärztin, als sie atemlos ins Zimmer stürzte.

Marie presste eine Hand gegen ihr rasendes Herz. »Ich verstehe das nicht! Das Überwachungssystem zeigte mir einen Herzstillstand bei Herrn Malinowski an, und dann stand hier diese

Frau – mit diesem Messer!« Ihre Finger zitterten, als sie auf die Athame deutete, die noch immer am Boden lag.

Maximilian blinzelte verwirrt. Sein Blick huschte zwischen den beiden Frauen hin und her. Das Monitorgerät über ihm piepste weiterhin in gewohnter Frequenz, als wäre nichts geschehen.

»Berühren Sie das nicht, Herr Malinowski. Wir rufen jetzt die Polizei!«

Ein Lächeln spielte um Maximilians Lippen. »Solange ich nicht aufstehen kann, brauchen Sie sich keine Sorgen machen«, sagte er ruhig und wartete, bis die Frauen das Zimmer verlassen hatten. Dann griff er zum Handy.

Marie lehnte sich schwer atmend an die Wand. »Gott sei Dank!«, flüsterte sie, auch wenn sich in ihr ein dunkler Verdacht regte.

»*Gott ist fast richtig*«, erklang plötzlich eine tiefe, sanfte Stimme. »*Er ist mein Vater!*«

Marie erstarrte. Ihr Herz raste, als hätte jemand mit einer eiskalten Hand danach gegriffen.

»Haben Sie das gehört?«, hauchte sie und wandte sich an die Ärztin.

Diese sah sie verständnislos an. »Was gehört? Ich habe die Polizei informiert und muss zurück in den OP.«

Marie fühlte sich, als hätte man ihr den Boden unter den Füßen weggezogen. War sie überarbeitet? Wahnsinnig? Mit schwerem Schritt taumelte sie ins Schwesternzimmer, ihr Kopf schwirrte. Dann, kaum hörbar, flüsterte sie: »Jesus?«

»*Ja. Sorge dich nicht mehr!*«

Die Stimme war klar, tief und voller Wärme. Ein Zittern durchlief Maries Körper. Mit weichen Knien sank sie zu Boden.

53

»*Wo ist Karin jetzt?*«, fragte Benno besorgt.

»Bei Maximilian. Mareike kümmert sich um Felix«, sagte Jan und rieb sich die Schläfen. »Es ist erschreckend, Benno. Ich muss immer wieder an Edinburgh denken. Haben diese verdammten Hexen denn nie genug?«

»*Ich hoffe nur, dass Karin keine Details erfahren hat*«, sagte der Hauptkommissar vom LKA Sachsen.

»Sie wollte es wissen, aber die Polizeipsychologin war strikt dagegen – zum Glück. Karin hat schon den ersten Mordversuch kaum verkraftet. Wann hört das endlich auf?«, knurrte Jan.

»*Ich hoffe, bald. Sonst wäre auch Jules in Gefahr*«, sagte Benno. »*Scotland Yard fand heraus, dass der Wicca Coven zwei Rituale geplant hatte. Das erste scheiterte, weil Maximilian fliehen konnte. Also brauchten sie ein zweites Opfer.*«

Jan erstarrte. »Jules!«

»*Genau. Aber wir wissen nur vom letzten Ritual*«, sagte Benno.

Jan ballte die Fäuste. »Dann haben sie ihn vorher schon benutzt. Und er hat nie ein Wort darüber verloren.« Er sah Benno scharf an. »Weiß er es?«

»*Noch nicht. Ich werde ihn sofort anrufen. Vielleicht hat er Informationen, die uns weiterbringen. Er muss mir endlich sagen, was damals passiert ist*«, sagte Benno.

»Gibt es schon Spuren?«

»*Kaum. Nur das Messer. Und das wird auf Spuren untersucht. Die Nachtschwester erlitt einen Schock, aber sie erwähnte eine ältere Putzfrau mit Kopftuch. Dann brach sie zusammen. Die Ärzte verbieten jede Befragung. Und die Reinigungsfirma? Null Anhaltspunkte. Keiner weiß, wo diese Frau steckt.*«

»Und eine Fahndung?«

Benno schnaubte. »*Willst du in ganz Europa nach einer Muslima suchen lassen? Das ist die berühmte Stecknadel im Heuhaufen.*«

»Aber wie viele allein reisende Muslimas gibt es? Sie hatte doch einen Namen genannt, oder?«, fragte Jan.

»*Defne Saritas.*«

Jans Augen verengten sich. »Dann reist sie unter dem Namen. Wenn sie ihn auswendig wusste, steht er in ihren gefälschten Papieren.«

Benno nickte langsam. »*Gut möglich. Ich leite sofort eine Fahndung an allen europäischen Flughäfen und am Ärmelkanal durch Europol ein.*«

»Mach das. Und informiere Jules.«

»*Wird erledigt. Danke für den Tipp, Jan.*«

Jan grinste schief. »War kostenlos. Ich war schließlich nicht umsonst Chef der niederländischen Steuerfahndung.«

54

Jules stand vor dem Schulgebäude, das in den Farben der Jacarandabäume getüncht war. Die Luft roch nach frischer Erde, während die Gärtner die letzten Büsche in den Boden drückten. Seine Gedanken schweiften zu Mila und Leonie, die im Inneren verschwunden waren. Doch er wartete auf Karsten. Ein mulmiges Gefühl kroch in ihm hoch.

Er lief durch die Gänge der Schule, seine Schritte hallten wider. Durch eine geöffnete Tür sah er Mila, die etwas für Leonie auf die Tafel schrieb. Draußen auf dem Hof ließ er sich schwer auf eine Bank sinken. Die Gärtner hatten ganze Arbeit geleistet, doch die Idylle konnte seine Unruhe nicht vertreiben. Sein Handy vibrierte plötzlich in seiner Tasche.

Benno. Er hatte ganz vergessen, ihn nach ihrer Ankunft anzurufen.

»*Hallo Jules. Ich habe schlechte Nachrichten*«, sagte sein Dresdner Freund, und seine Stimme klang bedrückt. Eine unheilvolle Pause folgte. »*Max wurde vergangene Nacht in seinem Krankenbett erneut angegriffen. Nur durch eine technische Störung bei der Patientenüberwachung ist er jetzt nicht tot!*«

Jules spürte, wie ihm das Blut aus dem Gesicht wich. »Oh Gott! Das ist entsetzlich. Der Wicca Coven?«, fragte er heiser.

»*Davon gehe ich aus. Auch Scotland Yard ist dieser Meinung. Eine Hexe muss sich als muslimische Putzfrau verkleidet haben, um ihr scheußliches Werk zu vollenden. Es wird europaweit nach ihr gefahndet, aber bislang ohne Erfolg. Die belgische Polizei hat diese Athame sichergestellt. Sie untersuchen sie auf Spuren.*«

Jules' Atem ging schneller. »Verdammt! Er war gerade erst Vater geworden. Ich kann nicht glauben, welchen Aufwand diese Hexen betreiben. Wie geht es Karin damit?«

»Ihr geht es miserabel. Sie ist mit ihrem Sohn wieder bei Jan und Mareike untergekommen. Jules, zwei Dinge bereiten mir Sorgen.«

»Welche?«

»Ich weiß nicht, ob sie damit aufhören oder ob du ihr nächstes Ziel bist. Sei wachsam!« Benno seufzte schwer. *»Außerdem, Jules ... wir sind Freunde. Ich muss es wissen: Was ist bei dem ersten Ritual passiert? Der Wicca Coven vollzieht immer zwei Rituale mit seinen Opfern. Auch Max sprach davon. Die Hexe sagte ihm, dass er »der Auserwählte« für zwei Rituale sei. Durch seine Flucht erfuhr er nie, was das bedeutete. Was ist vorher passiert, Jules?«*

Jules stockte der Atem. Die Worte brannten sich tief in seinen Kopf. Er hatte es verdrängen wollen. Besonders vor Mila und Leonie. Doch Benno verdiente die Wahrheit.

»Ich hatte versucht, es zu vergessen«, begann er mit tonloser Stimme. »Du weißt, dass diese Hexen keine Männer haben dürfen. Doch sie brauchen Nachwuchs. Mädchen. Dafür benutzen sie gefangene Männer. Sie hatten mir etwas eingeflößt, danach ... konnte ich mich nicht mehr kontrollieren. Benno, diese Bestien haben mich tagelang vergewaltigt!«

Benno rang nach Luft.

»Oh Gott, Jules!«

»Es war die Hölle! Und dann die Angst ... sie hätten mich mit etwas infizieren können. Ich ließ mich sofort nach meiner Rückkehr untersuchen. Doch die Vorstellung, dass ich einige von ihnen geschwängert haben könnte ... sie zerfrisst mich!«

Benno sprach leise: *»Soll ich nachforschen?«*

»Nein! Ich will es nicht wissen!«, entgegnete Jules.

»Was willst du nicht wissen?«, ertönte plötzlich Milas Stimme hinter ihm.

Sein Herz schlug schneller. Wie lange stand sie schon da? Was hatte sie gehört?

»Details. Mila, Max wurde letzte Nacht im Krankenhaus erneut angegriffen!«, sagte er hastig, aber so laut, das es Benno hören konnte.

»Nein! Das kann nicht wahr sein! Die arme Karin!« Tränen rollten über ihre Wange.

»*Gib sie mir mal*«, erklang Bennos Stimme aus dem Handy.

Jules reichte ihr das Telefon. Karsten und Leonie traten hinzu.

Verdammt. Leonie wusste nichts von dem ersten missglückten Anschlag auf Max. Und das sollte auch so bleiben. Doch ihre Blicke verrieten, dass sie ahnten, dass mehr dahintersteckte.

»Hm. Benno hat mir von einem komplizierten Fall erzählt, an dem er arbeitet«, sagte Jules beiläufig, als Mila ihm das Handy zurückgab.

Karsten verengte die Augen misstrauisch.

»Und deswegen ruft er dich an? Das glaube ich nicht, Paps.« Leonie kreuzte die Arme. »Warum sollte er genau dich fragen?«

Jules zwang sich zu einem Lächeln. »Der Fall nimmt ihn persönlich sehr mit, und er bat um meinen Rat«, sagte er ruhig.

Mila legte beschwichtigend eine Hand auf Leonies Schulter. »Er ist ein guter Freund deines Vaters, Leonie. Berätst du dich nie mit deinen Freundinnen?«

Leonie schnaubte leise. »Schon gut. Ich habe ja nur gefragt.« Jules atmete aus. Doch das Unbehagen blieb.

»Zufrieden mit der Schule?«, fragte Jules.

Karsten nickte. »Ich habe einen kleinen Rundgang gemacht und muss sagen, dass sie mir in der Realität noch besser gefällt als auf Breuers Zeichnungen«, sagte er. »Aber letztendlich ist wichtiger, was unsere neue Schulleiterin, Frau Janssen, dazu sagt.« Er lächelte Mila an.

»Schulleiterin?«, wiederholte Mila ungläubig. Dann huschte

ein breites Lächeln über ihr Gesicht. »Das klingt ja großartig!« Ihre Augen leuchteten vor Begeisterung.

»Schulleiterin und bisher einzige Lehrerin«, bestätigte Karsten schmunzelnd. »Wer sonst sollte nächste Woche vor Unterrichtsbeginn die Delegation der Schulbehörde empfangen?«

Mila lachte leise und schüttelte den Kopf. »Unglaublich ... Ich bin wirklich stolz darauf!« Sie holte tief Luft, als müsse sie erst begreifen, was das für sie bedeutete. »Was wollen die Leute von der Behörde denn?«, fragte sie dann neugierig.

»Keine Sorge«, beruhigte sie Karsten. »Sie wollen sich die neue Schule ansehen und den allgemeinen Lehrplan vorstellen. Die Vorgaben für staatliche Schulen sind hier aber weniger relevant, da es zuvor keine Schule in Bolívar gab und ich sie vollständig privat finanziert habe. Falls solche Fragen aufkommen, werde ich beim Gespräch dabei sein und sie beantworten.«

»Gut, das beruhigt mich ein wenig. Wann soll der Unterricht starten?«, fragte Mila.

»Die Ferien sind zwar schon vorbei, aber Jeiddy hat die ihr bekannten Eltern bereits über den Schulbeginn informiert. Ich glaube jedoch nicht, dass deine Klasse sofort überfüllt sein wird«, sagte Karsten.

»Sobald sich herumspricht, dass es kostenloses Mittagessen und eine Hausaufgabenbetreuung für die Kleinen gibt, wird sich das bestimmt schnell ändern«, sagte Jules und zog Karsten zur Seite. »Ich wollte dir noch ein paar Dinge zeigen, bevor du zurück zu den Garnelen musst.«

Karsten folgte ihm ins Lehrerzimmer, das bereits vollständig eingerichtet war. »Gibt es etwas Besonderes?«, fragte er.

»Kann man so sagen«, antwortete Jules und berichtete von dem zweiten Mordversuch und der laufenden Fahndung.

Karsten runzelte die Stirn. »Ich hatte Malinowski zwar nur kurz in Valkenburg kennengelernt, aber die Nachricht schockiert mich trotzdem.« Er atmete tief durch. »Jules, ich bin froh, dass ihr jetzt alle außer Gefahr seid. Es war eine kluge Entscheidung, mein Jobangebot anzunehmen!«

»So sehe ich das auch. Wir sind gerade dabei, uns einzuleben, und Mila fängt schon damit an, den Haushalt zu vervollständigen. Der Job macht mir Spaß, und ich bin froh, ihn angenommen zu haben. Yaku ist mir bei allen Arbeiten eine große Hilfe geworden. Der Mann ist einfach genial«, sagte er.

»Da gebe ich dir Recht. Gibt es Fortschritte?«

Jules berichtete ihm, dass die ersten Kompressoren geliefert seien und am nächsten Tag mit der Montage der Dächer begonnen werde.

»Du bist schneller, als ich dachte. Das freut mich. Carl Breuer wartet auf mich, um Details mit dem Klärwerk zu besprechen. Melde dich einfach, wenn es was Neues gibt oder du etwas brauchst«, sagte Karsten.

»Ich brauche ab und zu deinen LKW für Yaku zum Liefern. Ich muss immer erst das Lager leer haben, bevor ich neue Materialien kaufen kann«, sagte Jules.

»Klar kannst du den haben, wenn er nicht zum Transport der Garnelen gebraucht wird. Ich habe auch noch eine weitere Halle, die zu einer alten Produktionsstätte am Fluss gehörte. Die steht leer, und du kannst sie gerne nutzen, bis sie nach dem Aufforsten abgerissen wird. Jetzt muss ich aber wirklich los!«, sagte Karsten.

Jules ging zurück zum Pausenhof, wo Mila und Leonie auf ihn warteten.

»Endlich!«, sagte seine Tochter.

»Mir ist aufgefallen, dass du in letzter Zeit gar nicht mehr Paps zu mir sagst«, stellte Jules fest.

»Das ist ja auch Kinderkram«, sagte sie.

Jules spürte einen Stich in der Brust. Noch vor wenigen

Monaten hatte Leonie ihn mit glänzenden Augen umarmt und »Paps« gerufen, sobald er nach Hause kam. Nun wich ihre einst so herzliche Nähe einer kühlen Distanz. Er zwang sich zu einem Lächeln.

Mila zuckte mit den Schultern. »Sie wird halt erwachsen.«

»Na gut, wie du meinst. Wie gefällt dir denn die Schule?«, fragte Jules.

»Mila hat mit mir vorhin an der Tafel Spanisch geübt. Ich würde gerne hier zur Schule gehen, statt nach Esmeraldas zu fahren.«

»Ich habe ihr erklärt, dass das keine gute Idee ist, da ich zunächst wahrscheinlich nur kleinere Kinder unterrichten werde und nicht ihrem Alter entsprechend arbeiten kann«, sagte Mila.

»Vorläufig ist das leider so, Leonie. Aber es sind nur noch ein paar Jahre, bis du das Abitur machst«, erklärte Jules. »Wir können langsam zurück. Ich muss noch was tun, und gleich kommt der Gärtner zum Ausmessen«, sagte Jules und zwinkerte Mila zu.

»Dann kann ich ja mit Lena telefonieren«, sagte Leonie, während sie zum Auto gingen, wo Yaku auf sie wartete.

»Gute Nachricht, Yaku. Du bekommst den LKW für die Anlieferungen, und die Halle am Fluss dürfen wir vorläufig als zusätzliche Lagerfläche nutzen, wenn wir das andere Baumaterial verarbeitet haben«, sagte Jules.

»Das ist gut. Übrigens fängt mein Schwager morgen mit den Dächern an, und ich habe heute elf weitere Häuser ausgemessen«, sagte Yaku, gab ihm einen Zettel und fuhr los.

»Ich muss von deinem Schwager wissen, wie viele Dachelemente und wie viel Zubehör er pro Haus braucht«, erklärte Jules.

Als Yaku vor seinem Haus anhielt, wartete schon der Techniker von der Poolfirma. Jules sprang aus dem Wagen und ging mit schnellen Schritten zu ihm.

»Für meine Tochter soll es eine Überraschung sein. Ich sagte ihr, dass Sie der Gärtner sind«, sagte er leise und zwinkerte verschwörerisch.

»Der Gärtner?« Er lachte. »Wo soll denn das Unkraut weg?«, fragte er so laut, dass es auch die Frauen hören konnten.

»Auf der Rückseite«, sagte Jules und ging mit ihm hinter das Haus. Der junge Mann hatte Sachkenntnis. Er nahm Maß und analysierte eine Bodenprobe.

»Kein Problem. Die Grube für den Pool ist in ein paar Stunden ausgebaggert. Das Betonelement heben wir über Ihre Einfahrt in die Öffnung«, erklärte er.

»Und was ist mit den Wasser- und Stromanschlüssen?«

»Die haben wir in vier Stunden angeschlossen, und auch die Überdachung ist dann fertig. Die können Sie mit einem Schalter aus dem Wohnzimmer ebenso wie die Umwälzanlage und Poolbeleuchtung steuern.«

»Hört sich aber nach viel Arbeit und kompliziert an.«

»Ist es aber nicht«, antwortete er lächelnd. »Wenn Sie wollen, können Sie schon in drei Wochen ins Wasser springen.«

Jules betrachtete das Angebot der Firma kritisch. »Und Sie sagen, dass alles dabei ist?«, fragte er.

»Es fehlt nur das, womit Sie Ihre Tochter beschwindelt haben«, antwortete der Techniker lachend.

»Die Gartenarbeit!« Auch Jules musste lachen und unterschrieb den Vertrag.

»Danke. Wir melden uns ein paar Tage vorher bei Ihnen«, sagte der Techniker und verabschiedete sich.

Es wurden zwar umgerechnet über 11.600 Euro, doch Jules hatte genug gespart, und Mila hatte von ihrem Geld schon den halben Hausrat und einige Möbel bezahlt. Karsten hatte Recht. Im Grunde war es eine schwere Entscheidung auszuwandern, doch es hatte sich für ihn als richtig erwiesen, dem alten Leben Adieu zu sagen. Hier lief alles wie geplant – und noch besser.

Er beobachtete Mila, wie sie ein paar Bananen von einer der wild gewachsenen Stauden hinter dem Haus pflückte. Bananen aus dem eigenen Garten, Kolibris, Sonne, ein neues und viel größeres Haus, ein gut bezahlter und weniger gefährlicher Job und neue Freunde. Es war fast zu schön, um wahr zu sein. Und jetzt noch ein eigener Pool.

Er hätte zufrieden sein können, wäre da nicht die Veränderung seiner Tochter. Ihre unbeschwerte Kindheit schien mit ihrem 14. Geburtstag endgültig vorbei zu sein. Das tat ihm spürbar weh. Der Gedanke, dass sie ihn langsam nicht mehr brauchte, hinterließ eine beklemmende Leere in ihm.

Er dachte an die vielen Momente, die er mit Leonie in Antwerpen verbracht hatte: ihre Freundinnen, Lena als Au-pair, gemeinsames Essen, Zoobesuche, ihre Hausaufgaben, Disney World in Paris. Das alles würde nicht wiederkommen. Und doch wusste Jules, dass der neue Lebensabschnitt auch Gutes mit sich brachte. Er hatte nach jahrelangem Alleinsein in Mila eine bildhübsche und zuverlässige Lebensgefährtin gefunden, und Leonie eine Freundin.

Jules ging zu Mila, gab ihr einen Kuss und fasste sie um die Taille.

»Na, was sagte der Gärtner?«, fragte sie grinsend.

»Er meinte, dass wir in drei Wochen hinter dem Haus weniger Rasen mähen müssen!«

»Ich glaube, das wird eine große Überraschung für Leonie. Sie telefoniert übrigens noch immer in ihrem Zimmer.«

»Soll sie ruhig«, sagte Jules und ging mit Mila zurück ins Haus. »Ich glaube, sie vermisst ihre Freundinnen.«

»Das wird aber nur vorübergehend so sein. Ich denke, dass

Leonie bald neue Freundinnen in Ecuador findet. Und wer weiß? Vielleicht sogar einen Freund«, sagte sie augenzwinkernd.

»Oh Gott. Daran mag ich gar nicht denken!«

»Aber auch das lässt sich auf Dauer nicht vermeiden, Jules.«

Er fuhr sich mit der Hand übers Gesicht. »Ich weiß. Aber es macht mich traurig. Sie entfernt sich von mir – und das ist vermutlich normal, oder?« Er lachte leise, aber es klang bitter. »Leonie nennt mich übrigens nicht mehr Paps.«

Mila runzelte die Stirn. »Nicht mehr?«

Er schüttelte den Kopf. »Früher war ich ihr Held. Ihr Fels in der Brandung. Nach dem Tod ihrer Mutter hatte ich ihr jeden Abend Geschichten vorgelesen, bis sie eingeschlafen ist. Sie war so klein, so unschuldig. Ich hätte alles dafür gegeben, ihr die Traurigkeit zu ersparen.« Er schluckte schwer und starrte ins Leere. »Jetzt ist sie fast erwachsen. Ich sollte mich freuen, dass sie ihren eigenen Weg geht. Aber verdammt, es fühlt sich an, als würde ich sie verlieren.«

Mila stellte den Korb mit Obst auf den Tisch und trat zu ihm. Sanft strich sie ihm über den Rücken. »Sei nicht traurig, Schatz. Leonie liebt dich. Auch wenn sie es vielleicht nicht mehr so oft zeigt.« Sie nahm sein Gesicht in ihre Hände und küsste ihm eine Träne weg. »Komm. Lass uns eine Flasche Wein öffnen und uns ablenken. Uns geht es doch gut!«

Seufzend öffnete Jules die Flasche und ließ sich auf das durchgesessene Sofa im Wohnzimmer sinken. Obwohl sie beide schlank waren, versanken sie in den altersschwachen Polstern.

»Die Dinger sind fürchterlich«, stellte er fest und blickte hinaus durch die vergitterten Fenster.

»Dann lass uns morgen neue aussuchen, Schatz«, schlug Mila vor.

»Eine wirklich gute Idee. Ich werde mich außerdem um eine

Alarmanlage für das Haus kümmern. Dann können auch diese schrecklichen Gitter weg!«

»Unbedingt. Ich komme mir oft vor wie in Alcatraz«, scherzte Mila – da klingelte Jules' Handy.

»Benno«, sagte er und nahm das Gespräch an.

»*Hallo, Jules. Ich hoffe, mein Anruf kommt nicht zu spät*«, sagte Benno.

»Kein Problem. Mila und ich trinken noch ein Glas Wein. Was gibt es?«, fragte Jules und strich Mila sanft durchs Haar.

»*Gute Nachrichten. Die Hexe heißt Uta Smith. Sie wurde am Flughafen in Amsterdam verhaftet – mit gefälschten Papieren, genau wie wir es vermutet haben.*«

»Dann sitzen jetzt alle verdammten Hexen des Wicca Coven hinter Gittern. Das Miststück soll in der Hölle schmoren!«, sagte Jules.

»*Ich hoffe, dass wir mit ihr die letzte erwischt haben.*«

»Aber in zwei Jahren kommen sie wieder raus?«, fragte Jules skeptisch.

»*Die Smith bestimmt nicht*«, erwiderte Benno.

»Aber die anderen – und dann können sie einfach weitermachen!«

»*Deshalb habe ich mit Chief Inspector Lennox Brown von Scotland Yard gesprochen. Er meinte, dass sie nach ihrer Entlassung unter besonderer Aufsicht der Behörden bleiben*«, erklärte Benno.

»Ich hoffe, dass das weitere Morde verhindert.« Jules lehnte sich zurück. »Sag mal, wolltet ihr uns nicht endlich besuchen kommen? Wir sind bald mit der Einrichtung fertig, Platz gibt es genug. Wir würden uns freuen!«

»*Wir dachten an April – vorausgesetzt, das LKA genehmigt unseren gemeinsamen Urlaub*«, sagte Benno.

»So, wie ich dich kenne, kriegst du das hin. Es lohnt sich, nach Ecuador zu kommen. Ihr werdet es hier lieben. Melde dich einfach zwischendurch, mein Freund«, sagte Jules.

Benno verabschiedete sich, dann legte er auf.

Jules sah Mila an. »Na, wieder bessere Laune, Schatz? Ich hab die gute Nachricht mitbekommen. Hoffentlich ist das auch für Karin und Max ein kleiner Trost«, sagte sie und nahm einen Schluck Wein.

»Ruf sie doch mal an. Sie ist doch deine Freundin.«

Mila schüttelte den Kopf. »Es wäre zu früh. Ich würde nur alte Wunden aufreißen. Aber du könntest mit Max reden, wenn er aus der Klinik kommt.«

»Wahrscheinlich hast du recht«, stimmte Jules zu. »Benno wollte auch Jan über die Verhaftung informieren.«

»Dann ist ja alles gut. Komm, schnapp dir dein Glas. Lass uns auf die Terrasse gehen – dieses Sofa ist eine Katastrophe für den Rücken«, sagte Mila.

55

Draußen war es ungemütlich. Der Winter kam im Februar mit seinen Stürmen zurück und wirbelte seit zwei Tagen gelbe Blätter durch die Luft. Maximilian saß am Tresen der neuen grauen Küche und blickte hinaus in Franks Garten. Sie tranken nach dem Abendessen bereits den dritten Gin Tonic, nachdem Patricia, Franks Frau, die beiden zwei Etagen über ihnen in ihre eigene Wohnung entführt hatte. Frank Bäumers Erleichterung war ihm deutlich anzusehen, wenn sich ihre Blicke trafen. Maximilian saß ihm gegenüber und nippte an seinem Drink.

»Fast wie in alten Zeiten«, sagte Maximilian und lächelte zum ersten Mal an diesem Abend.

»Du denkst an den Club 26?«, hakte Frank nach.

»Na klar! Es war eine tolle Zeit in deinem Club. Mein Gott, ich weiß nicht mehr, wie viele Nächte ich dort verbrachte, nur um anschließend erst bei Tagesanbruch nach Hause zu kommen.«

Frank lachte. »Mit weiblicher Begleitung!«

»Nicht immer. Aber ich denke auch an den Imbiss gegenüber, der die ganze Nacht geöffnet hatte. Mit dickem Kopf habe ich dort immer gerne noch ein Spießbratenbrötchen gegessen.«

»Ja, das war eine gute Zeit. Aber heute bin ich froh, dass mir die Wochenenden gehören und ich auch mal Einladungen annehmen kann, ohne früh gehen zu müssen, weil ich in den Club muss«, sagte Frank. »Haben sich eigentlich Jules und Benno bei dir gemeldet, seit du entlassen wurdest?«

»Jules rief mich schon an, als ich noch im Krankenhaus war. Mila hat sich hauptsächlich um den Gemütszustand von Karin gesorgt, was ich gut verstehen kann«, antwortete Maximilian.

»Sie scheint mir nach der Geburt von Felix recht labil zu sein.

Wie kommst du damit klar?«, fragte Frank und füllte nebenbei die Gläser erneut mit Eis, Gin und Tonic.

»Du hast recht. Aber ist das ein Wunder? Schon in Schottland hatte ich mir Sorgen um sie gemacht. Danach war erstmal alles gut, bis ich die beiden Steinkreise fand. Da fingen die Probleme an. Karin war noch beunruhigter als ich, und der kleine Felix forderte ihre volle Aufmerksamkeit.«

Frank nickte nachdenklich. »Weißt du, Max, ich habe dich immer bewundert. Trotz all der Schwierigkeiten hast du dich immer wieder aufgerappelt. Ich wollte dich nicht alleine lassen, als du aus dem Krankenhaus kamst. Deshalb war es mir wichtig, euch mit dem Hauskauf in Krefeld zu helfen.«

Maximilian lächelte dankbar. »Frank, ohne dich wären wir wohl immer noch in Eupen und würden uns unwohl fühlen. Du hast nicht nur einen Ort für uns gefunden, sondern auch dafür gesorgt, dass wir uns sicher fühlen. Das bedeutet mir mehr, als du dir vorstellen kannst.«

Frank winkte ab. »Klar, das mache ich doch gerne für einen guten Freund. Hast du eigentlich schon Antwort auf deinen Versetzungsantrag?«, fragte er.

Maximilian lachte. »Ja, die Antwort war gestern in der Post. Ab September bin ich wieder beim Finanzamt Krefeld!«

»Das sind gute Nachrichten. Benno und Beate fliegen übrigens morgen nach Ecuador.«

»Ich weiß. Das erzählte mir Benno letzte Woche. Ihr Urlaub wurde genehmigt. Jetzt freuen sie sich auf Südamerika.«

»Eine andere und unbekannte Welt«, sagte Frank. »Komm, nimm dein Glas, und lass uns mal sehen, was die Frauen so machen, mein Freund.«

56

Der 7. April war in Dresden ein frühsommerlicher Tag. Als Benno und Beate in das Flugzeug stiegen, zeigte das Thermometer an der Elbe bereits über zwanzig Grad – angenehm warm. Am Vorabend hatten sie ihren lange ersehnten Urlaub angetreten und den ersten Abend bei einer Weinschorle am Elbufer genossen. Doch der 28-stündige Flug mit zwei Zwischenstopps in Frankfurt und Madrid, dazu Anfahrten und Wartezeiten, hatte an ihren Kräften gezehrt. Ihre Glieder schmerzten, die Augen waren schwer, und ihre Konzentration ließ nach.

Vollkommen übermüdet stiegen sie in Quito zu Yaku in den Wagen. Jede Bewegung fiel ihnen schwer, und ihre Gedanken waren träge. Da beide kein Spanisch sprachen, blieb die Unterhaltung mit dem freundlichen Fahrer auf wenige Gesten und ein paar englische Brocken beschränkt. An Schlaf war weder im Auto noch während des Hinflugs in der engen Economy Class zu denken – die enge Sitzreihe, das ständige Dröhnen der Triebwerke und das unaufhörliche Kommen und Gehen der Mitreisenden hatten jede Ruhe zunichtegemacht. Erst nach knapp fünf Stunden Fahrt erreichten sie schließlich erleichtert, aber völlig erschöpft, das Haus von Mila und Jules in Bolívar.

Als sie den Defender verließen, überraschte Benno der Temperaturunterschied. Mit moderaten 28 Grad hatte er nicht gerechnet, doch immerhin war die Luftfeuchtigkeit erträglich.

»Schön, dass ihr da seid!«, begrüßte Jules sie an der Tür. »Willkommen in Bolívar!«

Yaku schleppte die Rollkoffer hinter ihnen her, lächelte und verabschiedete sich mit erhobener Hand. »Bis morgen!«

Mit hängenden Köpfen und gequältem Lächeln betraten sie das Haus und umarmten Jules zur Begrüßung. Ihre Beine fühlten sich an wie Blei, und sie konnten kaum noch klare Gedanken fassen.

»Es ist spät geworden. Ich hoffe, ihr hattet einen angenehmen Flug«, sagte Jules.

»Es war der Horror. Nie wieder solche Strecken in der Holzklasse!«, erwiderte Beate säuerlich.

»Das tut mir leid. Mila und Leonie schlafen schon. Was haltet ihr von einem Absacker, bevor ihr auf euer Zimmer geht?«

»Ich bin dabei«, sagte Benno, doch Beate schüttelte den Kopf.

»Macht, was ihr wollt. Ich will nur noch ins Bett. Wo ist unser Zimmer?«, fragte sie gähnend.

»Kommt mit.« Jules ging voraus. Das Gästezimmer war dank Milas Gespür für Dekoration gemütlich eingerichtet. »Ich hoffe, es gefällt euch. Wenn du noch etwas brauchst …«

Beate winkte ab. »Nur Schlaf. Und wehe dem, der es wagt, mich vor morgen Mittag zu wecken!«

»Ich kenne sie. Die Warnung sollten wir ernst nehmen!«, sagte Benno und gab ihr einen Kuss. »Ich mache auch nicht mehr lange. Schlaf gut, Liebes.« Dann verließ er den Raum.

Benno folgte Jules ins Wohnzimmer. Die neuen Möbel, auf die Mila bestanden hatte, verliehen dem Raum ein modernes Ambiente. Auf den dunkelgrünen Lederpolstern lagen Kissen, in einer Ecke bildete eine Decke mit Leopardenmuster eine Kuschelecke. Auf dem Tisch stand eine Vase mit frischen Blumen, während zwei dunkelbraune Hochglanz-Highboards Milas Geschmack unterstrichen. Die Gitter vor den Fenstern waren erst letzte Woche entfernt worden, nachdem eine Alarmanlage und Videoüberwachung installiert worden waren.

»Kubanischer Rum?«, fragte Jules.

»Gerne. Wow, ihr wohnt ausgesprochen schön.« Benno trat an die große Terrassentür. Dahinter schimmerte die blau beleuchtete Wasseroberfläche des Pools.

»Der war ein Zugeständnis an meine pubertierende Tochter. Falls du Lust hast, kannst du eine Runde schwimmen. Ich hoffe, ihr habt Badesachen mitgebracht.«

»Für heute reicht mir der Absacker. Vielleicht morgen früh«, erwiderte Benno, während Jules die Gläser füllte.

»Hast du etwas von Karin und Max gehört? Wie geht es ihnen?«

»Schwer zu sagen, aber ich glaube, gut. Sie haben ihr Haus in Eupen verkauft, und er hat mit Franks Hilfe etwas Passendes in Krefeld gefunden. Vor allem der kleine Felix gibt Karin Kraft – das weiß ich von Jan. Der Junge lacht oft, und sie lächelt dann auch«, erklärte Benno.

»Salud!«, sagte Jules und hielt sein Glas zum Anstoßen hin. »Und Maximilians Job?«

Benno nippte an seinem Drink und drehte das Glas in der Hand. »Sehr gut«, sagte er beiläufig. »Er hatte eine Versetzung beantragt, und sein Antrag wurde genehmigt.«

»Wahrscheinlich das Beste. Und die Hexen? Gibt es da etwas Neues?«, fragte Jules.

»Uta Smith sitzt in Sicherheitsverwahrung in einem Gefängnis in Südengland. Die anderen fünf Frauen sind weiterhin in Stirling inhaftiert«, erklärte Benno. »Vor drei Wochen haben sie erneut versucht auszubrechen, wurden aber erwischt. Jetzt sitzen sie in Einzelhaft – und haben ein Jahr zusätzlich bekommen.«

»Oh Gott! Das beunruhigt mich, Benno. Diesen Hexen traue ich alles zu«, sagte Jules und stellte sein Glas ab.

»Mach dir keine Sorgen. Du wohnst 10.000 Kilometer entfernt, und sie sind sicher verwahrt.«

»Aber nur für zwei oder drei Jahre. Und was dann? Was, wenn diese irren Biester auch an mir Rache üben wollen?«

»Jules, sie haben keine Ahnung, wo du lebst. Und ich bin sicher, dass ihr verrücktes Ritual mit dem letzten Anschlag auf Max beendet ist. Es gibt für sie keinen Grund, nach dir zu suchen«, sagte Benno und legte eine Hand auf seine Schulter.

»Ja, wahrscheinlich hast du recht. Lass uns austrinken und schlafen gehen. Morgen zeige ich euch den Ort und die neue Schule.«

57

»Grrr!«, keuchte Beate und zog sich die Decke über die Ohren. »Verdammt! Was ist das für ein Lärm? Ich will schlafen!«

Auch Benno wurde wach und blinzelte auf die Uhr. 8:33. Gerade einmal fünf Stunden war es her, dass er ins Bett gegangen war. Als erneut Gekreische und Jubel zu hören waren, seufzte er, stand auf und ging zum Fenster. Klar. Samstag. Und Leonie hatte frei. Mit einem anderen Mädchen planschte sie ausgelassen im Wasser.

Benno trottete ins Wohnzimmer und schob die Schiebetür auf.

»Hallo Leonie. Könnt ihr bitte etwas leiser sein? Wir wollen noch schlafen«, sagte er und rieb sich gähnend die Augen.

»Ihr seid schon da? Oh Mist! Entschuldigung, das wusste ich nicht.« Sie zuckte verlegen mit den Schultern. »Hallo Benno«, sagte sie dann grinsend und wandte sich ihrer Freundin zu: »¡Vamos, Marisa! Vamos a mi habitación.« Komm, Marisa, gehen wir in mein Zimmer.

»Danke«, murmelte Benno und zog sich wieder ins Gästezimmer zurück. Schlagartig wurde es ruhiger, und Beate seufzte erleichtert. Trotzdem dauerte es eine Weile, bis auch er wieder einschlief.

Er wusste nicht, wie lange er geschlafen hatte, als sich die Tür einen Spalt öffnete und Mila lächelnd hineinsah.

»Hey, ihr Schlafmützen«, flüsterte sie amüsiert, als sie Beate leicht schnarchend mit dem Kopf auf Bennos Brust liegen sah. »Es ist kurz vor zwei. Habt ihr Lust auf ein leckeres Früh-, äh, Spätstück?«

Benno blinzelte sie verschlafen an. »Mila! Du bist ja noch hübscher geworden! Oder ist das ein Traum?«

Mila lachte. »Süß von dir. Aber wach jetzt auf, bevor Beate glaubt, du träumst von jemand anderem.«

Murrend öffnete auch Beate die Augen und streckte sich gähnend. »Wie spät sagst du?«

»Fast zwei Uhr. Ihr verpennt den ganzen Tag.« Mila schmunzelte und schloss wieder die Tür.

Schlaftrunken rafften sich Benno und Beate auf.

»Zwei Stunden zum Flughafen, eine Stunde warten, 28 Stunden Flugzeit, eine Stunde zum Auschecken und dann noch fünf Stunden Autofahrt«, rechnete Beate vor. »Wir waren 38 Stunden unterwegs! Ich brauch eine Medaille!«

»Moin zusammen!« Benno kam grinsend in Badehose in die Küche. »Auch ich bin erledigt, Schatz. Aber jetzt sind wir hier, und ich freue mich darauf, alle wiederzusehen!« Er schnupperte. »Und auf Frühstück. Oder Mittag. Oder was auch immer das ist.«

»Kann ich vorher eine Runde schwimmen?«, fragte er.

»Klar, mach das. Es wird dir guttun«, sagte Mila.

»Später sehen wir noch Karsten und Lena«, erwähnte Jules, während er geschälte Früchte und Eiswürfel in den Mixer füllte. Beate verschwand ins Bad.

»Nur zehn Minuten zum Wachwerden«, meinte Benno, trat hinaus und sprang ins Wasser. Das kühle Nass vertrieb sofort seine Müdigkeit.

Beate kam aus dem Bad direkt in die Küche zu Mila und Jules.

»Eure Anreise war also anstrengend«, stellte Mila fest.

»Ach, jetzt ist das egal. Hauptsache, wir sind hier, und ich kann in der nächsten Nacht etwas mehr schlafen«, sagte Beate.

»Leonie wusste nicht, dass ihr schon da seid. Sie hat eine neue Freundin aus einem Nachbardorf eingeladen. Entschuldigt, wenn sie euch geweckt haben.«

»Schon gut. Wo ist sie jetzt?«, fragte Beate und beobachtete Benno, wie er sich vor dem Pool abtrocknete.

»Die beiden sind mit dem Roller zu Marisa gefahren. Das Mädchen ist schon 16, und ihre Eltern scheinen nett zu sein.«

»Dann müssen wir heute ohne ihr Gekreische auskommen«, sagte Jules und lachte, als Benno mit dem Handtuch über der Schulter hereinkam.

»Wow. Tintenfisch, Tomatensalat, Käse und Garnelen. Sieht lecker aus. Aber zuerst brauche ich einen starken Kaffee«, sagte Benno.

»Der Kaffee kommt direkt aus der Nachbarschaft und ist unglaublich gut. Die Garnelen sind von Karsten. Er hat es geschafft, fast die Hälfte der Produktion auf Bio umzustellen.«

»Hört sich so an, als würde es gut bei euch laufen und Karstens Pläne aufgehen«, sagte Beate.

»Es ist noch viel Arbeit«, meinte Mila. »Jules hat alle Hände voll zu tun. Aber er hilft den Menschen hier, und ich glaube, es macht ihm Spaß.«

»Kann man so sagen. Es ist ein großartiges Gefühl, etwas Gutes zu tun. Jetzt haben fast ein Drittel der Häuser und Hütten ein neues Dach. Viele besitzen inzwischen Kühlschränke und können mit Gas kochen. So war das nicht, als ich nach Bolívar kam«, sagte Jules.

»Vermisst du nicht deine alte Arbeit und Antwerpen?«, fragte Benno. »Ich kann mir vorstellen, dass dir die Vorzüge einer großen Stadt am Meer fehlen.«

»Anfangs schon. Aber mehr verunsichern mich die Veränderungen bei Leonie seit ihrem letzten Geburtstag«, gab Jules zu.

»Sie steckt mitten in der Pubertät«, erklärte Mila. »Aber sie ist ein taffes Mädchen und hat durchaus vernünftige Momente.«

»Momente. Nett umschrieben«, sagte Jules und verdrehte die Augen.

»Ach, komm. So schlimm ist es doch gar nicht. Ich finde das Mädchen niedlich«, sagte Mila. »Prosecco? Es ist fast drei. Da könnten wir ein Fläschchen öffnen, oder?«

»Jetzt sage ich nicht nein«, stimmte Beate zu. »Aber nur, wenn wir darauf anstoßen, dass wir endlich angekommen sind!«

Jules öffnete eine gekühlte Flasche und füllte die Gläser. Die Atmosphäre war entspannt, das sanfte Klirren der Gläser vermischte sich mit gedämpftem Lachen. »Wenn später Karsten und Lena kommen, fahren wir mit ihnen zu dem neuen Klärwerk«, sagte er und lehnte sich in seinem Stuhl zurück. »Das wurde erst vor drei Tagen in Betrieb genommen. Er möchte dort ein kleines Einweihungsfest geben. Die Haushalte sollen in den nächsten 18 Monaten alle frisches Wasser und ein kleines Bad bekommen. Das will er feiern. Aber wir müssen nicht lange bleiben.«

Mila nahm ihr Glas und lächelte. »Es wird euch ohnehin mehr interessieren, meine neue Schule zu sehen. Ich bin jetzt offiziell die Schulleiterin.« Sie ließ den Satz einen Moment wirken, dann fuhr sie stolz fort: »Karsten konnte zwei neue Lehrkräfte einstellen, aber ich unterrichte selbst auch noch.«

Jules nickte anerkennend. »Nach der Schule können wir euch den Ort zeigen, damit ihr wisst, wo wir leben«, sagte er und sah in die Runde. »Bei der Gelegenheit können wir auch bei der Tienda von Julio vorbeischauen.«

»Was sollen wir da?«, fragte Mila neugierig.

»Ich hatte bei ihm das Gas und die ersten Kocher gekauft. Julio betreibt ein kleines Geschäft im Ort, so eine Art Tante-Emma-Laden. Er verkauft nicht nur alles Mögliche, sondern hat auch ein paar Tische, an denen man eine Kleinigkeit essen und trinken kann. Ich muss noch etwas mit ihm besprechen. Und nebenbei könnten wir sein neues Craft-Bier aus Quito probieren. Es heißt Bandito, und das Logo der Brauerei ist ein Totenkopf mit Sombrero.«

Benno grinste breit und biss genüsslich in sein Käsebrötchen. »Sehr interessant. Dann fehlt aber Jan als Bierexperte in unserer Runde.«

Mila lachte, während sie ihr Glas hob. »Dann lasst uns langsam aufbrechen«, sagte sie und trank den letzten Schluck Prosecco.

Jules blickte zu ihr. »Und Leonie?« Seine Tochter tauschte sich in letzter Zeit fast ausschließlich mit Mila aus – ein Umstand, der ihn mit einem Hauch von Eifersucht erfüllte.

Mila schenkte ihm ein nachsichtiges Lächeln. »Sie wollte ihre Freundin nach Hause begleiten und später zum Fest an der Kläranlage kommen.«

»Dann mal los! Yaku wartet schon im Wagen auf uns«, sagte Jules, stand auf und streckte sich.

Als sie hinaustraten, umfing sie die warme Abendluft. Plötzlich durchbrach lautes, krächzendes Gekreische die friedliche Stimmung.

»Was ist das?«, fragte Beate und drehte sich erstaunt um.

Jules deutete auf einen Baum gegenüber. »Schaut, dort oben!«

Ein Schwarm Gelbbrustaras hatte es sich in den Ästen gemütlich gemacht. Ihre leuchtenden Farben wirkten fast unwirklich im goldenen Licht der untergehenden Sonne. Das laute Geschrei der Vögel war weit zu hören, aber es störte niemanden – im Gegenteil, es schien die Freude der Gruppe nur noch zu unterstreichen.

»Oh, wie süß!«, rief Beate begeistert.

Einen Moment blieben sie stehen, genossen das Schauspiel und das einfache Glück dieses Augenblicks. Dann stiegen sie zu Yaku in den Defender und machten sich lachend und voller Vorfreude auf den Weg.

EPILOG

Die Anlage lag am Ende des Ortes. Da auch Jules das Klärwerk zur Wasseraufbereitung noch nicht gesehen hatte, staunte er über dessen Größe. Er zählte schon bei ihrer Ankunft vier Becken, obwohl ein Teil der Anlage durch das zweigeschossige Verwaltungsgebäude mit den Laboren verdeckt war. Davor sammelten sich bereits einige Menschen und warteten auf den Beginn der Führung. Yaku lenkte den Geländewagen auf den Parkplatz. Als sie ausstiegen, kam ihnen Karsten braungebrannt mit Lena entgegen.

»Ich freue mich, dass ihr da seid«, sagte er und begrüßte sie mit einer Umarmung. Lena tat es ihm gleich, aber Jules sprang sein ehemaliges Au-pair-Mädchen freudig in die Arme.

»Lasst uns weitergehen. Ich möchte euch jemanden vorstellen«, sagte Karsten und ging zielstrebig voran. Lautes Stimmengewirr einiger Bewohner lag in der Luft. Nach Grillfleisch duftende Rauchschwaden zogen ihnen entgegen, als sie näher ans Gebäude kamen.

»Carl Breuer!«, stellte ihnen Karsten den sportlichen Architekten aus Florida vor. »Ihm verdanke ich, dass dieses Projekt fertig wurde«, sagte er.

»Herr Fischler übertreibt. Das hätte er auch ohne mich geschafft«, sagte der schlanke Mann aus Fort Meyers.

»Aber bestimmt nicht so schnell und bis ins Detail perfekt«, sagte Karsten und wies mit der Hand in die Runde. »Übrigens haben wir auch eine Referentin des Umweltministeriums zu Gast, die später einen kleinen Vortrag halten wird. Unsere technische Leiterin ist auch Biologin. Señora Elenora Fernandez wird in zehn Minuten eine Führung durch die Anlage machen. Ihr kommt also gerade richtig.«

Jules und Benno nahmen ein Bier von einem Tablett und die

Frauen ein Glas Sekt, als die Biologin alle aufforderte, ihr zu folgen. Die Frau sprach englisch und danach spanisch, damit auch die ausländischen Gäste unter ihnen ihre Ausführungen verstanden. Im Stechschritt ging die Frau im braunen Kostüm voran. Sie trug eine Brille und hatte einen modischen Kurzhaarschnitt. Jules schätzte sie auf Ende 30. Die dünne Frau machte auf ihn einen resoluten und selbstbewussten Eindruck, als sie auf das Gelände marschierte. Sie drehte sich kurz um und wartete sichtlich ungeduldig, bis ihr alle gefolgt waren. Vor ihnen lag eine riesige Anlage aus elf Wasserbecken, in deren Mitte ein weiterer Flachbau stand. Jedes der Becken war von akkurat geschnittenen Rasenflächen umgeben, um die ein betonierter Weg führte.

»Please follow me. ¡Por favor sígame!«, bat sie die Leute, ihr zu folgen. Im Gänsemarsch erreichten sie das erste Becken. Fernandez testete, sich räuspernd, ihr Mikrofon. »Wasser ist ein wertvolles Gut, aber es wird immer knapper. Die unerbittliche Ausbeutung dieser Ressource ist gerade durch die Krabbenfarmer zu einem Problem geworden«, begann sie ihren Vortrag mit ernster Miene.

Jules blickte auf die langsam rotierenden Fächer in dem runden Becken und bemerkte, dass Benno und Beate wegen der stechenden Gerüche die Nase rümpften. Mila warf ihm einen belustigten Blick zu, als sie sah, wie ein paar der Besucher versuchten, möglichst unauffällig ihre Hemden oder Jacken über die Nase zu ziehen.

»Hier wird das Wasser in der ersten Stufe unserer Wasseraufbereitung mechanisch behandelt. Die groben Teile werden entfernt, indem es durch eine Siebtrommel läuft, die Blätter, Müll oder Plastik aussortiert«, erklärte Fernandez. »Gehen wir weiter zum nächsten Becken!«

Während die Biologin unbeirrt weitersprach, tuschelte Jules

zu Mila: »Wetten, dass spätestens in zehn Minuten jemand über den Beckenrand fällt?«

Sie unterdrückte ein Kichern, als Benno sich plötzlich vor einem vorbeiflitzenden Frosch erschrak. »Hoffentlich geht das hier nicht in einen feuchten Unfallbericht über.«

Als Fernandez zum nächsten Becken führte und noch intensiver in die technischen Details der Klärung eintauchte, begann die Gruppe sichtlich die Konzentration zu verlieren. »Dauert das noch lange?«, fragte Beate mit einem gequälten Lächeln.

»Keine Ahnung. Aber ich frage gleich mal Karsten«, sagte Jules.

»Folgen Sie mir!«, forderte Fernandez mit Begeisterung auf. Wohin Jules auch blickte, sah er nur gequälte Gesichter. Doch gehorsam setzten sie ihren Gänsemarsch fort. Als Fernandez erneut mit Fachbegriffen um sich warf, tauschte Jules einen Blick mit Karsten.

»Es tut mir leid, aber ...«, begann er.

»Es ist schrecklich langweilig. Ich verstehe, wenn ihr gehen wollt. Leider kann ich mich hier nicht abseilen und muss bis zum bitteren Schluss bleiben«, sagte Karsten schmunzelnd.

»Klärwerke haben mich noch nie besonders interessiert. Aber die Frauen noch weniger«, sagte Jules augenzwinkernd.

Sie verabschiedeten sich leise und machten sich auf den Weg in den Ort. Yaku fuhr mit ihnen durch das Zentrum Bolívars, vorbei an den farbenprächtigen Holzhütten der Bewohner, bis zur Schule am anderen Ende des Ortes. Blühende Büsche und Bananenstauden flankierten den breiten Weg zum Eingang der gelb getünchten Schule.

»Dann will ich euch mal zeigen, wo ich arbeite«, sagte Mila und öffnete die Tür. Sie zeigte Benno und Beate stolz jeden Klassenraum und den hübschen Pausenhof.

Am Abend saßen sie entspannt in Julios Tienda. Empanadas

und kühle Getränke standen auf dem Tisch, und die Gespräche drehten sich um Erinnerungen und Zukunftspläne. Lena hielt plötzlich inne und sah Leonie an.

»Ich wollte dich etwas fragen«, begann sie sanft. »Würdest du die Patentante von meinem Kind werden?«

Leonie blinzelte überrascht, dann brach ein strahlendes Lächeln über ihr Gesicht. »Du bist schwanger?«

Lena nickte und lachte, als sie die erstaunten Gesichter sah. Freude und Glückwünsche füllten die Runde. Jules betrachtete Lena und Karsten und spürte eine tiefe Wärme in sich aufsteigen.

»Das wird bestimmt ein hübsches Kind«, sagte Jules schließlich leise.

Leonie lachte. »Darauf kannst du wetten, Paps.«

Glücklich über diese Worte hob Jules sein Glas und ließ den Moment auf sich wirken. Draußen überzog die Abendsonne Bolívar mit goldenem Licht, während das Leben um sie herum weiter pulsierte.

LESEEMPFEHLUNG

1821: Juan Conteguez zieht in den Befreiungskrieg gegen Spanien. An seiner Seite ist der Italieners Agustin Codazzi. Auf dem Schlachtfeld von Carabobo erringen die Kämpfer um Simón Bolívar die Unabhängigkeit Venezuelas. Mit einem Brief des Innenministeriums trifft Juan 20 Jahre später in Paris erneut auf seinen Kameraden Codazzi. Dank dessen Initiative sehen die Menschen vom Kaiserstuhl nach Missernten und großer Hungersnot einen Ausweg. Die Endinger Bürger glauben, dass in der Neuen Welt das Paradies auf sie wartet und schließen mit Codazzi Verträge zur Gründung einer Kolonie in Venezuela. Als sie 1843 in eine unbekannte Welt aufbrechen, ist es ist ein Weg der mutigen Entscheidungen, voller Gefahren, tödlicher Hindernisse, Abenteuern und Liebe.

Der Privatdetektiv Jules van Dyck erhält vom Notariat Phillipp Maassen den Auftrag, in einer Erbschaftssache verschollene Personen ausfindig zu machen. Der Fall erweist sich als äußerst kompliziert: Der Erblasser, ein Diamantenhändler, ist bereits seit 200 Jahren tot – und laut Testament kommen nur Drittgeborene als Erben in Frage.

Mithilfe der Nachfahrenliste eines Ahnenforschers begibt sich Jules auf die Suche nach einem Millionenerben. Nach und nach gelingt es ihm, die lange Liste potenzieller Erben auf 18 Namen zu reduzieren. Doch was als routinemäßige Recherche beginnt, nimmt eine unheilvolle Wendung: Jeder einzelne von ihnen ist durch tragische Unfälle ums Leben gekommen.

Als Jules die Zusammenhänge erkennt, stößt er auf Hauptkommissar Benno Mickerts vom LKA Sachsen. Gemeinsam versuchen sie, die verbliebenen Erben zu schützen – während skrupellose Auftragskiller bereits Jagd auf sie machen.

DER AUTOR

Burkhard Schröder ist 1958 in NRW geboren und in Solingen aufgewachsen. Beruf und Liebe führten ihn nach Krefeld an dem Niederrhein, wo der zweifache Vater bis heute lebt.